GAUNERIN DER DÄMMERUNG

FLIRTEN MIT MONSTERN
BUCH 2

EVA CHASE

EINS

Sorsha

Ich hatte nicht immer den Wunsch verspürt, die Welt zu vernichten, selbst dann nicht, als es schien, dass ein großer Teil der Welt *mich* vernichten wollte.

Die Leute, die in letzter Zeit hinter mir her waren, könnten immer noch auf der anderen Seite der Sperrholzwand lauern, die ich gerade von der gegenüberliegenden Straßenseite aus beobachtete. Außer dem Skelett aus Stahlträgern, das sich darüber erhob, konnte ich jedoch nichts erkennen.

Bauarbeiter hockten in ihren Neonwesten an verschiedenen Stellen des Gerüsts. Das war neu. Vorher hatte es so ausgesehen, als sei die Baustelle, hinter der sich die geheime Basis meiner Feinde verbarg, nur eine Fassade. Überraschung: Offenbar sollte aus all den Balken und Brettern tatsächlich ein Gebäude entstehen.

„Okay," murmelte ich. „Ich gehe jetzt rein."

Wenn mich jemand beobachtet hätte, hätte es so

ausgesehen, als würde ich die Straße allein überqueren. Ich ging davon aus, dass meine unheimlichen Gefährten – inzwischen war aus dem Trio ein Quartett geworden – mir in den Schatten folgen würden. Diese sogenannten „Schattenwesen" verdankten ihren Namen sowohl der Dunkelheit ihres natürlichen Reiches als auch ihrer Fähigkeit, in die Schatten unserer Welt einzutauchen und sich dort fortzubewegen. Praktischerweise bedeutete das auch, dass sie aus den Schatten hervorspringen und jedem den Garaus machen konnten, der versuchte, mir etwas anzutun.

Wir waren ziemlich sicher, dass die Monsterjäger und folterfreudigen Wissenschaftler, mit denen wir es zu tun hatten, mich nicht am helllichten Tag vor mehreren Zeugen angreifen würden, dennoch schlug ich nicht alle Vorsicht in den Wind. Ein Hoch auf meine übernatürlichen Leibwächter!

Das Summen einer Säge ertönte auf der Baustelle. Als ich zu dem halb geöffneten Tor ging, durch das die Arbeiter vorhin ein paar Lastwagen gefahren hatten, stieg mir der Geruch von frisch gefälltem Kiefernholz in die Nase, der in der warmen Sommerluft lag.

Irgendwie hatte ich gehofft, einfach hineinspazieren und an mein gewünschtes Ziel gelangen zu können. Wenn man so aussah, als hätte man jedes Recht an einem Ort sein zu dürfen, konnte man oft auch alle anderen davon überzeugen. Heute hatte ich dieses Glück nicht.

Ein Kerl mit einem grauen Helm, einer orangefarbenen Weste und einem Schnurrbart, der so buschig war, dass er einem Eichhörnchen als Schwanzersatz hätte dienen können, stellte sich mir in den Weg und hob die Hand. „Wo wollen Sie hin, Miss?"

Für diejenigen unter euch, die mitschreiben: Auch ein gut platziertes Kichern kann viel bewirken. „Oh", gluckste ich. „Tut mir leid. Ich bin auch der Suche nach etwas, das über den Zaun geweht ist."

Ein paar der anderen Arbeiter kamen zu uns. Der Typ mit dem Schnauzer sah sich um. „Habt ihr etwas gesehen? Ich habe nichts bemerkt."

Ich tippte gegen meine Lippen und tat so, als würde ich die Umgebung absuchen. „Vielleicht ist es weiter nach hinten geweht geworden. Könnte ich mich vielleicht kurz umsehen? Es sieht nicht so aus, als würde im Moment Lebensgefahr für mich bestehen." Ich warf einen Blick auf die Träger über mir.

Einer der jüngeren Männer schmunzelte, doch der Kerl mit dem Schnurrbart schüttelte den Kopf. „Tut mir leid, Miss, aber wir könnten eine Menge Ärger bekommen, wenn wir Passanten auf das Gelände lassen. Was haben Sie denn verloren? Sie können uns Ihre Nummer geben, dann melden wir uns, wenn wir etwas finden."

Es musste etwas sein, das mir leicht aus der Hand gleiten und vom Wind weggeweht werden konnte. Die Worte sprudelten aus mir heraus, bevor ich sie richtig durchdacht hatte. „Eine Serviette. Eine Papierserviette mit einer Telefonnummer drauf."

Sahen sie misstrauisch aus? Ich verschränkte die Arme vor der Brust und versuchte, so überzeugend wie möglich zu klingen. „Ein wirklich heißer Typ hat sie mir gegeben. Ich will nicht, dass er denkt, dass ich ihm nicht schreiben will."

Der Mann, der geschmunzelt hatte, wackelte nun mit den Augenbrauen. „Wir könnten Ihnen ein paar Telefonnummern geben, um den Verlust zu kompensieren."

Sehr witzig. Tatsächlich hatte ich zurzeit mehr als genug Aufmerksamkeit. Sicher, sie kam von Männern, an deren Existenz diese Typen hier nicht einmal glauben würden, doch genau das mochte ich an meinen neuen Liebhabern.

Bevor ich antworten konnte, übernahm der Typ mit dem Schnauzer das Kommando. „Wir haben keine Zeit für dieses Herumgeeiere. Es hat schon genug Verzögerungen bei den Bauarbeiten gegeben. Wir bekommen ernsthafte

Schwierigkeiten, wenn wir nicht weitermachen." Er wandte sich wieder mir zu. „Wenn Sie mir Ihre Telefonnummer geben, verspreche ich, dass ich nur anrufe, wenn einer von uns Ihre Serviette findet."

Ich stieß einen dramatischen Seufzer aus. „Na ja, wenn sie so weit weggeweht ist, sollte es wohl einfach nicht sein. Gegen das Schicksal kommt man nicht an! Aber danke für die Hilfe." Ich schlenderte davon, ohne auf seine Antwort zu warten.

Da die Normalsterblichen nicht mitbekommen sollten, wie meine monströsen Gefährten aus dem Schatten auftauchten, konnte ich mich erst in der schummrigen Gasse ein paar Straßen weiter mit ihnen besprechen. Etwas weiter hinten in der schmalen Straße verströmte eine Mülltonne den penetranten Geruch von Küchenabfällen, die in der Sommerhitze vor sich hin rotteten. Ich rümpfte die Nase und sah mich um, um mich zu vergewissern, dass mir niemand zwischen die hohen Betonmauern gefolgt war.

Einen Moment später tauchten vier Gestalten um mich herum auf, wie Rauch, der sich zu einer physischen Form verdichtete.

„Die Telefonnummer eines heißen Typen auf einer Serviette – im Ernst?", stichelte Ruse, und seine haselnussbraunen Augen blitzten unter seinem zerzausten schokoladenbraunen Haar. „Oder ist dir die Auswahl hier schon zu langweilig geworden?" Der Inkubus schenkte mir sein typisches Grinsen, das ein Grübchen in sein schalkhaftes, hübsches Gesicht zauberte. Ich hatte ihn schon ein paar Mal „ausgewählt", und war froh, sagen zu können, dass meine erotische Begegnung mit dem Sexdämon alle Erwartungen erfüllt, wenn nicht sogar übertroffen hatte.

Snap, der neben Ruse stand, hatte die Stirn in Falten gelegt, was seiner göttlichen Schönheit, die ihn wie einen jungen Sonnengott aussehen ließ, kaum einen Abbruch tat. „Das mit der Serviette war erfunden", erklärte er mit seiner

hellen Stimme und sah mich mit seinen moosgrünen Augen an. „Es *war* doch erfunden, oder?"

Ich tätschelte seinen schlanken Arm. „Ein reines Produkt meiner Fantasie. Ich habe keine Telefonnummer auf einer Serviette bekommen, und ich will auch keine."

Der Verschlinger gab ein zufriedenes Brummen von sich und machte einen Schritt auf mich zu – nicht, um mich zu berühren, sondern so, als wollte er einfach meine Anwesenheit in sich aufsaugen. Vor kurzem hatte ich es *auch* mit Snap getrieben, auf eine etwas zahmere, wenngleich nicht weniger befriedigende Art und Weise. Er war noch dabei, sich mit dem Konzept des körperlichen Verlangens vertraut zu machen. Was sollte ich sagen? Ich war in letzter Zeit ziemlich beschäftigt gewesen … allerdings nicht nur mit sexuellen Aktivitäten, versprochen.

Das Erwecken von Snaps fleischlichen Bedürfnissen hatte einen gewissen Besitzanspruch in ihm geweckt, den ich irgendwie niedlich fand, auch wenn ich nicht damit gerechnet hatte. Obwohl er einen ganzen Kopf größer war als ich, war er ungefähr so furchterregend wie ein herumtollendes Rehkitz. Natürlich wusste ich zu diesem Zeitpunkt mehr darüber, wie sich sein Körper anfühlte, als darüber, warum er von den anderen als Verschlinger bezeichnet wurde, was mir immer noch ein Rätsel war. Worin seine größte Macht auch immer bestehen mochte, allein der Gedanke daran ließ *ihn* vor Angst erschaudern. Deswegen war er nicht erpicht darauf, darüber zu sprechen.

Das dritte Mitglied meines ursprünglichen Trios war wie immer sehr sachlich. „Es sah nicht so aus, als wärt Ihr nahe genug herangekommen, um einen Blick ins Innere der Anlage erhaschen zu können, Mylady", meinte Thorn düster. Wie gewohnt ging der muskelbepackte, attraktive Hüne, der sogar noch etwas größer als Snap war, auch dieses Thema mit einer gewissen Ernsthaftigkeit an.

Er konnte ziemlich einschüchternd sein, ohne es bewusst

zu versuchen, im Moment wurde seine imposante Erscheinung jedoch durch den kleinen Drachen beeinträchtigt, der sich von einer seiner breiten Schultern zur anderen hangelte und Thorns langes weißblondes Haar mit einem leisen, unzufriedenen Schnauben beiseiteschob. Seit ich Pickle vor langer Zeit vor einem Sammler gerettet hatte, war er abgesehen von mir nicht vielen Menschen begegnet. Nur mit viel Überredungskunst – und einer Menge Speck – hatte sich das kleine Schattenwesen genug für Thorn erwärmt, dass er sich von dem Krieger in die Schatten tragen ließ, wo ihn die Sterblichen nicht sehen konnten.

„Nein", bestätigte ich. „Dass die Bauarbeiten wieder aufgenommen wurden, scheint mir jedoch ein schlechtes Zeichen zu sein. Ich kann mir nicht vorstellen, dass die Schwertsterngruppe die Arbeiter auf der Baustelle herumlaufen lässt, solange hier noch belastende Beweise zu finden sind." Die geheime Organisation von Jägern, Wissenschaftlern und was weiß ich noch allem, gegen die wir letzte Woche gekämpft hatten, hatte einige ihrer Ausrüstungsgegenstände mit einem Symbol gekennzeichnet, das wie ein Stern mit Schwertklingen an zwei seiner Spitzen aussah. Dieses Symbol war bisher unsere einzige Möglichkeit, die Mitglieder zu erkennen.

Das vierte Schattenwesen unserer Gruppe – das ich erst gestern Abend kennengelernt hatte, nachdem wir ihn aus der in der Baustelle versteckten Einrichtung befreit hatten – rührte sich. Seine Stimme war ebenso kühl und autoritär wie sein eisblauer Blick. „Ich denke, du solltest mit deinen pauschalen Annahmen warten, bis wir einen Blick ins Innere des Gebäudes geworfen haben."

Ich war mir noch unschlüssig, was ich von Omen halten sollte, dem Mann, den mein Trio als ihren „Boss" bezeichnete. Eigentlich hätte er nicht aus der Gruppe herausstechen sollen – er war nicht so groß und muskulös wie Thorn, nicht so lässig und sinnlich wie Ruse und auch nicht so umwerfend wie Snap. Mit seinen scharfen Augen, dem hellbraunen, kurzen Haar und den markanten Gesichtszügen war er zwar attraktiv, jedoch keineswegs außergewöhnlich. Außerdem konnte ich nicht erkennen, welches Merkmal seiner Schattengestalt auch in seiner menschlichen Erscheinungsform sichtbar war. Bei genauerem Hinsehen konnte kein Schattenwesen als vollwertiger Mensch durchgehen, Thorns kristalline Knöchel, Snaps gespaltene Zunge und die gebogenen Hörner, die aus Ruse' Haar ragten, waren die besten Beweise dafür.

Trotzdem strahlte Omen mit jeder Bewegung seines Körpers, mit jedem Wort, das von seinen geschwungenen Lippen kam, Macht und Gefahr aus. Als wir letzte Nacht seine Zelle geöffnet hatten, war er mehr Tier als Mensch gewesen und hatte zwei der Wachen im Handumdrehen abgeschlachtet. Diese Gewaltbereitschaft lauerte irgendwo unter der kontrollierten Fassade, die er jetzt präsentierte. Bei Thorn, der ebenfalls ungeheuer brutal sein konnte, waren zumindest die Kriegerstatur und die Narben in seinem Gesicht eine eindeutige Warnung.

Der Krieger gab Pickle einen vorsichtigen Stups, damit der kleine Drache nicht von ihm herunterpurzelte. „Wir könnten uns durch die Schatten hineinschleichen und das Gebäude auskundschaften. Zwei von uns gehen und zwei bleiben hier, um auf Sorsha aufzupassen." Thorn hatte bereits ein Wohnhaus in Schutt und Asche gelegt und mehreren Männern die Köpfe abgerissen, um mich zu beschützen – er nahm seine selbst auferlegte Aufgabe als mein Beschützer ernster als die meisten anderen Dinge.

Omen hob die Hand, bevor der Krieger zu Ende gesprochen hatte. „Nein. Unser Verschlinger sollte alles untersuchen, und das kann er nicht, solange menschliche Zeugen in der Nähe sind." Er blickte in den Himmel. „Es wird noch eine Weile dauern, bis ihr Arbeitstag zu Ende ist. Da wir ein Fahrzeug brauchen, sollten wir die Gelegenheit nutzen, meinen Wagen zu holen, und später zurückkommen."

Mit seinen Anweisungen machte er seiner Position als Anführer alle Ehre. Da ich ihn gerade erst kennengelernt hatte und mir nicht sicher war, ob er über übernatürliche Kräfte verfügte, mit denen er mich ausweiden könnte, wenn ich ihm auf die Nerven ging, hatte ich eigentlich vorgehabt, den Mund zu halten und mich an seinen Plan zu halten. Das Problem war nur, dass seine nächsten Worte direkt an mich gerichtet waren und ein leicht spöttischer Unterton in seiner Stimme mitschwang. „Da du dich nicht in den Schatten fortbewegen kannst, werde ich dir die Adresse geben. Wir treffen uns dann dort."

Ich blinzelte ihn an. „Soll das heißen, ich soll ganz allein durch die Stadt fahren?" Die anderen drei hatten mich nie länger als ein paar Minuten aus den Augen gelassen, seit sie in meiner Wohnung aufgetaucht waren. Nicht einmal dann, wenn ich sie darum *gebeten* hatte, mir etwas Freiraum zu lassen.

Omen warf mir einen strengen Blick zu. „Ich hätte gedacht, dass eine Frau, die über so viele angebliche Talente verfügt, eine einfache Taxifahrt bewältigen kann."

„Nun, ja." Die Schwertstern-Bande hatte die unangenehme Angewohnheit, unangekündigt und mit gezogenen Waffen aufzutauchen. Nur dank der Bemühungen meines Trios war ich überhaupt noch am Leben. In meiner Schulter pochte noch immer ein dumpfer Schmerz von dem Schuss, der mich gestern gestreift hatte. Unmittelbar danach hatte Thorn mich vor einer Kugel gerettet, die mich direkt ins Herz getroffen hätte. Doch es war helllichter Tag, und ich wollte auf keinen Fall zulassen, dass Mister Neunmalklug mich wie einen Schwächling aussehen ließ.

„Ich habe eine Idee", mischte sich Ruse ein, gelassen wie immer. „Mit einem Taxi kommen auch wir schneller voran als in den Schatten. Warum betöre ich nicht den Fahrer, damit er unsere ganze Truppe ans Ziel bringt?" Er legte einen Arm um meine Schultern und grinste Omen an.

Omen runzelte die Stirn, doch nicht einmal er konnte etwas an der Tatsache ändern, dass motorisierte Fahrzeuge schneller waren. „Von mir aus", erwiderte er, wobei er in Richtung Straße wies und Ruse die Adresse mitteilte, als ob es seine Idee gewesen wäre.

Er musste noch eine weitere Anweisung erteilt haben, denn als Ruse an uns vorbeiging, verschwanden Snap und Thorn in den Schatten am Rande der Gasse. Omen verweilte noch einen Moment und warf mir einen eindringlichen Blick zu, der meine Nerven zum Flattern brachte, bevor er ebenfalls verschwand.

Omen hatte Ruse aus gutem Grund in sein Team geholt. Es dauerte nur eine Minute, bis der Inkubus einen Taxifahrer gefunden hatte, der uns eifrig auf den Rücksitz seines Taxis winkte, als wären wir gute Freunde und als würden wir *ihm* einen großen Gefallen tun, indem wir uns von ihm fahren ließen. Ruse wies auf die offene Tür. „Ladies first."

Die anderen drei blieben außer Sichtweite, doch ich nahm an, dass sie aus den Schatten entlang der Straße in die dunkleren Winkel des Taxis huschten. Soweit ich es verstanden hatte, konnten sie uns auch sehen, wenn sie in den Schatten waren. Ich bezweifelte, dass Omen mich vor den Augen eines unwissenden Sterblichen ausweiden würde, also schien dies der perfekte Zeitpunkt zu sein, ihm seine offensichtliche Verachtung mir gegenüber heimzuzahlen.

„Gut gemacht", sagte ich zu Ruse, als der Taxifahrer Gas gab, und beugte mich vor, um den seidigen Stoff seines Hemdes zu umfassen. Der Inkubus schenkte mir ein strahlendes Lächeln, bevor er sich ebenfalls nach vorne lehnte und mich küsste.

In dem Augenblick, in dem sich unsere Lippen berührten, war es eindeutig, dass er den Kuss genauso sehr gewollt hatte, wie ich. Heilige Mutter des Mistelzweigs, der Kerl küsste einfach fantastisch. Natürlich waren körperliche Freuden sein Metier, trotzdem hätte ich ihm für diesen Kuss eine Eins mit tausend Sternchen gegeben.

Für ein paar Sekunden vergaß ich, wo wir waren. Ich vergaß den Zuschauer, den ich eigentlich verärgern wollte. Ich war froh, dass ich mich überhaupt noch an meinen Namen erinnerte. Meine Lippen öffneten sich für Ruse' flinke Zunge, und mein Körper verschmolz mit seinem, meine Haut prickelte dort, wo er mit seinen Fingern über meine Seite strich.

Warum hatten wir unsere äußerst vergnüglichen nächtlichen Eskapaden eigentlich eingestellt? Ach ja, weil er sein Versprechen gebrochen und seine übernatürlichen Kräfte benutzt hatte, um einen Blick in meinen Kopf zu werfen. Allerdings hatte er mir eine glaubwürdige Erklärung für die Gründe geliefert, und seitdem war sein Verhalten einwandfrei gewesen. Ich sollte auf jeden Fall versuchen, ihn bald dafür zu belohnen, vor allem, weil wir beide von dieser Belohnung profitieren würden.

Der Fahrer hüstelte, was mich aus meiner Glückseligkeit riss, und ich unterbrach den Kuss. Hitze stieg mir in die Wangen. Ruse schenkte mir ein weiteres Lächeln, doch ich könnte schwören, dass auch er etwas errötet war. Ich gab mir im Geiste ein High Five. Wenn Omen jetzt wütend war, umso besser. Zumal er uns nicht wirklich sagen konnte, dass wir aufhören sollten.

Das Taxi brachte uns zu einem heruntergekommenen Lagerhaus am Stadtrand. Die meisten der garagenähnlichen Tore waren verbeult und verrostet, viele standen halb offen, und der Zementboden dahinter war mit Staub und Abfällen übersät. Das Gebäude schien jedoch zumindest halbwegs in Betrieb zu sein, denn die Tür, auf die Omen zuging, war verschlossen und wies keinerlei Anzeichen von Verfall auf. Er riss sie auf und zum Vorschein kam …

„Du fährst einen Kombi?", fragte ich völlig perplex.

Omen warf mir einen eisigen Blick zu und tätschelte die kastenförmige braune Motorhaube. „Betsy ist zuverlässig, und wenn man vor Feinden auf der Flucht ist, ist das wichtiger als irgendwelcher Schnickschnack. Außerdem sind die Fenster mit einem Schutzzauber belegt, der vortäuscht, jemand anderes würde sich im Wagen befinden. Diesen Gefallen habe ich einem ehemaligen Feen-Kollegen zu verdanken. Ich habe *auch* ein Motorrad, doch das wird woanders aufbewahrt."

Außerdem wäre es nicht geeignet, uns fünf durch die Stadt zu transportieren, jedenfalls nicht, wenn die anderen körperlich anwesend waren. Doch mal im Ernst – er hatte sein Auto Betsy getauft? Ich unterdrückte ein Kichern, allerdings deutete der scharfe Blick, den Omen mir zuwarf, darauf hin, dass er das Zucken meiner Lippen bemerkt hatte. Ich musste zugeben, dass der Zauber unglaublich nützlich war, um uns die Mistkerle vom Hals zu halten, mit denen wir es zu tun hatten.

Thorn spähte in die Dunkelheit des Lagerraums, in dem sich Holzkisten und Metalltruhen an den Wänden um den Wagen herum stapelten. „Dieser Raum könnte auch als Schlafplatz für Sorsha dienen. Hier wäre sie in Sicherheit und ..."

Omen drehte sich zu ihm um und unterbrach ihn schroff. „Mach dich nicht lächerlich. Willst du die Truppe etwa direkt zu meinem Versteck führen? Wir sollten hier keinen Augenblick länger verweilen, als wir es ohnehin schon getan haben."

Thorn sah so angeschlagen aus, dass mir bei seinem Anblick der Atem stockte. Der Ausdruck schien nicht zu dem starken Mann zu passen. „Ich bitte um Verzeihung", sagte er schnell. „Ich hätte den Vorschlag sorgfältiger durchdenken sollen."

„Scheint so, als hättest du in den letzten Monaten allgemein nicht besonders sorgfältig nachgedacht, sonst wäre ich nicht als Versuchskaninchen im Labor dieser Sterblichen gelandet. Wie wäre es, wenn du von nun an deinen Mund hältst und das Denken mir überlässt?"

Ich hätte nicht gedacht, dass die Miene des Kriegers noch finsterer werden konnte. Vor lauter Zorn verlor ich die Kontrolle über meine Zunge.

„*Du* bist doch derjenige, der sich von diesen Sterblichen in die Falle hat locken lassen", wetterte ich. „Du hast keine Ahnung, wie sehr sich Thorn den Arsch aufgerissen hat, um dich zu befreien. Er ist der engagierteste Mann, dem ich je begegnet bin. Sein Engagement geht sogar oft so weit, dass er einem damit auf die Nerven geht. Vielleicht solltest du also die Klappe halten, wenn es um Dinge geht, von denen du offenbar keine Ahnung hast."

Ich merkte, dass Thorn sich zu mir umgedreht hatte, wagte es jedoch nicht, meinen Blick von Omen abzuwenden, um den Krieger anzusehen. Ich hatte Thorn seine Zielstrebigkeit des Öfteren vorgehalten, doch er hatte bewiesen, dass sich unter seiner strengen Fassade echte Gefühle verbargen – und eine Menge Leidenschaft, von der ich bisher nur einen Vorgeschmack bekommen hatte. Er hatte sich große Vorwürfe gemacht, weil es ihm nicht gelungen war, Omens Gefangennahme zu verhindern. Und jetzt musste er sich ausgerechnet Vorwürfe von demjenigen anhören, den er mit allen Mitteln versucht hatte zu retten. Ich wollte nicht zusehen, wie dieser Trottel ihn wegen etwas fertig machte, für das er unmöglich zur Rechenschaft gezogen werden konnte.

Wenn ich Omens Blick vorhin für kalt gehalten hatte, war er jetzt so eisig, dass mir das Blut in den Adern gefror. Kleine Büschel seines sorgfältig geglätteten Haars hatten sich aufgerichtet, als hätte es durch seine anschwellende Wut ein Eigenleben entwickelt. Meine Hände verkrampften sich, als ich mich auf einen Wutanfall gefasst machte, doch seine Stimme war genauso emotionslos wie zuvor.

„Wenn du nicht darauf bestanden hättest, dich

einzumischen, bräuchten wir uns keine Gedanken darüber zu machen, wo du die Nacht verbringen wirst. Also spiel dich nicht so auf."

Der drohende Unterton in seiner Stimme jagte mir einen Schauer über den Rücken. Warum hatte Omen überhaupt zugestimmt, dass ich bleiben durfte?

Möglicherweise lag es an den nachdrücklichen Bitten seiner Begleiter. Snap trat neben mich und schlang solidarisch seine langen, schlanken Finger um meine Faust. „Wir haben es allein Sorsha zu verdanken, dass wir dich überhaupt gefunden haben und befreien konnten. Sie ist genauso wichtig wie jeder andere von uns."

Pickle stieß einen zirpenden Laut aus, der als Zustimmung interpretiert werden könnte, und flatterte ängstlich mit den Flügeln. Als er den Halt an Thorns Tunika verlor, klammerte er sich panisch an den Haaren des Kriegers fest. Mit einem schweren Seufzer nahm Thorn ihn von seinem Kopf, doch der Anflug eines Lächelns umspielte seine Lippen. Ich eilte auf ihn zu, um ihm mein Haustier abzunehmen.

Omen beobachtete alles mit der gleichen distanzierten Verachtung und schüttelte dann den Kopf. „Wir werden sehen", murmelte er düster. „Jetzt steigt erst mal ein. Lasst uns herausfinden, was von meinem ehemaligen Gefängnis noch übrig ist."

Zu meiner Erleichterung fuhr er vorsichtiger als Ruse und schaffte es zurück zur Baustelle, ohne auch nur ein einziges Mal angehupt zu werden. In der Zwischenzeit hatte ich festgestellt, dass sich die mittlere Sitzlehen umklappen ließ, sodass Pickle in den Kofferraum krabbeln konnte. Der kleine Drache hatte sofort begonnen, ein Nest aus einer alten karierten Decke zu bauen, die er dort gefunden hatte. Ich beschloss, Omen gegenüber nicht zu erwähnen, dass die gefilzte Kofferraumauskleidung seiner geliebten Betsy diese Fahrt womöglich nicht überleben würde.

Obwohl die Sonne bereits hinter den Dächern der

Hochhäuser untergegangen war, war der Sommerabend noch warm und relativ hell. Thorn stahl sich durch die Schatten rund um die Baustelle, bevor er uns grünes Licht gab: keine Spur von der Schwertstern-Truppe. Im hinteren Teil des Geländes schob er ein Stück der Absperrwand zur Seite, damit ich hineingehen konnte, während die anderen den Weg durch die Schatten nahmen.

Das halbfertige Gerüst aus Stahl und Backsteinen wirkte im späten Nachmittagslicht zwar nicht gerade einladend, war jedoch deutlich weniger schaurig als im unheimlichen Schein der Sicherheitslampen letzte Nacht. Ein Windstoß ließ die Metallbalken über mir knarren und ich bemühte mich, nicht zusammenzuzucken. Abrupt hielt ich inne, als das Gebäude, das wir gestern Abend gestürmt hatten, in Sicht kam.

Oder besser gesagt, die Stelle, wo das Gebäude *hätte sein sollen*, denn dort, wo vor weniger als vierundzwanzig Stunden noch der Betonbau mit den Flutlichtern gestanden hatte, war nichts als nackte, festgetretene Erde und eine flache Schuttgrube.

Ich keuchte und meine Schattengefährten tauchten um mich herum auf. Ruse stieß einen leisen Pfiff aus.

Ein ungläubiges Lachen sprudelte aus mir heraus. „Diese Leute machen wirklich keine halben Sachen, oder?" Erst gestern Morgen hatten sie einen ihrer eigenen Männer bis zur Unkenntlichkeit verprügelt, um ihre Spuren zu verwischen. Also sollte ich vermutlich nicht überrascht sein.

Wir wagten uns näher heran, Thorn ging voraus, um die Trümmer zu inspizieren, doch es dauerte nicht lange, bis wir feststellten, dass unsere Feinde nichts Belastendes oder Nützliches zurückgelassen hatten, sondern nur zerschlagene Betonstücke. Snap beugte sich an verschiedenen Stellen über die Grube und schnalzte mit seiner gespaltenen Zunge über den Unrat, um zu prüfen, ob noch Eindrücke daran hafteten, doch mit jedem Versuch wurde seine Miene hoffnungsloser.

Omen war am Rande des Platzes in meiner Nähe

geblieben und ließ seine Gefährten die Arbeit machen. *Sein* Gesicht war vollkommen ausdruckslos – weder das Unbehagen, an den Ort seiner Pein zurückzukehren, noch die Genugtuung, das Gebäude in Schutt und Asche zu sehen, oder die Enttäuschung darüber, wie gründlich unsere Feinde die Beweise für ihre Aktivitäten beseitigt hatten, spiegelte sich darin.

In der Einrichtung waren noch einige andere Schattenwesens als Versuchsobjekte festgehalten worden – Wesen, die wir nicht befreien konnten. Außerdem hatten wir bisher nicht in Erfahrung bringen können, was genau das Ziel ihrer qualvollen Experimente gewesen war.

„Wir müssen herausfinden, wohin sie die anderen Schattenwesen gebracht haben", erklärte ich. „Und dann müssen wir jegliche Operationen der Schwertstern-Truppe unterbinden. Wir können sie nicht damit durchkommen lassen."

Omen rührte sich nicht. „Offensichtlich."

Das war alles, was er dazu zu sagen hatte? Stirnrunzelnd betrachtete ich das karge Gelände. „Es war schon schwer genug, nur dich zu befreien, obwohl wir vier zusammengearbeitet haben. Einige Schattenwesen kommen regelmäßig auf die Seite der Sterblichen oder leben sogar mittlerweile hier. Vielleicht könnten wir uns ein wenig umhören und sehen, ob sich jemand von ihnen uns anschließen würde ..."

Omen unterbrach mich mit einem abfälligen Schnauben. „Wie viele von uns hast du schon *kennengelernt*, die sich in diesem Reich aufhalten? Meiner Erfahrung nach, sind sie hier genauso egozentrisch wie im Schattenreich. Sie interessieren sich ausschließlich für sich selbst und vielleicht ihren engsten Kreis. Das Wohl unseres Volkes bedeutet ihnen nichts, wenn sie dafür einen Finger krumm machen müssten. Was glaubst du, warum ich mit einer so kleinen Gruppe gegen diese Bedrohung vorgegangen bin?"

Diese selbstsüchtige Einstellung war mir *tatsächlich* schon bei anderen Schattenwesen aufgefallen. Die Gruppe von Menschen, mit denen ich zusammenarbeitete, um die Kreaturen zu schützen, die in unser Reich kamen, hatte sich schon früher an Schattenwesen gewandt, die hier lebten, doch sie waren selten bereit, sich zu engagieren, es sei denn, sie waren direkt betroffen.

„Es geht hier um viel mehr als einen einzelnen Jäger oder kleine Gruppen, die des Geldes wegen Jagd auf niedere Schattenwesen machen. Alle höheren Schattenwesen sind in Gefahr. Meinst du nicht, dass das die anderen auch interessiert?"

Omen verzog das Gesicht. „Wenn dem so wäre, hätte es diese ‚Schwertstern-Truppe' nie geschafft, sich so zu etablieren, wie sie es getan hat."

Er verschwand in den Schatten und beendete damit die Diskussion. Was für ein umgänglicher Gesprächspartner.

Ich schnitt eine Grimasse und bahnte mir einen Weg an den Rändern des Platzes entlang. Vielleicht war inmitten der Zerstörung etwas Brauchbares hierher geweht und bei den Aufräumarbeiten übersehen worden. Systematisch suchte ich die Bretterstapel und die ineinandergreifenden Balken nach Hinweisen ab, wobei ich angestrengt gegen die zunehmend dunkler werdende Abenddämmerung anblinzelte.

Nachdem ich etwa die Hälfte der zerstörten Anlage umrundet hatte, hörte ich ein zischendes Geräusch von oben.

Ruckartig hob ich den Kopf. Ich zuckte zusammen und stolperte nach hinten, sodass ich gerade noch rechtzeitig einem Feuerball ausweichen konnte, der von oben auf mich zugeflogen kam.

Das lodernde Ding rauschte so dicht an mir vorbei, dass es mir ein paar Haarsträhnen versengte, bevor es auf dem Boden aufschlug. Mein Herz schlug heftig. Die Flammen loderten höher, und ich wich weiter zurück und hob abwehrend die Arme. Ein heftiger Schmerz schoss durch meine bandagierte Schulter. Das Feuer flackerte in die entgegengesetzte Richtung, bevor es langsam erlosch, als der Brennstoff aufgebraucht war.

Schließlich ließ ich die Arme sinken und näherte mich dem inzwischen nur noch glimmenden Objekt, während Thorn dicht gefolgt von Snap und Ruse auf mich zustürmte. Ich presste meinen Kiefer gegen den Schmerz zusammen, der seit gestern in meiner Schulter pochte, während wir alle das Ding anstarrten, das fast wie ein brennendes Toupet auf mir gelandet wäre.

Es war eine verkohlte … Arbeitshose? Ja, mit einem scharfen chemischen Geruch, der darauf erklärte, warum sie so stark Feuer gefangen hatte. Der Stoff musste mit Feuerzeugbenzin übergossen und dann von oben heruntergeworfen worden sein.

Thorn sprang zurück in den Schatten, vermutlich um nach meinem Angreifer zu suchen. Snap untersuchte mich sorgfältig. Mit besorgter Miene fuhr er mit seinen Fingern über meine versengten Haarsträhnen, deren Farbe er bei unserer ersten Begegnung mit einem Pfirsich verglichen hatte.

Ich nahm seine Hand und drückte sie beruhigend. „Mir geht's gut. Ganz im Gegensatz zu der Hose."

Ruse legte den Kopf schief, sein Blick ruhte noch immer auf dem verkohlten Kleidungsstück. „Das ist wirklich ein Ding."

Stirnrunzelnd musterte ich das Gitterwerk. Wer hatte das getan? Und *warum*? Hier gab es weitaus tödlichere Dinge als ausrangierte Bauarbeiterhosen.

Ich spürte ein nervöses Flattern in meiner Brust, wollte mich jedoch nicht von etwas so Lächerlichem aus der Ruhe bringen lassen, zumindest nicht, wenn ich es verhindern konnte. Normalerweise konnte mich das Verdrehen der Texte meiner Lieblingssongs aus den 80ern immer aufheitern. Ich wedelte mit der Hand vor meiner Nase herum und sang eine kleine Melodie. „This is what it smells like when gloves fry ...“

Ruse kicherte, während Snap sich hinkniete. Seine Zunge huschte durch den Rauch. „Ein Mann hat diese Hose heute Morgen getragen – er hat eine klebrige, schwarze Flüssigkeit darauf verschüttet, musste sich umziehen und warf sie in einen Abfalleimer. Danach kann ich nichts mehr wahrnehmen.“ Er runzelte die Stirn.

Irgendwann während des Chaos war Omen zurückgekehrt, um sich uns anzuschließen. Er betrachtete die verbrannte Jeans, die Struktur um uns herum und dann mich, wobei sein Blick so durchdringend war, dass es sich anfühlte, als würde er sich in meinen Schädel bohren. „Du scheinst Feuer regelrecht anzuziehen.“

„Normalerweise habe ich nichts dagegen, allerdings nur wenn ich diejenige bin, die Dinge in Flammen setzt.“ Ich widerstand dem Drang, die Arme um meinen Körper zu schlingen. „Jemand spielt mit uns. Versucht, uns auf Trab zu halten.“

„Du hast Glück, dass du dich nicht verbrannt hast.“

Wollte er damit etwa andeuten, dass ich darauf vorbereitet war, dass mir eine brennende Hose auf den Kopf fallen würde? „Ein Hoch auf meine guten Reflexe“, erwiderte ich.

Thorn tauchte so abrupt aus dem Schatten auf, dass ich einen Luftzug an meiner Haut spürte. „Im Moment ist niemand sonst auf dem Gelände. Entweder war es ein anderes Schattenwesen, das sich schnell aus dem Staub gemacht hat, oder ein Mechanismus, der automatisch ausgelöst wurde.“

Ruse hob die Hand. „Da wir ohnehin nichts Nützliches in dieser Ruine gefunden haben, würde ich vorschlagen, dass wir abhauen, bevor noch weitere ‚Mechanismen‘ ausgelöst werden.“

Ich erwartete, dass Omen widersprechen würde, wie er es

immer tat, wenn jemand anderes einen Vorschlag machte. Stattdessen nickte er. „Hier kommen wir nicht weiter."

Er starrte mich noch einen Moment lang an, bevor er seine Aufmerksamkeit auf den Inkubus richtete. „Warum wenden wir uns nicht an diese Computerexpertin, die du erwähnt hast? Bestimmt haben unsere Feinde irgendwo eine Spur hinterlassen – wir müssen sie nur finden, und zwar schnell."

ZWEI

Sorsha

Ich bemerkte, dass Omens Kombi einen besonderen Geruch an sich hatte. Ich saß auf dem Rücksitz, atmete tief ein und versuchte, ihn zuzuordnen. Ein Hauch von Holzkohle, Salz, etwas Kalkhaltiges, und … ein leichtes Fleischaroma vielleicht? Pizza, dachte ich. Allerdings fiel es mir schwer, mir vorzustellen, wie der herrische Kommandant in seiner geliebten Betsy ein Stück davon verschlang. Außerdem war der Geruch zu trocken, es fehlte das Tomatige und Saftige.

Während ich über den Geruch nachdachte, unterhielt sich Ruse mit seinem Boss über die Hackerin, die er mit seinem Charme betört hatte.

„Sie hat alles am Telefon gemacht", sagte er, verschränkte die Arme hinter dem Kopf und lehnte sich in seinem Sitz zurück. „Nach nur wenigen Minuten waren wir so gut befreundet, dass sie sich bereitwillig in einen offensichtlich gestohlenen Computer gehackt hat. Da sollte eine kleine

Internetrecherche kein Problem sein. Die Wirkung meines Zaubers ist vermutlich noch nicht vollständig abgeklungen, das wird ein Kinderspiel."

„Wunderbar", antwortete Omen. Seine Stimme war so emotionslos, dass ich nicht sagen konnte, ob er sich wirklich freute oder sarkastisch war. Ruse' Kommentar hatte mich an eine weitere Verpflichtung erinnert. Ich schuldete meiner einzigen wirklich engen Freundin einen Anruf.

Ich ließ mich tiefer in das abgenutzte Lederpolster des Rücksitzes sinken, der zugegebenermaßen ziemlich bequem war, und zog mein Handy heraus. Vivi war trotz meiner Bemühungen, sie aus der Schusslinie zu halten, in unseren Konflikt mit der Schwertstern-Truppe verwickelt worden. Okay, vielleicht sogar *wegen* meiner Bemühungen. Meine Verschlossenheit hatte sie so beunruhigt, dass sie mir nachspionierte, während wir die Bösewichte verfolgt hatten, und unsere Tarnung war aufgeflogen. Da die Schwertstern-Band das Auto ihrer Großmutter, das sie sich zu diesem Zweck ausgeliehen hatte, gesehen haben könnte, hatte ich die beiden angewiesen, sich zu verstecken.

Vivi nahm gleich nach dem ersten Klingeln ab. „Sorsha?"

Als ich ihre heitere Stimme hörte, durchströmte mich ein Gefühl der Erleichterung. „Genau die. Seid ihr immer noch in der Hütte?"

„Ja, mir ist langweilig." In ihrem Lachen schwang ebenfalls Erleichterung mit. „Ich bin so froh, dass es dir gut geht. Ich habe mich gefühlt wie ein Kuckuck im Mixer, während ich mich gefragt habe, was los ist."

Vivi liebte Metaphern. Ich musste schmunzeln. „Nun, wir haben zwar einen Teil des Problems gelöst, jetzt steht uns jedoch eine deutlich größere Aufgabe bevor. Die Arschlöcher, die Freudenhöhle ermordet haben, sind immer noch auf freiem Fuß, also bleib lieber, wo du bist."

„Eigentlich ..." Ich konnte praktisch sehen, wie sie eine ihrer Locken um den Zeigefinger wickelte. „Da ich hier nicht viel zu tun habe, hatte ich viel Zeit über verschiedene Strategien nachzudenken. Vielleicht habe ich einen Weg gefunden, wie ich zurückkommen und dir wirklich helfen kann, ohne dass das Unheil über mich hereinbricht."

Bei der Vorstellung, dass meine beste Freundin erneut in die Schusslinie geraten könnte, bildete sich ein Kloß in meinem Hals, doch ich hatte ihr versprochen, sie nicht länger auszuschließen. Und um fair zu sein, hatte die Heimlichtuerei am Ende keiner von uns beiden geholfen. Vivi war bei Eltern aufgewachsen, die von der Existenz der Schattenwesen wussten und sich für deren Schutz einsetzten. Auch wenn das nicht das Gleiche war, wie von einer Feenfrau aufgezogen zu werden, und Vivi sich im Umgang mit übernatürlichen Wesen nicht ganz so wohlfühlte wie ich, hatte sie eine ziemlich klare Vorstellung davon, worauf sie sich einließ.

„Na gut", sagte ich. „Schieß los."

„Nun, ich denke, der wichtigste Anhaltspunkt, den diese Leute haben, um Oma oder mich zu identifizieren, ist ihr Auto. Was, wenn ich zur Polizei gehe und behaupte, dass es vor ein paar Tagen gestohlen wurde? Ich parke es an einem unauffälligen, aber offensichtlichen Ort. Ich könnte sogar einen anonymen Tipp abgeben, damit sie es schnell finden. Dann bekommt Oma ihr Auto zurück, ohne dass wir mit Aktivitäten in Verbindung gebracht werden, für die es in letzter Zeit benutzt wurde. Glatt wie Butter auf einer Porzellanvase."

„Hmm." Fieberhaft versuchte ich, eine Schwachstelle an diesem Plan zu finden, um Vivi zu überzeugen, dass sie in der Hütte in Sicherheit war, doch tatsächlich klang er ziemlich solide. „Bist du sicher, dass die Bösewichte nicht mitbekommen haben, dass das Auto zwischen euren Erkundungsmissionen vor dem Haus deiner Oma geparkt war? Und was ist mit den Fragen, die du Freudenhöhles Nachbarn gestellt hast?"

„Nein, ich habe es über Nacht auf einem

gebührenpflichtigen Parkplatz geparkt, nur für den Fall. Und bei meinen Gesprächen mit den paar Leuten, die ich persönlich angetroffen habe, waren meine Haare unter einer Kapuze versteckt und ich trug eine große Sonnenbrille. Ich glaube nicht, dass sie eine genaue Beschreibung von mir abgeben könnten. Ich bin durchaus in der Lage, *nicht* aufzufallen."

Ich zögerte und schwankte zwischen den Schuldgefühlen, weil ich meine beste Freundin anfangs ausgeschlossen hatte, und den Schuldgefühlen, die ich verspüren würde, wenn ich sie in noch größere Gefahr brachte.

„Komm schon, Sorsh", flehte Vivi. „Lass mich mitmachen. Sag mir einfach, was du brauchst, und ich tue es. Keine Geheimniskrämerei mehr."

Durch die Geschichte mit dem Auto wäre sie hier in der Stadt möglicherweise sicherer, als wenn sie untertauchen würde und die Schwertsternkrieger annahmen, dass sie in diese Sache verwickelt war. „Okay. Mach das mit dem Auto, wie du gesagt hast, und dann tu *nichts*, bis wir Gelegenheit haben, ausführlicher zu reden."

„Alles klar." Sie machte ein Kuss-Geräusch. „Dito."

„Dito", erwiderte ich und musste schmunzeln. Wir hatten beide eine Vorliebe für kitschige Filme, darunter *Ghost*, der unseren typischen Abschiedsgruß inspiriert hat.

Als ich auflegte, bog Omen gerade in die Straße eines Wohngebiets ein. Wieder warf er mir einen seiner durchdringenden Blicke zu. „Ist dir nie in den Sinn gekommen, dass ich Verschwiegenheit erwarte, was unsere Aktivitäten betrifft?"

Meine Schultern spannten sich automatisch an. „Das war meine beste Freundin. Sie weiß alles über Schattenwesen und auch, dass ich etwas Großem auf der Spur bin." Wir vier hatten ihm gestern Abend den Großteil der Geschichte erzählt. „Zusammen mit dem Bund zum Schutz für Schattenwesen setzt sie sich schon ihr ganzes Leben lang für euch ein. Sie kann uns vielleicht helfen. Und nach dem, was sie gestern gesehen hat, weiß sie, wie ernst die Lage ist."

„*Eine* Sterbliche dabeizuhaben, ist schon schlimm genug."

„Nun, da hast du wohl Pech gehabt, denn sie hängt jetzt mit drin."

Obwohl ich mich um einen freundlichen Tonfall bemüht hatte, kniff Omen die Augen zusammen. „Wenn sie unsere Mission gefährdet, werde ich dafür sorgen, dass sie sich nicht mehr einmischen kann."

Mein Rücken versteifte sich. „Deswegen musst du dir keine Sorgen machen." *Und wenn du meiner besten Freundin auch nur ein Haar krümmst, kannst du dich darauf gefasst machen, dass diese Hand Bekanntschaft mit deiner Nase machen wird.*

Ruse räusperte sich und zeigte auf ein Haus am Ende der Straße. „Das ist die Wohnung. Souterrain, separater Eingang. Unsere Hacker-Freundin soll alles über die Aktivitäten der Schwertstern-Truppe herausfinden, was sie kann, richtig?"

„Vor allem, von wo aus sie operieren", meinte Omen. „Regelmäßige Jagdgruppen oder Treffpunkte, wo sie ihre Geschäfte abwickeln. Keine Sorge, du musst dir das nicht alles merken. Ich komme mit. Nach allem, was passiert ist, finde ich, dass niemand von euch ohne Rückendeckung irgendwo hingehen sollte."

„Klar. Auf jeden Fall. Je mehr, desto besser." Ruse kicherte, wenngleich ihm die Anspannung wegen der angedeuteten Kritik deutlich anzumerken war.

„Thorn. Snap." Omen spähte in den Schatten neben mir. Bevor er den Mund erneut öffnen konnte, waren die beiden anderen Schattenwesen aufgetaucht, und ich wurde gegen die Tür gepresst. Thorn nahm mit seiner kräftigen Gestalt einen kompletten Rücksitz für sich ein.

Snap gab mir einen entschuldigenden Kuss auf die Schläfe, bevor er sich mit einem eifrigen Funkeln in den Augen an seinen Boss wandte. „Was kann ich tun?"

„Ich möchte, dass ihr beide auf der Straße patrouilliert

und sicherstellt, dass uns niemand gefolgt ist oder sich zu sehr für Betsy hier interessiert. Und getrau dem Motto ‚Je mehr, desto besser' wird Sorsha mich und Ruse begleiten. Es könnte nützlich sein, in dieser besonderen Situation eine Sterbliche dabei zu haben."

Ich rieb mir ungläubig die Ohren, doch seine ungeduldige Geste und Snaps stolzes Strahlen zeigten mir, dass ich ihn richtig verstanden hatte. „Du wirst schon sehen, wie nützlich sie ist", sagte der Verschlinger. Er drückte mir noch einen Kuss auf die Stirn, bevor er wieder mit Thorn in den Schatten verschwand.

„Da bin ich mir sicher", sagte Omen ohne große Begeisterung und stieß seine Tür auf.

Irgendwie hatte ich den Verdacht, dass Omen nicht plötzlich meine Fähigkeiten zu schätzen gelernt hatte, sondern dass es ihm viel mehr darum ging, mich nicht allein in seinem Auto zu lassen – als würde *ich* die Polster zerfetzen wie ein wildes Tier … oder, na ja, wie Pickle. Dennoch wollte ich einem geschenkten Gaul nicht ins Maul schauen. Je eher ich meine Fähigkeiten unter Beweis stellte, desto eher würde er sich seine herablassenden Kommentare verkneifen.

„Diese Sterbliche ist ein wenig … skurril", erklärte Ruse mit leiser Stimme, als wir auf das Haus der Hackerin zugingen. „Und ich habe eine gewisse Abwehrhaltung an ihr wahrgenommen. Deswegen würde ich vorschlagen, eure Meinung über ihren Kleidungsstil und ihre Einrichtung für euch zu behalten."

Er hatte vorhin angerufen, um ihr Bescheid zu geben, dass wir kommen würden. Als er an die Hintertür klopfte, die über eine Treppe von der hinteren Terrasse aus zu erreichen war, bereitete ich mich darauf vor, nicht auf Gothic-Klamotten, regenbogenfarbene Haare, Glitzer oder Pelzkostüme zu reagieren. Es gab eben solche und solche.

Trotzdem war ich nicht auf den Anblick vorbereitet, der sich mir bot.

„In die Höhle! Schnell!", zischte die Gestalt, die die Tür öffnete. Sie trug einen lilafarbenen Latexanzug mit einem gelben Blitz auf der Brust, einen schwarzen Glitzergürtel, passende schwarze Plateaustiefel aus Vinyl und einen schwarzen Umhang, den sie mit einem dramatischen Zischen herumwirbelte.

Unsere Hackerin hielt sich offenbar für die Superheldin des Cyberspace, mit allem Drum und Dran. Auch wenn es mir schwerfiel, schaffte ich es, keine Miene zu verziehen, als wir ihre Wohnung betraten.

Ihre „Höhle" war nach dem Vorbild von Batmans Batcave eingerichtet: An einer Wand standen mehrere Computerbildschirme, daneben befanden sich Glasvitrinen mit Kostümen und verschiedenen Waffen, der Anstrich war vom Betonboden bis zur Decke schiefergrau und die kreisförmig angeordneten Einbaulampen tauchten den Raum in ein schummriges Licht. An der Wand neben der Eingangstür lehnte ein Moped mit schwarzer Metallverkleidung. Aber hallo!

Ich stieß gegen das Moped, als wir uns in den kleinen Raum zwischen ihre Einrichtung zwängten, und spürte, wie etwas Schuppenartiges meinen Arm streifte. Ich hielt mir die Hand vor den Mund, um nicht aufzuschreien, doch der Hackerin schien mein Schreck nicht entgangen zu sein.

„Das ist nur Freddie", erklärte sie forsch und ließ sich in einen massiven Ledersessel mit gewölbter Rückenlehne fallen, der eher zu einem Superschurken als zu einer Heldin passte. Als ich das Moped genauer in Augenschein nahm, erkannte ich eine gebeugte Gestalt mit Schuppen, die sich kaum von dem schwarzen Sitz und der grauen Wand abhob.

Sie hatte ein Chamäleon namens Freddie als Haustier. Ach so. Ich hätte Pickle mitnehmen sollen, dann hätten die beiden miteinander spielen können.

Die Hackerin nahm einen Schluck von dem Energydrink, der vor ihr auf dem Schreibtisch stand, und fuhr mit den

Fingern über eine ihrer drei Tastaturen. Die erhöhten Tasten waren von einem grünen Licht umgeben. Grinsend blickte sie zu Ruse auf. „Was kann ich heute Abend für dich tun?"

Der Inkubus musste seinen Charme offenbar gar nicht mehr spielen lassen. Er stützte sich vor dem am weitesten entfernten Bildschirm ab und schenkte ihr ein lässiges, warmes Lächeln. „Es könnte ein wenig schwierig werden, doch ich bin mir sicher, dass du der Aufgabe gewachsen bist. Allerdings darf niemand mitbekommen, wonach wir suchen. Es könnte um Leben und Tod gehen."

Die Miene der Frau wurde ernster. Sie nickte eifrig. „Du kannst dich auf mich verlassen. Ich würde eher mein eigenes Leben geben, bevor ich zulasse, dass die, für die ich kämpfe, zu Schaden kommen."

„Hoffentlich wird es nicht so weit kommen", meinte Ruse augenzwinkernd. „Wir haben Grund zu der Annahme, dass es in dieser Stadt Leute gibt, die übernatürliche Wesen mit besonderen Kräften kaufen wollen, und dass sie Sicherheitsleute für ihre Zwecke anheuern. Außerdem sind wir auf der Suche nach Hinweisen auf Aktivitäten rund um eine Baustelle in der vergangenen Nacht."

Nachdem er ihr die Adresse sowie ein paar weitere Details, die ihre Suche eingrenzen könnten, gegeben hatte, stürzte sie sich so enthusiastisch auf das World Wide Web, als wäre es die Festung der Einsamkeit. Das Licht der Bildschirme erhellte ihr blasses Gesicht.

Für mich schien es hier nichts zu tun zu geben. Natürlich leistete auch Omen keinen nennenswerten Beitrag. Er ging zu den Regalen, fuhr mit dem Finger über etwas, das wie eine Strahlenkanone aussah, und nahm ein Katana in die Hand, um die Klinge zu inspizieren.

„Hmm", sagte die Hackerin, mehr zu sich selbst als zu uns. „Das könnte – hoppla, nein, so viele Brüste an einer Dame hätte ich nicht sehen müssen ... Was ist mit – oh, das ist eine Lieferung gefälschter Plüschtiere. Hmm ... Igitt. ‚Als ich dich an der Bushaltestelle stehen sah, hat mir dein Lächeln den Verstand geraubt' – definitiv nicht, viel Glück mit dem verpassten Bus, du Spinner. Hey, das ist ein interessanter Thread."

Sie lehnte sich näher an den Bildschirm, als hätte sie vor, hineinzuklettern. Ich machte ein paar Schritte auf sie zu, doch sie öffnete und schloss die Fenster so schnell, dass ich nichts von ihren Nachforschungen erkennen konnte.

Omen war immer noch dabei, ihre Vitrinen zu erkunden, wobei ein Rascheln hier und ein Klirren dort zu hören war. Ich ließ meinen Blick durch den Rest des Zimmers schweifen, auf der Suche nach einer Möglichkeit, zu beweisen, dass ich mehr als nur Ballast war. In einem kleinen Regal vor dem Moped befanden sich mehrere Ramen-Packungen. Vielleicht könnte ich anbieten, ihr einen kleinen Imbiss zuzubereiten?

Moment, las ich da richtig? Sie hatte … Barbecue-Oktopusbällchen-Geschmack. Und nicht zu vergessen den Klassiker, Mokka-Cheddar-Mais. Wo zum Teufel hatte sie die denn aufgetrieben? Doch was noch wichtiger war: Ich wandte mein Gesicht ab, damit sie nicht sah, wie ich die Nase rümpfte – *warum*?

Mit einem Rattern, das sich wie Maschinengewehrfeuer anhörte, tippte sie weiter auf der Tastatur herum. Ich drehte mich um, um das Arsenal zu inspizieren, das Omen so faszinierend gefunden hatte, doch in diesem Moment drehte er sich mit einem metallischen Lichtblitz von den Kisten weg.

Die gebogene Klinge in seiner Hand ritzte die Haut meines nackten Unterarms auf und ein stechender Schmerz flammte entlang des Schnitts auf. Mit einem Schrei riss ich meinen Arm so schnell weg, dass auch meine andere Schulter mit der verbundenen Wunde schmerzte. Blut sickerte aus der Schnittwunde.

Omen schwang die Waffe in seiner Hand mit routinierter Anmut und legte sie zurück auf das Regal. „Ich habe dich nicht gesehen", sagte er, wobei er kein bisschen so klang, als würde es ihm leidtun. Dann nahm er meine Hand, um meinen verletzten Arm unter eine der Deckenleuchten zu halten. „Lass mal sehen."

Ruse hatte sich aufgerichtet und beäugte Omen misstrauisch, während er mir einen sorgenvollen Blick zu warf. „Du kannst nicht einfach unsere Sterbliche aufschlitzen. Geht's dir gut, Flamme?"

„Es ist nur ein Kratzer", antwortete ich, doch der Schnitt schmerzte immer noch. Es fühlte sich so ähnlich an wie Pickles Krallen. Omen untersuchte die Wunde, als ob er glaubte, in dem langsamen Heraussickern meines Blutes den Sinn des Lebens zu finden. Ein unbehaglicher Schauer lief mir über den Rücken.

War es wirklich ein Unfall gewesen, oder wieder mal eine Prüfung, um meine Reaktion zu testen? Falls dem so war, wonach, in Waldos Namen, suchte er dann?

Und hatte ich den Test bestanden?

Unsere Superheldin blickte auf. Als sie meinen Arm sah, wurde sie leicht grün. Sie wandte ihren Blick ab und schwankte auf ihrem Stuhl.

Beim Anblick von ein wenig Blut in Ohnmacht zu fallen, war keine gute Eigenschaft für eine Rächerin mit Umhang.

„Im Badezimmer ist ein Erste-Hilfe-Kasten", sagte sie mit fester Stimme und deutete auf eine Tür in der hinteren Ecke. Ruse eilte sofort los, während Omen meinen Arm erneut ins Licht hielt. Er runzelte die Stirn, als hätte ich es geschafft, ihn irgendwie zu enttäuschen. Hatte er erwartet, dass sich meine Haut in Stahl verwandeln würde?

Was immer er auch bezweckt hatte, er sah nicht im Geringsten besorgt um mein Wohlbefinden aus. Als Ruse mit einem Pflaster zurückkam, verkrampfte sich mein Magen. Omen ließ meine Hand los und trat zurück, seine Miene war vollkommen ausdruckslos.

Ich konnte ihm offensichtlich nicht vertrauen – ich konnte mich nicht darauf verlassen, dass es ihn interessierte, ob er mir den Arm abhackte. Und solange ihr Boss mich verachtete, konnte ich mich auch nicht auf mein Trio verlassen. So sehr sie mich auch unterstützt hatten, letztendlich befolgten sie seine Befehle. Sie würden mich nie absichtlich in Gefahr bringen, doch wenn sie in einer brenzligen Situation nicht schnell genug bei mir sein konnten, weil er ihnen anderweitige Befehle erteilte, wäre ich geliefert.

Zumindest solange das Schattenwesen-Quartett die Einzigen waren, die mir zur Seite standen. Vivi würde nach Hause kommen – und vielleicht sollte ich mir langsam Gedanken darüber machen, ob ich noch mehr Verbündete auftreiben sollte, denen mehr an mir lag als Omen.

Wie es aussah, hatte sich die Superhackerin von dem Schock erholt. Sie stieß einen triumphierenden Aufschrei aus und trommelte mit den Händen auf die Tastatur vor ihr.

„Ich hab was! Jemand hat eine Übergabe arrangiert, die in ein paar Tagen stattfinden soll – ein mächtiges Wesen mit ungewöhnlichen Neigungen. Ist das nicht genau das, wonach ihr gesucht habt?"

Ein leichtes Lächeln umspielte Omens Lippen, doch ich konnte nicht sagen, dass ich es beruhigend fand. „Ich glaube schon. Sprich weiter."

DREI

Sorsha

Ich stolperte durch den dunklen Flur eines Hauses. Unseres Hauses. Das, in dem Luna den ersten Stock gemietet hatte. Luna stand in der Tür, so angespannt, dass ihre Haut übernatürlich schimmerte. Beinahe konnte ich das Flattern ihrer Feenflügel hinter ihrem Rücken sehen.

„Meine Schuhe", jammerte ich und umklammerte die Reisetasche, die ich für Notfälle gepackt hatte, während mein Kopf von einem schläfrigen Dunst erfüllt war. Ich hatte keine Ahnung, um was für eine Art von Notfall es sich handelte. Alles, was ich wusste, war, dass die Frau, die mich großgezogen hatte, mich wachgerüttelt und eindringlich meinen Namen gezischt hatte. „Ich kann sie nicht finden."

„Vergiss die Schuhe. Jemand ist auf dem Weg hierher, Sorsha. Ich kann es spüren. Zieh die hier an, und dann lass uns gehen." Sie zog sich ihre glitzernden Turnschuhe aus dem Schuhregal und hielt sie mir hin. Obwohl sie mir mindestens eine Nummer zu klein waren, schlüpfte ich hinein. Prompt drückten sie an den Zehen.

„Bist du sicher, dass wir in Gefahr sind?", flüsterte ich, als sie die Tür öffnete. Die einzige wirkliche Sorge, die mein egozentrisches sechzehnjähriges Gehirn verarbeiten konnte, war: Wohin zum Teufel würden wir jetzt wieder ziehen? „Wir sind schon so oft umgezogen, und nie hat uns jemand …"

Ohne meinen Protesten Beachtung zu schenken, zerrte sie mich nach draußen. Als Luna den Rasen überquerte, blieb ich stehen und versuchte, meine Füße fester in die Schuhe zu zwängen. Als ich aufblickte, hatte sie bereits den Bürgersteig erreicht – und mehrere Gestalten sprangen aus der Nacht auf sie zu.

Peitschen, die aus Licht zu bestehen schienen, zischten durch die Luft; eine Klinge blitzte auf; jemand warf ein schimmerndes Netz. Luna wirbelte mit einem erschrockenen Aufschrei herum. Die Fesseln legten sich so schnell um ihren schlanken Körper, dass ich nicht einmal die Gelegenheit hatte, zu schreien. Ihr Körper erzitterte kurz, bevor er in einem Feuerwerk aus Funken zerbarst.

Ich zuckte zusammen, unfähig den Schrei auszustoßen, der noch immer in meiner Kehle steckte. Die Luft um mich herum schimmerte, doch es war das Sonnenlicht, das durch die Kristalle vor dem Fenster gebrochen wurde, nicht die Funken, in die sich meine Adoptivmutter aufgelöst hatte. Vor dem Fenster der kleinen Hütte, die wir nicht weit von der Stadt entfernt gefunden hatten, hingen etwa ein Dutzend Kristalle an silbernen Ketten.

Das klirrende Entsetzen in meinen Nervenenden ließ langsam nach. Ich rieb mir die Stirn und setzte mich auf, doch das flaue Gefühl in meinem Magen blieb.

Die Feenfrau, die ich Tante Luna genannt hatte, war vor mehr als elf Jahren gestorben. Sie hatte mich vor den Jägern gerettet, die meine Eltern ermordet hatten, mir die beste Kindheit im Reich der Sterblichen ermöglicht, die ein Schattenwesen bieten konnte, und mir nie ein anderes Gefühl gegeben, als bedingungslos geliebt zu werden. Ich hatte seit Ewigkeiten nicht mehr von dieser Nacht geträumt. Der Traum brachte die gleichen alten Fragen zurück, die schon seit jenem Tag an mir nagten: Wenn ich mich nur ein wenig schneller bewegt hätte, meine eigenen verdammten Schuhe dort stehen gelassen hätte, wo ich sie griffbereit gehabt hätte, wie Luna es mir eine Million Mal eingebläut hatte …

Doch all diese Was-wäre-wenn-Überlegungen änderten nichts an der Tatsache, dass sie durch die Hand von Angreifern gestorben war, die dieselben Waffen wie die Schwertstern-Truppe benutzt hatten. Zumindest auf einer ihrer Waffen war das Schwertstern-Symbol zu sehen gewesen. Auch wenn die Sache mit den Schuhen vielleicht dumm von mir gewesen war, waren *sie* diejenigen, die sie umgebracht hatten. Wenn ich schon nichts daran ändern konnte, was ich damals getan hatte, konnte ich zumindest dafür sorgen, dass sie *ihre* Entscheidung bereuten.

Diese Gruppe würde nicht damit davonkommen, was sie ihr oder den anderen Schattenwesen angetan hatten. Einschließlich Omen, Arschloch hin oder her. Alles in allem würde ich ihn den Männern mit den Peitschen und Netzen jederzeit vorziehen.

Vorsichtig ließ ich meine Schultern kreisen, um die verletzte Stelle zu testen, und stand auf. Das Grundstück, auf dem wir gelandet waren, sah so aus, als wäre es früher für New-Age-Retreats genutzt worden. Zwischen den Kristallen und den Postern mit Naturfotos und ermutigenden Sprüchen wie „Glaube an den Sonnenschein deines Geistes!" befanden sich drei Etagenbetten. Im Schuppen draußen hatten wir einen Haufen zusammengerollter Yogamatten gefunden. Der dicken Staubschicht auf den Oberflächen und dem Unkraut, das in der Einfahrt wucherte, nach zu urteilen, war das Haus jedoch seit Monaten, wenn nicht sogar seit Jahren, nicht mehr benutzt worden.

Ich trat auf den Hof hinaus, wo Omen den Kombi unter dem Schutz einer Eiche geparkt hatte. Ausgefranste Traumfänger baumelten von ihren Ästen und wiegten sich in der warmen Morgenbrise. Einen kurzen Moment lang dachte ich, ich wäre allein auf dem Grundstück, bis meine vier Gefährten aus den Schatten auftauchten und ins Tageslicht traten.

Sie schienen nicht sonderlich gut gelaunt zu sein. Omens Mund war zu einem angespannten Lächeln verzogen, und er betrachtete mich mit seinem üblichen kühlen Blick. Die anderen drei beobachteten ihn. Thorns Muskeln waren angespannt und seine Miene war noch finsterer als sonst. Selbst Ruse schaute ungewohnt ernst drein und Snaps Augen waren vor Sorge geweitet.

„Es gibt keinen Grund für diese ganze Aufregung", sagte Omen, der offensichtlich das Gespräch wieder aufnahm, das sie vor ihrem Auftauchen geführt hatten. „Wenn sie nur halb so fähig ist, wie ihr mir weismachen wollt, dann wird sie das ohne Probleme schaffen."

„Trotzdem sollten wir Sorsha das Leben nicht absichtlich schwermachen", protestierte Snap.

Ich ging auf sie zu und zog die Augenbrauen hoch. „Was genau soll ich machen?"

Ruse' Lippen zuckten. Der Inkubus dachte zweifellos über ein paar anzügliche Bemerkungen nach, die er auf ihre Frage erwidern könnte, bevor er sich stattdessen für ein verhaltenes Grinsen entschied. Omen hob sein Kinn mit jener autoritären Ausstrahlung, die mir von Tag zu Tag mehr auf die Nerven ging.

„Bei der Übergabe morgen Abend werden wir den Spieß umdrehen", erklärte er. „Allerdings werden wir es mit Feinden zu tun haben, die bereits bewiesen haben, dass sie sehr geschickt darin sind, uns zu überwältigen. Wenn du bei diesem Hinterhalt dabei sein möchtest, will ich sichergehen, dass deine menschliche Tollpatschigkeit unsere Chancen nicht zunichtemacht."

Wenn ich so tollpatschig war, konnte er von Glück reden, dass ich nicht stolperte und ihm versehentlich mein Knie in den Schritt rammte. Allerdings hatte er mich tatsächlich noch nicht in Aktion gesehen – vielleicht war es verständlich, dass er skeptisch war. Ich würde diese Skepsis einfach in die Stratosphäre katapultieren, und wenn er sich danach immer noch wie ein Idiot verhielt, würden wir ja sehen, wo mein Knie landete.

Ich zuckte mit den Schultern. „Gut. Zeig mir, was du draufhast."

Omen machte eine ausladende Geste in die Richtung der anderen Männer. „Seht ihr. Sie braucht euren Schutz nicht."

„Sie nimmt gelegentlich mehr auf sich, als selbst ein Schattenwesen für klug halten würde", murmelte Thorn. Fairerweise musste ich zugeben, dass er mich möglicherweise nicht vor Kugeln hätte retten müssen, wenn ich nicht darauf bestanden hätte, mich dieser Angelegenheit allein anzunehmen.

„Ich bin mir sicher, dass Omen nichts allzu Schreckliches im Sinn hat", erwiderte ich und lächelte den Anführer meines Trios freundlich an. „Oder?"

Der Blick, den Omen mir zuwarf, war noch verächtlicher als sonst. „Meine Kollegen und ich werden Betsy in die Stadt bringen. *Du* wirst dich auf eigene Faust dorthin begeben, auf welche Weise auch immer. Ich erwarte dich um zwölf Uhr am Finger, keine Sekunde später."

Bis zum Finger waren es fast hundert Meilen, und es war bereits nach neun. Ruse kicherte mit spöttischer Missbilligung. „Ich habe schon gehört, dass du mit harten Bandagen kämpfst, wenn es um Sterbliche geht, Luzi."

„Luzi?", wiederholte ich.

„Kurz für Luzifer." Ruse neigte seinen Kopf in Richtung Omen. „Nicht, dass der Höllenfürst tatsächlich existiert – oder die Hölle, so wie die Menschen sie sich vorstellen –, doch soweit ich weiß, hat unser Boss es sich zur Aufgabe gemacht, die Sterblichen davon zu überzeugen, dass dieser Titel ihm gebührt."

Omen richtete seinen eisigen Blick auf den Inkubus. „Das

ist schon lange her und im Moment wohl kaum relevant. Außerdem würde ich es begrüßen, wenn du das mit dem Spitznamen sein lassen würdest."

„Aber er passt so gut zu dir. Du hast sogar den Schwa …"

„Genug!", bellte Omen. „Du verschwendest ihre Zeit." Sein hellbraunes Haar kräuselte sich und ein paar Büschel standen ab. Es gab also tatsächlich Themen, bei denen der unterkühlte Boss emotional wurde. Interessant.

Und was hatte Ruse sagen wollen? Ich erinnerte mich daran, dass ich einen Teufelsschwanz bei ihm gesehen hatte, als Omen in seiner Monstergestalt aus der Gefängniszelle gesprungen war. Vielleicht war *das* ja das Schattenwesenmerkmal, das auch in seiner menschlichen Gestalt vorhanden war – die Hose, die er trug, war locker genug, um einen Schwanz darunter verbergen zu können.

Mein Blick wanderte von Omens Hinterteil zu seinem Gesicht, bevor es zu auffällig wurde, dass ich ihm auf den Po starrte, so ansehnlich dieser auch war. Wie schade, dass er einem kompletten Vollidioten gehörte.

Meine Zeit lief bereits. Wie in aller Welt sollte ich es in weniger als drei Stunden ohne Fahrzeug in die Innenstadt schaffen? Selbst wenn es hier draußen im Nirgendwo Taxis gab, hatte ich keinen Handyempfang.

Doch, wenn ich jetzt einen Rückzieher machte, würde ich es mein Leben lang bereuen. Ich winkte in Richtung Auto. „Na, dann bis später. Wir sehen uns heute Mittag am Finger."

Omen schritt auf den Kombi zu. Die anderen folgten ihm eher zögerlich, Snap verweilte auf dem Rasen, bis ich ihm ein Lächeln schenkte, das zuversichtlicher war, als ich mich tatsächlich fühlte. Er erwiderte es sofort und in seinem strahlenden Lächeln lag so viel Vertrauen in meine Fähigkeiten, dass ich federnden Schrittes in die Hütte ging, um meinen Rucksack mit meiner Einbrecherausrüstung zu holen.

Als ich wieder nach draußen trat, brauste Betsy die

unbefestigte Einfahrt entlang. Vorsichtig schob ich meine Arme durch die Schultergurte meines Rucksacks über die Schultern, wobei ich auf meinen Verband achtete, und machte mich auf den Weg. Keine Zeit zum Trödeln, wie Luna gesagt hätte.

Ich fragte mich, was sie wohl von der Frau halten würde, zu der ich herangewachsen war. Wäre sie stolz auf das gewesen, was ich bisher zur Rettung der misshandelten Schattenwesen in dieser Welt getan hatte, oder entsetzt darüber, wie weit ich mich ihretwegen aus dem Fenster gelehnt hatte? Genau wie Omen gesagt hatte, vertrat auch sie die typische Einstellung der Schattenwesen und hatte sich in der Zeit, die ich mit ihr verbracht hatte, nie um jemand anderen als uns beide gekümmert. Ich konnte mir gut vorstellen, dass sie an hundert eingesperrten Kreaturen vorbeigerannt wäre, nur um zu verhindern, dass ich mir einen Holzsplitter einfing.

Das komplett schwarze Outfit, das ich bei meinen Raubzügen trug, hätte sie nicht gutgeheißen – so viel wusste ich. Heimlichkeit und Glitzer passten allerdings einfach nicht zusammen.

Ich ging die überwucherte Einfahrt des New-Age-Resorts hinunter zu einer ruhigen Straße, die von brachliegenden Feldern, Waldstücken sowie vereinzelten Bauernhäusern gesäumt war. Während ich am Straßenrand entlangschlenderte, ließ ich meinen Blick umherschweifen, auf der Suche nach etwas, für das es sich lohnte, meine Diebeskünste einzusetzen.

Die Sonne stand inzwischen hoch am Himmel und brannt auf mich herab. Schweiß rann mir den Rücken hinunter.

Ich musste mindestens ein paar Kilometer zurückgelegt haben, bevor ich meine Rettung sah: ein schlammverschmiertes Fahrrad, das an einem Zaunpfahl lehnte und von dessen Lenker ausgefranste Quasten herabhingen. Nicht meine übliche Beute – normalerweise ließ ich Edelsteine und seltene Münzen mitgehen –, doch in diesem Moment würde ich das Fahrrad sogar einem Hope-Diamanten vorziehen.

Nein, seien wir ehrlich: Ich würde den Hope-Diamanten mitnehmen *und* das Fahrrad stehlen.

Auch wenn es sich um ein Kinderfahrrad zu handeln schien, war es groß genug. Da ich im Sitzen nicht in die Pedale treten konnte, ohne mit meinen Knien gegen mein Kinn zu stoßen, ragte mein Hintern in die Luft, als würde ich an der Tour de France teilnehmen, während ich den dicken Plastiklenker umklammerte und losfuhr.

Was die Art der Fortbewegung angeht, war ich nicht gerade ein Musterbeispiel. Fast eine Stunde lang holperte ich über die mit Schlaglöchern übersäten Landstraßen, bis meine Oberschenkel und mein Rücken fast so schmerzten wie meine verletzte Schulter und der Schweiß in meinen Augen brannte. Zum Glück war meine Sicht nicht zu verschwommen, um den LKW an der Zapfsäule einer Tankstelle vor mir zu übersehen.

Den LKW mit der angelehnten Hintertür.

Es gab nicht viele Orte in der Nähe, an die ein Lastwagen dieser Größe seine Ladung bringen könnte. Ich stellte das Fahrrad am Rand der Tankstelle ab und schlich hinüber. Der Fahrer lehnte sich mit dem Ellbogen aus dem Fenster, während er mit dem Tankwart plauderte, der seine Kreditkarte durch das Lesegerät zog.

„Nicht meine Lieblingsfracht, doch heutzutage muss man nehmen, was man kriegen kann. Wenigstens ist es kein weiter Weg in die Stadt."

Jackpot. Ich schob die hintere Tür weiter auf und zwängte mich durch den Spalt.

In dem Laderaum war es schummrig und heiß, und es roch nach Stroh und Scheiße. Ich hörte ein Rascheln, das von einem gelegentlichen Gackern unterbrochen wurde.

Ich war von Hühnern umgeben. Eine Henne in dem Käfig

direkt neben mir versuchte, mich durch die Gitterstäbe zu picken.

„Pass mit deinem Schnabel auf", flüsterte ich ihr zu, während ich Omen in Gedanken verfluchte. Ich ließ mich auf den Boden sinken und zog meine Beine an die Brust, da ich wusste, dass es eine lange Fahrt werden würde.

Als ich durch den Spalt unter der Tür schließlich städtische Gebäude ausmachen konnte, roch ich wahrscheinlich selbst wie ein Hühnerstall, doch eine halbe Stunde später hatte ich mein Ziel erreicht. Als der Lastwagen an einer roten Ampel anhielt, stieg ich aus und rief ein Uber und zupfte Strohreste von meiner Kleidung. Als der Fahrer kam, wies ich ihn an, mich zum Finger zu bringen.

Obwohl der offizielle Name der gigantischen Statue, die in der Mitte eines der größten Plätze in der Innenstadt thronte, eigentlich nicht Finger lautete, wusste niemand, wie sie sonst heißen sollte. Der vor einigen Jahrzehnten von einem Avantgarde-Künstler errichtete Turm aus lackierten Holzstücken, die von Stahlstreben zusammengehalten wurden, sah aus wie eine riesige Hand, die den umliegenden Gebäuden den Mittelfinger zeigte. Natürlich war es das beliebteste Wahrzeichen der Stadt.

Als ich um zehn vor zwölf am Rande des kopfsteingepflasterten Innenhofs ausstieg, standen mehrere Touristen um den Finger herum und machten Selfies. Die Schattenwesen war nirgends zu sehen, allerdings hatte ich auch nicht erwartet, dass sie sich im Sonnenlicht aufhalten würden. Als ich auf das Bauwerk zuschlenderte, tauchten die vier auf, wobei es so wirkte, als würden sie von der anderen Seite des Fingers kommen anstatt aus dem Schatten.

„Siehst du", sagte Snap fröhlich, wenn auch vorsichtig, um sicherzugehen, dass niemand um uns herum seine gespaltene Zunge bemerkte. „Natürlich hat sie es geschafft."

Ruse, der eine Baseballmütze trug, um seine Hörner vor den Blicken der Sterblichen zu verbergen, kam auf mich zu und zupfte etwas aus meinem Haar. Er tippte mit einer Hühnerfeder gegen meine Wange. „Ich frage lieber nicht."

Komischerweise sah Omen nicht im Geringsten erfreut aus. „Ziemlich knapp", sagte er, als ob es nicht schon eine unglaubliche Leistung wäre, es überhaupt zu schaffen, und wandte sich sofort ab. Er zeigte auf einen Polizisten, der sich an einem Stand am anderen Ende des Platzes gerade einen Hotdog kaufte. „Ich habe gehört, du hältst dich für eine Art Meisterdiebin. Klau dem Polizisten seine Mütze."

Oh, jetzt versuchte er also, den Einsatz zu erhöhen.

Thorn zupfte an den fingerlosen Lederhandschuhen, unter denen er seine kristallinen Knöchel verbarg, die ihn jedoch nach wie vor zu stören schienen. „Omen", begann er.

Ich schüttelte den Kopf und unterbrach den Krieger, der gerade protestieren wollte. „Kein Problem. Ich brauche nur einen Moment, um mich vorzubereiten."

Omen verschränkte die Arme vor der Brust und musterte mich ungläubig. Ich ignorierte ihn, während ich die Lage erkundete. Er würde noch früh genug merken, dass ich nicht aufgeben würde – nicht bevor die Bastarde, hinter denen wir her waren, ein mindestens ebenso schreckliches Schicksal erlitten wie ihre Opfer aus dem Schattenreich.

Ich könnte eine Strategie anwenden, auf die Tante Luna mehr als einmal zurückgegriffen hatte, wenn ihre Feen-Magie und ihre Zaubersprüche nicht ausgereicht hatten. Zusammenstoß und Ablenkung. Obwohl ich nicht so zierlich war wie sie, hatte ich die Technik mittlerweile fast genauso gut drauf.

Während sich der Polizist genüsslich über seinen Hotdog hermachte, lief ich durch die Straßen, bis ich an einer Kreuzung eine Musikerin entdeckte, die Gitarre spielte und einen offenen Koffer vor sich stehen hatte. Ich hielt ihr einen Zwanziger hin und klopfte auf meine Brieftasche, als sie ihn nahm.

„Ich gebe dir noch vier mehr, wenn du in fünf Minuten so

laut schreist, wie du kannst", sagte ich und deutete auf ihre Uhr. „Kein Schrei, kein Geld."

Geld würde es sowieso nicht geben, aber hey, ein Zwanziger war eine ganze Menge, wenn man in Betracht zog, dass ich letzte Woche so gut wie all meine irdischen Besitztümer verloren hatte.

Ich eilte zurück auf dem Platz und beobachtete, wie die Minuten auf meinem Handy verstrichen. Als die letzte anbrach, rannte ich in einem halsbrecherischen Tempo über das Kopfsteinpflaster.

Der Polizist hatte gerade seinen Hotdog aufgegessen. Er tupfte sich mit einer Papierserviette den Mund ab, als ich direkt in ihn hineinlief und dabei über meine Schulter nach hinten blickte, als ob ich mehr darauf konzentriert wäre, was hinter mir passierte als darauf, wo ich hinlief. Trotzdem schaffte ich es, mit der Ferse gegen seinen Knöchel zu treten und ihn umzustoßen.

Als wir beide zu Boden stürzten, hob ich meinen Arm und fegte ihm die Mütze vom Kopf. Da ich kein totaler Unmensch war, riss ich meinen Ellbogen zur Seite, um ihn dem Polizisten nicht in den Hals zu rammen. Grunzend schlugen wir auf dem Boden auf.

„Oh mein Gott, es tut mir so leid, so leid", stammelte ich und rappelte mich auf. „Es ist nur … Da war …" Ich gestikulierte wild in die Richtung, aus der ich gekommen war, und riss meine Augen so weit auf, wie ich konnte.

Kaum hatte sich der Polizist aufgerichtet, stieß die Straßenmusikerin den Schrei aus, für den ich sie nicht bezahlen würde. Er war hoch und schrill und wurde möglicherweise von einem Akkord auf ihrer Gitarre begleitet, doch ich glaubte nicht, dass der Polizist das bemerkt hatte. Alarmiert sprang er auf und schien zu erschrocken zu sein, um sich um seine Mütze zu kümmern. Dann lief er los, um nachzusehen, welches Verbrechen zwei Blocks weiter begangen wurde.

Ich hob die Mütze vom Kopfsteinpflaster auf und schlenderte zurück zu Omen und den anderen. Mit einer Verbeugung überreichte ich dem Arschloch seinen Preis. „Ta da. Bitte, haltet euch nicht zurück mit eurem Applaus."

Ruse gluckste und klatschte. Omen starrte mich an. „Wenn du glaubst, dass das …"

„Ich glaube", erwiderte ich und machte einen Schritt zurück, „dass es an meiner Leistung nichts zu beanstanden gibt und ich mir zur Belohnung eine kleine Pause verdient habe. Wir treffen uns um fünf Uhr wieder hier – oder ich trampe zurück zur Hütte, wenn euch das lieber ist."

Mit einem frechen Grinsen salutierte ich vor Omen, bevor ich auf dem Absatz kehrtmachte und ein Taxi herbeiwinkte.

Zwischen seinem Messertrick gestern Abend und diesen Tests heute hätte Omen nicht deutlicher machen können, was er von mir hielt. Ich würde ihm einfach zeigen müssen, wozu Menschen fähig waren, wenn sie Verbündete ihrer eigenen Art auf ihrer Seite hatten. Ich brauchte eine Dusche und einen Moment zum Durchatmen, und dann wollte ich mich um etwas menschliche Unterstützung kümmern.

* * *

Erst nachdem ich das Schloss der Wohnung geknackt und mich hineingeschlichen hatte, wurde mir klar, wie unangenehm mein Überraschungsbesuch für jemanden sein könnte, der nicht regelmäßig Einbrüche beging.

Ellen und Huyen, die beiden Leiterinnen des Schutzbunds für Schattenwesen, waren Filmfanatiker. Dem verheirateten Paar gehörte ein Kino in der Nähe der Wohnung, in dem sie für gewöhnlich die Treffen des Bundes abhielten, um zu besprechen, wie wir die Schattenwesen in unserem Reich vor den Menschen schützen konnten, die sie jagten und an Sammler verkauften. Es war also nicht verwunderlich, dass ihre Wände mit gerahmten alten Filmplakaten und Erinnerungsstücken wie einem Fedora aus *Der Pate* sowie einem Nummernschild aus *Der unsichtbare Dritte* dekoriert waren.

Den Filmen nach zu urteilen, die sie für die Einrichtung ihrer Wohnung ausgewählt hatten, schienen Thriller und Film Noir ihre Lieblingsgenres zu sein. Das bedeutete, dass sie wahrscheinlich mindestens ein Dutzend Szenen gesehen hatten, in denen eine Person ihr dunkles Haus betrat, nur um einen unerwarteten Eindringling vorzufinden, der lässig in einem Sessel saß und für seinen dramatischen Auftritt womöglich eine Lampe anknipste.

Ich wollte die Verantwortlichen des Bundes um Hilfe bitten, ohne dass sie deswegen einen Herzinfarkt bekamen. Immerhin war es um drei Uhr nachmittags noch nicht ganz so dunkel, und ich wusste, dass sie nach der ersten Matinee immer zu einer späten Mittagspause nach Hause gingen. Mich hineinzuschleichen, war die einzige Möglichkeit, mit ihnen zu reden, ohne dass mich jemand von der Schwertstern-Truppe mit ihnen sah. Und ich wollte um jeden Preis verhindern, dass die Mistkerle die beiden Frauen ins Visier nahmen.

Ich hätte es riskieren können, im Flur auf sie zu warten, doch bevor ich weiter über diese Möglichkeit nachdenken konnte, ertönte das Klicken eines Schlüssels im Schloss. Nun gut, dann musste ich das wohl auf die unheimliche Art machen.

Das Paar kam herein, Ellen erzählte gerade von ihren Ideen für neue Popcorn-Geschmacksrichtungen, mit denen sie die Mitglieder des Bundes bei den nächsten Treffen verwöhnen wollte. Als sie mich in der Wohnzimmertür sahen, blieben die beiden wie angewurzelt stehen. Ich hob meine Hand zu einem entschuldigenden Winken. „Hallo?"

Ellen blickte zwischen mir und der Tür hin und her, ein paar Strähnen ihres krausen, ergrauten Haares hatten sich aus ihrem lockeren Dutt gelöst und hingen ihr ins Gesicht. „Sorsha, was zum Teufel ... Wie hast du ...“

Ich hob beide Hände, bevor sie die Frage beenden konnte. „Lasst uns jetzt nicht darüber reden. Es tut mir wirklich leid, dass ich euch so überrumple. Ich dachte nur, es wäre nicht sicher, woanders zu reden. Es ist etwas Großes im Gange – und eine ganze Reihe von Schattenwesen kommt dabei zu schaden.“

Ich hatte gewusst, dass diese Tatsache alle anderen Aspekte der Situation überschatten würde. Der Bund war Ellen und Huyen genauso wichtig wie ihre Liebe zu Filmen, nur konnten sie Ersteres nicht annähernd so offen zur Schau stellen. Ellen schürzte die Lippen, verzichtete jedoch darauf, die Polizei zu rufen, und wies mich auch nicht an, sofort zu verschwinden, wie es die meisten vernünftigen Menschen getan hätten.

„Was ist denn los?“, fragte sie mit ihrer rauen Stimme.

Ich konnte genauso gut gleich zur Sache kommen, bevor sie die Geduld verloren. „Ich habe herausgefunden, dass es eine große, gut organisierte Gruppe gibt, die nicht nur Jagd auf niedere Schattenwesen macht, sondern auch auf höhere. Sie halten sie gefangen, um Experimente an ihnen durchzuführen. Ich habe mit einem höheren Schattenwesen gesprochen, dem es gelungen ist, zu fliehen.“ Ich erwähnte nicht, dass ich bei dieser Flucht geholfen hatte; ein Fall von Einbruch war schon schlimm genug. „Er hat mir erzählt, dass sie ihn gefoltert haben. Wir wissen nicht, was sie vorhaben, aber die Sache ist zu groß und schrecklich, um sie zu ignorieren.“

Ellens Lippen hatten sich zu einer schmalen Linie verzogen und ein offenkundig verzweifelter Ausdruck trat in ihr Gesicht. „Jagd auf höhere Schattenwesen, Experimente ... wer *sind* diese Leute?“

„Keine Ahnung“, gab ich zu. „Sie sind sehr gut darin, ihre Spuren zu verwischen. Deshalb hoffe ich, dass der Bund seine

Ressourcen nutzen kann, um mehr Informationen herauszufinden und zurückzuschlagen. Allerdings wissen sie bereits, dass ich versuche, sie aufzuhalten, und haben mich deshalb angegriffen. Ich wollte nicht riskieren, dass sie mich im Kino aufspüren. Wir sollten uns am besten an einem anderen Ort treffen, um das zu besprechen. Und alle, die an diesem Treffen teilnehmen, müssen extrem vorsichtig sein."

Huyen warf ihrer Frau einen Blick zu. Ellens olivfarbener Tein hatte einen leichten Grauton angenommen. „Ich weiß nicht. Das klingt, als wäre es eine Nummer zu groß für uns."

„Nicht, wenn wir die Sache klug angehen", sagte ich schnell. „Nicht, wenn wir schnell handeln."

„Wozu haben wir den Bund überhaupt gegründet, wenn wir nicht eingreifen, wenn es ein größeres Problem gibt?", fragte Ellen.

Huyen sah nicht überzeugt aus. Ich saugte an meiner Unterlippe und ließ meinen Blick über die Poster um uns herum schweifen, auf der Suche nach Inspiration.

„Wenn es *jemand* mit ihnen aufnehmen kann, dann ihr." Ich deutete auf die Hitchcock-Poster, auf die Spionage- und Kriminalfilme. „Ihr könnt die Strategien aus den Filmen nutzen. Wir sind die Underdogs, die es mit den korrupten Verschwörern aufnehmen. Seid nicht wie diese Weicheier, die den Helden sagen, dass sie auf sich allein gestellt sind."

Entschlossenheit blitzte in Huyens dunklen Augen auf. „Okay, das ist ein gutes Argument. Ich will noch nichts versprechen, aber warum setzen wir uns nicht und du erzählst uns in Ruhe, was du weißt."

VIER

Thorn

„Du bist *wohin* gegangen?", fragte Omen. Seine Stimme war noch tiefer und kälter, als die letzten zwei Tage über, doch ich kannte ihn lange genug, um die knisternde Hitze wahrzunehmen, die darin mitschwang. Zu behaupten, dass er und unser Menschenmädchen nicht miteinander auskamen, wäre noch milde ausgedrückt.

Sorsha stemmte die Hände in die Hüften. Ihre Stärke beeindruckte mich immer, das hatte ich mir inzwischen eingestanden, doch am spannendsten fand ich es, wenn die Umstände ihr wildes Temperament zum Vorschein brachten. Leider war für diese „Umstände" in letzter Zeit meistens unser Kommandant verantwortlich gewesen.

„Sie leiten den örtlichen Schutzbund für Schattenwesen", erklärte sie. „Wenn uns jemand bei unseren Ermittlungen helfen kann, dann sind sie es. Immerhin haben wir es mit menschlichen Feinden zu tun. Wer wäre da besser geeignet, um herausfinden, was sie vorhaben als Menschen?"

Omen verdrehte die Augen zum Himmel. Wir hatten uns in einer Seitenstraße zwischen einem glänzenden Bürogebäude und einem etwas höheren Wohngebäude versammelt und aus dem Café im Erdgeschoss des Bürogebäudes wehte ein intensiver, herber Duft zu uns herüber. Da die Kunden den Vordereingang benutzten und die Wohnungen im Hochhaus in den unteren zehn Stockwerken keine Balkone hatten, war es zumindest ruhig.

Das bedeutete, dass Omen seine Stimme nicht zu erheben brauchte, um die Stille deutlich zu durchdringen. „Es ist schlimm genug, dass sich Sterbliche in unsere Angelegenheiten einmischen. Ich bin nicht daran interessiert, eine ganze Herde von ihnen zu hüten."

„Du musst sie nicht hüten. Eigentlich musst du nicht einmal mit ihnen reden", erwiderte Sorsha. „Ich werde mich um alles kümmern. Du hast nie gesagt, dass ich sie *nicht* mit an Bord bringen darf."

Seine Augen verengten sich. „Ich dachte, du wärst schlau genug, um dir dessen bewusst zu sein, ohne dass ich es explizit erwähnen muss. Offenbar habe ich mich da getäuscht."

„Wir haben schon einmal nützliche Tipps von Sorshas Freunden vom Bund bekommen", fügte Ruse hinzu. „Sie haben uns zu der Hackerin geführt. Es kann doch nicht schaden, uns anzuhören, was sie zu sagen haben."

„Ja", antwortete Omen sarkastisch, „es kann nicht schaden, mitanzusehen, wie schnell sie unsere Bemühungen in ein totales Chaos verwandeln können." Er wandte sich wieder an Sorsha. „Du willst es auf deine Art machen? Ich bin immer noch nicht davon überzeugt, dass du überhaupt mit uns mithalten kannst. Bist du bereit für eine weitere Herausforderung, oder willst du wieder weglaufen?"

„Ich bin nicht *weggelaufen*." Sorsha seufzte. „Aber lass mal hören, *Luzi*. Was für eine tollkühne Aufgabe hast du diesmal für mich?"

Bei dem Spitznamen kniff Omen die Augen zusammen, und ich widerstand dem Drang, zusammenzuzucken. Natürlich hatte es der Inkubus mit seiner Stichelei genau darauf angelegt – die Lady hingegen konnte nicht wissen, wie sehr diese Anspielung auf seine lange zurückliegenden Taten unseren Kommandanten belasteten. Seit er mich rekrutiert hatte, hatte er jedoch mehrmals unter Beweis gestellt, dass er diese Vergangenheit hinter sich gelassen hatte. Wenn er sie auch aus den Gedächtnissen aller anderen hätte löschen können, hätte er es wohl getan.

Als er seinen Blick wieder nach oben richtete, spannte ich mich an. Er schien etwas bemerkt zu haben, denn einen Moment später deutete er auf die obere Etage des Wolkenkratzers. „Auf dem obersten Balkon, an der hintersten Ecke, steht ein Blumentopf mit einer Orangenblüte. Siehst du ihn?"

Sorsha spähte nach oben. „Ja. Was ist damit?"

„Mal sehen, ob du es schaffst, *den* zu stehlen … und zwar ohne den Aufzug oder die Treppe zu benutzen. Ohne das Gebäude überhaupt zu betreten."

Sofort meldete sich mein Beschützerinstinkt mit einem warnenden inneren Aufschrei. Sorsha könnte zwar an der Außenseite des Gebäudes hochklettern – wenn sie erst einmal die unteren Balkone erreicht hatte, war der Abstand von einem zum nächsten nicht sonderlich groß – doch sie würde einen Sturz riskieren. Und wenn sie es bis zum zwanzigsten Stock oder höher schaffte, würde ein Sturz mit ziemlicher Sicherheit tödlich enden.

Omen lächelte. Ihm war egal, ob sie lebte oder starb. Langsam fing ich an, zu glauben, dass er es sogar darauf anlegte, dass sie ums Leben kam.

Mittlerweile war klar, dass unsere Argumente ihn nicht davon überzeugen würden, Sorshas Wert anzuerkennen. Ein

Blick auf Sorshas verkrampften Kiefer sagte mir, dass sie nicht vor der Herausforderung zurückschrecken würde. Doch ich wollte auf keinen Fall zusehen, wie sie alle Vorsicht in den Wind schlug und dabei womöglich ums Leben kam.

Bei dem Gedanken an das Angebot, das ich ihr gleich unterbreiten würde, zog sich meine Brust zusammen. Ich trat vor. „Ich würde gerne kurz mit der Sterblichen sprechen."

Omen sah mich stirnrunzelnd an und mir entging die Neugierde nicht, die in seinen Augen aufflackerte. Er wusste, dass ich mit meiner Loyalität nicht gerade großzügig umging.

„Überzeug sie, dass es in ihrem eigenen Interesse liegt, es nicht zu versuchen", sagte er.

Ich führte Sorsha ein paar Schritte von den anderen weg, sodass sie nicht hören konnten, was ich ihr zu sagen hatte.

„Du kannst mir die Sache nicht ausreden", erklärte sie, bevor ich mein Anliegen überhaupt vorbringen konnte.

Ich stieß ein abweisendes Grunzen aus. „Glaubt Ihr, ich wäre nach allem, was wir bisher durchgestanden haben, so dumm, das auch nur zu versuchen? Ihr werdet diesen Blumentopf für Omen holen, Mylady. Dafür werde *ich* sorgen. Ihr müsst nur vorher Ruse und Snap wegschicken."

Sie runzelte die Stirn. „Warum? Wovon redest du?"

„Omen will, dass Ihr einen Weg findet, auf den Balkon zu gelangen, ohne das Gebäude zu betreten. Das war die einzige Regel, die er aufgestellt hat. Ich kann Euer Weg sein. Es würde nur ein paar Sekunden dauern – ich fliege so schnell, dass die Sterblichen nicht mehr als einen flüchtigen Blick erhaschen, von dem sie glauben, sie hätten es sich eingebildet."

Sorsha starrte mich an. „Du bietest an, deine wahre Schattenwesen-Gestalt zu zeigen und mich auf das Dach des Gebäudes zu fliegen, nur um einen Blumentopf zu holen?"

Ich hatte ihr eindringlich zu verstehen gegeben, dass ich nicht wollte, dass die anderen erfuhren, was sie über mein wahres Wesen herausgefunden hatte. Die Geflügelten – oder

„Engel" wie uns die Sterblichen nannten – blickten auf eine leidvolle Vergangenheit zurück, die ich weder dem spöttischen Inkubus noch dem neugierigen Verschlinger preisgeben wollte. Ich hatte schon einmal meine Flügel entfaltet, um unserer Lady das Leben zu retten. Und das hier war nichts anderes.

„Es geht um mehr als nur darum, einen Blumentopf zu holen", sagte ich. „Es geht darum, Omen zu beweisen, dass Ihr zu uns gehört. Ihr habt zu hart an unserer Seite gekämpft, es wäre nicht gerecht, wenn er Euch jetzt von unserer Gruppe ausschließen würde. Wenn ich Euch die Sache erleichtern und dafür sorgen kann, dass die Aufgabe weniger lebensbedrohlich ist, dann werde ich nicht zögern, das zu tun."

Die Tapferkeit, die sie während unserer gemeinsamen Zeit bewiesen hatte, überlagerte sogar den Ärger, den ich einst wegen ihrer oft leichtfertigen Haltung empfunden hatte. Nach allem, was wir gemeinsam durchgestanden hatten, löste ihr Anblick ein viel tieferes und ergreifenderes Gefühl aus, eines, das mir so fremd war, dass ich es nicht benennen konnte. Ich wusste nur, dass ich versucht wäre, Omen den Kopf abzureißen, wenn sie wegen seines Misstrauens starb.

Dieses Gefühl wurde noch stärker, als Sorsha mir ihr freundlichstes Lächeln schenkte und mir mit einem liebevollen Blick in den Augen ansah. „Danke, Thorn. Ich weiß, dass du den meisten Menschen kein solches Angebot machen würdest. Aber ich komme wirklich allein zurecht. Und Omen wird viel mehr von mir halten, wenn ich es allein schaffe. Oder zweifelst du etwa an meiner Stärke?"

Sie spannte ihren Bizeps an, wobei ich zusammenzuckte und es mir nicht verkneifen konnte, zu protestieren. „Ihr seid *verwundet.*"

„Es geht mir von Stunde zu Stunde besser." Sie tätschelte ihre Schulter, bevor sie die Hand ausstreckte, um meine zu streicheln. Ihre Berührung erinnerte mich an den Schauer, der mich durchströmt hatte, als sie letzte Nacht meine Flügel gestreichelt hatte, woraufhin eine Hitze in mir aufstieg, die ich sehr wohl kannte, auch wenn ich sie noch nicht oft verspürt hatte. Das war zweifellos Verlangen.

Ich erlaubte mir, mich kurz daran zu erinnern, wie sich ihr weicher Körper an meinem angefühlt hatte, als ich sie gerade lange genug geküsst hatte, um mir vorzustellen, wie es sich anfühlen würde, wenn ich sie ganz für mich beanspruchen würde – dann zwang ich mich, in die Gegenwart zurückzukehren.

„Ich habe mir Omens Regeln genau angehört", fuhr Sorsha fort. „Ich schaffe das schon. Und für den Fall, dass ich mich irre, vertraue ich darauf, dass du mich auffängst."

Sie richtete sich auf und hauchte mir einen kurzen Kuss auf die Lippen, der den Rest meines Körpers unangemessen heiß werden ließ, bevor sie zu den anderen zurückging.

„Nur um das klarzustellen", sagte sie zu Omen und rückte die Riemen ihres Rucksacks zurecht, „die einzige Regel ist, dass ich dieses Gebäude nicht betrete, richtig?"

Er warf ihr einen strengen Blick zu. „Und dass du den Topf und die Pflanze unversehrt zu mir bringst. Das sind die Bedingungen."

„Perfekt. Herausforderung angenommen. Und jetzt entschuldige mich. Ich werde *dieses* Gebäude nicht betreten, aber ich werde in das dort drüben gehen."

Snap kicherte amüsiert, als unsere Lady auf das Bürogebäude nebenan zuschlenderte. Omens Gesichtsausdruck wurde für einen Moment mörderisch, bevor er sich mit der fast undurchdringlichen Ruhe beruhigte, die er wie einen Schutzschild vor sich hielt, seit wir das erste Mal nach seiner Flucht mit ihm gesprochen hatten.

„Es wird trotzdem nicht leicht für sie", sagte er.

Ruse lehnte sich mit dem Rücken gegen die Wand und blickte zu den Balkonen hinauf. „Oh, da wäre ich mir nicht so sicher."

„Es war nicht meine Idee", sagte ich zu unserem Kommandanten. „Ich wusste nicht, dass sie das vorhatte. Meinen Vorschlag hat sie sofort abgelehnt." Niemand brauchte zu erfahren, was genau ich ihr vorgeschlagen hatte.

Omen starrte mich an. Er wusste, dass ich ihn nie offen anlügen würde. Er schnaubte. „Dann wollen wir doch mal sehen, wie sie das anstellt."

Snap ging die Straße entlang, wo er den fraglichen Blumentopf etwas besser sehen konnte. Ruse folgte ihm, während ich meinen Blick auf Omen richtete. „Ich kann dir sagen, dass sie ebenso ehrenhaft wie entschlossen ist. Außerdem hat sie meine wahre Gestalt gesehen. Ich habe sie gebeten, den anderen beiden nichts davon zu erzählen, und sie hat ihr Wort gehalten."

Ein Ausdruck der Überraschung huschte über Omens Gesicht. Er gestikulierte an meinem Körper auf und ab. „Sie hat dich gesehen? Mit deinen Flügeln und den glühenden Augen und allem?"

„Ja", antwortete ich. Und während die meisten Sterblichen vermutlich schreiend davongelaufen wären, hatte sie den Eindruck gemacht, als hätte ihr der Anblick sogar gefallen. Wieder flackerte Hitze in mir auf.

„Hmm." Omen richtete seinen Blick erneut auf die oberen Bereiche der Gebäude. Diesmal jedoch mit etwas weniger Groll, wie ich glaubte.

Es dauerte nicht sehr lange, bis Sorsha in Sicht kam. Sie tauchte am Rande des gegenüberliegenden Daches auf. Ihr rotes Haar, das sie zu einem Pferdeschwanz zusammengebunden hatte, schimmerte im Sonnenlicht. Nachdem sie uns fröhlich zugewunken hatte, warf sie einen Enterhaken aus, den sie wohl in ihrem Rucksack mit sich herumtrug.

Klappernd hakte er sich an dem Balkon mit der Pflanze ein. Sie hielt inne, doch es kam niemand aus der Wohnung heraus. Das Seil fest umklammert sprang sie vom Dach.

Mir stockte der Atem und bevor ich die Fassung wiedererlangen konnte, hatte sie sich bereits auf das Geländer des Balkons unter mir geschwungen. Geschickt kletterte sie an dem Seil hinauf. Einmal hielt sie kurz inne und zuckte kaum merklich zusammen, was vermutlich nur meine kampferprobten Augen wahrnahmen. Dann klemmte sie sich den Blumentopf unter den Arm und warf den Haken zurück auf das Dach, von dem sie gekommen war.

Keine fünf Minuten später tänzelte Sorsha aus dem Bürogebäude und hielt Omen die Pflanze hin. „Wie du befohlen hast. Können wir jetzt endlich mit diesen blöden Spielchen aufhören?"

Omen blickte sie an. „Vorerst", antwortete er. Offenbar war er noch nicht ganz fertig mit ihr, und ich wusste, dass es zu früh war, um wirklich erleichtert zu sein. Wenn Omen sich etwas in den Kopf gesetzt hatte, war er unerschütterlich.

FÜNF

Sorsha

„Warte", sagte Vivi und ließ ihren angebissenen Karamell-Schoko-Chip-Keks sinken. „Dieser knallharte Schattenwesen-Boss hat seinen Kombi tatsächlich *Betsy* genannt?" Sie kicherte, wobei sie sich an dem Bissen verschluckte, den sie gerade genommen hatte, und einen Hustenanfall bekam, der ihre Belustigung jedoch nicht zu mindern schien.

Ich grinste sie wieder an. „Ganz genau." Als ich meiner besten Freundin in der heißen Spätnachmittagssonne an dem gläsernen Cafétisch gegenübersaß, fiel es mir leichter, das Unbehagen, das Omen in mir ausgelöst hatte, beiseitezuschieben und einfach über ihn zu lachen. Süßer Zimtzucker, ich hatte Vivi und unsere Gespräche wirklich vermisst.

Das Einzige, was unser Wiedersehen noch schöner gemacht hätte, wäre ein Besuch in unserer

Lieblingskonditorei in der Nähe ihres Elternhauses gewesen, doch dort hatten wir uns nicht hingewagt. Als ich im ersten Jahr nach Lunas Tod bei ihrer Familie gewohnt hatte, waren wir fast einmal pro Woche dort gewesen. Das neue Lokal, in dem wir einen Tisch auf der sonnigen Terrasse ergattert hatten, schien meiner besten Freundin allerdings auch ganz gut zu gefallen. Bereits nach einem Bissen hatte sie erklärt, ihr Keks sei „das Sahnehäubchen auf dem Kuchen".

„Und was hält Omen davon, dass du dich mit mir triffst, wenn er so wenig von Sterblichen im Allgemeinen hält?"

Meine Laune sank ein wenig, doch ich lächelte weiter. „Ich habe ihn davon überzeugt, dass du viel weniger Unheil anrichtest, wenn ich dich einweihe, als wenn du dir deine eigene Geschichte zusammenreimst und uns folgst. Er hat trotzdem versucht, mir mit seinem Blick ein Loch in den Kopf zu brennen."

Vivi musterte mein Gesicht. „Hat nicht geklappt, wie ich sehe. Er ist wohl doch nicht so mächtig." Dann hielt sie inne und ihr Grinsen verblasste. „*War* das die ganze Geschichte?"

„Alles, was wichtig ist. Wenn ich auf jedes Detail eingehe, wären wir noch ein paar Wochen hier." Außerdem war ich mir nicht sicher, ob ich sie über jedes Detail aufklären wollte. Dann müsste ich ihr nämlich auch erzählen, dass Thorn Menschen die Köpfe abgerissen hatte, um meine Schulterverletzung zu rächen. Es war schwer, solche Momente in einem positiven Licht zu sehen, wenn man nicht dabei gewesen war.

Ich wollte, dass Vivi meinen neuen Begleitern gegenüber positiv gestimmt war, da ich bereits ahnte, was sie mich als Nächstes fragen würde. Sie stützte sich mit den Ellbogen auf den Tisch und sah mich kokett an. „Und wann lerne ich deine heißen neuen Liebhaber kennen?"

Auch hier hatte ich die meisten Details weggelassen. Möglicherweise hätte ich lieber gar nicht erwähnen sollen, dass ich meinem Trio nähergekommen war. Ich spießte das letzte Stück meines Blaubeerkuchens auf und wedelte mit meiner Gabel vor Vivis Gesicht herum. „Sie sind nicht meine Liebhaber. Ich glaube nicht, dass Liebschaften zwischen Sterblichen und Schattenwesen überhaupt möglich sind. Schon gar nicht mit drei gleichzeitig."

Sie winkte ab. „Okay, dann eben deine neuen Kuschelkumpel. Wie auch immer du sie nennen willst, die Frage bleibt bestehen. Ich verspreche, dass ich sie dir nicht wegnehmen werde, aber ich will sie zumindest mal sehen."

„Mal sehen. Vielleicht sollte Omen nicht noch mehr über *dich* erfahren, als er ohnehin schon weiß." Außerdem war ich mir nicht sicher, ob sie mich nicht für verrückt halten würde, wenn sie dem Trio tatsächlich gegenüberstand. Ich kannte sie gut genug, um mich nicht an ihren Eigenheiten zu stören, Vivi hingegen hatte noch nie wirklich viel mit Schattenwesen zu tun gehabt. Ich glaubte nicht, dass sie die Bindung, die ich zu Luna gehabt hatte, auch nur annähernd verstehen konnte.

Trotz ihrer höflichen Ausdrucksweise und ihrer Bemühungen um den Schutz der Schattenwesen hielten die meisten Mitglieder des Bundes diese Wesen immer noch für Monster.

„Na gut." Vivi rümpfte die Nase und grinste mich an. „Du lässt mich aber zumindest mithelfen, oder? Ich will unbedingt ein großes Abenteuer erleben, bevor ich dreißig werde, sonst fühlt sich mein Leben sinnlos an. Ich kann sehr nützlich sein, das musst du doch wissen. Selbst meine Klamotten schreien regelrecht nach Professionalität."

Sie deutete auf ihr Outfit, das wie immer von Kopf bis Fuß aus weißen Sachen bestand. Heute trug sie eine elfenbeinfarbene Bluse und eine weit geschnittene Hose über Riemchensandalen, deren Schnallen leicht golden glitzerten. Selbst mit ihrer dunklen Lockenmähne, die am Hinterkopf aus den straffen Zöpfen entlang der Kopfhaut hervorbrach, strahlte sie eine gewisse Eleganz aus, wie ich sie wohl nie haben würde. Bei einem Schattenwesen aufzuwachsen, brachte eine gewisse Wildheit in einem hervor, die sich nur schwer abschütteln ließ.

„Da muss ich dir tatsächlich recht geben", pflichtete ich ihr bei. „Mal sehen, was bei dem Treffen heute Abend herauskommt. Ich gebe dir danach Bescheid, wie du dich nützlich machen kannst."

Bei dieser Aussage warf sie mir einen fragenden Blick zu, doch ich hob abwehrend die Hände. Auch wenn ich Vivi diesmal nicht ausschließen würde, wollte ich sie nicht direkt in einen Hinterhalt der mörderischen und potenziell psychotischen Schwertstern-Truppe laufen lassen. Vor allem, wenn sie das Ganze immer noch als Abenteuer betrachtete, obwohl sie inzwischen erkannt hatte, dass es gefährlich war.

Ich musste los, um mich vorzubereiten. Als wir das Café verließen, umarmte ich Vivi fester als sonst, als könnte ich dadurch ihre Unterstützung in mich aufnehmen und mich für den bevorstehenden Kampf stärken. Nachdem wir uns verabschiedet hatten, machte ich mich auf den Weg zu der Stelle, an der das Quartett mich abholen sollte, wobei ich ein Liedchen vor mich hin trällerte, um mich zu ermutigen.

Omen beäugte mich argwöhnisch, als ich mich auf die Rückbank des Kombis setzte, als wollte er mich auf eine tödliche Bazillenverseuchung überprüfen. In diesem Moment war ich ausnahmsweise mal reif genug, um ihm nicht die Zunge herauszustrecken. Die anderen drei hielten sich wie so oft in den Schatten im Wagen auf. Es beruhigte mich auf gewisse Weise, nicht mit dem Kerl allein zu sein.

„Vivi ist vollkommen unkompliziert", versicherte ich ihm. „Sie wird sich nur einmischen, wenn ich sie darum bitte – und ich werde sie nur dann um etwas bitten, wenn es um Dinge geht, die keiner aus unserer Truppe erledigen kann."

Omen stieß ein Grunzen aus, das keinen Zweifel daran ließ, dass er sich nicht vorstellen konnte, dass es Dinge gab, auf die das zutreffen könnte, und startete den Wagen. Wieder stieg mir der seltsame Geruch in die Nase, der den

Innenraum erfüllte. Trocken, rauchig, leicht würzig und ein mineralischer Hauch ... Vielleicht hatte er Hähnchenflügel auf einem Tablett aus glühenden Kristallen gebraten? Womöglich war das ein beliebtes Hobby im Schattenreich, von dem mir noch niemand erzählt hatte.

Nachdem es der Hackerin, die Ruse mit seinem Charme betört hatte, tatsächlich gelungen war, Informationen in Erfahrung zu bringen, waren wir nun auf dem Weg zur Übergabestelle. Angeblich sollte sie eine Stunde nach Sonnenuntergang auf dem Parkplatz eines Minigolfplatzes stattfinden. Kein typischer Ort für den illegalen Austausch von Kreaturen, von deren Existenz Normalsterbliche nicht einmal etwas wussten. Doch nachdem wir Betsy in einiger Entfernung abgestellt hatten, und uns der Stelle näherten, konnte ich verstehen, warum sie diesen Ort ausgewählt hatten.

Der Platz mit seinen knallbunt bemalten Vorrichtungen, darunter eine Windmühle und ein Schloss, umgab den Parkplatz von beiden Seiten und war groß genug, dass niemand aus der Ferne sehen konnte, was dort vor sich ging. Auf der dritten Seite befand sich die fensterlose Backsteinwand eines schäbigen Lagerhauses, sodass es auch dort keine Zeugen gab. An der Straße hatte jemand praktischerweise einen Müllcontainer voller Bauschutt abgestellt, der einen weiteren großen Bereich verdeckte und die Straßenlaterne, die den Platz erhellen sollte, war ausgebrannt. Was für ein Zufall.

Als wir ankamen, ging gerade die Sonne unter. Die Schatten der einzelnen Minigolf-Stationen, die sich über den kleinen grünen Bahnen erstreckten, waren doppelt so groß wie die eigentliche Anlage. Ruse schlüpfte durch die Schatten, um das Tor zu öffnen, damit ich ihnen hineinfolgen konnte.

„Deine einzige Aufgabe ist es, zu warten, bis wir unsere Beute haben", befahl mir Omen. Er deutete auf das Dach der

Hütte, in der sich der Ticketverkaufsstand und die Ausrüstung befanden. „Thorn wird dich dort oben unterstützen. Bleib außer Sichtweite und beobachte die Transaktion. Ich will dich nur hören oder sehen, wenn du etwas bemerkst, was wir anderen wissen müssen. Sobald wir einen von ihnen in die Falle gelockt haben, kannst du runterkommen und bei Bedarf die Schutzvorrichtungen entfernen."

„Und den Käfig öffnen, um das Schattenwesen herauszulassen", fügte Snap hinzu.

„Ja, das auch", murmelte Omen, als würde er sich über Erinnerung ärgern, dass ich auf mehr als eine Weise nützlich sein könnte. Er starrte mich eindringlich an. „Verstanden?"

„Aye, aye, Captain", erwiderte ich trocken. Ich vermutete, dass er versucht hätte, mich im Auto einzusperren, anstatt mich überhaupt mitfahren zu lassen, wenn er geglaubt hätte, dass er mich darin festhalten könnte. Doch selbst er konnte nicht bestreiten, dass meine Immunität gegen Materialien, die die Kräfte der Schattenwesen schwächten, einen Vorteil darstellte.

Nur für den Fall, dass er nützlich sein könnte, griff ich nach einem der Minigolfschläger und schwang ihn durch die Luft. Er war zwar leicht, lag jedoch gut in der Hand. Zur Sicherheit stopfte ich auch ein paar der kleinen, harten Golfbälle in die Taschen an meinem Gürtel.

Ich trug wieder einmal mein Einbrecher-Outfit. Solange ich mich nicht bewegte oder sprach, wäre ich nichts weiter als ein Schatten auf dem Dach, selbst mein rotes Haar war unter der schwarzen Strickmütze verborgen. Den flammenden Aalen sei Dank, war es heute Abend nicht mehr so warm wie am Nachmittag, sonst wäre ich innerhalb von Sekunden schweißüberströmt gewesen.

Thorn versetzte mir einen sanften Schubs Richtung Dachkante, und ich kletterte darüber, um mich hinter einem der falschen Giebel zu verstecken. Als ich über den hervorstehenden Teil spähte, konnte ich den Rand des Golfplatzes und den gesamten Parkplatz überblicken.

Die vier Schattenwesen hatten einen ausführlichen Plan ausgearbeitet, während ich mich mit Vivi getroffen hatte. Sobald ich meine Position eingenommen hatte, verschwanden sie in den Schatten. Soweit ich wusste, wollten sie sich in einem großen Kreis um den Parkplatz herum postieren. Die Idee war, die Übergabe lange genug zu beobachten, um mehr über die Vorgehensweise der Schwertstern-Truppe herauszufinden, und dann – sofern sie nicht zu stark bewaffnet waren – einzuschreiten, das Schattenwesen zu befreien, das der Sammler ihnen verkaufen wollte und ein Mitglied der Schwertstern-Truppe mitzunehmen, um es zu verhören.

Ich änderte meine Position auf den Tonfliesen ein paar Mal, da mein Rücken in der gebückten Haltung steif wurde und meine Schulter schmerzte. Jedes Mal, wenn in der zunehmenden Dunkelheit ein Auto vorbeifuhr, erstarrte ich. Schließlich fuhr ein schwarzer Lieferwagen auf den Parkplatz, der wie ein Fahrzeug aussah, das für den Transport von Großvieh verwendet wurde. Er parkte in der hinteren Ecke, wo der Golfplatz an die Lagerhalle grenzte.

Eine einzelne Gestalt stieg aus – der Sammler, wie ich annahm. Auf den ersten Blick hätte er als böser, genialer Superschurke aus der Art von Comics durchgehen können, wie ich vermutete, dass sie unsere Hackerin haufenweise las. Sein kahler, kugelrunder Kopf glänzte im schwachen Licht der fernen Straßenlaternen, und er trug einen grauen Anzug, dessen quadratischer Kragen bis zum Kinn zugeknöpft war. Fast rechnete ich damit, dass er ein Monokel aus seiner Brusttasche holen würde.

Dann bemerkte ich den Schweißglanz, der das Licht noch mehr einfing als seine blasse Kopfhaut. Der Kerl mochte sich vielleicht wie ein Superschurke kleiden, an Selbstsicherheit schien es ihm jedoch zu mangeln.

Nach weiteren zehn Minuten bog ein zweites Fahrzeug auf den Parkplatz ein: ein weißer Lieferwagen, auf dessen Seite das Logo einer Bäckerei prangte. Ein falsches Geschäft oder eine weitere Tarnung wie der Spielzeugdiscounter, in dem die Schwertstern-Crew einen Teil ihrer Geschäfte abgewickelt hatte? Ich notierte mir den Namen für den Fall, dass es sich um Letzteres handelte.

Fünf Gestalten stiegen aus dem Wagen. Sie trugen die Helme aus Silber und Eisen sowie die metallbeschichteten Westen, die wir bereits gesehen hatten. Die Metalle hatten zwar eine abstoßende Wirkung auf die Schattenwesen, gegen Thorns physische Stärke oder die konkreten Tricks, die Omen sich ausgedacht hatte, konnten sie jedoch nichts ausrichten.

Eine der Gestalten schien eine Peitsche an ihrer Hüfte befestigt zu haben, wahrscheinlich eine dieser glühenden Lichtpeitschen, ansonsten konnte ich jedoch keine Waffen erkennen. Offenbar rechneten sie nicht damit, es bei diesem Handel mit einer feindlichen Partei zu tun zu bekommen.

Genau wie wir gehofft hatten.

Der verschwitzte Sammler öffnete die Hintertür seines Wagens. Grelles Licht strömte heraus – er hatte helle Lampen rund um den Käfig aufgestellt, in dem das mächtige Wesen gefangen sein musste, um zu verhindern, dass es in die Schatten entschwand. Die Schwertstern-Truppe rollte einen Container, der wie ein überdimensionaler Spind aussah, aus dem Laderaum und schob ihn vor den Lieferwagen. Vermutlich wollten sie den Käfig aus dem Lieferwagen in den Container umladen, der bestimmt ebenfalls gut ausgeleuchtet war.

Bevor sie die Gelegenheit dazu hatten, stürzten vier schattenhafte Gestalten auf den Parkplatz. Ich konnte nicht viel von ihren Gesichtern erkennen, da die Dunkelheit noch an ihnen haftete, doch die massige Gestalt, die zwei Schwertstern-Kämpfer zu Boden stieß, war eindeutig Thorn.

Die anderen drei Schattenwesen wagten sich nicht ganz so

nah an unsere Feinde und ihre giftigen Rüstungen heran. Ruse schlang eine Art Seil um die Beine des Sammlers und zog daran, sodass er mit zusammengepressten Knien auf den Boden stürzte. Während der Bösewicht zu schluchzen begann wie ein Kindergartenkind, warfen Omen und Snap Decken über die beiden Angreifer, die Thorn zu Fall gebracht hatte. Woraus auch immer sie bestanden, das Material war schwer genug, um die Männer auf dem Boden zu fixieren.

Thorn kümmerte sich unterdessen um den Rest der Schwertstern-Truppe. Er packte den Mann mit der Peitsche an den Handgelenken und schleuderte ihn über den Zaun, wo er in die Minigolf-Burg krachte. Der Kerl sackte in sich zusammen und einer der Türme wackelte, bevor er umkippte und ihn am Kopf traf. Ein anderes Arschloch bekam von den kristallinen Knöcheln des Kriegers einen Schlag gegen den Hals verpasst. Mit einem gurgelnden Laut und einer klaffenden Wunde brach er blutüberströmt zusammen.

Der letzte unserer Feinde nutzte Thorns Ablenkung, um ihm eine Metallstange in den Rücken zu stoßen, woraufhin Funken auf Thorns Tunika sprühten. Das imposante Schattenwesen zitterte und seine Glieder verkrampften sich eine Sekunde lang, als er sich umdrehte. Währenddessen schaffte es der Mistkerl, der die Burg zerstört hatte, sich mit der Peitsche in der Hand aufzurichten.

Oh nein, das würde ich nicht zulassen. „Thorn!", rief ich und sprang auf die Füße. Meine Hand war bereits zu einer meiner Taschen geschossen. Meine Finger umfassten einen Golfball und ich schleuderte ihn auf den Kerl mit der Stange.

Der Ball prallte mit einem dumpfen Schlag gegen die Rückseite des Helms – ein Hole-in-one, würde ich sagen. Mit einem Siegesschrei schleuderte ich noch ein paar weitere Bälle auf ihn, sodass er nicht auf Thorns Schlag vorbereitet war. Die harten Knöchel des Kriegers trafen ihn direkt ins Gesicht. Ich wandte meinen Blick von den Blutspritzern ab.

Das war auch gut so, denn der Burgzerstörer rannte mit

der Peitsche in der Hand zurück zum Maschendrahtzaun. Ich sprang vom Dach der Hütte auf eine Zugbrücke aus Gips und von dort auf den Boden. Als der Kerl über den Zaun klettern wollte, verpasste ich ihm mit dem Golfschläger einen Hieb gegen sein Ohr, direkt unter dem Ansatz seines Helms. Sein Kopf schwankte, und ich holte zu einem weiteren Schlag aus, diesmal gegen die Oberseite des Helms. Schwungvoll schlug ich ihm den Helm vom Kopf.

Als hätte er nur auf diese Chance gewartet, war Omen sofort zur Stelle. Sobald der Helm auf den Boden gefallen war, schlug unser Anführer den Kopf unseres Gegners mit voller Wucht gegen die Stange am oberen Ende des Zauns und zerschmetterte ihm den Schädel.

Okay. Er war vielleicht nicht so massig wie Thorn, doch an Muskelkraft fehlte es ihm definitiv nicht. Notiz an mich selbst: Leg dich nicht *zu* sehr mit diesem Kerl an.

Die beiden überlebenden Mitglieder der Schwertstern-Truppe wanden sich hilflos unter den schweren Decken. Omen pirschte sich an den Sammler heran, der neben seinem Transporter kauerte und schluchzend nach Luft schnappte.

„Sag deinen Sammlerfreunden, dass wir sie holen werden, einen nach dem anderen", knurrte Omen mit drohender Stimme. „Wenn ihr abhaut und euch gut versteckt, finden wir euch vielleicht nicht, doch jeder, der mit diesen Leuten Geschäfte macht" – er deutete auf den Lieferwagen – „hat von nun an seinen Untergang besiegelt."

Ich kletterte über den Zaun und joggte über das Grundstück zur offenen Hintertür des Lieferwagens. Die schattenhafte Gestalt einer großen Kreatur, die zu verstört von ihrer Umgebung war, um sich zu zeigen, flackerte im Lichtschein hinter den silbernen und eisernen Gitterstäben ihres Käfigs, der fast so groß war wie ich. Entweder war es ein höheres Schattenwesen, das kleiner war als meine Gefährten oder einfach ein sehr mächtiges niederes

Schattenwesen. In keinem der beiden Fälle verdiente es eine solche Behandlung.

Mit ein paar Hieben meines Brandmessers, dessen auf übernatürliche Weise verbesserte Titanklinge heiß glühte, schnitt ich das Schloss auf. Sobald ich die Tür des Käfigs aufgerissen hatte, flitzte das Schattenwesen an mir vorbei. Es flüchtete in die Nacht, ohne sich zu bedanken, was ich ihm wohl nicht verübeln konnte.

„Gut", murmelte Snap, der hinter mir auftauchte. Er legte mir sanft eine Hand auf den Arm und kraulte meinen Hinterkopf auf eine Art und Weise, bei der ich ein Flattern in meinem Unterleib verspürte, das der Situation völlig unangemessen war.

Die anderen standen um unsere beiden Gefangenen herum. Omen rieb seine Hände aneinander. „Nehmt ihnen die Schutzanzüge ab. Mal sehen, was wir heute Abend aus diesen Übeltätern herausbekommen."

SECHS

Sorsha

Verhöre waren deutlich weniger qualvoll, wenn ein Inkubus im Spiel war, sowohl für uns auf der Seite des Verhörenden als auch für die Opfer, wie ich annahm. Weder Wasserfolter noch Liegen mit Messern und Zangen waren nötig, wenn man die Leute mit ein paar charmanten Floskeln viel effektiver dazu bringen konnte, ihre Geheimnisse preiszugeben.

Ruse hatte mit unseren beiden Gefangenen geplaudert, während sie noch auf dem Boden gelegen hatten. Nachdem er sie in seinem Bann gezogen hatte, ließen wir sie aufstehen, brachten sie zu ihrem Lieferwagen und verfrachteten sie auf die Ladefläche. Wir befanden uns in einem abgelegenen Teil der Stadt und standen in einem Halbkreis vor den beiden Sternschwert-Typen, die an der Wand des Laderaums saßen.

Auch wenn der Inkubus die beiden besänftigt hatte, war Omen entschlossen, den Großteil der eigentlichen Befragung zu übernehmen. Seine Augen funkelten und waren noch schmaler als sonst. Im grellen Schein der Lampe, die wir eingeschaltet hatten – und die eigentlich dazu gedacht war, Schattenwesen unter viel härteren Bedingungen gefangen zu halten.

Die Einzelheiten dieser Bedingungen waren eindeutig die größte Frage, die ihm durch den Kopf ging. Er verschränkte die Arme vor der Brust und schien sich gerade noch zurückhalten zu können, den beiden Jungs einen Todesblick zuzuwerfen. Ruse' Illusion, dass wir alle Freunde waren, würde nur anhalten, wenn Omen nicht zu weit ging.

„Was hattet ihr mit dem Schattenwesen vor, das ihr dem Sammler abkaufen wolltet?", fragte er.

Einer der Männer rührte sich, und ein hoffnungsvoller Ausdruck huschte über sein Gesicht, als wollte er nichts weiter als seine Entführer mit seiner Antwort zufriedenzustellen. „Wir wollten es an jemand anderen übergeben."

Es handelte sich also mindestens um ein zweistufiges Manöver. Kein Wunder, in Anbetracht des Ausmaßes der Vorsichtsmaßnahmen dieser Leute.

Omen runzelte die Stirn. „Und wohin hätte die andere Person es gebracht?"

„Das wissen wir nicht", meinte der andere Mann. „Die Leute, von denen wir unsere Anweisungen erhalten, geben immer nur einen Teil der Information preis, weil das ihrer Meinung nach sicherer ist. Das ist auch gut so – was wäre, wenn uns jemand geschnappt hätte, der uns nicht so wohlgesonnen ist wie ihr?"

Meine Lippen zuckten, doch ich schaffte es, mir ein Lachen zu verkneifen. Hatte Ruse die Erinnerung an das, was Thorn und Omen ihren Kollegen angetan hatten, aus ihrem Gedächtnis gelöscht, oder hatte er sie einfach davon überzeugt, dass diese Kerle darum gebeten hatten, die Schädel eingeschlagen zu bekommen?

Zwar wäre es schön gewesen, auch die zweite Partei dieser Organisation ausfindig zu machen, doch sie hatten inzwischen sicherlich gemerkt, dass die Übergabe schiefgelaufen war. Wo auch immer der Treffpunkt gewesen wäre, es war zu spät. So viel dazu, die neue Operationsbasis zu finden.

Omen schien diese Antwort nicht im Entferntesten zufriedenzustellen. „Erzählen euch eure ‚Leute‘ was sie mit den Schattenwesen machen, die sie sammeln?"

Das Gesicht des ersten Kerls erhellte sich. „Ja. Ein wenig. Sie suchen nach Wegen, um den Einfluss der bösartigen Bestien auf unsere Welt zu beenden. Die Lichtarmee wird alle Monster ausrotten, die uns bedrohen. Die Dämonen sind allerdings gerissen. Hier und da ein paar zu töten, reicht nicht aus. Deswegen sind sie auf der Suche nach einer besseren Methode."

Obwohl ich selbst keiner dieser gerissenen Dämonen war, zuckte ich automatisch im Namen meiner Gefährten zusammen. Snap legte beruhigend seinen Arm um meine Taille, doch sein göttliches Gesicht war ernst. Ich drückte seine Hand. Er hatte bisher nur wenig Zeit auf der Seite der Sterblichen verbracht – womöglich hatte er noch nie einen Menschen darüber sprechen hören, wie sehr sie Wesen wie ihn verabscheuten. Dieser vermeintliche „Dämon" war einfühlsamer als die meisten Menschen, die ich kannte.

Der Hauch eines jenseitigen Glanzes flackerte in Thorns Augen auf. Mit Bedacht trat der große Krieger einen Schritt näher, er ragte fast bis zum Dach des Laderaumes auf, doch Omen hob eine Hand. Sein Mund hatte sich zu einem steifen Lächeln verzogen.

Ihm gefiel nicht, was der Kerl gesagt hatte, doch es war genau die Einstellung, die er erwartet hatte.

„Die Lichtarmee", wiederholte er. „So heißt eure Organisation also?"

Der Mann nickte. „Wir müssen unsere Sache geheim

halten, da eine Gegenreaktion der Monster uns alle auslöschen könnte. Das Ziel unserer Arbeit ist es, mit unserem Licht alle Schatten zu vernichten."

„Und du weißt nicht, was genau deine Armee mit ihren Experimenten bezwecken will?"

„Experimente?" Der Mann runzelte die Stirn. „Dafür bin ich nicht zuständig. Ich weiß nur, dass sie darauf hinarbeiten, jeden Unhold zu vernichten, der es wagt, einen Fuß in unsere Welt zu setzen – und womöglich auch dort, wo sie herkommen."

Herrlich. Ein Schauer lief mir über den Rücken. Er sprach über buchstäblichen Völkermord, als wäre es das glorreichste Ziel, das er sich vorstellen konnte. Hatte einer dieser Schwertstern-, Verzeihung, *Lichtarmee*-Arschlöcher überhaupt schon mal mit einem höheren Schattenwesen gesprochen?

Ich war die Erste, die zugeben würde, dass Wesen wie die vier um mich herum nicht denselben Sinn für Moral hatten wie die Menschen. Und natürlich hatten einige von ihnen auch schon Sterbliche angegriffen. Allerdings gab es auch Angriffe unter Sterblichen. Die Lösung war also, gegen diejenigen vorzugehen, die die eigentlichen Verbrechen begingen, und nicht einfach, alle zu ermorden. Ich glaubte nicht, dass es dieser Armee gefallen würde, wenn die Schattenwesen sich mit ihrer Logik gegen die Menschheit wenden würden.

„Das klingt nach einem ehrenhaften Ziel", sagte Omen, wobei seine Stimme einen so scharfen Sarkasmus enthielt, dass es mich nicht überrascht hätte, wenn sie Schnitte im Fleisch unserer Gefangenen hinterlassen hätte. Er schritt von dem einen Ende des Laderaums zum anderen, während er über seine nächste Frage nachdachte. „Ihr seid also nur für die Übergaben mit den Sammlern zuständig?"

„Ich werde alle paar Wochen für einen Job wie diesen angerufen", antwortete der erste Mann. „Ansonsten halte ich mich raus."

Der Blick des Schattenwesens glitt zu dem anderen Kerl. „Und du?"

„Ich habe ansonsten nichts mit den Biestern zu tun, aber ich habe schon ein paar andere Fahrten übernommen. Wenn Veranstaltungen stattfinden, bringe ich zum Beispiel die Ausrüstung."

„Ah. Was für Veranstaltungen sind das denn?"

Der Mann zuckte mit den Schultern. „Ich weiß nicht genau. Ab und zu geben sie Partys mit einem Haufen reicher Leute. Irgendwo muss das Geld für die Ausrüstung und die Käufe bei den Sammlern ja herkommen."

Ein weiteres Lachen kribbelte in meiner Brust, diesmal ein ironisches. Natürlich musste die Lichtarmee Spendenaktionen veranstalten, genau wie Ellen und Huyen es für den Bund taten. Während wir Geld sammelten, um die Schattenwesen zu schützen, sammelten sie Geld, um sie zu jagen und zu foltern. Dem Ausmaß der Operationen unserer Feinde nach zu urteilen, waren sie darin um einiges besser als wir. Vielleicht konnten wir ja ein paar Tipps aufschnappen.

Omen fuhr fort, die beiden zu grillen. Er fragte sie, woher sie ihre Ausrüstung hatten, wo sie im Umgang mit Schattenwesen geschult wurden, und alles, was er sonst noch über die Lichtarmee herausfinden konnte. Leider waren unsere Feinde unglaublich vorsichtig. Die Trainingseinheiten fanden an wechselnden Orten statt, die Ausrüstung wurde vor der Haustür der Männer abgelegt, zusammen mit den Aufträgen für ihren nächsten Einsatz, und recht viel mehr wussten sie nicht.

Wir stiegen aus dem Lieferwagen, um uns in Ruhe zu unterhalten.

„Es ist kein Totalverlust", sagte ich. „Wir haben das Schattenwesen befreit, das sie kaufen wollten, und dem Sammler und hoffentlich noch ein paar anderen in seinem Netzwerk Angst eingejagt. Außerdem wissen wir jetzt, wie ihre Übergaben ablaufen, und vielleicht kommen wir durch diese Spendenaktionen an sie heran."

„Das ist trotzdem weniger, als ich gehofft hatte." Nachdenklich betrachtete Omen den Lieferwagen. „Vielleicht fällt mir noch ein anderer Ansatz ein."

Wieder lief mir ein Schauer über den Rücken. „Was wirst du mit ihnen machen, wenn du keine Fragen mehr hast?" Ich hatte es bis zu diesem Moment vermieden, dieses Thema anzusprechen, doch langsam fühlte sich mein Zögern feige an. Auch wenn die Männer da drinnen voreingenommene Arschlöcher sein mochten, hatten sie sich friedlich mit uns unterhalten. Mir gefiel der Gedanke nicht, dass meine Begleiter sie in ihrem wehrlosen Zustand abschlachten würden.

Einen Moment lang sah Omen so aus, als hätte er genau das vor, bis sich sein Mund plötzlich verzog, als hätte er auf etwas Saures gebissen. „Es wäre besser, wenn ihre ‚Armee' nicht erfährt, dass wir sie verhört haben. Ruse, du kannst sie doch bestimmt dazu bringen, über unser Gespräch Stillschweigen zu bewahren, oder? Überzeug sie davon, dass sie behaupten müssen, sie seien unbemerkt vom Ort des Angriffs weggefahren."

Der Inkubus salutierte vor ihm. „Wenn du mir ein wenig Zeit gibst, kriege ich das hin."

Ich ließ meinen Blick über die dunkle Straße schweifen. Das Schattenwesen-Quartett brauchte mich hier eigentlich nicht mehr und ich wollte noch etwas erledigen, während Omen abgelenkt war. Mein Magen knurrte und lieferte mir die perfekte Ausrede. Ich hatte seit dem Stück Kuchen mit Vivi nichts mehr gegessen.

„Im Gegensatz zu euch anderen", sagte ich, „brauche ich ein Abendessen, sonst kippe ich um. Treffen wir uns in ein paar Stunden wieder bei Betsy?"

Der Gedanke, dass ich meine menschlichen Bedürfnisse befriedigen musste, brachte Omens Verachtung wieder zum

Vorschein. Er winkte abweisend, bevor er die Hintertür des Lieferwagens wieder aufriss.

Ich entfernte mich einige Blocks vom Verhörort, bog an den Kreuzungen nach rechts und links ab und rief dann ein Uber. Ich hatte tatsächlich vor, mir etwas zu essen zu besorgen, allerdings nicht in einem Lokal, das Omen gutheißen würde.

Als ich auf der Rückbank Platz nahm, spürte ich etwas Hartes in meinem Rucksack, das mich ins Bein pikte. Ich griff hinein, und meine Finger schlossen sich um die kühle, glatte Oberfläche einer kleinen Schachtel. Meine Kehle wurde trocken.

Ich zog das Kästchen heraus, und die Lichter der Stadt fielen durch das Fenster auf die perlmuttfarbenen Seiten. Mit einer automatischen Bewegung öffnete ich den Deckel.

Dieses Andenken war das Einzige, was mir von meinen Eltern geblieben war. Ich hatte nicht viel Zeit zum Packen gehabt, als die Jäger in das Haus meiner Eltern gestürmt waren, während Tante Luna und ich im Garten gespielt hatten. Ich war drei Jahre alt gewesen, als Luna mich auf den Schrei meiner Mutter hin gepackt hatte und geflohen war. Dabei hatte sie dieses Kästchen mitgenommen. Als ich alt genug war, hatte sie mir den gefalteten Zettel gegeben, der sich darin befand.

Darauf stand, dass meine Eltern mich liebten und sich wünschten, dass es nicht so gekommen wäre, und dass Luna auf mich aufpassen würde. Offenbar hatten sie geahnt, dass die Mistkerle, hinter denen sie her gewesen waren, sie angreifen würden.

Ich hatte keine Ahnung, ob diese Arschlöcher mit der Lichtarmee in Verbindung standen, so wie Lunas Angreifer, oder ob sie nur ein zufälliger Haufen rachsüchtiger Jäger gewesen waren. So oder so bewies das nur, was für psychotische Monster *Menschen* sein konnten. Und wie wichtig es war, dass die bösartigen Pläne dieser Menschen durchkreuzt wurden.

Also würde ich verdammt noch mal zu allen Mitteln greifen, ob Omen das passte oder nicht.

Ich klappte das Kästchen wieder zu und steckte es dieses Mal in meine Handtasche, um es noch näher bei mir zu haben. Das Auto wurde langsamer, als die Bar in Sicht kam, die ich dem Fahrer als Ziel genannt hatte.

Als ich Jade's Fountain betrat, suchte ich den Raum nach jemandem ab, der nicht hierher passte, doch wie es aussah, bestand das Publikum nur aus den üblichen schrulligen Sterblichen und ein paar vereinzelten Schattenwesen. Da war ein Menschenmädchen mit einem Katzenohren-Haarreif, und zwei Tische weiter ein Kerl, bei dessen echsenartigen Augen es sich meiner Meinung nach nicht um Kontaktlinsen handelte. Alles so wie immer. Das Plätschern des Wassers, das an der gegenüberliegenden Wand herunterlief, und der mineralische Duft in der Luft beruhigten meine Nerven zum ersten Mal seit Tagen.

Wie üblich stand Jade allein hinter dem polierten Quarz-Tresen und ihr dunkelgrünes Haar fiel ihr über ihren schlanken Rücken. Während viele Menschen wohl dachten, dass es gefärbt war, war die grüne Mähne in Wahrheit ihr Erkennungsmerkmal als Schattenwesen. Ich setzte mich auf einen Platz in der hintersten Ecke, der für die Eingeweihten unter uns reserviert war.

Einen Moment später kam die Schattenwesen-Frau auf mich zu. Ich hatte den Eindruck, dass ihre Augen wachsamer waren als sonst. Entweder hatte sie mitbekommen, in was ich verwickelt war, oder meine Abenteuer hatten *mich* paranoid gemacht.

„Was kann ich dir bringen, Sorsha?", fragte sie.

„Whiskey Cola und ein Truthahn-Panini." Ich deutete auf den kleinen Kühlschrank mit den vorbereiteten Gerichten, die nur noch im Backofen aufgewärmt wurden.

„Spätes Abendessen heute?"

„Ich hatte unglaublich viel um die Ohren."

Sie gab ein Brummen von sich, während sie das Sandwich zubereitete und meinen Drink einschenkte. Dann stellte sie beides mit einem Klirren vor mir ab und stützte sich mit einem Ellbogen auf den Tresen. „Was war denn los?"

Ich nahm einen großen Bissen von meinem Panini und leckte mir das geschmolzene Käsefett von den Fingern. Lecker. „Ich weiß, dass du nichts mit dem Bund zu tun haben willst, deshalb werde ich dich nicht darum bitten. Aber wenn etwas Großes passieren würde – etwas, das *alle* Schattenwesen, die im Reich der Sterblichen lebten und womöglich auch die im Schattenreich in Gefahr brachte – kennst du ein höheres Wesen, das sich gegen die beteiligten Sterblichen stellen *würde*?"

Ihr Gesichtsausdruck wurde noch argwöhnischer. „Willst du damit andeuten, dass das *gerade* passiert?"

Ich hielt ihren Blick unverwandt fest. „Wie viel willst du wissen?"

Sie zögerte kurz, dann presste sie die Lippen aufeinander. „Verstehe. Vielleicht ist es das Risiko dann nicht wert, überhaupt herumzufragen."

„Ich denke, du solltest die Chancen abwägen. Wäre es schlimmer, gar nichts zu tun und zu riskieren, dass diese Bar eines Tages gestürmt wird, oder nur ganz vorsichtig die Fühler auszustrecken?" Ich nahm einen weiteren Bissen und kaute, während sie darüber nachdachte. Dann fügte ich hinzu: „Ich habe so etwas noch nie gesehen, Jade. Du weißt, dass ich dich nicht bitten würde, wenn es nicht wichtig wäre."

Ein paar Jugendliche im College-Alter mit Piercings im Gesicht, die möglicherweise ein oder zwei Hörner verbergen sollten, waren weiter hinten an die Theke getreten. Jade seufzte. „Ich werde darüber nachdenken. Allerdings bin ich mir nicht sicher, ob ich jemanden für dich habe. Falls mir jemand einfällt, kann ich dich auf deiner Privatnummer anrufen?"

„Ja. Danke, Jade. Ich bin dankbar für alles, was du tun kannst."

Es war schon spät und ein paar der Gäste neben dem gekachelten Teich, der als Wunschbrunnen und, wenn die Gäste betrunken genug waren, als Planschbecken diente, fingen an, zur Musik zu tanzen. Eigentlich hatte ich nicht vorgehabt, zu tanzen oder länger zu bleiben, als ich brauchte, um mein Panini aufzuessen, doch als ich den letzten süßlich-herben Schluck meiner Whiskey Cola hinunterschluckte, spürte ich warme Hände, die meine Taille umfassten und der inzwischen vertraute bittersüße Duft von Kakao mit Karamell hüllte mich ein.

„Endlich habe ich dich für mich allein", raunte Ruse mit seiner schokoladigen Stimme und neigte den Kopf, sodass seine Lippen meine Ohrmuschel berührten. Allein diese kleine Berührung, die nicht einmal ein richtiger Kuss war, jagte mir einen lustvollen Schauer über den Rücken.

Ich drehte mich auf dem Hocker um und sah ihm in die Augen. Bei der Hitze in seinem Blick setzte mein Herz einen Schlag aus. Selbst mit der albernen Baseballkappe, die er sich aufgesetzt hatte, um seine Hörner zu verstecken, sah er unglaublich sexy aus.

Wegen des Schutzansteckers, den ich an meinem Unterhemd direkt über meinem Herzen befestigt hatte – für den Fall, das ich einem Schattenwesen begegnete, dem nicht zu trauen war – konnte er seine verführerischen Voodoo-Künste nicht auf mich anwenden. Allerdings verfügte er über jede Menge nicht-übernatürlichen Charme. Einem Inkubus seine Fähigkeit, andere zu betören, zu nehmen, war genauso unmöglich, wie einer Katze die Fähigkeit, zu schnurren zu nehmen.

„Wir sind wohl kaum allein", erwiderte ich und deutete auf die Menge um uns herum. „Bist du mir etwa gefolgt? Ich dachte, du würdest dich um deine neuen besten Freunde kümmern?"

Ruse grinste. „Oh, die sind gut versorgt. Manchmal bin ich von mir selbst beeindruckt. Ich hatte so eine Ahnung, dass ich dich hier finden würde. Ich weiß, an wen du dich wendest, wenn du Informationen und Unterstützung brauchst."

„Ich bin mir nicht sicher, ob ich etwas von beidem bekommen habe." Ich versetzte ihm einen leichten Stoß gegen seine muskulöse Brust, eher spielerisch als mit dem Ziel, ihn tatsächlich wegzustoßen. „Nun, du hast mich gefunden – also was jetzt?"

Sein Grinsen wurde breiter. „Warum fangen wir nicht mit einem Tanz an? Das hat doch letztes Mal ganz gut geklappt."

Das letzte Mal, als wir miteinander getanzt hatten – in meiner alten Wohnung, nachdem er einen 80er-Jahre-Tanzmix aufgelegt hatte, um mich aufzuheitern –, hatte ich ihn später in der Nacht zu mir ins Bett gezogen. Ich war nicht vollkommen davon überzeugt, dass es eine gute Idee war, das zu wiederholen. All die Glückseligkeit, die er mir bereiten konnte, wurde durch die emotionale Manipulation mithilfe seiner Kräfte zunichtegemacht. Zwar hatte er versprochen, nie wieder in meinen Kopf einzudringen, doch das hatte er mir auch schon beim ersten Mal versichert.

Als er mich auf die Tanzfläche führte, schwand meine Unsicherheit jedoch zunehmend dahin. Ich hatte vergessen, wie gut sich seine Hände auf meinem Körper anfühlten. Jetzt wanderten sie von meiner Taille über meine Hüften und meine Schenkel hinunter. Er blieb dicht bei mir, während wir uns im eindringlichen Rhythmus der Musik wiegten.

Als das Lied zu Ende war und ich kurz innehielt, küsste Ruse die nackte Haut an meinem Hals. Lust durchzuckte meinen Körper und mir stockte der Atem.

„Hmm", murmelte er in mein Haar. „Der Verschlinger hat sich in den Schatten zu uns gesellt. Ich glaube, er hätte dich am liebsten ständig bei sich. Weißt du, mein Angebot steht noch, ihm zu zeigen, wie es zwischen den Laken läuft. Stell dir nur vor, wie viel Spaß wir …"

Bevor er dieses quälend verlockende Angebot beenden konnte, bahnte sich ein weiterer unserer Mitstreiter einen Weg durch die Tanzenden. Omens Augen blitzten so wütend auf, dass selbst Ruse erstarrte.

Sein Boss kam direkt vor mir zum Stehen und stieß mir mit dem Finger gegen die Brust. „Was zum Teufel machst du hier?", fragte er. Seine Stimme war leise, aber scharf.

„Tanzen?", erwiderte ich mit einem unschuldigen Lächeln.

„Ich weiß, wem dieser Laden gehört. Und ich weiß, dass sie mit deinem *Bund* in Kontakt steht." Bei dem Wort ‚Bund' verzogen sich seine Lippen zu einem spöttischen Lächeln. „Ich habe dir gesagt, dass wir uns in dieser Sache nicht auf andere Schattenwesen verlassen können. Wir regeln das allein."

„Dem habe ich nie zugestimmt. Außerdem habe ich ihr so gut wie nichts verraten. Ich bin schließlich kein Idiot."

„Was mich betrifft, steht dieses Urteil noch aus." Er wies mit der Hand zur Tür. „Komm mit. Du hast dich für heute genug eingemischt."

Mein Körper sträubte sich gegen den Gedanken, seine Befehle zu befolgen, doch sein Auftauchen hier hatte mich daran erinnert, dass es vermutlich tatsächlich nicht sicher war, hierzubleiben. Bestimmt hatte diese Lichtarmee hier schon einmal nach mir gesucht. Und Ruse' Miene nach zu urteilen, hatte er ohnehin keine Lust mehr zu tanzen.

„Ich mische mich also ein, hm?" Ich zeigte mit dem Finger direkt auf Omen. „Das muss eine ganz neue Art sein, zu sagen: ‚Du hast einen wesentlichen Beitrag zum Masterplan geleistet'. Übrigens, gern geschehen. Du hast Glück, dass ich sowieso gerade gehen wollte, *Luzi*."

„Du", knurrte Omen, bevor er rasch die Wut zügelte, die der Spitzname ausgelöst hatte – auch wenn ich mir nicht ganz sicher war, warum – und seinen Blick durch die Menge schweifen ließ.

Er konnte nicht ewig die Fassung bewahren. Eines Tages würde ich ihn so sehr provozieren, dass die Bestie in ihm zum Vorschein kommen würde.

Vielleicht sollte ich hoffen, dass Jade mir bis dahin ein paar Verbündete schickte.

SIEBEN

Sorsha

D a es in der New-Age-Hütte kein elektrisches Licht gab, hatte ich eine große Kerze in einem Glasgefäß aufgetrieben. Auf dem Etikett stand *Rasenmäher*, und der Duft passte: frisch gemähtes Gras gemischt mit einem Hauch von Diesel. Kein Wunder, dass diese Kerze im Schrank aufbewahrt wurde. Trotzdem war es besser als der abgestandene, staubige Geruch, der die Hütte zuvor erfüllt hatte.

Als ich die Flamme für die Nacht ausblies, gab Pickle, der in einer amethystfarbenen Räucherschale auf einem Tuch schlummerte, einen schläfrigen, quietschenden Laut von sich. Ich hatte sie in die Duschkabine des winzigen Badezimmers gestellt, damit er sich wie in einer Höhle fühlte. Ihm wäre eine ganze Wanne lieber gewesen, doch wir mussten uns beide mit dem begnügen, was wir hatten.

Ich kuschelte mich unter die Laken des schmalen unteren Bettes, legte meinen Kopf auf das dünne Kissen und spürte plötzlich, wie sich das warme Gewicht eines Körpers an meinen presste, sodass es im Bett auf einmal doppelt so eng war. Ich zuckte zusammen und mein Puls raste. Im schwachen Mondlicht, das durch das Fenster der Hütte drang, erkannte ich das hübsche Gesicht von Snap, der auf mich herabblickte, und sein süßlicher und schwerer Duft nach Klee und Moos stieg mir in die Nase.

Als er meine anfängliche Panik bemerkte, zog er sich zurück. Unsicher balancierte er auf dem Rand der Matratze, anstatt sich wie zuvor an mich zu kuscheln, und strich mir entschuldigend über die Wange. „Tut mir leid. Ich habe vergessen, dass du nicht merkst, dass ich hier bin, bis ich aus dem Schatten komme. Mittlerweile fühlt es sich so an, als wärst du eine von uns, dass ich manchmal vergesse, dass du nicht über dieselben Fähigkeiten verfügst wie wir.“

„Ist schon in Ordnung.“ Jetzt, da ich wusste, dass er es war, machte mir seine Gesellschaft in meinem Bett nichts mehr aus. Ich zog ihn zu mir, um zu verhindern, dass der große, aber schlanke Mann aus dem Bett fiel. Sofort schmiegte er sich wieder an mich – Brust an Brust, ein kräftiges Bein über meinen Oberschenkel gelegt, seine goldenen Locken streiften fast meine Wange – und in meinem Bauch stieg heißes Verlangen auf. Ich konnte dem Drang nicht widerstehen, mit meinen Fingern über seinen glatten Kiefer zu streichen. „Gibt es einen bestimmten Grund, warum du zu mir ins Bett gekommen bist?“

Er lächelte verlegen, doch in seinen Augen blitzte ein Hauch des monströsen Neongrüns auf, das seine Begierde nicht zu verbergen vermochte. „Nachdem ich dich und Ruse in der Bar gesehen habe, ist mir klargeworden, dass ich dir wieder nahe sein möchte. Wir müssen nicht mehr tun als das hier. Ich möchte einfach neben dir liegen, während du schläfst.“

Wie niedlich! Ich hätte nie gedacht, dass ein Wesen, das offenbar über grausame magische Fähigkeiten verfügte, so unwiderstehlich liebenswert sein könnte, doch Snap schaffte es irgendwie, beides in einem zu sein.

Ich ließ meine Finger nach unten wandern, wo seine definierten Brustmuskeln unter seinem offenen Henley-Hemd hervorlugten. „Du bist also nur zum Kuscheln hergekommen, hm? Kein Interesse an mehr?"

Wieder blitzten seine Augen neonfarben auf. „*Das* habe ich nicht gesagt." Er senkte den Kopf und bei seinen nächsten Worten streiften seine Lippen meine Schläfe. „Ich würde dich sehr gerne auch wieder schmecken, Pfirsich. Vielleicht auf eine Art und Weise, zu der ich beim letzten Mal keine Gelegenheit hatte?"

„Ah, jetzt kommt die Wahrheit ans Licht", neckte ich ihn.

Snap wich ein paar Zentimeter zurück und sah mir wieder in die Augen. „Nicht nur für mich. Was wir in dieser Nacht zusammen gemacht haben, hat sich besser angefühlt als alles, was ich je in diesem Reich oder im Schattenreich erlebt habe. Vor allem, weil ich mich so mit dir verbunden gefühlt habe. Ich möchte es immer wieder tun, aber nur mit dir und wenn du es auch willst."

Er sagte die Worte so ernst, dass meine Brust schmerzte, sowohl wegen der Bewunderung in seiner Stimme als auch weil ich wusste, wie viel von seiner Zuneigung vermutlich darauf zurückzuführen war, dass die Erfahrung etwas vollkommen Neues für ihn war.

Sexuelles Verlangen war nichts, was Schattenwesen instinktiv in ihrem Reich suchten. Es schien ein menschliches beziehungsweise sterbliches Bedürfnis zu sein, das die Schattenwesen nur empfanden, da sie hier einen sterblichen Körper hatten. Viele höhere Schattenwesen strebten nach dieser Glückseligkeit, sobald sie sie entdeckten, und einige, wie die Kubis, brauchten sie sogar, um zu überleben. Da Snap nicht viel Zeit in der Welt der Sterblichen verbracht hatte, war er bisher noch nicht mit diesem Verlangen in Berührung gekommen.

„Gute Einstellung", erwiderte ich. „Allerdings kannst du diese Erfahrung nicht nur mit mir machen, weißt du. Du wirst feststellen, dass du dich mit anderen Frauen – oder vielleicht sogar mit Männern – genauso gut fühlen kannst, wenn du deinen Horizont erweiterst."

Er schnaubte. „Nein. Niemand ist wie du. Ich bin noch nie jemandem begegnet, der so mutig ist wie du und mit einer solchen Hingabe für uns kämpft. Oder der so geduldig mit uns ist, während wir uns in dieser Welt zurechtfinden. Du schreckst nicht einmal vor den Eigenschaften zurück, wegen denen andere uns als Monster bezeichnen. Du unterstützt uns im Kampf gegen unsere Feinde, obwohl du nicht dieselben Kräfte hast, egal, was du verloren hast … Ich hoffe, dass *ich* stark genug für dich sein kann."

Meine Kehle war wie zugeschnürt und mein Herz schmerzte. Okay, das war ein ziemlich gutes Argument, auch wenn ich Schwierigkeiten hatte, mich selbst als halb so tapfer zu sehen wie er. Nicht dabei zuzusehen, wie lebende, fühlende Wesen eingesperrt und abgeschlachtet wurden, war eine ziemlich niedrige Messlatte, um jemanden als Held zu bezeichnen.

Wieder streichelte ich seine Wange, bevor ich mit den Fingern durch seine weichen Locken fuhr. „Ich finde dich auch sehr beeindruckend. Diese Welt kann ziemlich beschissen sein, doch du schaffst es, die Schönheit in den einfachsten Dingen zu sehen. Du willst alles verstehen, nur um des Verstehens willen – die meisten Menschen interessieren sich nur für das, was sie auf irgendeine Art und Weise weiterbringt. Ich bin noch nie jemandem begegnet, der so begierig darauf ist, zu helfen und auf jede erdenkliche Weise Freude zu verbreiten. Ich habe keine Ahnung, wie ich dich jemals wieder gehen lassen soll."

Der Schmerz dieser Ungewissheit wurde noch stärker, als er mich anstrahlte. Dann küsste er meine Schläfe, wo seine

Lippen zuvor nur verweilt hatten, und anschließend meine Wange und meine Kieferbeuge. „Dann tu es nicht."

Einen Moment lang versuchte ich, mir vorzustellen, wie es wäre, wenn der Verschlinger nicht aus meinem Leben verschwinden würde, sobald unsere Mission zu Ende war. Könnte ich wirklich eine Liebesbeziehung mit ihm führen, trotz allem, was ich zu Vivi gesagt hatte? Mit ihm zusammenwohnen, ihn in all die anderen sterblichen Freuden wie meine Lieblingsfilme, Musik und natürlich Essen einführen. Mit ihm durch die Stadt laufen und seine Begeisterung mit ihm teilen. Freunde treffen …

Wie sollte ich dem Bund unsere Beziehung erklären? Womöglich würde selbst Vivi komisch darauf reagieren.

Würden mir sein Erstaunen und seine Begeisterung nach einer Weile auf die Nerven gehen? Oder würde er sich an meinen vielen Fehlern stören, wenn das anfängliche Glühen der Anziehung verblasste? Ich hatte ja schon Probleme, eine dauerhafte Beziehung mit menschlichen Männern zu führen. Meinen bisherigen Erfahrungen nach zu urteilen, könnte dies die größte aller Fehlentscheidungen sein.

Doch es hatte keinen Sinn, Snap das zu sagen. Es würde den Moment ruinieren. Wir wussten nicht einmal, ob wir diese Mission überhaupt überleben würden, also spielte das jetzt wohl kaum eine Rolle. Wenn wir beide eine Zukunft hatten, in der wahnsinnige Organisationen nicht versuchten, seine gesamte Spezies auszurotten, könnten wir uns dann über die praktischen Dinge Gedanken machen. Vorausgesetzt wir stellten bis dahin nicht fest, dass diese Sache zwischen uns nirgends hinführen würde.

Im Moment wollte ich ihn genauso sehr, wie er mich zu wollen schien. Und das war die einzige Antwort, die ich brauchte.

Anstatt zu reden, zog ich seinen Mund auf den meinen. Er erwiderte den Kuss mit der begierigen Leidenschaft, die ich so an ihm bewunderte. Als er ihn vertiefte, glitt seine Zunge zwischen meine Lippen und umspielte die meine mit der gespaltenen Spitze.

Mmm, ja, ich hatte es definitiv nicht eilig, das aufzugeben.

Da Snap seine Lust erst ganz neu entdeckt hatte, hatten wir es vor ein paar Tagen langsam angehen lassen und uns nur gegenseitig mit den Händen befriedigt. Seitdem hatte der Verschlinger an Selbstvertrauen gewonnen. Als er mich erneut küsste, und zwar so leidenschaftlich, dass mir ein Wimmern entwich, war er bereits dabei, mein Unterhemd hochzuziehen, wobei er darauf achtete, den Anstecker aus Silber und Eisen nicht zu berühren, den ich aus Gewohnheit daran befestigt hatte.

Als ich mich zurücklehnte, um es ganz auszuziehen, umfasste er meine Brüste und seine langen, schlanken Finger kniffen in meine harten Nippel. Ein lustvoller Schauer durchzuckte mich, sodass ich das Stechen in meiner verletzten Schulter kaum spürte, als ich das Unterhemd beiseite warf.

Ich zog Snap zu einem weiteren Kuss heran, doch er verweilte nicht lange, bevor er sich seinen Wunsch erfüllte, mich zu schmecken. Er leckte erst über den einen und dann den anderen Nippel, die unter dem gespaltenen Ende seiner Zunge noch steifer wurden. Ich tastete nach seinem Hemd, wollte seine nackte Brust an meiner spüren. Snap griff nach dem Saum und hielt kurz inne. Seine Augen blitzten neongrün auf und er schenkte mir ein ungewohnt verschmitztes Grinsen, bevor er blinzelte und das Hemd einfach verschwand.

Nein, Moment, nicht nur das Hemd, sondern *alle* seine Klamotten. Ich blickte an seinem sehnigen Körper hinab, bis mein Blick auf der Erektion verweilte, die zwischen seinen Schenkeln hervorlugte. Eine neue Welle des Verlangens durchflutete mich. Ich wusste zwar, dass sich die Kleidung der Schattenwesen getrennt von ihren Körpern bildete, wenn sie in unserer Welt Gestalt annahmen, doch dieser angenehme

Nebeneffekt war mir bisher nicht bewusst gewesen. Zwei Daumen hoch für sofortige Nacktheit.

„Sehr praktisch", meinte ich, und Snap sah in der Sekunde, die er brauchte, um mich erneut zu küssen, noch selbstzufriedener aus. Er fuhr fort, eine meiner Brüste zu streicheln, während seine andere Hand an meiner Seite bis zu meiner Hüfte wanderte. Ich wölbte mich ihm entgegen, und sein Knie glitt zwischen meine Beine. Als sein Oberschenkel gegen meine Mitte drückte, zitterte ich vor Lust und konnte nicht umhin, mich unter seiner Berührung zu winden.

Snap lächelte an meinem Mund und bewegte sein Bein, sodass seine Erektion gegen meine Hüfte gedrückt wurde, und ich stöhnte. Lust stieg in mir auf. Meine Fingernägel gruben sich in seine Schulter, während ich mit der anderen Hand sein Haar umklammerte, und mein Verlangen wurde immer stärker.

Snap schien die gleiche Dringlichkeit zu empfinden. Ich spürte seinen stotternden Atem an meinen Lippen, bevor er mich erneut leidenschaftlich küsste. Dann sagte er mit einer Stimme, die so voller Verlangen war, dass sie meine eigene Lust noch steigerte: „Vielleicht kann das mit dem Schmecken noch warten. Ich will in dir sein. So funktioniert das doch, oder? So fühlt es sich richtig an."

Mein Atem kam ebenfalls in zittrigen Stößen. „Ja", stieß ich hervor und war noch nie so dankbar dafür, dass sich Schattenwesen nicht auf dieselbe Weise fortpflanzten wie Sterbliche, denn ich hatte in den letzten Tagen keine Gelegenheit gehabt, mich mit Kondomen einzudecken. „Ich meine, es gibt alle möglichen richtige Arten, aber diese gefällt den meisten Menschen am besten."

Der Verschlinger gab einen wortlosen, zustimmenden Laut von sich und zerrte an meinem Höschen, dessen ich mich nicht mit einem Blinzeln entledigen konnte, was äußerst bedauerlich war. Ich zog es aus, spreizte meine Beine und griff nach unten. Als meine Finger seinen heißen, glatten

Schwanz ertasteten, stöhnte Snap auf, doch seine Instinkte leiteten ihn gut. Ohne weitere Anweisung führte er die Spitze seiner Erektion an meinen Schlitz und drang in mich ein, wobei er so behutsam war, dass ich sofort nach mehr lechzte.

Nachdem er ganz in mir war, breitete sich die Lust in meinem gesamten Körper aus. Er hielt vollkommen still und blickte auf mich herab. Seine Augen waren weit aufgerissen und ein bewundernder Blick lag in seinen Augen. Ihm entwich ein kurzes, atemloses Lachen. Sein verzückter Gesichtsausdruck raubte mir erneut den Atem und ich widerstand dem Drang, mich gegen ihn zu drücken und den Höhepunkt unserer Vereinigung schneller herbeizuführen, als er zu beabsichtigen schien.

„Das", murmelte er. „*Das* ist das Beste. Mit dir."

„Snap …" Ich wusste nicht, ob ich dieses Gefühl der Zuneigung erwidern oder ihn anflehen sollte, weiterzumachen. Letztendlich war das jedoch egal, denn er begann, sich zu bewegen. Er zog sich zurück, bevor er erst sanft und dann mit kräftigeren Stößen in mich eindrang, und dabei aufmerksam mein Gesicht beobachtete.

Mit jedem Wimmern, das mir über die Lippen kam, und mit jedem Rausch der Glückseligkeit, bei dem meine Augen im Kopf zurückrollten, passte er seinen Rhythmus, seinen Winkel und seine Geschwindigkeit an, bis sein Schwanz bei jedem Stoß wachsende Wellen der Ekstase in mir auslöste. Das Etagenbett quietschte, als unsere Hüften aufeinanderprallten, und ein Kichern, das genauso atemlos war wie sein Lachen, drang aus meiner Kehle. Sowohl das Schattenreich als auch unser Reich sollten sich wirklich bei mir bedanken, dass ich dieses Potenzial in ihm geweckt hatte, denn er war absolut *fantastisch* im Bett.

„Es ist kein Problem, wenn du vor mir kommst", keuchte ich. Er schüttelte den Kopf und seine Gesichtszüge waren angespannt, während er versuchte, seinen Orgasmus zu kontrollieren.

Er strich mit seinen Fingern über mein Haar und meinen Oberschenkel und drückte mich noch fester an sich. Ein Stoß, dann noch einer, und noch einer, und mit jedem steigerte sich meine Lust.

Mit einem leisen Schrei schwappte eine Welle der Glückseligkeit über mich hinweg. Snaps Stöhnen und das kräftige Ziehen an meinem Haar, verrieten mir, dass auch er seinen Höhepunkt erreicht hatte.

Sein Körper erschlaffte, doch er spannte seine Muskeln weiterhin an, um mich nicht mit seinem ganzen Gewicht in die Matratze zu drücken. Er senkte seinen Kopf, um mich zu küssen. Ich schwelgte in dem Kuss, während meine Glieder erschlafften.

„Hier ist nicht viel Platz", sagte er, und ich verstand die Frage in seiner Aussage. Er kuschelte gern. Heute Abend konnte ich diesen Teil seiner Natur annehmen. Vielleicht konnte ich einen kleinen Teil von mir sogar dazu bringen, zu glauben, dass ich diese Hingabe verdient hatte.

„Du kannst bleiben." Ich drehte mich mit dem Rücken zur Wand. Snap kuschelte sich an mich und zog das Laken über uns. Es war eng, doch unsere Körper waren wie füreinander geschaffen. Ich schmiegte meinen Kopf unter das Kinn des Verschlingers und drückte meine Lippen auf seine Brust. Snap legte einen Arm um mich und hielt mich fest.

Unsere Atemzüge glichen sich harmonisch aneinander an. Auch wenn Schattenwesen eigentlich nicht schlafen mussten, waren sie in ihrer sterblichen Gestalt dazu in der Lage. Nach ein paar Minuten schlummerte Snap entspannt neben mir. Als ich mit den Fingerspitzen über seinen nackten Oberkörper strich, rührte er sich nicht. Meine Augenlider fielen zu. Der Schmerz in meinem Herzen war einer tiefen Zufriedenheit gewichen.

ACHT

Snap

Als ich aufwachte, drangen ein paar schwache Strahlen des Morgenlichts durch das Fenster. Sorsha schlummerte friedlich in meinen Armen und ihr rotes Haar rahmte ihr blasses Gesicht ein. Ihr feurig-süßer Duft verweilte noch immer in meiner Nase und auf meinen Lippen.

Ich wollte sie für immer so halten. Ich wollte wieder in sie eindringen und zu dieser wunderbaren, glitschigen Verschmelzung zurückkehren, die uns beiden so viel Freude bereitet hatte. Ersteres war jedoch unmöglich, solange wir noch diejenigen zur Rechenschaft ziehen mussten, die Omen gefangengehalten hatten, und die zweite Option hätte bedeutet, sie aus dem Schlaf zu reißen, den sie so dringend benötigte.

Stattdessen begnügte ich mich damit, im Schatten zu verschwinden und draußen wieder aufzutauchen, um das

Auto nach Lebensmitteln zu durchsuchen, die sie vielleicht gekauft und noch nicht hereingebracht hatte. So könnte ich sie mit einem Frühstück überraschen, wenn sie aufwachte. Doch als ich nach draußen trat, lehnte Omen mit verschränkten Armen am Auto und musterte mich durchdringend. Ich musste kein Experte im Lesen von Gefühlen sein, um zu erkennen, dass er nicht glücklich war.

„Was hat diese Sterbliche nur, dass ihr alle drei nach ihr geifert?", fragte er mit kühler, ausdrucksloser Stimme. „Sogar *du*. Ist ihr Unterleib mit Heroin versetzt?"

Ich blinzelte ihn an. Es gefiel mir nicht, wie hart und kalt er war, seit wir ihn befreit hatten. Der Omen, der mich um Hilfe bei seiner Mission gebeten hatte, derjenige, der mich bei unseren ersten Ausflügen in die Welt der Sterblichen begleitet hatte, war zwar nicht gerade fröhlich gewesen, doch er hatte zumindest ab und zu warmherzig gelächelt. Gelegentlich Witze gemacht. Er hatte mindestens genauso oft über Ruse' Scherze gelacht, wie er mich angegrinst hatte. Auch wenn ich nachvollziehen konnte, dass er wütend darüber war, was diese Lichtarmee ihm angetan hatte, gefiel mir sein Verhalten nicht.

Außerdem ... „Ich habe keine Ahnung, was das bedeuten soll."

Seufzend stieß er sich vom Auto ab und richtete sich auf. „Natürlich weißt du das nicht. Ist ja auch egal. Der Punkt ist, dass du furchtbar an dieser Frau hängst, oder?"

Wusste er, was wir gestern Nacht getan hatten, oder hatte er mitbekommen, was ich zu ihr gesagt hatte? Ich würde nichts davon zurücknehmen.

„Warum sollte ich das auch nicht?", fragte ich. „Du hast ihr keine Chance gegeben. Du hast nicht gesehen, wie viel sie für uns getan hat, wie unglaublich sie war. Waren deine Prüfungen nicht genug? Oder ihre Hilfe gestern?"

„Darum geht es nicht. Sie könnte uns das Elixier des ewigen Lebens überreichen und wäre trotzdem noch eine

Sterbliche. Es ist noch nie etwas Gutes dabei herausgekommen, wenn sich Schattenwesen mit Menschen eingelassen haben. Unsere Arten sind verschieden – wir passen nicht zusammen. Es ist ein verlorenes Spiel."

Meine Nackenhaare sträubten sich. „Das ist kein Spiel. Mir liegt etwas an ihr."

Er wackelte mit seinem Zeigefinger vor meinem Gesicht. „Genau das ist das Problem. Wenn dir etwas an ihr liegt, verstrickt sich dein Schicksal mit dem ihren. Du bist noch nicht lange genug auf dieser Seite, um zu wissen, dass Sterbliche schwach sind, Snap. Verdammt schwach. Warum glaubst du, denken sie sich immer neue Wege aus, um uns zu vernichten?"

„Weil sie uns für Monster halten?", erwiderte ich vorsichtig.

„Das ist nur der Name, den sie erfunden haben, um ihre Gefühle uns gegenüber zu rechtfertigen. Sie haben nämlich eine Scheißangst vor uns." Er schnaubte. „Sie haben vor so vielem Angst, und sie wollen alles zerstören, was ihnen Angst macht."

Ich hielt inne, als ich mich an eine andere Art von Angst erinnerte, die ich gespürt hatte, bevor wir Omen befreit hatten. Eine, die er vielleicht genauso erlebt hatte wie die Kreaturen, die diese Eindrücke hinterlassen hatten. War es das, was ihn verändert hatte?

„Ich weiß, was sie getan haben", sagte ich leise. „Die Armee, in ihren Experimenten. Zwar kenne ich weder alle Einzelheiten noch ihre Gründe, doch wir haben eines ihrer Labore durchsucht. Dort habe ich immer wieder die unerträglichen Qualen von Schattenwesen wahrgenommen. Es war furchtbar."

„Das brauchst du mir nicht zu erzählen", knurrte Omen.

„Aber ich muss dir sagen, dass Sorsha nicht so ist, ganz und gar nicht. Sie hasst die Leute, die das getan haben, genauso sehr wie wir."

„Das spielt keine Rolle. Selbst diejenigen, die uns nicht offenkundig feindlich gesinnt sind, machen am Ende nur Ärger. Das Einzige, was man bei Sterblichen tun kann, ist, diejenigen zu töten, die uns schaden wollen, und um alle anderen einen großen Bogen zu machen. Ich garantiere dir, dass du alles andere bereuen wirst."

„Du kennst sie nicht. *Sie* ist nicht schwach." Ich konnte mir nicht vorstellen, dass dieses Wort Sorsha jemals beschreiben könnte. Ihre Macht war zwar nicht mit der von Thorn oder Omen – oder irgendeinem anderen Schattenwesen – zu vergleichen. Trotzdem war es eine Macht. Ich konnte die Entschlossenheit und Unverwüstlichkeit in ihr genauso erkennen, wie ich aus den Gegenständen, die ich in die Hände bekam, Eindrücke aus der Vergangenheit gewinnen konnte.

Obwohl Omen versucht hatte, sie zu verletzen, und sie gezielt in Situationen gebracht hatte, in denen sie verletzt werden könnte, hatte sie alle Herausforderungen gemeistert. Warum zählte das in seinen Augen nicht?

„Sie ist schwach", beharrte er. „Du willst es nur nicht sehen. Die Schwäche zeigt sich immer im ungünstigsten Zeitpunkt. Es steht zu viel auf dem Spiel, um ein Risiko einzugehen."

„Wir würden viel mehr riskieren, wenn wir sie daran hindern würden, uns zu helfen. Und auch wenn ich noch nicht so vertraut mit der Welt der Sterblichen bin, weiß ich genug, um das sicher sagen zu können."

„Gut. Sie hilft uns. Schließlich habe ich sie nicht weggeschickt, oder? Hab einfach ein wenig Selbstachtung und halte dich von ihrem *Bett* fern, wenn du weißt, was gut für dich ist." Er verzog das Gesicht und schritt davon.

Seine Worte hinterließen ein mulmiges Gefühl in meinem Bauch. Bei dem Gedanken, dass Sorsha eine Schwäche zeigen oder auf irgendeine Weise zu Schaden kommen könnte, lagen meine Nerven blank.

Ich rang mich dazu durch, wie geplant, das Auto zu durchsuchen. Nach einer Minute fand ich eine Tüte von dem Tankstellenladen, in der sich noch ein Schokoladenkuchen befand. Trotzdem wollte sich kein Gefühl der Freude bei mir einstellen. Ich kehrte zur Hütte zurück und stellte das Essen auf dem kleinen Tisch unter dem Fenster ab.

Sorsha schlief immer noch. Ihr Gesicht sah so zart aus, wenn sie schlief, so verletzlich. Wenn wir Schattenwesen in diesem Reich physische Körper annahmen, konnten wir ebenfalls verletzt und getötet werden, doch im Gegensatz zu ihr konnten wir in die Schatten fliehen, um einem Angriff auszuweichen.

Ich hatte bereits eine Kugel aus ihr herausholen müssen. Das war sowohl für sie als auch für mich schmerzhaft gewesen. Vielleicht war es das, was Omen damit meinte, dass ihre angebliche Schwäche Probleme verursachen würde.

Doch die Antwort war einfach. Sie erschien mir unglaublich klar, als ich ihre schöne Gestalt betrachtete.

Ich würde nicht *zulassen*, dass die Leute, die diese Frau verletzen wollten, an sie herankamen. Weder Sterbliche noch Schattenwesen würden eine Schwäche an ihr entdecken. Sie hatte mich aus einem Käfig befreit, in dem ich verbrannt wäre, und vor den sengenden Lichtern im Haus eines Sammlers gerettet – genauso wie ich sie retten würde, wenn sie mich brauchte. Immer und immer wieder, falls es nötig war. Wenn ein Kampf blutig wurde, war Omen nicht auf meine Fähigkeiten angewiesen, um seine Ziele zu erreichen.

Welches Schattenwesen er auch gekannt haben mochte, das sich mit einem oder einer Sterblichen eingelassen hatte, hatte wohl keine so starken Gefühle gehabt wie ich. Sie gehörte mir, und sie hatte gesagt, ich würde ihr gehören. Noch nie hatte sich etwas in meinem Leben so richtig angefühlt. Er brauchte sich keine Gedanken darüber zu machen, wie viel sie mir bedeutete, gerade *weil* sie mir so viel bedeutete.

Zufrieden mit dieser Schlussfolgerung legte ich mich zu ihr ins Bett, um noch ein wenig mehr von ihrer Wärme aufzusaugen. Wenn ich Glück hatte, würde sie mir einen Bissen dieser schokoladigen Köstlichkeit abgeben, wenn sie aufwachte.

NEUN

Sorsha

Nachdem ich die Polizeimütze, die ich vor ein paar Tagen gestohlen hatte, auf den Kopf einer drei Meter hohen Reiterstatue im Park gesetzt hatte, würdigte Omen sie kaum eines Blickes, obwohl er mir aufgetragen hatte, sie dort zu platzieren. „Gut", begann er. „Dann wollen wir mal sehen, ob du es schaffst, zehn Brieftaschen zu ergattern. Man weiß ja nie, wann man etwas Menschengeld braucht."

Ich konnte mich gerade noch davon abhalten, ihn anzugrinsen. Es war ein dunstiger Nachmittag und das Sonnenlicht wurde durch eine dünne Schicht gräulicher Wolken am Himmel gedämpft. Trotzdem war es warm, sodass viele Leute im Park unterwegs waren. Es würde nicht allzu schwer werden, zehn Geldbörsen zu klauen. Allerdings brauchten wir eigentlich *kein* Bargeld, da Ruse uns mithilfe seiner Fähigkeiten alles organisieren konnte, was wir benötigten. Außerdem war ich mir mittlerweile ziemlich sicher, dass Omens Tests nicht so sehr dazu gedacht waren, meine Fähigkeiten unter Beweis zu stellen, als vielmehr dafür zu sorgen, dass ich verhaftet oder verletzt wurde. Vermutlich hätte er gegen beides nichts einzuwenden.

Ich hatte gedacht, dass er nach dem gestrigen Überfall mit seinen lächerlichen Prüfungen fertig sei, doch anscheinend hatte ich mich zu früh gefreut. Ellens Anruf heute Morgen schien ihn aus der Fassung gebracht zu haben. Seit mir Ellen von dem geplanten Treffen des Bundes an einem geheimen Ort heute Abend berichtet hatte, brodelte Wut hinter Omens kontrollierter Fassade.

Mein Geduldsfaden war so dünn, dass man ihn mit dem stumpfen Ende eines Löffels hätte durchtrennen können. Außerdem gefiel mir der Gedanke nicht, zehn Unschuldige zu bestehlen, die einfach nur die letzten Tage des Sommers genießen wollten.

Ich stemmte die Hände in die Hüften und lächelte Omen schief an. „Wie wär's, wenn ich dir einen Gefallen tue? Ich stehle die Brieftaschen, klaue das Geld und gebe sie zurück, ohne dass die Opfer je erfahren, was ihnen abhandengekommen ist."

„Eine Diebin mit einem Herz aus Gold", spottete Omen. „Ich werde darauf achten, dass es auch wirklich zehn sind."

„Das dachte ich mir schon."

Ich spazierte durch den Park und konzentrierte mich auf Geldbörsen, die auf Picknickdecken zurückgelassen worden waren, und auf größere Gruppen, unter die ich mich mischen könnte, um zuzuschlagen. Ich nahm nur ein oder zwei Scheine aus jeder Brieftasche und nie das gesamte Bargeld, da Omen ohnehin nicht wissen konnte, wie viel ich zurückgelassen hatte. Nachdem ich das zehnte Portemonnaie wieder an seinen Platz zurückgelegt hatte, ging ich zu Betsy zurück, die am Rand des Parks geparkt war. Ich hatte einhundertfünfzig Dollar ergaunert und keine Lust mehr auf dieses Spiel.

„Hier, bitte", sagte ich, als er aus dem Schatten zwischen den Bäumen hervortrat, und reichte ihm das Geld. „Kauf dir eine bessere Einstellung. Irgendwie werde ich das Gefühl nicht los, dass du den Schattenwesen-Jungs nicht halb so viel abverlangt hast, um zu beweisen, dass sie deinen Anforderungen gewachsen sind."

„Ich habe sie *ausgewählt*, weil ich bereits wusste, dass sie meinen Anforderungen gewachsen sind." Omen betrachtete die Scheine missbilligend, bevor er sie einsteckte. „Außerdem hast du nicht zu entscheiden, wann wir fertig sind. Ich habe Lust auf einen Snack. Hol mir einen Kuchen aus diesem Laden." Er deutete auf eine Bäckerei auf der anderen Straßenseite.

Wollte er mich verarschen? Ich öffnete den Mund, um ihm zu sagen, wo er sich seinen Kuchen hinschieben konnte, als mir eine noch viel bessere Idee kam. Also schenkte ich ihm nur ein weiteres Lächeln. „Muss er gestohlen sein oder kann ich ihn kaufen? Und welche Sorte hättest du gern, Boss?"

Die Tatsache, dass ich ihn „Boss" genannt hatte, hätte ihm eine Warnung sein müssen. Ich konnte beinahe Ruse' Kichern aus den Schatten hören. Doch Omen hatte entweder nicht aufgepasst oder ging davon aus, dass er mich tatsächlich von seiner ultimativen Autorität überzeugt hatte. Mit einer abweisenden Handbewegung erwiderte er: „Eine erfahrene Diebin sollte kein Geld ausgeben müssen, oder? Apfel oder Kirsche."

Wie großzügig von ihm, mir zwei Möglichkeiten zu geben. Ich machte einen übertriebenen Knicks und überquerte die Straße.

Auf dem obersten Regal der Glasvitrine neben der Kasse stand eine köstlich aussehende Kirschtorte. Ich bestellte eines der Törtchen neben der Torte, und als die Verkäuferin die Tür der Vitrine öffnete, stieß ich „versehentlich" ihr Trinkgeldglas um. Als sie sich bückte, um die Glasscherben und die Münzen aufzukehren, entschuldigte ich mich im Stillen bei ihr und nahm die Torte aus der Vitrine. Wenn sie meine Beweggründe gekannt hätte, hätte sie sicherlich Nachsehen mit mir gehabt.

Mit einem breiten Grinsen im Gesicht überquerte ich die Straße. „Hier ist dein Kuchen. Guten Appetit!" Noch während ich die Worte sagte, hob ich die Torte hoch und klatschte sie ihm mitten ins Gesicht.

Ich bewegte mich so schnell, dass das ahnungslose Schattenwesen keine Chance hatte, auszuweichen. Er zuckte einen Augenblick zu spät weg und prustete, als helle Teigklumpen und sirupartige Kirschfüllung sein Gesicht und die Vorderseite seines Hemdes bedeckten. Ein paar Passanten schmunzelten. Da er sich nicht in die Schatten blinzeln konnte, musste er die Sauerei vor aller Augen beseitigen.

Er funkelte mich mit dem feurigen Glanz an, den ich schon in der Anlage der Armee gesehen hatte. „*Du.*" Mit einem wortlosen Knurren packte er mein Handgelenk und schleuderte mich gegen das Auto.

Ein Schmerz durchschoss meinen Rücken angesichts der Wucht des Aufpralls und meine verletzte Schulter pochte. Doch der Anblick seines mit Fruchtgelee beschmierten Gesichts, auf dem seine Beherrschung dahinschwand und die heiße Wut darunter zum Vorschein kam, waren das allemal wert gewesen. Ich hatte bewiesen, dass *er* nicht das perfekte Beispiel für kühle Autorität war, wie er uns so gerne glauben machen wollte. Als er eine Faust hob, blickte ich ihn herausfordernd an.

Doch genau in diesem Moment tauchte mein Trio auf. Alle drei traten gleichzeitig aus den Schatten. „Omen", protestierte Thorn, und Snap sprang an meine Seite.

Ruse legte den Kopf schief und betrachtete mein Werk. „Du wolltest doch, dass sie zeigt, dass sie für sich selbst einstehen kann, oder? Nun, du hast sie provoziert. Sieht für mich nach süßer Rache aus."

Omens Schultern waren nach unten gesunken und er

hatte die Zähne gefletscht. Im Schutz von Thorns massiger Gestalt, die ihn verbarg, glitt er für den Bruchteil einer Sekunde in die Schatten, bevor er wieder auftauchte. Das Ganze ging so schnell, dass sein Körper vor meinen Augen zu flimmern schien. Und einfach so war der zermatschte Kuchen verschwunden, bis auf die Stücke, die noch auf dem Bürgersteig lagen und den köstlichen Kuchenduft, der in der Luft hing. Eigentlich war es fast eine Verschwendung dieses leckeren Desserts gewesen – fast.

Snap betrachtete die Kuchenreste auf dem Boden, als hätte er gerade dasselbe gedacht, wich jedoch nicht von meiner Seite und legte seinen Arm um meine Taille. Omen blickte sich nach seinen übernatürlichen Begleitern um, sein Gesichtsausdruck war wieder eine steinerne Maske, doch seine Haltung war angespannt und das Eis in seinen Augen glühte.

„*Ich* entscheide, wann sie fertig ist", sagte er und richtete seinen Blick auf mich. „Sollte mich diese Aktion etwa von deiner Selbstdisziplin überzeugen?"

„Nein", entgegnete ich. „Ich wollte nur, dass der Kuchen so schnell wie möglich in deinen Mund gelangt. Wahrscheinlich zeugt es jedoch tatsächlich von meiner Selbstdisziplin, wenn man bedenkt, dass ich das schon immer mal machen *wollte*. Ich habe alle deine Herausforderungen gemeistert. Entweder ich bin dabei oder ich bin raus, *Luzi*. Oder bist du nicht sonderlich diszipliniert, was Entscheidungen betrifft?"

Wieder blitzte ein Funke der Wut in seinen Augen auf, den er schnell wegblinzelte. Stattdessen hob er hochmütig das Kinn. „Ich wollte mich nur vergewissern, wie viel Mist du bereit bist, zu ertragen. Es ist wichtig, die Grenzen derer zu kennen, mit denen man zusammenarbeitet. Das reicht fürs Erste."

Er wollte nicht herausfinden, was er ins Gesicht bekommen würde, wenn er wieder mit seinen Tests anfing.

Ich stieß mich von dem Auto ab und rieb meine Hände aneinander. „Ausgezeichnet. Ich bin froh, dass wir das geklärt haben. Dann könnt ihr Jungs euch ja jetzt mit der Hackerin treffen und vielleicht noch ein paar Infos ausgraben, wenn ich mich heute Abend mit dem Bund treffe. So können wir uns alle nützlich machen."

* * *

So sehr ich mich auch bemühte, Teil der Mission des Schattenwesen-Quartetts zu sein, musste ich doch zugeben, dass ich mich auf etwas menschliche Gesellschaft freute. Natürlich hätte ich dabei nicht unbedingt Wände hochklettern müssen.

Skeptisch sah ich mich in der Kletterhalle um, in der sich die Gruppe laut Ellen heute treffen würde, bevor ich eintrat. Der riesige Raum roch nach Gummi und Schweiß. Karabinerhaken klirrten und Stimmen hallten von den hohen Wänden wider. Ein Schmerz durchzuckte meine Schulter. Nun ja, ich hatte in den letzten Tagen schon Schlimmeres durchgestanden.

Vivi wartete am Eingang. Sie trug ein T-Shirt und eine Velours-Jogginghose – beides in Weiß natürlich. Als sie mich sah, eilte sie auf mich zu.

„Interessanter Ortswechsel, meinst du nicht? Komm, du musst die Verzichtserklärung unterschreiben und dir deine Ausrüstung holen. Ellen und Huyen haben eine private Wand gebucht, da es so aussehen soll, als wären wir tatsächlich zum Klettern hier, während wir uns unterhalten."

Ich lachte. „Ein Work-out und eine Debatte in einem. Das wird bestimmt lustig."

Vivi legte sich einen Klettergurt über ihre schlanke Schulter. „Glaubst du wirklich, dass sie darüber debattieren werden, ob sie sich beteiligen sollen? Diese Lichtarmee scheint in ziemlich dubiose Sachen verwickelt zu sein."

„Ja, das meiste davon kann ich ihnen allerdings nicht erzählen, ohne zu verraten, wie viel ich ihnen vorher verheimlicht habe. Und du weißt ja, wie einige der Mitglieder sind. Ihr Engagement beschränkt sich darauf, an ein paar Treffen teilzunehmen und ein paar Beschwerde-E-Mails zu schreiben."

Wie es schien, hatten sich nicht allzu viele Mitglieder die Mühe gemacht, an diesem neuen Ort aufzutauchen. Huyen hatte bereits beinahe das obere Ende unserer reservierten Wand erklommen. Ein paar weitere Stammgäste mühten sich an verschiedenen Stellen weiter unten ab, während sie mit ihren Füßen Halt an den Griffen suchten, die aussahen, als wären sie Teil einer abstrakten Kunstausstellung. Ellen stand mit einem der jüngeren Mitglieder neben der Kletterwand, wo der junge Mann ihr mit leiser, drängender Stimme eine Idee unterbreitete.

„Dadurch würden wir viel mehr Geld einnehmen. Das kann ich dir *garantieren*. Wir würden natürlich nicht wirklich versuchen, die misshandelten Hunde auf den Fotos zu retten, aber dafür retten wir andere Kreaturen – und einige davon haben sogar ein Fell!"

Ellen sah nicht überzeugt aus. Da der Großteil der sterblichen Bevölkerung nie an die Existenz von Schattenwesen geglaubt hätte – und die Kreaturen, die auf der Seite der Sterblichen lebten, hatten es nicht eilig, auf sich aufmerksam zu machen –, konnten wir bei unserer Spendenwerbung nicht ganz ehrlich sein, was unsere Ziele betraf. Mit Fotos einer Sache zu werben, für die wir uns eigentlich gar nicht einsetzten, nur um Sympathiepunkte zu sammeln, schien sich mit dem Gewissen unserer Leiterin nicht vereinbaren zu lassen.

„Klingt gut", sagte ich, als ich an ihnen vorbeiging. Ich klopfte dem Jungen auf die Schulter und schenkte Ellen ein aufmunterndes Lächeln. Vielleicht finanzierte die Lichtarmee damit ja die Unmenge von Mitarbeitern und die teure

Ausrüstung: Mit Bildern von niedlichen, flauschigen Tieren in Not.

„Ich werde das mit Huyen besprechen", versprach Ellen dem Jungen, während Vivi und ich uns Plätze an der Wand suchten. „Du weißt, dass wir versuchen, offene Unwahrheiten zu vermeiden – es könnte auf uns zurückfallen, wenn jemand nachhakt."

Okay, es gab also auch praktische Gründe, warum offensichtliche Lügen vermieden werden sollten. So wie ich die Armee mittlerweile kannte, schalteten sie einfach jeden aus, der seine Nase zu tief in ihre Angelegenheiten steckte.

Während ich meine Ausrüstung befestigte, betrat Leland die Kletterhalle. Eine finstere Gewitterwolke schien ihn einzuhüllen, als er sein Gurtzeug sinken ließ und düster an der Wand emporblickte.

Nachdem ich so viel Zeit in der Nähe meines übernatürlich atemberaubenden Quartetts verbracht hatte, fiel es mir schwer, mich daran zu erinnern, was ich an diesem jungenhaften Gesicht und dem korpulenten Körperbau attraktiv gefunden hatte. Zumal mein ehemaliger Liebhaber immer noch mürrischer wurde, wenn er mich erblickte.

Er war der perfekte Beweis dafür, dass ich keine Ahnung hatte, wie man eine auch nur halbwegs romantische Beziehung mit einem anderen Menschen, geschweige denn einem Schattenwesen, führte. *Alles*, was wir getan hatten, war, miteinander zu schlafen, und irgendwie war es mir nicht gelungen, die Sache im Guten zu beenden. Ich war mir nicht einmal sicher, was genau Leland gewollt hatte, das ich nicht erfüllen konnte, denn er hatte nie erwähnt, dass er mehr wollte, oder dass er sich für irgendetwas anderes interessierte als das, was ich im Bett zu bieten hatte.

Männer. Vielleicht sollte ich mich von jetzt an auf One-Night-Stands beschränken. Wie viel Unheil konnte ich schon anrichten, wenn ich weniger als vierundzwanzig Stunden mit einem Mann verbrachte?

Huyen hatte sich gerade mit beeindruckender Sprungkraft von der Wand abgestoßen, und die anderen Mitglieder, die schon ein Stückchen weiter oben waren, begannen ebenfalls mit dem Abseilen. Ellen signalisierte uns, einen Kreis um sie herum zu bilden.

„Warum treffen wir uns *hier*?", fragte eines der weiblichen Mitglieder. „Stimmt etwas nicht mit dem Kino?"

Die beiden Leiterinnen sahen mich an. „Sorsha ist mit einer etwas … ungewöhnlichen Situation zu uns gekommen", erklärte Ellen. Sie tippte sich mit den Fingern an die Lippen, und als ich ihre lila Fingerspitzen sah, fragte ich mich, mit welchen Popcorn-Geschmacksrichtungen sie wohl experimentiert hatte: Lavendel? Aubergine? „Aus Sicherheitsgründen haben wir beschlossen, das Thema an einem Ort zu besprechen, den wir noch nie benutzt haben. Sorsha, warum erklärst du uns nicht den Rest?"

Ich holte tief Luft und schilderte den anderen Mitgliedern das Szenario, das ich Ellen und Huyen erklärt hatte, so kurz und bündig wie möglich. Als ich fast fertig war, kam eine der Angestellten der Kletterhalle zu uns.

„Hey", sagte sie. „Alles in Ordnung bei euch?"

Sie musste bemerkt haben, dass wir die Wand nicht benutzten. „Wir plaudern nur ein wenig, bevor wir weiterklettern", antwortete Huyen fröhlich und warf uns allen einen Blick zu, der sagte: *Bewegt euch.*

Zeit für den angenehmen Teil. Ich überprüfte mein Seil und umklammerte es fest, bevor ich meinen Fuß auf einen der unteren Griffe setzte. Mit meinem unverletzten Arm zog ich mich hoch. Vielleicht würde ich einfach hier hängen bleiben.

„Wir müssen Nachforschungen über diese Leute anstellen", sagte ich über meine Schulter zu den anderen, die sich an der Wand um mich herum versammelt hatten. „Wir müssen herausfinden, von wo aus sie operieren, wie sie ihr Geld beschaffen und alles andere, was wir über sie in

Erfahrung bringen können. Sie dürfen allerdings auf keinen Fall merken, dass wir uns für sie interessieren. Alles, was wir herausfinden, können wir an die höheren Schattenwesen weitergeben, damit sie entscheiden können, was sie damit anfangen wollen."

Diese höheren Schattenwesen waren zufälligerweise diejenigen, mit denen ich gerade zusammenlebte.

„Ich weiß nicht so recht", meinte ein Mann mittleren Alters namens Everett, während er sich von einem Griff zum anderen hangelte. „Klingt so, als wäre diese Organisation sehr … aggressiv. *Falls* sie herausfinden, dass wir uns in ihre Angelegenheiten eingemischt haben, was werden sie dann tun?"

„Hey", sagte Vivi, die an der Wand auf und ab hüpfte. „Wir haben es geschafft, dass kein Außenstehender erfährt, was wir eigentlich tun, seit es den Bund gibt, oder?"

Ich warf ihr einen dankbaren Blick zu. „Außerdem werden wir uns nicht *einmischen*", fügte ich hinzu. „Ich möchte nicht, dass wir uns so weit aus dem Fenster lehnen, denn auch ich bin der Meinung, dass das nicht sicher ist. Es ist besser, wenn die Schattenwesen" – *und ich* – „zur Tat schreiten. Wir werden nur Informationen sammeln."

„Wenn das dein persönliches Projekt ist, verstehe ich nicht, warum du nicht selbst Informationen sammeln kannst", brummte Leland.

Zu meinem Missfallen murmelten ein paar der anderen zustimmend. Wozu hatten sie sich eigentlich dem Bund angeschlossen, wenn sie in dem Moment, in dem die Schattenwesen uns *wirklich* brauchten, zu Feiglingen wurden?

Ich biss mir auf die Zunge, um diese Frage nicht laut auszusprechen. Zum Glück hatte ich das den beiden Leiterinnen gegenüber auf etwas höflichere Art und Weise erwähnt, und sie hatten es nicht vergessen. Ellen zog sich noch ein Stück höher und blickte auf den Rest von uns herab. „Genau aus diesem Grund haben wir den Bund gegründet.

Wir sollten nicht behaupten, dass wir die Schattenwesen unterstützen wollen, wenn wir nicht bereit sind, etwas zu unternehmen, wenn sie in Gefahr sind."

„Wir wussten nicht, dass wir es mit einer großen, geheimen Armee oder so zu tun bekommen würden, als wir uns euch angeschlossen haben", protestierte Everett.

„Genau", pflichtete ihm die Frau bei, die nach dem Grund für die Änderung des Versammlungsorts gefragt hatte. „Sollen sich die Schattenwesen doch um die Informationen und alles andere kümmern, wenn es ihnen so wichtig ist. Meistens helfen sie *uns* nicht einmal dabei, ihresgleichen zu helfen."

Das stimmte leider, wie Omen sehr wohl wusste. „Das ist etwas anderes", begann ich.

Leland unterbrach mich mit finsterer Miene. „Nur, weil du das beschlossen hast. Diese Leute operieren schon wer weiß wie lange. Wenn die Schattenwesen sich bisher nicht darum gekümmert haben, ist das ihr Problem."

Waren ihm die Wesen aus der Parallelwelt wirklich so egal, oder ließ er nur seine Feindseligkeit mir gegenüber an ihnen aus? Wie hatte ich nur jemals denken können, dass dieser Kerl es wert wäre, mich mit ihm abzugeben, ganz zu schweigen davon, ihn *in mein Bett* zu lassen?

Vivi ergriff das Wort, bevor ich es tun musste. „Du hast gerade selbst erklärt, warum es wichtig ist, dass wir uns der Sache annehmen. Es ist klarer als ein Kristall unter einem wolkenlosen Himmel. Die Schattenwesen waren *nicht* in der Lage, dieses Problem allein zu lösen. Sie sind nicht an die Ressourcen und Strategien der Sterblichen gewöhnt. Wir schon, also könnten wir möglicherweise Dinge in Erfahrung bringen, die sie nicht herausfinden konnten."

„Genau." Ich wünschte, ich würde nicht an einem Seil von einer Wand baumeln und könnte meine beste Freundin umarmen. Wie hatte ich nur jemals glauben können, Vivi sei dieser Verschwörung nicht gewachsen. Ich war so sehr darauf konzentriert, sie zu beschützen, dass ich vergessen hatte, wie stark und klug sie war.

Wieder ging ein Murmeln durch die Menge, doch dieses Mal klang es weniger entschlossen. Huyen, die wieder am oberen Ende der Wand war, räusperte sich, bevor sie mit dem Abstieg begann.

„Wie immer ist die Teilnahme an unseren Aktivitäten freiwillig. Ich denke, Sorsha und Vivian haben gute Argumente vorgebracht. Selbstverständlich werden wir Vorsicht walten lassen, doch wir können zumindest die Fühler ausstrecken. Eine der wichtigsten Fragen ist, wie diese Leute zu Geld kommen. Wenn wir die Organisation aus diesem Blickwinkel betrachten, könnten wir alle möglichen Dinge aufdecken, von denen die Schattenwesen nichts wissen, da sich alles zwischen der Lichtarmee und anderen Sterblichen abspielt.“

Auch Leland machte sich schnaubend auf den Weg nach unten. Zu meiner Erleichterung nickten zumindest ein paar der anderen Mitglieder, wenn auch nur zögerlich. Vivis strahlendes Grinsen machte mir Mut.

„Ich werde heute Abend mit meinen Kontakten sprechen“, sagte ich. Ich würde nicht erwähnen, dass sich mein Austausch mit den meisten von ihnen nicht nur auf Worte beschränkte, sondern deutlich intimer war. „Mal sehen, ob sie etwas darüber wissen, wie diese Leute an Geld kommen. Ihr könntet inzwischen in den öffentlichen Aufzeichnungen nachsehen, ob es in letzter Zeit große Veranstaltungen gegeben hat, deren Zweck verdächtig vage klingt.“

„Wir sollten ja aus eigener Erfahrung wissen, wie so etwas aussieht.“, gluckste Huyen, während sie zu Boden schwebte. „Ihr habt sie gehört, Leute. Das ist die Aufgabe für diese Woche. Ran an die Arbeit.“

ZEHN

Ruse

„Also", sagte ich und blickte durch das Fenster von Omens Auto auf die Farm, zu der wir gefahren waren, „dieser Ort ist die personifizierte Düsternis, meint ihr nicht? Minigolf war mir ehrlich gesagt lieber."

Das Anwesen sah verlassen aus. Das Scheunentor stand in einem merkwürdigen Winkel offen, und die Felder waren mit Unkraut überwuchert, dessen gelbliche Blätter im Mondlicht unheimlich schimmerten. Als ich aus dem Kombi stieg, wehte mir der Geruch von trockener Erde und altem Holz in die Nase. Eine schiefe Wetterfahne drehte sich knarrend in der nächtlichen Brise.

Sorsha verzog das Gesicht, als sie neben mich trat. „Okay dieser Ort bekommt zehn Gruselpunkte. Ich nehme an, die Lichtarmee braucht den Schutz der Dunkelheit für ihre dubiosen Machenschaften."

Wir hatten die Adresse von der Hackerin erhalten, die mich jetzt behandelte, als wäre ich der beste Freund, den sie je gehabt hatte. Es war eine besonders produktive Sitzung am Computer gewesen. Sie war nicht nur auf diese Übergabe mit einem Sammler gestoßen, der offenbar nicht wusste, was beim letzten Mal geschehen war, sondern auch auf eine Spendengala, die in ein paar Tagen stattfinden würde. Diese Armee war mit einer ganzen Menge durchgekommen, was jedoch vor allem daran lag, dass sie es nie mit einem Gegner auf Augenhöhe zu tun gehabt hatten. Wir vier und Sorsha waren zugegebenermaßen ein Dream-Team.

Der Ort, an dem die Übergabe stattfinden sollte, sah aus wie der Schauplatz eines Albtraums. Thorn und Omen entwurzelten ein paar welke Sträucher, um das Auto zu verstecken, das unser Boss hinter einem Schuppen geparkt hatte. Das Treffen sollte auf der anderen Seite der Scheune stattfinden und erst in einer Stunde, doch ich verzichtete darauf, Kritik an ihren Vorsichtsmaßnahmen zu üben. Ich hatte keine Lust, wieder in einem eisernen Käfig zu landen.

Snap hatte sich auf eines der Felder gewagt. Er beugte sich vor, um an einem der höheren Unkräuter zu schnuppern und die Eindrücke in sich aufzunehmen.

„Nichts, außer Wind und Regen", verkündete er und blickte zu dem Backsteinhaus in der Ferne. Möglicherweise hatte mal ein Verkaufsschild davorgestanden, das jedoch mittlerweile von dem Holzpfosten heruntergefallen zu sein schien. „Ist das nicht ein Ort, an dem normalerweise Lebensmittel angebaut werden?"

Ich versetzte ihm einen spielerischen Stoß mit dem Ellbogen. „Ich glaube nicht, dass du hier etwas zu essen finden wirst, mein Freund. Ich wette, hier wird schon seit Jahren nichts mehr angebaut."

Der Verschlinger gab einen enttäuschten Laut von sich und machte sich auf den Weg zur Scheune. Wir hatten vereinbart, dass er die Gegend nach Anzeichen auf frühere Übergaben absuchen würde. Es gab nur eine begrenzte Anzahl abgelegener Orte in der Umgebung, was bedeutete, dass die Lichtarmee mehrmals an denselben Ort zurückkehren musste. Vor allem, wenn sie schon seit dem Angriff auf Sorshas Feenwächterin aktiv waren.

Wir folgten Snap über das Feld, und Sorsha rieb sich die Arme, obwohl die Sommernacht nicht wirklich kühl war. Sie zuckte zusammen, als die Wetterfahne erneut knarrte.

„Findet ihr es nicht ein wenig seltsam, dass sie so kurz nach der letzten Übergabe eine weitere arrangiert haben?", fragte sie. „Wenn sie jede Woche neue Schattenwesen besorgen würden, hätten sie eine viel größere Einrichtung gebraucht als die, in der sie Omen festgehalten haben."

„Vielleicht sind einige ihrer Versuchsobjekte kleinere Schattenwesen mit ungewöhnlichen oder übermäßig starken Kräften", gab Thorn zu bedenken.

Omen nickte. „Oder sie haben noch mehr Gefängnisse und Labors. Auf jeden Fall haben sie ihre Aktivitäten ziemlich schnell von der Baustelle an einen anderen Ort verlegt. Die Frau hat eine ganze Weile gebraucht, um Informationen über diese Übergabe zu finden. Deswegen nehme ich an, dass sie nicht gefunden werden wollten. Genau deshalb werden wir so vorsichtig vorgehen wie immer. Mal sehen, wo wir unsere Sterbliche unterbringen können, damit sie keine Katastrophen auslöst."

Sorsha warf ihm einen vernichtenden Blick zu, obwohl ich den Eindruck hatte, dass er es etwas weniger feindselig als sonst gesagt hatte. So wütend ihn ihre Aktion mit dem Kuchen auch gemacht hatte, ich vermutete, dass ihr das gleichzeitig auch ein wenig mehr Respekt von ihm eingebracht hatte.

Als wir in die dichtere Dunkelheit der Scheune vordrangen, bellte Thorn, der die Führung übernommen hatte, eine Warnung und holte mit einer seiner steinharten Fäuste aus. Ich versteifte mich, während ich darauf wartete, dass ein dumpfer Schlag ertönte … stattdessen war nur ein leises *Wumm* und ein hölzernes Knacken zu hören.

Wir liefen in die Richtung, aus der das Geräusch gekommen war und entdeckten Thorn, der über seinem zu Boden gegangenen Gegner stand: einer schäbigen Vogelscheuche, deren Stroh aus dem zerrissenen Material ihres Kopfes quoll. Ich konnte nicht umhin, Thorn auf die Schulter zu klopfen. Unser großer Held. „Ausgezeichnete Arbeit. Jetzt wird er nie wieder jemandem wehtun."

Der Krieger sah mich finster an. Omen stieß mit der Spitze seines Stiefels gegen das Stroh. „Besser zu schnelle Reflexe als zu langsame. Mal sehen, was unser Verschlinger herausgefunden hat."

Snap schlich immer noch an der Seite der Scheune entlang auf den morschen Holzzaun zu. Sein sonst so fröhliches Gesicht war angespannt und konzentriert. Schließlich richtete er sich auf und kam zu uns.

„Ich habe an ein paar Stellen die Spur eines Menschen wahrgenommen, der hier unterwegs war", berichtete er. „Einmal haben sich auch jüngere Menschen hier aufgehalten und Alkohol getrunken. Sie haben sich in der Scheune versammelt. Ich glaube nicht, dass sie etwas mit der Armee zu tun hatten."

„Betrunkene Teenager? Natürlich, das hier ist der perfekte Ort für eine Party." Sorsha schaute sich um. „Sie haben aber gut aufgeräumt."

„Wir haben noch nicht *in* der Scheune nachgesehen", gab ich zu bedenken.

„Außerdem könnte es schon Jahre her sein", fügte Snap hinzu. „Ich kann den Zeitpunkt nicht genau bestimmen. Ich habe keinen Anhaltspunkt für Schattenwesen gefunden. Doch, falls hier schon Übergaben stattgefunden haben, haben die Beteiligten möglicherweise darauf geachtet, nichts anzufassen, um keine Abdrücke zu hinterlassen."

Er ließ ein wenig den Kopf hängen, als würde er denken, er hätte uns enttäuscht, weil er nicht mehr entdeckt hatte. Ich hätte einen Witz gemacht, um ihn aufzumuntern, doch Sorsha tätschelte bereits seinen Arm und schenkte ihm ein warmes, tröstendes Lächeln, das sie nur für ihn erfunden zu haben schien.

„Du hast keine Anzeichen einer Bedrohung wahrgenommen", sagte sie. „Das ist gut zu wissen."

Er strahlte sie an und sein Unbehagen schien nachzulassen. Obwohl ich es ernst gemeint hatte, als ich ihr gesagt hatte, dass sie sich ihr Vergnügen suchen sollte, wo immer sie es finden konnte, löste der Anblick der beiden, wie sie sich so anschauten, ein unangenehmes Gefühl in meinem Magen aus. Ich würde es nicht als *Eifersucht* bezeichnen – was für ein Inkubus wäre ich denn dann? – doch es war etwas. Etwas, mit dem ich mich nicht näher auseinandersetzen wollte. Wir hatten im Moment wichtigere Dinge zu erledigen.

Omen war voll im Admiralsmodus. Er wandte sich der Reihe nach jedem von uns zu. „Thorn, du behältst die Straße im Auge und gibst uns Bescheid, wenn du ein Fahrzeug siehst, das in diese Richtung fährt. Snap, du holst den Rest der Ausrüstung aus dem Auto. Ich rieche keine Menschen mehr in der Nähe der Scheune, also sollte es sicher sein. Ruse, du suchst mit Sorsha den besten Aussichtspunkt. Ich werde die Umgebung weiter überprüfen."

Mein Auftrag kam mir gerade recht. Ich bot Sorsha meinen Ellbogen an und legte spielerisch den Kopf schief. „Flamme, darf ich bitten?"

Ihre Lippen zuckten amüsiert. Sie verdrehte zwar die Augen, griff jedoch nach meinem Arm. „Ich denke, ich bin durchaus in der Lage, allein einen Aussichtspunkt zu finden, doch bei dieser Gesellschaft kann ich nicht nein sagen. Vielleicht kannst du ja dafür sorgen, dass wir da drin etwas sehen können."

Sofort richtete Omen seinen Blick auf uns. „Keine Spezialeffekte, bitte. Wir versuchen, uns *unauffällig* zu verhalten."

„Keine Sorge", beruhigte ich ihn. „Ich kann der

Versuchung widerstehen, alles in meinen Glanz zu tauchen." Außerdem hätte es sich seltsam angefühlt, außerhalb eines Bettes meine Schattenwesengestalt anzunehmen. In der Welt der Sterblichen zeigten wir Schattenwesen unser wahres Ich so selten, dass unsere menschliche Gestalt nach einer Weile ganz normal für uns war.

Im Inneren der Scheune war es allerdings tatsächlich sehr dunkel. Sobald wir eingetreten waren, konnte ich nur noch Umrisse um uns herum erkennen – ein großer metallener Milchtank hier, eine Reihe von Ställen dort. Der Geruch von feuchtem Heu hüllte uns ein. Nicht gerade der angenehmste Geruch. Sorsha hielt sich die Hand vor die Nase, als müsste sie ein Niesen unterdrücken.

Ich entdeckte ein paar zerdrückte Bierdosen, als ich mich einer Wand näherte, doch ansonsten hatte unsere Sterbliche recht – die Teenager hatten nicht viel von ihren Abenteuern hier zurückgelassen. Oder jemand war nach der Party hergekommen und hatte aufgeräumt.

In dem größeren Raum hing ein Heuboden hoch über unseren Köpfen, doch wenn es einmal eine Leiter gegeben hatte, um dorthin zu gelangen, war sie längst abhandengekommen. Sorsha runzelte die Stirn. „Ich glaube, da oben ist ein Fenster. Das könnte ein guter Aussichtspunkt sein. Ich muss nur irgendwie da hochkommen."

„Wir könnten Thorn bitten, dich hinaufzuwerfen", schlug ich vor.

Sie gab mir einen Klaps auf den Arm und ging den Gang neben den Boxen entlang. Als ich ihr folgte, beschleunigte sie ihre Schritte. „Oh, warte. Vielleicht ist das ..."

Was auch immer ihr Ziel gewesen war, sie erreichte es nicht, denn plötzlich knallte etwas Großes und Schweres mit einem metallischen Ächzen gegen eine der Stalltüren, die daraufhin aufschwang.

Auch wenn meine übernatürlichen Fähigkeiten eigentlich nicht für Kämpfe vorgesehen waren, war ich im Nu auf den

Beinen. Auch sexuelle Fähigkeiten erforderten eine gewisse Geschicklichkeit. Während die klobige Maschine auf Sorsha zuraste, stürzte ich mich nach vorne und riss sie in eine Stallbox auf der gegenüberliegenden Seite – fast schnell genug.

Das stählerne Ding streifte ihr Handgelenk, wobei ihre Hand gegen den Pfosten neben ihr prallte, und ein Knochen brach. Wir stürzten beide in die Box und prallten gegen die Wand neben der Tür.

Ich hörte, wie Sorsha angespannt und schmerzerfüllt nach Luft schnappte. Sie biss sich auf die Lippe und kniff einen Moment lang die Augen zusammen. Ihre linke Hand hing schlaff von ihrem verletzten Handgelenk, das bereits angeschwollen war.

Mein Herz raste. Ich drückte sie an die Wand, als ein weiteres mechanisches Ächzen und ein dumpfer Schlag durch den Gang hallten. Wenn Omen sich geirrt hatte und hier doch Soldaten der Lichtarmee lauerten, wäre Thorn jetzt schon ganz unten an der Straße und der Boss, wer weiß wo. Und ich verfügte über keine besonderen kämpferischen Fähigkeiten.

Sorsha blinzelte und nahm einen zittrigen Atemzug. Ich fing ihren Blick auf. „Wir müssen ruhig bleiben", murmelte ich, und presset meinen Mund auf ihren, da es die einzige Möglichkeit war, dafür zu sorgen, dass sie wirklich keinen Laut von sich gab.

Da sie ihren giftigen Anstecker trug, konnte ich sie nicht mit meinen übernatürlichen Fähigkeiten berauschen, um die Empfindungen zu steigern, – was ich sowieso nicht getan hätte, da ich ihr mein Versprechen gegeben hatte –, doch ich war auch so ein guter Liebhaber. Und ich kannte diese Frau jetzt auf eine Weise, wie es vermutlich nicht einmal Snap tat.

Ich schluckte jeden Laut, der sonst womöglich aus ihrem Mund gekommen wäre, wobei ich mich dicht an sie schmiegte und darauf achtete, ihr Handgelenk und ihre immer noch bandagierte Schulter nicht zu berühren. Ihr linker Arm blieb starr, doch der Rest von ihr schmolz in meiner Umarmung dahin. Ich hatte es also noch drauf.

Während sie meinen Kuss erwiderte, legte sie ihre andere Hand in meinen Nacken. Sie stürzte sich kopfüber in meinen Versuch, sie von den Schmerzen abzulenken – und verdammt, um ehrlich zu sein, lenkte mich ihre Reaktion auch ab. Warum hatte ich wieder damit angefangen?

Aus der Scheune drang kein weiteres Geräusch an meine Ohren. Hatte es sich bei dem vermeintlichen Angriff tatsächlich um nichts weiter als eine Landmaschine gehandelt, die umgestürzt war und nicht um eine Falle?

Ich wollte den Kuss nicht unterbrechen, um es herauszufinden. Sorshas Körper fühlte sich so gut an meinem an und Hitze wallte zwischen uns auf. Noch nie hatte ich mir etwas sehnlicher gewünscht, als mich kopfüber in dieses Feuer zu stürzen, und das, obwohl die Energieströme, die von ihr auf mich übergingen, wegen ihrer Brosche kaum mehr als ein Rinnsal waren.

Ich wollte die Leidenschaft in ihr nur entfachen, um fleischliche Befriedigung zu erfahren, nicht um mich zu ernähren. Ich wollte in ihr sein, ihre gierige Glätte um mich herum spüren, wissen, dass sie *mir* auch nahe sein wollte.

Ein Schauer durchbrach mein glühendes Verlangen. Diese letzte Sehnsucht, nicht nur körperlich, sondern auch geistig und seelisch von ihr eingehüllt zu werden, war unangebracht. Diese Art von Verlangen hatte mich schon einmal fast ruiniert.

Ich hatte meine Lektion gelernt. Zumindest hoffte ich das.

Ich zog mich zurück und ließ Sorsha atemlos und erregt an der Wand zurück. Ihre Augen schimmerten schwach in der Dunkelheit – Tränen, die ihr in die Augen geschossen waren, bevor ich sie von ihrer Verletzung abgelenkt hatte.

„Da ist niemand", beruhigte ich sie. „Ich glaube, es war nur ein blöder Zufall, kein Angriff. Wir sollten uns um dein

Handgelenk kümmern. Auf eine bessere Art und Weise als mit meinen Soforthilfemaßnahmen."

Ich blinzelte, und sie rang sich ein Lächeln ab, wobei sich ihre Lippen etwas verzogen, weil der Schmerz sie wohl wieder eingeholt hatte.

„Ich kann immer noch meinen Teil beitragen", erklärte sie mit angestrengter Stimme, als wir aus der Box schlichen. „Und keiner von euch kann mich davon abbringen."

Wie sollte sich mein Herz beruhigen, wenn sie so redete, voller Inbrunst und Trotz? Doch ich hatte mich nicht jahrhundertelang mit Begierde befasst, um nun daran zu scheitern, meine eigene zu zügeln. Auch wenn es nicht die Begierde war, die ich gewohnt war. Mit einer Handbewegung signalisierte ich ihr, dass sie vorgehen sollte, als wir die Scheune verließen.

Omen versuchte nicht einmal, mit Sorsha zu streiten. Da er sich ein wenig mit Kampfwunden auskannte, gelang es ihm, ihr eine provisorische Schiene anzulegen. Während er sie verarztete, blickte er finster drein, obwohl ich ihm versichert hatte, dass sie nicht unvorsichtig gewesen war. Die Stunde der angeblichen Übergabe kam und verging, danach noch eine. Mein Magen zog sich mit jeder Minute, die verstrich, fester zusammen.

„Sie kommen nicht, oder?", fragte Snap schließlich.

Omen ließ seinen grimmigen Blick über den Hof schweifen. „Nein, scheint nicht so. Hoffentlich liegt das daran, dass wir sie mit unserer letzten Aktion verschreckt haben, und nicht daran, dass sie etwas Schlimmeres vorhaben. Wir sollten von hier verschwinden und sicherstellen, dass wir keine Spuren hinterlassen."

ELF

Sorsha

Den gesamten Rückweg zur Hütte über lagen meine Nerven blank. Es gefiel mir nicht, dass die Armee offenbar ihre Pläne geändert hatte. Diese Unbeständigkeit passte nicht zu ihnen.

Omen nahm den kurvenreichsten aller kurvigen Wege, und jedes Hupen oder Lachen, das von der Straße um uns herum zu hören war, ließ meinen Puls in die Höhe schnellen. Das war nicht gut, denn bei jeder plötzlichen Bewegung schoss ein intensiver, dumpfer Schmerz durch mein Handgelenk, das wahrscheinlich gebrochen war. Ausnahmsweise machte ich mir nicht einmal Gedanken um das Geheimnis des rauchig-würzigen, mineralischen Geruchs im Auto.

Obwohl die unheimliche Stille auf der Farm äußerst verdächtig gewesen war, schafften wir es ungehindert zurück zum New-Age-Resort. Ich hätte nichts dagegen gehabt, unterwegs an einem Krankenhaus Halt zu machen, doch

Omen schien entschlossen zu sein, heute Nacht keine weiteren Zwischenstopps einzulegen, und ich wollte ihm gegenüber nicht zugeben, dass ich die Schmerzen nicht aushalten konnte.

„Gleich morgen früh fahren wir in eine kleine Klinik und ich bringe einen Arzt dazu, dir einen richtigen Gips anzulegen", versicherte Ruse mir, als wir vor der Hütte ausstiegen.

„Ich habe da vielleicht eine bessere Idee", meinte Omen schroff, ohne weiter darauf einzugehen. Einfach unglaublich hilfreich, wie immer.

Ich gähnte und wog die behelfsmäßige Schiene und meine Erschöpfung gegeneinander ab. „Nun, ich denke, ich bin müde genug, um schlafen zu können, solange ich keinen Druck auf meine Hand ausübe." Ich hielt inne und sah den Inkubus und Snap eindringlich an. „Ich brauche das ganze Bett für mich allein, ohne Gesellschaft. Nur zu eurer Information."

Ruse stieß ein Glucksen aus, das seltsam mitfühlend klang. „Keine Sorge, Flamme."

„Brauchst du sonst noch etwas?", fragte Snap, als könnte er alles, was ich verlangte, in den Wäldern um uns herum auftreiben.

„Nein, Ruhe und ein Arzt morgen früh klingt perfekt. Aber danke." Ich hauchte ihm einen Schmatzer auf die Lippen. Als ich mich zu Ruse umdrehte, um ihn ebenfalls zu küssen, wandte er den Blick ab und drehte mir den Rücken zu, als wollte er die Bäume näher in Augenschein nehmen. Von mir aus. Ich konnte eine Abfuhr erkennen, wenn ich sie sah, auch wenn ich keine Ahnung hatte, welche Laus dem Inkubus über die Leber gelaufen war.

Anstatt mir weiter Gedanken über seine Befindlichkeiten zu machen, ging ich in die Hütte. Neben meinem Etagenbett blieb ich stehen und fummelte am Gürtel meines Einbrecheroutfits herum. Vielleicht hätte ich einen meiner

Liebhaber bitten sollen, mir ein wenig platonische Gesellschaft zu leisten. Mich mit einer Hand auszuziehen, war gar nicht so einfach.

Ich begnügte mich damit, den Gürtel mit den daran befestigten Werkzeugen abzunehmen, stopfte alles in meinen Rucksack und zog den Reißverschluss zu. Auf das Geräusch hin kam Pickle aus dem Bad gehuscht. Ich hatte gerade noch Zeit, ihn kurz unter dem Kinn zu kraulen, als um mich herum Chaos ausbrach.

Ein Knall zerriss die Luft, gefolgt von einem dumpfen Schlag und einer Reihe von Schreien, wobei ich die meisten Stimmen nicht erkannte. Mein Herz setzte einen Schlag aus. Doch dafür war jetzt keine Zeit, es sei denn, ich wollte mir eine ewige Auszeit unter der Erde gönnen.

Ich schnappte mir meinen Rucksack und mein Portemonnaie – und, verdammt, Pickle. Ich hob den kleinen Drachen mit einer Hand hoch und warf ihn mit so wenig Feingefühl in die Tasche, dass er aus Protest aufquiekte. Als ich mich umdrehte und in meinem Rucksack nach dem Werkzeug suchte, das ich gerade darin verstaut hatte, brach eine Gestalt in einer Rüstung aus Silber und Eisen durch das Hüttenfenster.

Glassplitter prasselten gegen den Arm, den ich mir schützend vors Gesicht hielt. Zum Glück meldete sich mein Kampfinstinkt, der durch die Selbstverteidigungskurse geschärft war, zu denen Luna mich früher geschickt hatte. Ich entschuldigte mich im Stillen bei ihrem Geist dafür, dass ich mich jemals über diese Kurse beschwert hatte. Als sich der Kerl auf mich stürzte, riss ich ihm mit einem schnellen Tritt die Füße weg. Er hielt sich am Pfosten eines der Etagenbetten fest, während ich mit meiner unverletzten Hand nach einem harten Gegenstand suchte, den ich als Waffe benutzen konnte.

Meine Finger ertasteten einen großen, gezackten Rosenquarzbrocken auf der kleinen Kommode. Es wurde

Zeit, dass er etwas anderes tat, als hübsch auszusehen und positive Schwingungen auszustrahlen.

Der Kerl ging erneut auf mich los, doch seine Lichtpeitsche war in dem engen Raum nicht sonderlich nützlich. Bevor er damit nach mir ausholen konnte, schlug ich ihm das spitze Ende des Kristalls auf den Kopf. Er taumelte, schaffte es jedoch, einen Schlag gegen meinen Kiefer zu landen.

Ich wankte nach hinten, mein Kopf drehte sich, und er schlug mir den Kristall aus der Hand. Sofort griff ich nach dem nächstbesten Gegenstand, der sich als die Rasenmäherkerze herausstellte. Dankbar für den schweren Glasbehälter schlug ich sie ihm direkt auf die Nase, so fest, dass Blut aus seinen Nasenlöchern spritzte.

Begleitet von seinen wütenden Flüchen rannte ich aus der Hütte. Pickle stieß ein schmerzerfülltes Quieken aus, als meine Handtasche gegen meine Rippen stieß, doch ich hatte keine andere Möglichkeit, ihn zu transportieren, zumal meine gute Hand mein einziges Verteidigungsmittel war.

Draußen herrschte ein noch größerer Aufruhr. Auf der ganzen Lichtung wurde das Mondlicht von Schutzhelmen und -westen reflektiert. Thorn versuchte, brüllend ein paar Angreifer abzuwehren, doch ihre Waffen hatten so tiefe Schnitte in seinen kräftigen Armen hinterlassen, dass ich selbst in der Dunkelheit die dunklen Nebelschwaden erkennen konnte, die aus den Wunden sickerten.

Schattenwesen bluteten nicht wie wir. Wenn ihre Venen oder Arterien durchtrennt wurden, trat ihre Essenz als schwarzer Rauch aus.

Eine weitere Gestalt raste durch die Nacht, und biss und stach in ungeschützte Waden und Bäuche. Als er aus seiner Gefängniszelle gehuscht war, hatte ich von Omen kaum mehr als einen Fleck wahrgenommen. Damals hatte er zwischen seiner Schattengestalt und seiner eher menschlichen Erscheinung geschwankt – jetzt war er eine Bestie.

Der riesige, dämonische Hund reichte mir bis zur Schulter, und ich war nicht gerade klein. Statt der eisblauen Augen, an die ich gewöhnt war, glühte mir nun ein feurig orangener Blick entgegen. Dasselbe sengende Glühen durchzog sein dunkelgraues Fell wie Rinnsale aus geschmolzenem Magma in einem Vulkangebiet. Reißzähne, so lang wie mein Zeigefinger, blitzten bei jedem Schnappen seiner Kiefer auf. Sein Schwanz mit der Teufelsspitze peitschte durch die Luft und schlug einem Angreifer sein Messer aus der Hand.

Ich hatte noch nie zuvor ein solches Schattenwesen gesehen, doch Luna hatte mir Geschichten über einige der furchterregendsten Kreaturen erzählt, denen man begegnen konnte, hauptsächlich damit ich aufhörte, sie anzuflehen, mich ins Schattenreich mitzunehmen. Nun stand ich einem Wesen gegenüber, das die meisten Sterblichen wohl als Höllenhund bezeichnen würden.

Inmitten des Chaos ging mir auf einmal ein Licht auf. *Daher* also Betsys Geruch. Anstelle des typischen Hundegeruchs roch es in Omens Wagen nach Schwefel und Höllenfeuer.

Diesmal hatte ihn die Lichtarmee offenbar nicht so überrumpelt wie bei ihrem ersten Angriff, doch obwohl Thorn und er Seite an Seite kämpften, kamen unsere Angreifer immer näher. Und sie hatten nicht an Manneskraft gespart.

Ein Kerl stürzte sich auf mich, und ich schlug mit dem Kerzenglas nach ihm, während ein weiterer aus der entgegengesetzten Richtung mit einem Netz auf mich zustürmte. Hielt er *mich* für ein Schattenwesen, oder wollten sie uns alle lebendig mitnehmen, um uns zu befragen? Mir stockte der Atem, und ich schleuderte ihm das Glas ins Gesicht.

Er musste ein Feuerzeug oder etwas anderes in der Hand gehabt haben, das ich nicht gesehen hatte, denn der Docht der Kerze fing Feuer, als die Öffnung des Gefäßes ihn traf, und heißes Wachs spritzte ihm in die Augen. Mit einem Heulen ließ er das Netz fallen.

Thorn stürmte auf mich zu, gerade als mir ein weiterer Angreifer auswich. Der Krieger schleuderte ihn mit einer seiner mächtigen Fäuste einen Meter hoch in die Luft und drehte sich dann zu mir um. „Geh in Deckung – zum Auto!"

Bei dem Gedanken, ihn hier im Stich zu lassen, spürte ich einen Stich in der Magengrube, doch *er* würde nicht gehen, bis ich mich nicht in Sicherheit gebracht hatte. Und der Kombi war meine einzige Hoffnung auf eine schnelle Flucht.

Auf dem Fahrersitz saß eine Gestalt – ein blonder Surfertyp. Eine Sekunde lang war ich verwirrt, bevor ich begriff, dass es der Tarnzauber an den Fenstern war. Der Kerl darin musste Ruse sein. Vermutlich war er durch die Schatten hineingeschlüpft und war jetzt zur Flucht bereit.

Ich war nur noch wenige Schritte von der Tür entfernt, als die Leute von der Armee meine Eile bemerkt haben mussten. Ein lauter Schrei ertönte, und etwas zischte über meinem Kopf durch die Luft. Ich schaffte es gerade noch, mich zu ducken und meinen unverletzten Arm über meinen Kopf zu heben.

Der Sprengstoff, den unsere Angreifer geworfen hatten, traf die Motorhaube des Kombis und eine Stichflamme loderte auf. Ich schlug auf dem Boden auf, meine Haut brannte von der Hitze. Ein stechender Schmerz schoss durch mein verletztes Handgelenk und ein dumpfes Pochen erwachte in meiner bandagierten Schulter. Zischend biss ich mir auf die Lippe.

Jemand packte mich am Arm – Ruse, dessen schokoladiger Geruch durch die Hitzewellen, die aus dem Kombi strömten, mit einer leicht rauchigen Note versetzt war. „Hier entlang!" Er zerrte mich auf die Beine und in Richtung Einfahrt.

Ich warf einen Blick zurück zu Thorn und Omen. „Aber ..."

„Wir werden sie nicht zurücklassen. Ich bin ein Verfechter von Notfallplänen."

Snap tauchte aus der Nacht vor uns auf und winkte uns weiter. „Ich habe was gefunden! Da ist ein Mann – ich glaube, er hat die Schlüssel …" Er blickte an uns vorbei zu dem brennenden Wrack, das unser bisheriges Transportmittel gewesen war. „Die brauchen wir, oder?"

„Geh du voraus", sagte Ruse. „Und zwar zackig, Snap."

Der Verschlinger hatte noch genug Sinn für Humor, um sich ein Lächeln abzuringen, als er sich in Richtung Straße davoneilte. „Weiter in diese Richtung", erklärte er und deutete mit seinem Finger die Straße hinunter.

Hinter den Bäumen kam ein großer grauer Lieferwagen in Sicht. Ruse lächelte. „Perfekt. Wir werden durch den Schatten gehen und erst in unmittelbarer Nähe wieder auftauchen. Zu zweit sollten wir in der Lage sein, ihn umzustoßen. Sorsha, kannst du ihm die Ausrüstung abnehmen?"

Ich umklammerte den Riemen meiner Handtasche, der quer über die meines Rucksacks verlief. Merlins Magie sei Dank, hatte ich vorhin nicht genug Zeit gehabt, ihn abzunehmen. Mein Kiefer schmerzte, da ich gegen den Schmerz in meinem Handgelenk kräftig die Zähne zusammenbiss. „Ich werde mein Bestes tun."

Ruse nickte und wandte sich wieder an Snap. „Ich werde ihn davon überzeugen, dass wir hier nur eine nette Party feiern. Sobald er unter meinem Einfluss steht, kannst du Omen und Thorn holen."

Ohne ein weiteres Wort verschwanden die beiden wieder in der Dunkelheit. Ich lief weiter, Schweißperlen standen mir auf der Stirn. „Just another manic run-day", sang ich vor mich hin, doch selbst die schwungvolle Melodie der Bangles konnte meine Laune nicht heben.

Der Mann, der den Lieferwagen bewachte, blickte auf, als ich nur noch einen kurzen Sprint entfernt war, doch meine Schattengefährten erreichten ihn zuerst. Genau in dem

Moment, in dem er die Hand hob und seine Pistole auf mich richtete, tauchten Ruse und Snap direkt hinter ihm auf und traten ihm die Beine weg, sodass er zu Boden fiel.

Ich kniete mich neben ihn und riss ihm den Helm vom Kopf. Ruse hielt das Gesicht des Mannes fest und Snap setzte sich auf seine Beine, während ich an den Verschlüssen seiner Weste herumfummelte.

„Mit zwei Händen wäre es einfacher", murmelte ich, doch nach einer gefühlten Ewigkeit gelang es mir, ihm die Weste abzunehmen.

Der Inkubus begann sofort, in seinem sanften, schmeichelnden Tonfall auf ihn einzureden. Ein magisches Dröhnen schwang in seiner Stimme mit. „Wir haben alle nur ein bisschen Spaß und spielen Fangen. Es war eine schlechte Idee von dir und deinen Leuten hierherzukommen. Niemand will, dass jemand verletzt wird. Wir wollen uns alle nur amüsieren."

Ich zog die Augenbrauen hoch, doch der Wachmann war bereits in einen dumpfen Zustand der Benommenheit verfallen. „Ja", antwortete er. „Es tut mir leid. Das wussten wir nicht."

Snap verschwand in der Dunkelheit. Während Ruse den Wachmann weiter bezirzte, suchte ich in den Taschen des Mannes nach dem Schlüssel für den Van. „Nichts für ungut. Nur eine kleine freundschaftliche Fummelei."

Er sah nicht beleidigt aus. Ich fischte die Schlüssel heraus und öffnete die Fahrertür. In meinem jetzigen Zustand war *ich* natürlich nicht fahrtüchtig. Allerdings würde ich lieber Silberdollar scheißen, als mich in den fensterlosen Laderaum zu begeben.

Ich legte meine Handtasche mit dem zutiefst verstörten Pickle auf den Boden vor dem Beifahrersitz und stellte meinen Rucksack daneben, bevor ich mich duckte, als ein Schuss ertönte, der viel näher war, als mir lieb gewesen wäre.

Ruse' Stimme erhob sich. „Kannst du mir einen Gefallen

tun, Kumpel? Lauf doch bitte rüber und sag deinen Kollegen, dass noch mehr Schattenwesen aus dem Norden kommen. Wenn sie sich beeilen, können sie alle erwischen."

„Ja, klar, natürlich", erwiderte der Wächter und machte sich auf den Weg in Richtung der Gestalten, die gerade aus der Einfahrt kamen.

„Schnall dich an", wies Ruse mich atemlos an und setzte sich hinters Steuer. Offenbar vertraute er nicht darauf, dass sein Trick unsere Verfolger lange genug aufhalten würde, um kurz durchzuschnaufen.

Ich drückte ihm die Schlüssel in die Hand und er ließ den Motor an. Zu meiner großen Erleichterung tauchten in diesem Moment drei Gestalten hinter uns auf, und mir stieg Snaps moosartiger Geruch, das schweflige Aroma, das, wie ich jetzt wusste, zu unserem Höllenhund-Wandler gehörte, und viel zu viel von Thorns rauchigem Blut in die Nase.

Ruse trat das Gaspedal durch und riss das Lenkrad herum. Der Van machte eine enge Kehrtwende und der Motor stotterte, bevor wir die Landstraße entlangrasten, wobei die Kieselsteine wie Maschinengewehrfeuer gegen das Fahrgestell prasselten.

Hinter uns ertönten zwei weitere Schüsse. Einer streifte den Seitenspiegel neben meiner Tür, und ich zuckte zusammen. Doch dann rasten wir um eine Kurve und ließen unsere Feinde weit hinter uns.

„Nun", sagte ich mit so viel Optimismus, wie ich aufbringen konnte, „wir sind alle lebend rausgekommen. Und in einem Stück ... hoffe ich?"

Omens kalte Stimme ertönte düster von hinten. „Alle, außer Betsy. Irgendeine Idee, wie du diese Schuld zurückzahlen willst, Sterbliche?"

ZWÖLF

Sorsha

„Halt einfach die Klappe und lass mich alles regeln“, befahl Omen, als wir die Straße hinuntergingen, während die anderen uns in den Schatten folgten.

Ich verzog das Gesicht. „Ich weiß, ich weiß. Du sagst mir schon, dass ich den Mund halten soll, seit du diese Freunde erwähnt hast.“

„Sie sind nicht meine *Freunde*. Sie schulden mir einen Gefallen. Mehrere Gefallen, um genau zu sein. Was dir zugutekommt, wenn man bedenkt, dass ich deinetwegen ein Auto mit starken Schutzzaubern verloren habe.“

„Hey, ich bin nicht diejenige, die sie zu unserem Versteck geführt hat.“

Er hielt inne und starrte mich an. Die späte Morgensonne spiegelte sich in seinen blauen Augen und ließ sie fast so feurig aussehen, wie gestern Abend, als die Flammen darin aufgelodert waren. Meine Haut juckte bei dem Gedanken, dass er sich wieder in einen Höllenhund verwandeln und mir buchstäblich den Kopf abbeißen könnte, wenn ich weiter darauf herumritt.

„Deine Hackerin hat uns auf die falsche Fährte geführt", schimpfte er. „Außerdem hätten wir gar keinen Unterschlupf gebraucht, wenn dein sterblicher Körper keinen Schlaf bräuchte. Ich glaube nicht, dass du gut wegkommen würdest, wenn wir Bilanz ziehen."

Ich konnte nicht nachvollziehen, wieso es *meine* Schuld sein sollte, dass sein Auto in die Luft geflogen war. Wie zum Teufel hätte ich es sonst erreichen sollen, ohne darauf zuzulaufen? Doch um ehrlich zu sein, hatte der Boss des Trios zwar viel über den Verlust gemeckert, seit wir den Wagen der Armee in den frühen Morgenstunden stehen lassen hatten, doch er war nicht ganz so bissig zu mir gewesen, wie ich erwartet hatte.

Außerdem plagte mich ein weiterer Verdacht: Irgendetwas war im Busch. Vielleicht war er im Moment nur etwas weniger schrecklich zu mir, weil er mich seinen früheren Partnern als Abendessen anbieten wollte?

Er ging weiter, und zwar so schnell, dass ich mich beeilen musste, um Schritt zu halten. Dann sah ich das Gebäude, auf das wir zusteuerten, und alle anderen Fragen traten in den Hintergrund.

„*Dort* wickeln sie ihre Geschäfte ab?"

Hinter dem Parkplatz, den er jetzt überquerte, befand sich ein schmaler, düsterer Gebäudeblock mit einem Schild, das in Neonfarben leuchten würde, wenn es schon geöffnet gewesen wäre. Auf dem Schild war eine dralle Frau im Bikini abgebildet, die ein Martiniglas in der Hand hielt, daneben prangte die Aufschrift *Paradise Bar & Dancers*. Wenn man in einer Enzyklopädie „Strip-Club" nachschlagen würde, wäre daneben vermutlich ein Bild von diesem Laden abgebildet.

„*Sei still*", zischte Omen, bevor er ebenso leise hinzufügte: „Es geht dabei nicht um die männlichen Mitglieder der

Bande. Sie haben einen Sukkubus unter sich. Auf diese Weise kann sie sich leicht ernähren."

Na klar. Bestimmt hatten die männlichen Schattenwesen, die ihre kriminellen Machenschaften hier abwickelten, nicht das geringste Interesse an den zur Schau gestellten Brüsten und Hintern.

Vielleicht würde Ruse in der Gegenwart eines anderen Kubis aufleben. Er wirkte heute Morgen ein wenig niedergeschlagen und sah etwas blass um die Nase aus. War er genervt, dass die Armee uns trotz all unserer Vorsichtsmaßnahmen erneut aufgespürt hatte? Oder nagte das, was ihn gestern Abend so abweisend gemacht hatte, immer noch an ihm?

Es gelang mir, meinen Mund zu halten, als Omen an die Glastür klopfte. Eine Frau in einem Kleid, das den Blick auf exakt die wenigen Körperteile lenkte, die es verdeckte, machte auf und winkte uns mit einem gelangweilten Gesichtsausdruck herein. Omen hatte vorher angerufen, sodass seine Freunde – Verzeihung, Gefolgsleute – uns erwarteten.

Die Frau, die uns hereingelassen hatte, schien nicht der Sukkubus zu sein, den er erwähnt hatte. Sie ging zu einem der kleinen Tische, die sich auf einem Podest befanden, das in ein gedämpftes violettes Licht getaucht war. Dort saßen ein paar weitere Damen mit langem Haar und ausladenden Dekolletés. In der Mitte stand ein Teller mit Nachos und der würzige Geruch der Salsa hing in der Luft, ebenso wie das säuerliche Aroma von Alkohol. Außerhalb der Öffnungszeiten war die Musik nicht so laut – das klassische Flötenstück, das aus den Lautsprechern tönte, bildete einen seltsamen Kontrast zur Umgebung.

Pickle zappelte in meiner Handtasche, und ich legte meine Hand darauf, um seine Bewegungen zu verbergen. An der Gruppe von Tänzerinnen konnte ich nichts Übernatürliches erkennen. Omen ging geradewegs an ihnen und der Bühne vorbei zu einer Tür auf der anderen Seite des Hauptraums.

Kurz bevor er sie erreichte, wurde sie geöffnet und ein Mann steckte seinen Kopf heraus. Oder vielleicht sollte ich sagen, ein Goliath. Der Kerl füllte den gesamten Türrahmen aus. Er war sogar größer als Thorn und ebenso muskelbepackt.

Er war jedoch kein Geflügelter. Seine Haut hatte einen leicht bläulichen Schimmer, was, soweit ich wusste, das Erkennungsmerkmal eines *Trolls* war. Ich fragte mich, wie er das wohl den Sterblichen erklärte, mit denen er im Rahmen der Machenschaften seiner Bande zu tun hatte. Wobei, wenn man so groß und furchteinflößend war, belästigten die Leute einen vermutlich nicht mit Fragen zur Hautfarbe.

„Omen", sagte er mit einem kräftigen Bariton, wobei seine schmalen Augen von dem Höllenhund-Wandler zu mir wanderten. „Und Freunde." Damit meinte er wohl die anderen, die er in den Schatten wahrnehmen konnte.

„Schön, dich zu sehen, Laz", erwiderte Omen mit seiner üblichen kühlen, ausdruckslosen Stimme. „Ich weiß es zu schätzen, dass ihr euch alle so kurzfristig Zeit genommen habt."

Eine schärfere männliche Stimme mit einem leicht humorvollen Unterton ertönte aus dem Raum hinter Laz. „Ach, hör doch auf, Omen. Wir wissen genauso gut wie du, dass wir in der Hölle schmoren würden, wenn wir vergessen würden, was wir dir schulden, und zwar im wahrsten Sinne des Wortes. Jetzt komm schon rein. Lass uns mal einen Blick auf die Truppe werfen, die du zusammengestellt hast."

Der Troll trat einen Schritt zurück, und wir gingen in ein Hinterzimmer, das Omens Aussage widerlegte, dass die Fassade eines Strip-Clubs nur der Frau im Bunde geschuldet war. Die verputzten Wände waren voller Pin-up-Plakate. Auch wenn auf einigen gut aussehende Kerle in voller Pracht zu sehen waren, zeigten die meisten sich räkelnde Frauen, die verführerisch in die Kamera blickten.

Um zu verhindern, dass meine Augäpfel von zu vielen kecken Nippelpaaren attackiert wurden, richtete ich meinen Blick auf die Gruppe, die auf den L-förmig angeordneten Ledersofas an der hinteren Wand fläzte.

Meine Nase verriet mir noch vor allem anderen, dass ein Werwolf in der Runde war. Da ich im Rahmen meiner Arbeit für den Bund schon gelegentlich mit ihnen zu tun gehabt hatte, erkannte ich den unverwechselbaren Geruch nach Moschus und Kiefer, gemischt mit einem Hauch von nassem Hund. Zweifellos würde es bald eine Duftkerze mit diesem Aroma geben.

Dem Aussehen der drei Gestalten auf den Sofas nach zu urteilen, war der Wolf der Typ mit dem struppigen braunen Haar, dem noch struppigeren Bart und den unheimlichen, gelb schimmernden Augen. Zu seiner Linken saß ein schlanker Mann, dessen Haut so blass war, dass sie fast durchsichtig wirkte. Es würde mich nicht wundern, wenn er ein Feenmann oder ein ähnliches Wesen wäre.

Auf dem anderen Sofa räkelte sich der Sukkubus, den Omen erwähnt hatte, eine sinnliche Frau in einem spitzenbesetzten Babydoll, die sich gerade die Fußnägel lackierte und sich bei unserem Eintreten nicht die Mühe gemacht hatte, ihre Tätigkeit zu unterbrechen. Ihr gewelltes honigblondes Haar konnte die edelsteinähnlichen Ausstülpungen nicht ganz verbergen, die wie Rubine direkt hinter ihren Wangen funkelten. Vermutlich gab sie sie als Piercing aus, wenn sie unter Menschen war.

Das Trio materialisierte sich um Omen und mich herum. Snap trat dicht neben mich, und als der Sukkubus schließlich aufblickte, warf Ruse ihr einen vielsagenden Blick zu. Thorn, der dank der schnellen Genesungszeit der Schattenwesen nicht mehr aus allen möglichen Körperteilen rauchte, stand angespannt da und musterte den Troll abschätzig. Der andere

Kerl mochte ein paar Zentimeter größer sein als er, doch ich würde mein gesamtes Vermögen darauf verwetten – auch wenn es im Moment sehr begrenzt war –, dass die Kampffähigkeiten des Geflügelten diesen Unterschied problemlos ausgleichen konnten.

Der Werwolf stand langsam auf, um uns zu begrüßen, beinahe so, als wollte er nicht zu eifrig wirken. Er war diejenige, der uns hereingerufen hatte und vermutlich der Anführer dieses Haufens.

„Nette Truppe", sagte er und schenkte Omen ein schiefes Grinsen. „Sogar eine Sterbliche. Doch wie ich sehe, habt ihr es bereits geschafft, sie kaputtzumachen."

Mein Kiefer verkrampfte sich bei der Anspielung auf mein bandagiertes Handgelenk.

Omen zuckte lässig mit den Schultern. „Das ist einer der Gründe, warum wir hier sind. Birch, ein gebrochenes Handgelenk ist doch kein Problem für dich, oder?"

Der bleiche Mann richtete sich auf wie ein Ast, der in seine ursprüngliche Position zurückschwang, und ich nahm das Rascheln der wenigen silbrigen Blätter in seinem aschgrauen Haar wahr. Kein Feenmann, sondern ein Dryade. Schattenwesen mit einer Affinität zu Pflanzen verfügten oft über heilende Fähigkeiten.

„Ich muss die Schiene abnehmen, um mir das genauer anzusehen", meinte er.

Omen stupste mich an, und ich streckte meinen Arm aus. Der Kommandant nutzte tatsächlich einen seiner früheren Gefallen, um mein Handgelenk heilen zu lassen? Sehr seltsam, wo er doch die letzten Tage alles getan hatte, um dafür zu sorgen, dass ich stürzte. Doch, wenn er schon dabei war …

Ich deutete auf meine Schulter. „Ich habe auch eine Schusswunde, die immer noch wehtut, wenn du dir die vielleicht auch ansehen könntest."

„Das wird nicht lange dauern. Fleisch ist einfacher

zusammenzufügen als Knochen." Birch führte mich zum Sofa und ich setzte mich auf den Platz, den der Werwolf verlassen hatte. Als er begann, die Bandage an meinem Handgelenk abzunehmen, biss ich die Zähne zusammen.

„Ein Knochenbruch und eine Schusswunde", stellte der Werwolf mit offensichtlicher Belustigung fest. „Normalerweise bist du vorsichtiger, Omen."

„Manchmal ist sie eine Chaos-Queen, doch ab und zu ist sie ganz nützlich", erklärte Omen. Zum Glück war ich zu sehr damit beschäftigt, ein schmerzerfülltes Keuchen zu unterdrücken, um ihm etwas an den Kopf zu werfen. „Außerdem hat ‚Vorsicht' gestern nicht gereicht, um uns zu schützen. Eine Gruppe von Sterblichen hat ihren Rachefeldzug gegen unsere Art auf ein völlig neues Level gebracht."

Als der Dryade mein Handgelenk umfasste, gesellte sich ein warmes Kribbeln zu dem Schmerz. Omen berichtete währenddessen von der Lichtarmee, wobei er nicht erwähnte, dass er wochenlang von ihnen gefangen gehalten worden war.

„Wir alle sind in Gefahr", beendete er seine Ausführungen. „Diese Sterblichen werden nicht eher ruhen, bis sie alle Schattenwesen ausgerottet haben."

Der Werwolf, der die Geschichte aufmerksam verfolgt hatte, schnaubte: „Sie haben keine Chance."

„Du hast nicht gesehen, welche Mittel sie einsetzen und welche Techniken sie entwickelt haben, um uns zu besiegen, Rex." Omen deutete auf mich. „Wir sind auf *sie* angewiesen, damit es ein fairer Kampf wird. Und nach allem, was ich über die Experimente gehört habe, die sie durchführen, geht es ihnen nicht nur darum, uns alle zu töten. Sie haben etwas Größeres im Sinn. Womöglich etwas, auf das wir in keiner Weise vorbereitet sind."

„Es ist schrecklich", pflichtete Snap ihm bei und seine helle Stimme zitterte leicht. „Die Dinge, die ich von den

Orten, an denen sie aktiv waren, gespürt habe – sie genießen es, uns zu foltern und wollen uns noch mehr Schaden zufügen."

Der Werwolf – Rex? Nun, ich schätzte, das war besser als „Fido" – warf dem Verschlinger einen skeptischen Blick zu. „Ich bezweifle, dass du dir darüber allzu viele Gedanken machen musst, Sonnenschein." Er sah Omen mit hochgezogenen Augenbrauen an. „Wo hast du *den* denn aufgetrieben?"

Okay, jetzt hatten sie beide Glück, dass der Dryade meinen Arm noch fest im Griff hatte. „Ich glaube nicht, dass du dich noch über uns lustig machen wirst, wenn sie euch alle holen und in ihre Zellen aus Silber und Eisen stecken", sagte ich.

„Ich habe viele Schlachten in vielen Jahrhunderten geschlagen", fügte Thorn grimmig hinzu. „Ich kann bestätigen, dass die Strategien dieser Lichtarmee unglaublich wirksam gegen unsere Art sind, selbst gegen diejenigen von uns, die stärker sind als jeder Mensch."

„Nur wenn sie uns belästigen", erwiderte Rex. „Für mich klingt es so, als wären sie hinter dir her, weil du dich mit ihnen angelegt hast. Warum riskierst du deinen Hals, wenn er abgehackt werden könnte? Alle Schattenwesen, die dumm genug sind, sich in eine Falle locken zu lassen, müssen die Konsequenzen selbst tragen."

„Wenn ihnen die leichte Beute ausgeht", begann Omen, doch seine Ausführung wurde durch ein Grunzen des Trolls unterbrochen.

Bei dem Quietschen, das darauf folgte, drehte ich ruckartig den Kopf. Heiliges Knallbonbon – während ich durch Birchs übernatürliche Behandlung abgelenkt war, hatte sich Pickle aus meiner Handtasche befreit, die ich auf den Boden gestellt hatte. Jetzt hüpfte er auf den Füßen des Trolls herum und flatterte mit seinen Flügeln, die ihn nicht mehr als ein paar Meter tragen konnten, da der Sammler sie ihm gestutzt hatte.

„Was ist *das* denn?", fragte Laz und verzog angewidert die Lippen.

„Der gehört mir", sagte ich schnell. Dann fiel mir ein, wie beleidigt Thorn anfangs darauf reagiert hatte, dass ich ein Schattenwesen als Haustier hielt. „Ich meine, weil er das beschlossen hat. Ich könnte ihn nicht loswerden, selbst wenn ich es wollte."

Ruse gluckste. „Er scheint dich zu mögen, Laz."

Der Troll versuchte, Pickle wegzutreten, doch der kleine Drache wich ihm aus, während er ihn weiterhin fröhlich anquiekte. Ein Lächeln umspielte meine Lippen. Nachdem Pickle Freundschaft mit Thorn geschlossen hatte, dachte er wahrscheinlich, dass alle großen, einschüchternden Schattenwesen ihm Speck geben würden.

„Pickle", rief ich und schnalzte mit der Zunge. Um zu demonstrieren, wer in unserer Beziehung das Sagen hatte, ignorierte mich der Mini-Drache, der nun an Laz' Hosenbein knabberte.

„Ach, komm schon. Nimm ihn hoch und streichle ihn", sagte Rex trocken. „Er akzeptiert eindeutig kein Nein als Antwort."

Der Troll bückte sich steif und hob Pickle in seine kräftigen Arme. Der Drache kletterte sofort auf seine Schulter und zwitscherte fröhlich. Laz richtete sich auf und an der Haltung seines Kiefers war ihm deutlich anzusehen, dass er sich bemühte, nicht zusammenzuzucken. Er beäugte die Kreatur misstrauisch aus den Augenwinkeln.

Ich unterdrückte ein Lachen. Also doch kein so harter Kerl, was?

Während der Dryade seine Aufmerksamkeit von meinem nun betäubten Handgelenk auf meine Schulterwunde lenkte, fuhr Omen fort. „Ich habe die Gespräche dieser Sterblichen mitbekommen. Sie werden nicht aufgeben, bis sie uns alle ausgelöscht haben. Und eines der Ziele ihrer Experimente besteht vermutlich darin, leichtere Wege zu finden, uns zu identifizieren. Sie werden euch nicht verschonen. Wir müssen schnell und hart zurückschlagen, bevor sie ihre Methoden noch weiter perfektionieren."

Rex klopfte dem Höllenhund-Wandler auf den Arm. „Ich weiß, dass du viel durchgemacht und gesehen hast, Omen, aber wir leben schon seit Jahrzehnten auf dieser Seite. Ich kenne die Sterblichen in- und auswendig. Falls sie tatsächlich Jagd auf uns machen, werden sie es bereuen. Diese Stadt gehört jetzt uns – wenn sie versuchen, sie uns wegzunehmen oder uns zu vernichten, werden wir die Straßen mit ihrem Blut besudeln." Er fletschte die Zähne zu einem grimmigen Grinsen.

„Sie nehmen bereits Schattenwesen in dieser Stadt gefangen", sagte Thorn.

„Die Wesen, die uns nicht ihre Loyalität angeboten haben, können sich entweder fügen oder gehen. Die *meisten* von ihnen verursachen ohnehin nur Ärger." Rex wandte sich wieder an Omen. „Ich weiß, dass ich in deiner Schuld stehe, doch das bedeutet nicht, dass ich mich in einen Krieg stürzen werde, den du selbst angezettelt hast."

„Sie sind diejenigen, die ihn angezettelt haben", murmelte Omen, doch ich konnte die Resignation in seinem Gesicht sehen. Er hatte mir von Anfang an gesagt, dass es keinen Sinn hatte, andere Schattenwesen um Hilfe zu bitten. Dennoch hatte er versucht, diesen Haufen zu überzeugen. Offenbar lag ihm mehr daran, dass sie am Leben blieben als ihnen selbst.

Als das schwache Pochen in meiner Schulter durch die Magie des Dryaden verschwand, stieg ein kribbelndes Gefühl in meinem Bauch auf. Die Verzweiflung ergoss sich auf meine Zunge, bevor ich mich zurückhalten konnte.

„Ist dir klar, was passiert, wenn du nur an dich und deine Freunde denkst? Eines Tages, wenn alle, die deine Hilfe gebraucht hätten, tot oder eingesperrt sind, wirst du dich umschauen und feststellen, dass es niemanden mehr gibt, der *dir* helfen kann. Nur zu, ignoriere die Leute ruhig, die sich tatsächlich mit der Bedrohung befasst haben, die du nicht sehen willst. Bestimmt weißt du *viel* besser, womit wir es zu tun haben, während du hier in deiner Tittenbar sitzt und einen auf Gangster machst."

„Wir haben hier viel mehr zu bieten als nur Titten", meldete sich der Sukkubus zu Wort, während Rex herumwirbelte.

„*Du* bist nur eine Mitläuferin, die sich einbildet, Teil von etwas Besonderem und Übernatürlichem zu sein", knurrte er. „Ich brauche keine Belehrungen von einer Sterblichen."

Ohne zu blinzeln, starrte ich ihn an. „Diese sterbliche Mitläuferin hat überlebt, als sie von einer Silberkugel getroffen wurde. Meinst du, du würdest das auch schaffen, Wölfchen?"

Ruse hielt sich die Hand vor den Mund, um ein Kichern zu verbergen.

Omen seufzte und schüttelte den Kopf. „Beachte sie nicht. Sie weiß nicht, wann es besser ist, den Mund zu halten. Ich muss noch mehr Gefallen einfordern. Wir brauchen ein Fahrzeug und eine Bleibe, wo wir keine Aufmerksamkeit auf uns ziehen. Kannst du uns diesbezüglich weiterhelfen?"

Rex drehte sich zu ihm um, ohne sich die Mühe zu machen, meine letzte Frage zu beantworten. „Ja, das kann ich. Sogar mit beidem." Er schnippte mit den Fingern. „Laz, hör auf, mit diesem Vieh zu spielen, und gib mir den Schlüssel für den Ford."

Der Troll stupste Pickle behutsam an, der daraufhin nur an seinen Fingern schnupperte und sich wahrscheinlich fragte, wann der Speck kommen würde. Thorn schritt ein und hob den Drachen von der Schulter des Trolls. Mit sichtlicher Erleichterung eilte der große Kerl davon und kam mit einem Schlüssel an einem Lederanhänger zurück.

Rex bedeutete ihm, den Schlüssel Omen zu geben. „Er

gehört dir, und wir sind quitt. Er steht auf dem Parkplatz an der Ecke King und Washington, ganz hinten links."

Omen nahm den Schlüssel und drehte sich zu den anderen um. „Ihr könnt euch hier ausruhen, während ich unser neues Gefährt hole. Nach der Nacht, die wir hinter uns haben, habt ihr euch eine Verschnaufpause verdient. Alle außer dir." Er sah mich eindringlich an. „Du kommst mit mir, bevor du noch mehr Brücken hinter dir niederbrennst."

Ich hatte sowieso keine Lust, bei diesen Trotteln zu bleiben. „Danke", sagte ich zu Birch, denn ich konnte eine höflich *und* undankbare Schlampe sein. Als ich hinter Omen aus dem Strip-Club stolzierte, freute ich mich darüber, dass ich nun wieder beide Schultern schmerzfrei bewegen konnte. Der Dryade hatte magische Fähigkeiten. Das Taubheitsgefühl in meinem Handgelenk ließ bereits nach und wenn ich es bewegte, schmerzte es nur noch ganz leicht.

Ich wartete, bis wir einen weiteren Häuserblock hinter uns gelassen hatten, bevor ich etwas auf Omens eisiges Schweigen antwortete. „Ich habe mich sowieso die *meiste* Zeit zurückgehalten. Tu nicht so, als hätte ich nicht genau das gesagt, was du auch gedacht hast."

Seine Mundwinkel zuckten. War das tatsächlich der Anflug eines echten Lächelns?

„Das stimmt", gab er zu. „Und wenn es mir etwas ausmachen würde, würde ich dich jetzt ausschimpfen. Du hast es mir erspart, es selbst zu sagen. Nicht, dass es einen Unterschied gemacht hätte. Genau deshalb habe ich nichts gesagt."

Also gut. Ich hätte es dabei belassen, denn die Stille fühlte sich zwar nicht freundschaftlich, aber zumindest weniger angespannt an. Doch Omen warf mir einen durchdringenden Blick zu. „Wenn du bereit bist, einem Haufen übernatürlicher Gangster so etwas an den Kopf zu werfen, wann wirst du mir dann von deinen Feuerkräften erzählen?"

Ich blinzelte ihn an. Verwirrung und noch etwas anderes

erfüllte mich. Etwas, das noch eisiger war als seine Augen – denn ich war nicht völlig verwirrt. „Wovon redest du?"

Das leichte Lächeln kehrte zurück, doch dieses Mal gefiel es mir nicht. „Das weißt du ganz genau. Ich war gestern Abend nicht so sehr in den Kampf vertieft, dass ich nicht bemerkt hätte, wie du die Kerze mit reiner Willenskraft angezündet hast. Du versteckst deine Kräfte gut – ich dachte schon, ich hätte mir die Hitzewelle eingebildet, die du den Mistkerlen von der Armee entgegengeschleudert hast. Die Katze ist aus dem Sack. Du bist offensichtlich kein Schattenwesen, sonst wärst du nicht immun gegen das Metall in ihren Rüstungen. Ist es Zauberei?"

Hitzewelle. Ich erinnerte mich daran, wie einer der Wächter in jener Nacht zusammengezuckt war, als ob er sich verbrannt hätte. Ich hatte das als ein seltsames zufälliges Ereignis abgetan, genauso wie die Feuer, die ich in den Häusern der Sammler gelegt hatte. Denn wenn diese Vorfälle etwas anderes als Zufall waren und etwas mit *mir* zu tun hatten, würde das bedeuten, dass es hier nicht mit rechten Dingen zuging.

„Wenn es Zauberei wäre, müsste ich eine Zauberin sein, oder?", fragte ich. „Ich habe nicht die leiseste Ahnung, wie man Schattenwesen herbeiruft, damit sie meine Wünsche erfüllen. Ich bin noch nie einem Zauberer begegnet. Tut mir leid, ich glaube, du bildest dir das nur ein. Doch, wo wir gerade von interessanten Kräften sprechen, was hat es mit der Höllenhund-Sache auf sich? Wirst du Höllenfeuer auf mich herabregnen lassen, wenn ich dich das nächste Mal verärgere?"

Ich glaubte nicht wirklich, dass er das tun würde, doch der Themenwechsel war eine hervorragende Ablenkung. Normalerweise. Denn Omen war ein ziemlicher Hund …

Verzeiht mir das schreckliche Wortspiel. Hättet ihr widerstehen können?

„Nein", antwortete er. „Obwohl, wenn du versuchst, mich

in diesem Zustand zu berühren, werde ich dir die Haut wegbrennen. Aber weißt du, über welche Kraft ich verfüge? Ich kann Angst riechen. Du glaubst nicht wirklich, dass du keine Verbindung zum Feuer hast. Du hast Angst davor, dass *mehr* dahinterstecken könnte."

Ich verschränkte meine Arme vor der Brust. „Zu deiner Information, die einzigen Dinge, vor denen ich wirklich *Angst* habe, sind Haie und dass ich im Rahmen eines Zeugenschutzprogramms an einen Ort geschickt werde, wo es keine anständigen Thai-Restaurants gibt."

„Du kannst mir erzählen, was du willst. Wenn du es leugnest, bist du allerdings fast so schlimm wie Rex und die anderen. Du könntest diese Kräfte für unsere Sache einsetzen."

„Ich habe keine *Kräfte*", entgegnete ich, wobei ich versuchte, den eisigen Schock zu unterdrücken, den seine Worte in meinem Bauch ausgelöst hatten. Ich konnte keine übernatürlichen Fähigkeiten haben. Das war nach allem mir bekannten Wissen unmöglich, und ich wusste mehr über Schattenwesen und das magische Volk als so ziemlich jeder Sterbliche. Es konnte einfach … nicht wahr sein. „Sieh mal, hier ist der Parkplatz, von dem Rex gesprochen hat. Kümmern wir uns lieber um die *wichtigen* Dinge, zum Beispiel um unser Fahrzeug."

„So einfach wirst du nicht das Thema wechseln – oh, Pech und Schwefel."

Omen blieb wie angewurzelt stehen, als er begriff, was Rex mit „Ford" gemeint hatte und damit, dass er uns sowohl mit dem Fahrzeug als auch mit der Unterkunft helfen würde. Ganz hinten auf dem Parkplatz stand ein Fahrzeug, das noch unansehnlicher war als Omens Kombi: ein klappriges, blaues Wohnmobil.

DREIZEHN

Omen

Ich konnte die Schwellen zwischen der Welt der Sterblichen und der unseren schon immer spüren, bevor sie in Sichtweite kamen. In ihrer Nähe schien die Luft zu vibrieren und es roch nach salzigem Dampf. Hier am Hafen vermischten sich diese Eindrücke mit dem Rauschen der Abendbrise über dem Fluss und dem modrigen Geruch der Algen.

Rex hatte noch mehr für uns getan, als mir sein klappriges Wohnmobil zu überlassen. Auch wenn er nicht bereit war, den Kopf für den Rest der Schattenwesen hinzuhalten, ließ er seine Leute stets nach möglichen Bedrohungen Ausschau halten. In letzter Zeit hatte er Berichte über seltsame Aktivitäten in der Nähe dieser speziellen Schwelle erhalten, die sich sehr nach dem Hinterhalt anhörten, in den ich geraten war. Die Lichtarmee wies einige klare Muster auf. Zum Beispiel jagten sie gerne in der Nähe der Schwellen, vermutlich in der Hoffnung, Schattenwesen zu erwischen, die nach dem Übergang desorientiert und leichter zu überwältigen waren.

Wir wussten nicht, wie oft die Jäger der Armee hier ihre Runden drehten, doch die bisherigen Berichte stammten alle von Donnerstagen – und alle Ereignisse hatten lange vor unserem Überfall stattgefunden, deswegen glaubte ich nicht, dass die Armee diese Information gezielt gestreut hatte, wie es vermutlich bei der Übergabe auf der Farm neulich Nacht der Fall gewesen war. Wir mussten einfach hoffen, dass wir Glück haben würden. Ich wollte Informationen von jemandem, der uns mehr über ihre Operationen erzählen konnte und der nicht nur Anti-„Monster"-Geschwätz von sich gab.

Meine Schattenwesen-Kollegen beobachteten die Gegend von den Schatten aus, bereit, mir zur Hilfe zu kommen, wenn sie etwas Verdächtiges bemerkten. Ich hatte mich dafür entschieden, in meiner menschlichen Gestalt zu bleiben und mich auf einem niedrigen Dach über einer der verfallenen Fabrikhallen zu postieren, um meine sterbliche Verbündete ein wenig in die Mangel nehmen zu können.

Die besagte Verbündete hockte neben mir auf der niedrigen Ziegelmauer, die das Dach säumte. Sorsha bewegte ihr schlankes Handgelenk, als könne sie immer noch nicht ganz glauben, dass Birch es geheilt hatte.

Obwohl sie wusste, dass Magie existierte und sogar von einem Schattenwesen großgezogen worden war, war es für sie befremdlich, sie in der Praxis zu sehen. So befremdlich, dass sie entschlossen abstritt, dass sie selbst über magische Kräfte verfügte.

Ich wusste, was ich gesehen hatte – nicht nur während des Angriffs in der Hütte, sondern auch als wir aus der Laboranlage der Armee geflohen waren und am Tag danach, als ich sie mit der brennenden Hose getestet hatte. Der Effekt war so gering gewesen, dass ich verstehen konnte, dass sie versuchte, ihn anderweitig zu erklären. Auch ich hätte es fast wegdiskutiert, nachdem mein Schnitt in ihrem Arm menschliches Blut und nicht den Rauch eines gut getarnten Schattenwesens zum Vorschein gebracht hatte. Keiner meiner anderen Tests hatte sie dazu veranlasst, absichtlich Magie einzusetzen – oder mir das Dilemma erleichtert, zu entscheiden, was ich mit ihr anstellen sollte.

Doch dann war die Sache mit der Kerze passiert. Und an ihrer Reaktion, als ich sie damit konfrontiert hatte, hatte ich gemerkt, dass sie wusste, dass sie kein gewöhnlicher Mensch war, so sehr sie es auch leugnen wollte. Ich musste es ihr nur auf eine Weise demonstrieren, dass sie es nicht abstreiten konnte.

Zuerst musste ich herausfinden, wie diese Kräfte überhaupt ausgelöst wurden, denn sie schien sie nicht bewusst zu aktivieren.

„Sag nichts", sagte sie, bevor ich auch nur den Mund geöffnet hatte. „Ich weiß, warum du dich entschieden hast, mich mitzunehmen, also solltest du wissen, dass ich lieber einen Tiger mit der Zunge sauberlecken würde, als weiter darüber zu reden."

„Witzig, dass du glaubst, du könntest dir aussuchen, worüber ich rede", erwiderte ich. Wenn das Universum es für nötig hielt, mir eine Geheimwaffe mit unberechenbaren Kräften zu schicken, hätte es dann keine weniger großmäulige sein können? „Wir könnten es heute Abend wieder mit der Lichtarmee zu tun bekommen. Leuten, die es darauf abgesehen haben, Schattenwesen zu fangen. Willst du wirklich die Hände in den Schoß legen und die machtlose Sterbliche spielen, während sie mit ihren Netzen und Peitschen auf uns losgehen?"

Sie warf mir einen Blick zu, der genauso feurig war wie ihr rotes Haar. „Ich habe nie die *Machtlose* gespielt. Ich habe nur einfach keine besonderen Kräfte, egal wie gerne du das glauben würdest."

„Hast du es überhaupt jemals wirklich versucht? Warum

versuchst du nicht, diesen Stock in Flammen zu setzen?" Ich nickte zu dem Haufen aus Schutt und Ästen auf dem Boden.

„Warum werfe ich ihn nicht und du holst ihn dir, Höllenhündchen?"

Das Schlimmste an dieser Beleidigung war, dass sie tatsächlich meinen inneren Höllenhund zum Vorschein brachte. Meine Nackenhaare sträubten sich und meine Lippen verzogen sich zu einem Knurren, bevor ich mein Temperament zügelte.

Sie entfachte alle möglichen Arten von Feuer. Ich hatte viel Zeit damit verbracht, meine Wildheit zu zügeln. Ich würde *nicht* zulassen, dass eine aufmüpfige Menschenfrau all diese Bemühungen im Laufe einer Woche zunichtemachte. Es war schon schlimm genug, dass sowohl sie als auch meine Schattenwesen-Kollegen meinen Wutanfall mitbekommen hatten, als sie mich aus meiner Gefängniszelle befreit hatten. Das würde ich nicht auf sich beruhen lassen, bis ich unter Beweis gestellt hatte, wie sehr ich mich und *sie* unter Kontrolle hatte.

Ich hatte es nicht genossen, sie zurechtzuweisen, doch manchmal war Strenge ein notwendiger Bestandteil von Führung. Wenn sie mich nicht als vollwertigen Anführer sahen, würden sie vielleicht zögern, meine Befehle zu befolgen, wenn viel davon abhing. Ich hatte meine derzeitige Existenz nicht dieser Sache gewidmet, um zuzusehen, wie meine Bemühungen scheiterten, weil ich Freundlichkeit über Autorität stellte.

Außerdem wäre die Sterbliche keine Geheimwaffe mehr, wenn ich mein Temperament mit mir durchgehen ließe und sie einäscherte.

Bevor ich eine vollkommen ruhige und kontrollierte, aber dennoch vernichtende Antwort formulieren konnte, tauchte Snap aus der Dunkelheit auf. „Männer", keuchte er atemlos. „Mit Lichtarmee-Schutzkleidung. Sie bewegen sich in Richtung des Hafens östlich der Schwelle."

Ich blickte in die besagte Richtung. Hinter dem Schein der nächsten Straßenlaternen schlichen ein paar Gestalten durch die Dunkelheit und verschwanden auf den verlassenen Booten, die an den Docks festgemacht waren. Wie es aussah, hatten sie vor, sich dort zu verstecken, während sie vermutlich nach Wesen Ausschau hielten, die über die Schwelle in die Welt der Sterblichen kamen. Meine Miene verfinsterte sich.

Als sie mich gefangen genommen hatten, waren sie so viele gewesen, dass sie mich problemlos überwältigt hatten. Diesmal hatten wir den Vorteil der Überraschung auf unserer Seite, doch das war keine Garantie für den Sieg. Außerdem hatten sie in der Hütte gezeigt, dass sie eine gewaltige Bedrohung darstellten. So sehr ich es auch gehasst hatte, vor allem nach dem, was sie Betsy angetan hatten, konnten wir in dem Moment nichts anderes tun als den Schwanz einzuziehen und abzuhauen.

Hier konnten wir mit dem Fluss arbeiten. Diese Westen und Helme waren ziemlich schwer – die Männer würden bestimmt nicht darin schwimmen gehen wollen. Ich legte den Kopf schief und dachte über die Möglichkeiten nach.

„Geh mit Thorn und Ruse im Schatten um den Steg herum und zu den Booten. Schneidet sie los und dann schiebt die beiden hinteren in die Mitte des Flusses, sodass sie den Steg nicht erreichen können, und das vordere in diese Richtung, ans Ufer. Wir werden ihnen einen schönen Empfang bereiten." Ich winkte Sorsha zu. „Komm mit."

Nachdem Snap verschwunden war, eilten wir zur Treppe. „Ein paar Flammen auf dem Boot würden unsere Feinde noch mehr davon ablenken, auf uns zu schießen oder uns aufzuschlitzen", sagte ich. „Ist es dir wirklich so wichtig, dich selbst davon zu überzeugen, dass du keine Kräfte hast, dass du es nicht einmal versuchen willst."

Sorshas Augen blitzten mich in der Dunkelheit an, doch bei ihrem nächsten Protest glaubte ich, einen Hauch von

Zögern in ihrer Stimme zu hören. „Ich denke, es ist besser, wenn ich mich auf die Möglichkeiten konzentriere, wie ich tatsächlich helfen kann, anstatt auf imaginäre Superkräfte."

„Schon komisch, ich könnte dich für so viele Dinge kritisieren, doch für einen Feigling hätte ich dich nicht gehalten."

Ihre Schultern spannten sich an. Der Schlag hatte gesessen. Hoffentlich würde er sie anspornen.

Wir schwiegen vorsichtshalber, als wir aus der Fabrik traten und an der Seite des bröckelnden Backsteingebäudes auf das Wasser zugingen. Sobald wir die Werft erreicht hatten, die zwischen uns und dem Fluss lag, ertönten vom Dock aus Rufe. Meine Jungs hatten sich an die Arbeit gemacht.

Rasch eilte ich über den Hof und ging davon aus, dass Sorsha mir folgen würde, da sie fest entschlossen war, auf die eine oder andere Weise zu helfen. Im schwachen Licht konnte ich das Motorboot ausmachen, das über das Wasser auf uns zusteuerte. Drei Gestalten kletterten hinüber, eine von ihnen zerrte an der Kette des Motors, der ein letztes Mal keuchend nach Benzin röchelte und dann wieder erstarb.

Eine andere schwang eine Pistole. Um ihn würde ich mich zuerst kümmern.

„Du kennst den Plan", sagte ich zu Sorsha. „Also versuche, etwas beizutragen."

Sie starrte auf das Boot, doch falls sie versuchte, ein Feuer zu entfachen, konnte ich bisher nicht einmal einen Funken sehen. Na schön. Wir konnten das auch ohne ihre magische Hilfe schaffen. Schließlich war das *unser* Fachgebiet.

Das Boot hatte sich gerade auf Sprungweite genähert, als ich das Ende des betonierten Hofes erreichte. Einer der Männer stieß bei meinem Anblick einen Schrei aus, doch ich war bereits abgesprungen.

Ich stürzte mich auf den Mistkerl mit der Pistole und schlug ihm die Waffe aus der Hand. Sie fiel ins Wasser und einen Augenblick später tauchte Thorn neben mir auf. Er warf einen anderen der Männer zu Boden, ein paar Meter von der Stelle entfernt, an der Sorsha zum Stehen gekommen war.

Der Mann landete mit einem Grunzen auf der Seite, doch er schien robuster zu sein, als er aussah. Ruse tauchte mit einer unserer Bleiabschirmungen auf und Sorsha bückte sich, um ihm den Helm abzunehmen, doch der Bastard holte so schnell mit seinem Bein aus, dass er es schaffte, ihr in die Kniekehle zu treten. Stolpernd wich sie seinem nächsten Schlag aus und schlitterte über die glatte Metallkante, die über das Wasser ragte.

Mit einem Aufschrei und einem Platschen fiel sie ins Wasser, das sie sofort verschluckte. Thorn rammte einem der anderen Männer seine Faust ins Gesicht, zertrümmerte ihm den Schädel und drehte sich, um ihr hinterherzuspringen, doch Sorsha hatte sich bereits wieder an die Oberfläche gekämpft. Mit einem wütenden Zischen griff sie nach einem Pfosten, um sich aus dem Wasser zu ziehen.

Ruse hatte es geschafft, den ersten Mann unter der Abschirmung zu fixieren. Der, den ich entwaffnet hatte, sprang ans Ufer. Er streckte die Hand nach Sorsha aus, als sie ihre Beine aus dem Wasser schwang und mit dem Arm nach ihm ausholte – und in diesem Moment bemerkte ich einen glühenden Funken am Kragen seines Hemdes.

In der einen Sekunde war er da und in der nächsten wieder verschwunden. Ich war mir nicht sicher, ob Sorsha ihn überhaupt bemerkt hatte. Ein Grinsen breitete sich in meinem Gesicht aus – sowohl wegen des Funkens als auch wegen des knirschenden Geräusches, das ertönte, als Thorn den Bastard einen Augenblick später niederschlug.

Sorsha richtete sich auf. Ihr nasses Shirt klebte an ihrer Brust und ihren Hüften und betonte jede Kurve ihres athletischen, jedoch offenkundig weiblichen Körpers, und eine andere Art von Hitze stieg in mir auf.

Sie war wirklich eine Augenweide. *Das* stand außer Frage.

Sie konnte in der Tat alle möglichen Arten von Funken entzünden. Doch ich hatte kein Interesse daran, diesen bestimmten Funken nachzugehen. Sie hatte schon genug Schattenwesen in ihren Bann gezogen.

Ich deutete auf den Mann, den wir gefangen hatten. „Seine Kollegen werden jeden Moment bei uns sein. Nehmt ihm das Eisen und das Silber ab und dann nichts wie weg von hier!"

VIERZEHN

Sorsha

Unser zweites Verhör hielten wir im Hinterzimmer eines Vergnügungsparks ab. Der Sommerjahrmarkt hatte vor ein paar Tagen seine Pforten geschlossen, doch es waren noch genügend Wohnwagen und Stände auf dem Gelände, sodass das Wohnmobil nicht auffiel.

Omen ging vor dem Stuhl auf und ab, auf dem unser nun absolut kooperationsbereite Gefangener saß. „Der Hafen, die Brücke im Park und das Erdbeerfeld im Süden der Stadt. Sind das wirklich die einzigen Schwellen, die deine Leute regelmäßig überprüfen? Nie weiter außerhalb?"

Der Mann von der Lichtarmee legte seinen Kopf schief und runzelte konzentriert die Stirn. Nachdem Ruse länger auf ihn eingeredet hatte, hatte es ihn nicht einmal gestört, dass seine Arme und Beine an den Stuhl gefesselt waren. Auf diese zusätzliche Vorsichtsmaßnahme hatte Omen bestanden.

„Ich bin einmal mit den Jungs in eine Stadt nördlich von

Pittsburgh gefahren", antwortete unser Gefangener, „das würde ich allerdings nicht als regelmäßig bezeichnen. Die Überwachung der drei üblichen Schwellen nimmt schon jede Menge Zeit in Anspruch. Wir fangen zwar nicht viele Monster, aber die Armee ist zufrieden mit dem, was wir ihnen liefern."

Ein Hauch von Frustration schlich sich in die Stimme des Höllenhund-Wandlers. „In Ordnung. Gehen wir alle hohen Tiere der Armee durch, mit denen du zu tun hattest. Namen und Beschreibungen."

„Das macht es so viel einfacher, euch zu helfen", fügte Ruse schmeichelnd hinzu und gab Omen mit einem warnenden Blick zu verstehen, dass er nicht zu schroff mit seinen Fragen werden sollte.

Pickle und ich beobachteten das Geschehen jenseits des Scheins der Glühbirne, die von der Decke baumelte. Mein Mini-Drache hüpfte von einer Schulter zur anderen, wobei er immer wieder seine Krallen ausfuhr und nervös mit dem Schwanz wedelte. Die Spannung, die den Raum erfüllte, ging größtenteils von unserem Anführer aus. Nach allem, was wir riskiert hatten, erwies sich dieser Gefangene als nicht viel nützlicher als der Erste.

Mein Handy vibrierte in meiner Tasche. Erleichtert über die Ausrede, den Raum verlassen zu können, trat ich in die Abendluft hinaus. Es machte keinen Spaß, den Idioten der Armee zuzuhören, wie sie über die Ausrottung von „Monstern" schwafelten – und obwohl sie alle voreingenommene und potenziell mörderische Arschlöcher zu sein schienen, machte es mich nervös, sie stundenlang in diesem verzauberten Dämmerzustand zu sehen.

Ich hatte meinen Schutzanstecker an mein Unterhemd geheftet, um potenzielle übernatürliche Kräfte abzuwehren, und vertraute darauf, dass Ruse seine sowieso nicht bei mir einsetzte, auch wenn er es unter bestimmten Umständen tun *könnte*. Genauso wie er es in den letzten Wochen im Dienste unserer Sache mindestens ein paar Mal bei unschuldigen Menschen getan hatte, die keine Ahnung hatten, dass Schattenwesen überhaupt existierten.

Das Display des Telefons leuchtete in der zunehmenden Dunkelheit. Es war Vivi. Mein Herz machte einen Sprung. Mit dem Handy am Ohr trat ich gegen eine zerknitterte Einkaufstüte und wanderte weiter über den trostlosen Betonplatz, auf dem ein paar Tage zuvor noch ein Riesenrad gestanden hatte.

„Hey, Vivi. Ist alles gut gelaufen?"

„Oh, ja. Sie haben meinen formellen Auftritt gefressen, als wäre ich Kaviar mit einer Kirsche obendrauf. Ich habe dir doch gesagt, dass ich gut mit Menschen umgehen kann."

„Das hast du", stimmte ich zu, und ich wusste, dass es wahr war. Die Leute schienen auf Vivis gelassene Art genauso anzuspringen wie auf Ruse' Charme. Sie war heute Nachmittag auf einer Benefizveranstaltung gewesen. Aufgrund der Verbindungen des Bundes, und der Informationen, die wir von unserer Hackerin erhalten hatten, waren wir uns ziemlich sicher, dass es sich um eine Tarnung der Lichtarmee handelte. „Also hat niemand unangenehmen Fragen gestellt?"

„Nein. Ich kenne diese Leute – sie sind genauso wie die, mit denen mein Onkel geplaudert hat, als er für ein Staatsamt kandidiert hat. Solange man so aussieht, gehen sie davon aus, man wäre genauso wohlhabend und einflussreich wie sie. Und sie reden gerne. Ich glaube, ich habe ein paar Leckerbissen aufgeschnappt, die deinem Team nützlich sein könnten."

Mit einem Schlag war ich hellwach und ignorierte Pickle, der an meinem Ohr knabberte. „Ach, ja? Was hast du erfahren?"

„Ich habe mich mit ein paar Mitarbeitern vom Catering angefreundet, die mich einen Blick in ihre Unterlagen haben werfen lassen, um den Rechnungsnamen und die -adresse zu überprüfen. Keine Ahnung, ob dir das weiterhilft, aber ich denke, es lohnt sich, dem nachzugehen. Außerdem habe ich Fotos von ihrer Diashow gemacht. Sie haben behauptet, sie würden Geld für ein Behandlungszentrum für krebskranke Kinder sammeln. Vielleicht sollten Ellen und Huyen ihren ‚Keine-Lügen'-Ansatz für *unsere* Spendenaufrufe mal überdenken, denn das scheint wirklich zu ziehen …"

„Was war auf den Dias zu sehen?"

„Genau, ja." Vivi lachte über sich selbst. „Ich habe mich gefragt, ob sie vielleicht Bilder von ihren echten Gebäuden verwendet haben. Schließlich wollen sie bestimmt nicht, dass jemand ein Gebäude erkennt, der zufällig weiß, dass es keine Krebsbehandlungseinrichtung ist. Also habe ich mit meinem Handy so viele Fotos wie möglich geschossen. Ich schicke sie dir zusammen mit den Rechnungsinformationen per E-Mail. Ich weiß, es ist nicht viel, doch ich wollte beim ersten Mal nicht zu aufdringlich sein."

„Du solltest generell nicht aufdringlich sein", erinnerte ich sie, doch trotz der trostlosen Atmosphäre um mich herum hatte sich ein Lächeln auf meine Lippen geschlichen. Wir waren dabei, ein richtiges Team zusammenzustellen. Wenn wir genug Leute, sowohl Sterbliche als auch Schattenwesen, auf unserer Seite hatten, würde die Armee irgendwann keine Chance mehr haben.

„Ich weiß, ich weiß. Sicherheit geht vor. Ich habe herausgefunden, dass sie nächsten Monat eine weitere Veranstaltung abhalten, also kann ich versuchen, noch mehr Spuren zu finden – natürlich auf eine vollkommen unaufdringliche Art und Weise."

„Perfekt." Nächsten Monat – das kam mir wie eine Ewigkeit vor. Natürlich kam es mir auch wie eine Ewigkeit vor, seit mein Schattenwesen-Trio in mein Leben getreten war. Ich hatte bereits eine Wohnung, die meisten meiner Habseligkeiten und meine Gewissheit darüber, wer ich war, verloren.

Dieser Gedanke führte mich direkt zurück zu den Andeutungen, die Omen gemacht hatte. Das Letzte, worüber ich mir Gedanken machen wollte. Während ich mein Unbehagen abschüttelte, redete Vivi weiter.

„Außerdem war ich in unserer Lieblingsbar und eine gewisse Dame will dringend mit dir sprechen. Um was es auch gehen mag, es scheint wohl so wichtig zu sein, dass sie es dir persönlich sagen will. Sie möchte, dass du dich heute Abend um halb zwölf im FoodMart fünf Blocks östlich von ihrem Haus mit ihr triffst."

Jade wollte sich in einem Lebensmittelladen mit mir treffen? Nun, ich hatte mich in letzter Zeit an merkwürdigeren Orten aufgehalten … zum Beispiel jetzt, dachte ich, während ich zu dem riesigen Clownsgesicht an der Fassade des Vergnügungsparks aufschaute. Womöglich hatte das Schattenwesen etwas herausgefunden. Ich überprüfte die Uhrzeit auf meinem Handy. „Das schaffe ich. Danke, dass du mir Bescheid gesagt hast."

„Wenn ich dir in der Zwischenzeit irgendwie helfen kann …"

„Ich weiß, ich weiß. Du bist ganz wild darauf, mitzumachen." Allerdings war ich nach wie vor nicht sonderlich erpicht darauf, meine beste Freundin noch tiefer mit in das Geschehen hineinzuziehen, so abenteuerhungrig sie auch sein mochte. „Ich halte dich auf dem Laufenden."

Ich schlenderte um das Gruselkabinett herum und schlüpfte gerade noch rechtzeitig durch die Hintertür, um zu sehen, wie Thorn seine Faust in das lächelnde Gesicht unseres Gefangenen rammte.

Rammen war genau das richtige Wort. Seine kristallinen Knöchel bohrten sich mit einem ekelerregenden, nassen Knirschen in die Stirn und die Nase des Mannes und noch mindestens ein paar Zentimeter weiter in seinen Schädel. Der Mann, der noch immer an den Stuhl gefesselt war, sackte in sich zusammen. Dabei hatte er nicht einmal eine Bedrohung dargestellt.

Mir drehte sich der Magen um. „Was zum Teufel!? Seit wann wollten wir ihn umbringen?"

Thorn wich zurück, Blut tropfte von seiner Hand auf den Boden, und sein Mund verzog sich, als er mich sah. Omen, der den Befehl gegeben haben musste, zuckte neben ihm nur lässig mit den Schultern.

„Er war ein völkermordender Bastard, der alle Schattenwesen vernichten wollte", erklärte er. „Er hat alles ausgespuckt, was er wusste, und einige seiner Kollegen haben gesehen, wie wir ihn geschnappt haben – sie hätten nie geglaubt, dass er entkommen ist. Soweit wir wissen, hätten sie ihn sowieso getötet, weil er eine Niete ist. Auf diese Weise landet er am selben Ort, ohne etwas über uns zu verraten."

Aus dem Schädel des Gefangenen quollen noch immer Teile seines Gehirns hervor, die sich auf dem Betonboden verteilten. Ich wandte meinen Blick ab und schluckte die Galle hinunter, die in meiner Kehle aufstieg.

Omen hatte nicht ganz unrecht. Die Armee hatte schon öfter ihre eigenen Leute ermordet, weil sie die Organisation ohne eigenes Verschulden gefährdet hatten. Außerdem hatte Thorn in den letzten Wochen schon mehrere Mitglieder der Armee getötet. Da sie bei diesen Gelegenheiten versucht hatten, uns zu ermorden, war es mir nur leichter gefallen, mein Abendessen bei dem Gedanken bei mir zu behalten.

„Ich muss in etwa einer Stunde in die Stadt", sagte ich. „Ich denke, ich werde mir bis dahin ein wenig die Beine vertreten." Ich machte auf dem Absatz kehrt und ging wieder nach draußen, bevor noch mehr von dem fleischigen Gestank meine Nase erreichen konnte.

Das Herumschlendern auf dem leeren Jahrmarktgelände verbesserte meine Stimmung nicht wirklich. Ich versuchte mein Glück mit weggeworfenen Getränkedosen an einem Büchsenwerf-Stand, der noch nicht abgebaut worden war, während Pickle an einer Imbissbude die leeren Regale nach Leckereien durchstöberte. Auch wenn mich die Beanspruchung meiner Muskeln ein wenig ablenkte, gelang es mir nicht, das nagende Unbehagen in meinem Hinterkopf abzuschütteln.

Ich ließ meine Stimme über den betonierten Platz schallen und versuchte, mich mit einem Lied der Pet Shop Boys aufzuheitern, doch nicht einmal das half.

Mein Leben bestand plötzlich aus Mord und Totschlag und schlaflosen Nächten. Womöglich würde es sich doch nicht so schnell wieder normalisieren – vielleicht sogar nie mehr.

Während der Jagd auf Omens Entführer war es einfacher gewesen, nicht über langfristige Pläne nachzudenken. Damals hatten wir nicht gewusst, mit wem wir es zu tun hatten, und ich hatte keine Ahnung gehabt, ob ich in ein paar Tagen überhaupt noch am Leben sein würde. Es war einfacher gewesen, mich nicht zu fragen, ob ich überhaupt für ein normales menschliches Leben bestimmt war, als noch kein unausstehlich herrschsüchtiges Schattenwesen darauf bestanden hatte, dass ich übernatürliche Kräfte besaß.

Doch das war unmöglich, *oder*? Wieder spürte ich ein unbehagliches Flattern in meiner Brust, doch die Erinnerung daran, dass Omen mich einen Feigling genannt hatte, verstärkte meine Entschlossenheit. Ich betrachtete eine zerfledderte Popcorntüte, die über den Boden wehte, und stellte mir vor, wie sie in einer Flammenwolke aufging.

Brenn. Brenn!

Doch nicht einmal ein klitzekleiner Funke war zu sehen. Mit einem Anflug von Erleichterung, der in der Tat ein wenig feige war, schüttelte ich den Kopf.

Natürlich konnte ich eine leere Verpackung nicht mit meiner Willenskraft in Brand setzen. Was den Rest betraf ... dabei musste es sich um eine Aneinanderreihung von Zufällen handeln. Verdammt, wenn man so mit dem Feuer spielte wie ich, war es dann wirklich überraschend, dass ab und zu seltsame Dinge passierten?

Schließlich führte mich mein rastloses Umherwandern zurück zu dem Gruselkabinett von vorhin. Als ich an einem altmodisch aussehenden Pick-up vorbeikam, den jemand zwischen dem Gebäude und der mittlerweile verlassenen Gokartbahn abgestellt hatte, hörte ich Stimmen. Ich hielt inne, um zu lauschen. Wie sollte ich dieser Versuchung nach meinem langjährigen Langfinger-Dasein auch widerstehen?

Die erste Stimme war die von Thorn, die noch düsterer klang als sonst. „… einen nach dem anderen und es scheint kaum einen Unterschied zu machen."

„Langsam kommen wir der Sache näher", antwortete Omen. „Selbst ich wusste nicht, wie komplex diese tödliche Verschwörung ist. Doch unsere Beharrlichkeit wird sich auszahlen und schließlich wird es uns gelingen, sie auszuschalten."

„Das ist nicht die Art von Krieg, an die ich gewohnt bin. Und *sie* sind nicht die Art von Gegnern, gegen die ich es gewohnt bin, anzutreten. Leute, die so fröhlich mit uns plaudern, als wären wir ihre Kameraden …"

„Nur weil sie nicht so kämpfen wie die Armeen aus vergangenen Zeiten, sind sie nicht weniger gefährlich. Wenn überhaupt macht sie das nur noch gefährlicher, meinst du nicht? Wenn sie in einer Horde mit schwingenden Schwertern auf uns zustürmen würden, würdest du im Handumdrehen Hackfleisch aus ihnen machen, und fertig."

„Das ist wahr."

Bei dem Gedanken, dass Omen Thorn dazu drängen könnte, gegen sein Gewissen zu handeln, sträubten sich meine Nackenhaare. Dann senkte der Gestaltwandler die Stimme.

„Ich weiß es wirklich zu schätzen, was du für mich und diese Sache schon alles getan hast, alter Freund. Ich hätte dich nicht aus deiner Abgeschiedenheit geholt, wenn ich nicht glauben würde, dass du jetzt viel mehr Menschen retten kannst, als damals überhaupt in Gefahr waren. Nicht, dass *ich* glaube, dass du irgendjemandem noch mehr schuldest, als du vor all den Äonen gegeben hast. Mir bist du definitiv nichts schuldig. Solange du bei uns bleibst, machen wir die Dinge auf meine Art – doch wenn *du* etwas von mir brauchst, was dir das Bleiben einfacher machen würde, musst du es nur sagen."

Thorn seufzte. „Es kommt mir vor, als ob die Zeit wie im Flug vergeht und gleichzeitig so wenig davon vergangen wäre. Jemand muss sich für unsere Art einsetzen, und ich bin besser dafür geeignet als die meisten anderen. Ich würde mir nur einen klareren Weg wünschen, wenn es einen gäbe."

„Würden wir das nicht alle?", fragte Omen glucksend, bevor er innehielt. „Was meinst du, wie die anderen zurechtkommen? Du hast mehr Zeit mit ihnen verbracht als ich." Zu meiner Überraschung klang er so, als wäre er aufrichtig um Ruse' und Snaps Wohlergehen besorgt und nicht nur darum, wie gut sie seine Befehle ausführten.

Thorn brauchte einen Moment, bevor er antwortete. „Der Inkubus ist schwer zu durchschauen, doch es scheint ihm gut zu gehen. Vielleicht sogar ein bisschen *zu* gut. Der Verschlinger ist ruhig, solange er nicht auf seine starken Kräfte angesprochen wird. Er ist widerstandsfähiger, als ich gedacht hätte."

„Gut. Wenn du das Gefühl hast, dass einer von ihnen schwächelt, lass es mich wissen. Ich habe diesen Kreuzzug nicht begonnen, um die einzigen Schattenwesen zu ruinieren, die mir zur Seite steht."

Heiliger Schluckauf, der Boss hatte also doch ein Herz und ein Gewissen. Was würde er wohl über *mich* sagen, wenn er dachte, dass ich ihn nicht hören konnte?

So gern ich dieser Neugierde nachgegeben hätte, ich musste zu einem geheimen Treffen. Ich schlenderte um den Pick-up herum, als wäre ich gerade erst angekommen.

Omens Gesichtsausdruck wurde bei meinem Anblick sofort ernst. Thorn richtete sich auf, als ob er nach den Zweifeln, die er gegenüber seinem Boss geäußert hatte, besonders imposant aussehen wollte, doch seine Größe schüchterte mich schon seit Tagen nicht mehr ein. Meistens zumindest nicht.

„Ich muss in die Stadt", erklärte ich. „Eine Freundin hat wichtige Neuigkeiten für mich, die sie mir scheinbar nicht am Telefon mitteilen kann. Wer fährt mich?"

Ich hatte nicht wirklich damit gerechnet, dass Omen sich freiwillig melden würde, ganz gleich, wie viel Verständnis sich hinter seiner autoritären Haltung verbarg. „Ruse", bellte er. „Die Sterbliche braucht jemanden, der dieses Menschenfahrzeug fährt."

„Hey", sagte ich. „Wir können nicht alle alles können. Im Gegensatz zu einigen von euch existiere ich erst seit siebenundzwanzig Jahren, und elf Jahre davon wäre ich fürs Autofahren in den Jugendknast gekommen."

Omen ignorierte meinen Versuch, meine Ehre zu verteidigen. Als Ruse neben dem Wohnmobil auftauchte, winkte der Höllenhund-Wandler Thorn zu. „Du gehst auch. Pass auf, dass unsere Chaos-Queen keine neuen Katastrophen auslöst."

Snap steckte seinen Kopf aus der Tür des Gruselkabinetts. „Ich ..."

„Du", fiel Omen ihm ins Wort, „wirst diese Leiche untersuchen, so wie du es mit dem Mann getan hast, der dich zu meinem Gefängnis geführt hat. Vielleicht ist er jetzt, wo er tot ist, etwas informativer. An die Arbeit!"

Snap warf mir einen entschuldigenden Blick zu, doch er konnte nicht behaupten, dass er mir mehr Schutz bieten könnte als der Krieger. Ich stieg auf der Beifahrerseite des Wagens ein, während Thorn in den Schatten im hinteren Teil verschwand, wo sich zwei gepolsterte Bänke befanden, von denen mir eine heute Nacht als Bett dienen würde, sowie verschiedene Schränke, in denen Pickle herumstöberte.

Ruse zog eine Augenbraue hoch. „Was haben wir heute Abend vor?"

„Die aufregende Kunst des Lebensmitteleinkaufs", antwortete ich.

„Hmm. Vielleicht ist das hier doch eher Snaps Spezialgebiet."

Trotz seiner Witzeleien schaltete er das Radio ein und machte sich ohne ein weiteres Wort auf den Weg in Richtung Stadtzentrum. Als ich hier und da eine ironische Bemerkung über die vorbeiziehenden Gebäude machte, lächelte er und antwortete knapp, schien jedoch ausnahmsweise nicht zum Flirten aufgelegt zu sein.

Am meisten redete er, als er mich bat, unsere Hackerin anzurufen und sie auf Lautsprecher zu stellen, damit er seinen übernatürlichen Einfluss verstärken konnte, bevor ich ihr die Adresse und die Fotos schickte, die ich von Vivi erhalten hatte. „Alles, was du herausfinden kannst, und so schnell wie möglich", sagte er, wobei seine Stimme vor Charme triefte. „Deine Hilfe ist wirklich von unschätzbarem Wert."

Als ich den Hörer auflegte, musterte ich ihn aus den Augenwinkeln. Vielleicht bedeutete diese neue Zurückhaltung der letzten Tage, dass er begann, unsere aktuelle Situation ernster zu nehmen, als Thorn ihm zugetraut hatte.

Oder vielleicht war er trotz des anfänglichen Flirtens und der Hitze, die ich vor ein paar Nächten in der Scheune zwischen uns zu spüren geglaubt hatte, bereits von meiner sterblichen Gesellschaft gelangweilt. Immerhin war er vor mir mit wer weiß wie vielen anderen Frauen zusammen gewesen, und es lag nicht in seiner Natur, danach noch bei ihnen zu verweilen, um zu plaudern. Vermutlich sollte ich mich geehrt fühlen, dass er mir überhaupt so viel Aufmerksamkeit geschenkt hatte.

Doch um ehrlich zu sein, wurde das unangenehme Gefühl in meiner Magengrube dadurch nur stärker. Nennt mich gierig, aber tatsächlich schien *ich* die Mitglieder meines Trios mehr zu mögen, als gut für mich war.

Jegliche Sorge über Ruse' Interesse an mir oder dessen Fehlen verflog, als die beleuchteten Fenster des FoodMart vor mir in Sicht kamen. Der Lebensmittelladen in der Innenstadt nahm einen halben Häuserblock ein und war von den frühen Morgenstunden bis Mitternacht geöffnet. Ich vermutete, dass selbst Jade ihn nicht nur für geheime Treffen nutzte. Auch wenn Schattenwesen nicht essen *mussten*, genossen viele von ihnen ab und zu eine leckere Mahlzeit. Trotzdem fiel es mir schwer, mir die schlanke Barbesitzerin mit den grünen Haaren inmitten der Gänge mit Gemüsekonserven und Gläsern mit Nudelsauce vorzustellen.

Doch da war sie. Ich entdeckte sie nur wenige Sekunden, nachdem ich den Laden betreten hatte, während Ruse und Thorn mir unsichtbar in den Schatten folgten. Ihr dunkles Haar sah in dem künstlichen Licht fast schwarz aus.

Sie sah mir kurz in die Augen, bevor sie weiter den Gang entlangging und die Müslipackungen in Augenschein nahm. Lucky Charms waren im Angebot – was für ein Glück! Ich nahm eine Packung in die Hand und tat so, als wäre ich in die Nährwertangaben vertieft. Welche Vitamine steckten wohl in diesen Marshmallows?

„Was gibt's?", fragte ich leise.

Jade drehte sich um und nahm ein Glas Erdnussbutter in die Hand. „Ich weiß, das ist lächerlich, aber neulich waren ein paar Sterbliche in der Bar und haben ziemlich gezielte Fragen gestellt. Ich denke, du solltest dich lieber vom Fountain fernhalten, bis die Situation geklärt ist, in die du da reingeraten bist."

Mir rutschte das Herz in die Hose. Ich hatte schon

vermutet, dass sich die Lichtarmee im Jade's Fountain nach mir erkundigt haben könnte, doch ich wollte ihr nicht noch mehr Ärger bereiten. „Alles klar. Ich werde mich dort nicht mehr blicken lassen, bis es wieder sicher ist."

„Ich habe auch ein paar – na ja, möglicherweise gute – Neuigkeiten. Gestern waren ein paar Stammgäste da, die sich über einen Konflikt mit den Sterblichen unterhalten haben, und ich habe ihnen erzählt, dass du an so etwas dran bist. Sie schienen sehr an einer Zusammenarbeit interessiert zu sein. Ich überlasse dir die Entscheidung, ob du mit ihnen in Kontakt treten willst. Hier ist Glistens Nummer."

Ein Schattenwesen namens Glisten? Was für ein schillerndes Wesen würde das wohl sein?

„Danke", antwortete ich, als sie mir verstohlen einen Zettel zusteckte.

Jades Mundwinkel zuckten nach oben. „Bedank dich erst, wenn du sie kennengelernt hast. Sie könnten nützlich sein. Pass gut auf dich auf."

Damit stellte sie die Erdnussbutter zurück ins Regal und verließ den Supermarkt. Ich starrte noch einige Sekunden lang sehnsüchtig auf die Lucky Charms-Schachtel, die allerdings für Leute gedacht war, die Dinge wie Schüsseln und Löffel und Kühlschränke hatten, in denen man Milch aufbewahren konnte. Also Leute, zu denen ich im Moment nicht gehörte. Seufzend stellte ich sie ins Regal zurück und machte mich auf den Weg zur Tür.

Als ich vor den Kassen um die Ecke bog, blieb ich wie angewurzelt stehen und mir gefror das Blut in den Adern.

Ein schlaksiger Mann mit zerzaustem schwarzem Haar überreichte der Frau am Schalter gerade seine Kreditkarte. Ein Mann, den ich an seiner Körperhaltung überall wiedererkannt hätte, doch als er den Kopf drehte und ich sein Profil sehen konnte, waren jegliche Zweifel verschwunden.

Ich hatte fast ein Jahr lang mit diesem Mann zusammengelebt, bis ich … es nicht mehr getan hatte. Es war

Jahre her, seit ich Malachi das letzte Mal gesehen hatte. Seit er einfach abgehauen war, hatten sich unsere Wege nicht mehr gekreuzt – wofür er vermutlich absichtlich gesorgt hatte.

Ich war über unsere Beziehung so weit hinweg, wie man es sein konnte, ohne irgendeine Art von Schlussstrich zu ziehen. Ihn jetzt, ohne Vorwarnung zu sehen, ließ trotzdem Scham und Wut in mir aufsteigen. Auf keinen Fall wollte ich mich ausgerechnet *jetzt* mit ihm auseinandersetzen. Ein großer Teil von mir hätte ihn am liebsten einfach über den Haufen gerannt. Ich drehte mich um und flitzte zum Eingang, bevor er mit dem Bezahlen fertig war.

Als ich in den Wagen sprang, tauchte Ruse auf dem Fahrersitz auf.

Thorn beugte sich mit einem besorgten Stirnrunzeln über meinen Sitz. „Geht es dir gut? Es sah aus, als ob …"

„Alles bestens", erwiderte ich schnell. „Es ist nichts Wichtiges. Bitte, lasst uns einfach von hier verschwinden."

Ruse warf mir einen Blick zu, bevor er den Wagen startete, und ich ließ einen weiteren Teil meines alten Lebens hinter mir.

Ein Glück.

FÜNFZEHN

Sorsha

Rote und violette Lichter blitzten in der alten Wahrsager-Bude auf. Die mechanische Figur mit den rissigen Plastikwangen und dem glitzernden Turban drehte sich ruckartig nach links. Vermutlich gab es auf dem Jahrmarktgelände eine Reservestromquelle.

Ich warf einen Vierteldollar ein. „Wer wird mich spielen, wenn dieser Wahnsinn verfilmt wird?"

Der alten Dame schien der Saft auszugehen, denn ihre knarzige Stimme stotterte. „Die Antwort liegt in deinem He-Herzen."

Ich nickte verständnisvoll. „Okay, dann hätte ich gerne Michelle Pfeiffer aus der Eastwick-Ära." Wenn sie sich die Haare rot färbte, könnte es funktionieren. Vorher müssten nur Zeitreisen erfunden werden.

Ich warf eine weitere Münze ein. „Werde ich überhaupt überleben, um diesen Film zu sehen?"

„Alles ist möglich, wenn du nur w-w-willst."

Die Wahrsagerin war im Grunde ein Magic 8 Ball mit Gesicht. Seit mich mein rastloses Umherirren durch die Nacht zu diesem Teil des Geländes geführt hatte, beantwortete sie meine Fragen mit kryptischen Bemerkungen wie „Deine Chancen erhöhen sich mit deinem Geist" und „Leider können meine alten Augen nicht so weit sehen." Zum Glück kosteten die Antworten nur einen Viertel Dollar. Außerdem hatte der Besitzer die Kassenklappe offengelassen, sodass ich meine Münzen herausholen und erneut einwerfen konnte.

Doch vielleicht wollte ich gar keine richtigen Antworten. Vielleicht war das der Grund, warum ich sie befragte, anstatt zu schlafen, was ich dringend nötig hätte. Wenn ich mich hinlegte und mein Geist zur Ruhe kam, würden meine Sorgen womöglich an die Oberfläche meines Bewusstseins dringen.

Nicht, dass sie mir nicht ohnehin schon reichlich zu schaffen machten. Als ich eine weitere Münze einwarf, bildete sich ein Kloß in meinem Hals. Meine nächste Frage war nichts weiter als ein raues Murmeln. „Was bin ich?"

„Suche mit offenem Geist, und die Wahrheit wird k-klar", teilte mir die Wahrsagerin mit.

Nach ihrer Antwort ertönte eine weitere Stimme. „Offensichtlich bist du eine scharfe Braut, die schon längst im Bett sein sollte."

Mein Puls raste, allerdings nur eine Sekunde lang. Ich kannte diese Stimme. Ich verschränkte die Arme vor der Brust. „Sehr witzig, Ruse."

Der Inkubus trat mit seinem typischen Grinsen hinter dem Stand hervor. „Ich wollte dich nicht erschrecken. Du schienst etwas durch den Wind zu sein, seit wir den Lebensmittelladen verlassen haben. Ich wollte mich vergewissern, dass du nicht zu weit weggegangen bist." Er legte den Kopf schief und musterte mich, und natürlich konnte ich genau in diesem Moment ein Gähnen nicht unterdrücken. „Außerdem solltest du *wirklich* im Bett sein, stimmt's?"

„Mit dir meinst du?", fragte ich, nicht ganz abgeneigt von der Idee.

Mein Magen verkrampfte sich, als sich Ruse' Gesichtszüge anspannten. Offenbar war *er* schon abgeneigt. „Ich denke, du brauchst wirklich etwas Ruhe", sagte er.

„*Ich* denke, dass ich nicht einschlafen kann, bevor ich nicht mindestens doppelt so erschöpft bin wie jetzt."

„Dann wollen wir mal sehen, ob wir dich noch ein bisschen müder machen können." Er warf der alten Dame in dem Kasten einen Blick zu. „Das alte Mädchen scheint das nicht zu schaffen. Komm schon."

Ich war so müde, dass ich nicht einmal protestierte. Wir schlenderten über die verlassenen Plätze, auf denen einst verschiedene Fahrgeschäfte gestanden hatten, bis wir einen gepflasterten Hügel erreichten, der etwa drei Meter hoch und wohl Teil einer Rennbahn war.

„Bergsteigen ist ziemlich anstrengend", sagte Ruse. Er begann den holprigen Abhang hinaufzusteigen und bot mir seine Hand an, um mir zu helfen. Ich winkte jedoch ab und kletterte allein hinauf.

Oben angekommen war genug Platz, sodass mindestens drei Personen nebeneinandersitzen konnten. Einer der Betreiber des Fahrgeschäfts musste es sich hier bequem gemacht haben, bevor wir gekommen waren, denn in einer Kerbe an der Seite steckte eine geöffnete Bierdose. Ich zog meine Knie an die Brust und ließ den Blick im schwachen Schein des Mondlichts über das verlassene Jahrmarktgelände schweifen.

Ruse setzte sich neben mich, wobei er einen gewissen Sicherheitsabstand zwischen uns ließ. Mied er jetzt etwa jeglichen Körperkontakt? Was war in letzter Zeit nur mit ihm los?

Oder bestand das Problem vielleicht darin, dass ich dachte, der Inkubus müsste nach unserer intensiven, wenngleich zugegebenermaßen kurzen Romanze auf mich stehen?

Ich widerstand dem Drang, näher an ihn heranzurücken, so gut es sich auch anfühlen würde, seinen durchtrainierten Arm um meine Schultern zu spüren. Es war die richtige Entscheidung, denn einen Moment später sagte er: „Es hat etwas mit dem Mann zu tun, den du in dem Laden gesehen hast, nicht wahr? Du kanntest ihn, und ihn zu sehen hat unangenehme Erinnerungen geweckt."

Da er mich nicht berührte, konnte er nicht spüren, wie sehr sich mein Körper bei dieser Frage anspannte. Ich starrte entschlossen auf die Lichter der Stadt in der Ferne. „Es gab auch einige glückliche Momente", antwortete ich schließlich. „Eine ganze Menge. Zumindest hielt ich sie damals für glücklich."

„Willst du darüber reden? Mir dein Herz ausschütten?"

Eigentlich wollte ich genauso wenig über Malachi reden, wie ich ihn sehen wollte, doch es könnte sein, dass ich bei Ersterem ebenso wenig eine Wahl hatte wie bei Letzterem. Solange ich die Gedanken für mich behielt, würden sie weiter an mir nagen. Außerdem würde mich Ruse wohl kaum für meine Unfähigkeit im Hinblick auf feste Beziehungen verurteilen.

Ich zuckte mit den Schultern und zupfte an der Lasche der Bierdose. Der säuerliche Geruch des abgestandenen Alkohols passte perfekt zu meiner Stimmung. „Er ist der einzige feste Freund, den ich je hatte. Wir waren zweieinhalb Jahre zusammen und haben fast ein Jahr lang zusammengelebt. Alles schien gut zu laufen. Ich war in ihn verliebt und dachte, ich würde den Rest meines Lebens mit ihm verbringen. Zwar hatte ich ihm nichts von dem Bund oder Luna erzählt, doch ich hatte fest vor, das irgendwann zu tun."

Ruse stützte sich auf seine Ellbogen und sah mich mit einem sanften Blick an. „Ich ahne, dass da noch ein ziemlich großes ,aber' kommt."

„Ganz genau." Die Erinnerung kam zurück, so scharf, dass sie mir die Stimme und den Atem raubte. Ich spannte mich an und versuchte, mich nicht davon übermannen zu lassen. Etwas, das ich jahrelang trainiert hatte.

„Eines Tages kam ich von meinem damaligen Job als Kassiererin in einer Eisdiele nach Hause und es war, als hätte er alle Hinweise beseitigt, dass er jemals in dieser Wohnung gelebt hatte. Alle seine Klamotten und Bücher, seine Kosmetikartikel, der Sessel, den sein Vater uns geschenkt hatte – weg. Zumindest war er so freundlich, mir einen Teller, ein Messer und eine Gabel dazulassen, obwohl er das ganze Geschirr und Besteck gekauft hatte." Ich schnitt eine Grimasse.

Ruse blinzelte und sah aufrichtig perplex aus. „Einfach so aus heiterem Himmel – ohne dass es vorher Streit gegeben hat? Wobei es, soweit ich weiß, selbst unter diesen Umständen nicht normal wäre, einfach so zu gehen."

„Nein. Soweit ich wusste, war alles in Ordnung. Er hat mir einen Zettel hinterlassen ..." Ich schluckte schwer. „Er behauptete, er hätte das Gefühl, er würde lügen, wenn er mir sagte, dass er mich liebte, und dass er sich nicht in mich verlieben könnte, weil ich nicht ganz das wäre, was er bräuchte. Das war das Letzte, was ich von ihm gehört habe. Er hat mich komplett ignoriert. Ich habe ihn danach nie wieder gesehen, bis heute Abend."

„Das ist vielleicht kein wirklicher Trost, doch wenn er so mit seinen Problemen umgeht, dann würde ich sagen, dass du ohne ihn besser dran bist, Flamme."

„Offensichtlich. Es ist nur ..." Ich hatte die Frage nie ganz abschütteln können, was mir fehlte, weswegen er mich nicht lieben konnte. Doch vielleicht wusste ich die Antwort jetzt. Vielleicht hatte er gespürt, dass etwas mit mir nicht stimmte und hatte es nicht in Worte fassen können.

Ich wollte nicht länger über diese unangenehme Möglichkeit nachdenken.

„Das war bestimmt schwer für dich, wenn du ihn so gerngehabt hast", meinte Ruse verständnisvoll.

„Nun, ja." Ich schüttelte mich und zwang mich zu einem sachlicheren Tonfall. „Egal. Was ist an einem normalen Leben schon so toll? Ich habe viel mehr Spaß daran, täglich vor mörderischen Psychos zu fliehen."

Ruse schmunzelte. „Wir Schattenwesen haben dein Leben ein wenig auf den Kopf gestellt, stimmt's?"

So konnte man es auch ausdrücken. Doch ich wollte, dass er etwas wusste: „Ich bereue es kein bisschen, euch drei befreit zu haben. Während meiner Beziehung mit Malachi habe ich einige Dinge, die wichtig gewesen *wären*, außer Acht gelassen, weil ich ihn nicht in Gefahr bringen wollte. Erst nachdem er mich verlassen hat, habe ich angefangen, Jagd auf die Sammler zu machen, ihre Zoos aufzulösen und so weiter. Man könnte also sagen, ich habe beschlossen, mich in die Arbeit zu stürzen."

„Ohne dich würde es sicherlich viel schlechter um uns stehen", meinte Ruse amüsiert, doch sein strenger Blick verriet, dass er mir meine Lässigkeit, mit der ich die Trennung abtat, nicht ganz abnahm.

Ein oder zwei Minuten lang saßen wir schweigend da. Ein blinkendes Flugzeug flog weit über uns hinweg. Dann sagte der Inkubus: „*Vielleicht* fühlst du dich besser, wenn ich dir sage, dass nach allem, was ich gesehen habe, die Liebe für niemanden so einfach ist."

Ich zog eine Augenbraue hoch. „Du hast nicht gerade eine Beziehung dieser Art angestrebt, um aus Erfahrung sprechen zu können."

Er lächelte schief. „Nein, aber – und ich wäre dir dankbar, wenn du dies keinem unserer Gefährten gegenüber erwähnen würdest – es gab da mal eine Frau, vor etwas über einem Jahrhundert. Sie genoss unser erstes Intermezzo so sehr, dass ich mich dabei ertappte, wie ich zu ihr zurückkehrte, und hin und wieder unterhielten wir uns davor oder danach ... oder währenddessen ... und ich stellte fest, dass es nicht nur die körperliche Befriedigung war, die ich bei *ihr* genoss.“

Jetzt starrte ich ihn an. Ein verliebter Inkubus? Ich hätte nicht gedacht, dass die Kubis zu so etwas fähig waren, doch möglicherweise war das nur eins meiner Vorurteile, so viel ich auch über Schattenwesen zu wissen glaubte.

Ruse erwiderte meinen Blick nicht und blickte weiterhin in den Himmel. „Natürlich war es lächerlich. Als ich versuchte, etwas zu initiieren, das über das fleischliche Vergnügen hinausging, machte sie mir deutlich, dass sie mich nur für ihre körperliche Befriedigung wollte. Sie wies mich in meine Schranken. Ein peinlicher Rückschlag in einer ansonsten glanzvollen Karriere, doch ich denke, wir alle müssen unsere Lektionen lernen.“

Aufmerksam musterte ich sein schelmisches, hübsches Gesicht und versuchte, mir vorzustellen, was für eine Frau Ruse zurückweisen könnte. Was seine Fähigkeiten als Liebhaber betraf, konnte ich mich nicht beschweren, doch meine Lieblingsmomente mit ihm hatten tatsächlich nicht im Schlafzimmer stattgefunden. Da war der Abend, in dem wir zu einer von Lunas alten CDs getanzt hatten, weil er mich aufheitern wollte. Sein Herumgealber, das Thorns Strenge ausglich. Die Freude, mit der er Snap über all die seltsamen und wunderbaren Aspekte der Welt der Sterblichen aufklärte.

Die Tatsache, dass er mich heute Abend gesucht hatte, um sich zu vergewissern, dass es mir gut ging – und dass er keine große Sache daraus gemacht hatte.

„Sie wusste wohl nicht, was ihr entgeht“, sagte ich ernst.

Ruse schenkte mir ein weiteres Lächeln. „Wie nett von dir, das zu sagen.“

„Ich meine es ernst.“ Angetrieben von einem Instinkt, dem ich nicht widerstehen konnte, beugte ich mich vor, um ihn zu küssen.

Fast rechnete ich damit, dass er zurückzucken würde, um das Desinteresse zu bestätigen, das ich vorhin wahrgenommen hatte. Doch ich hätte mich nicht mehr irren können.

Sobald meine Lippen die seinen berührten, richtete sich Ruse auf, um mir entgegenzukommen. Sein Mund fühlte sich heiß auf meinem an, und seine Finger griffen in mein Haar, um mich näher an ihn heranzuziehen. Ich ertappte mich dabei, wie ich sein Hemd umklammerte, verloren in der Welle von Gefühlen, die er so leicht hervorrufen konnte.

„Du bist perfekt", murmelte er an meinen Lippen. „Lass dir von keinem sterblichen Schwanz etwas anderes einreden."

Tatsächlich waren da andere Schwänze, denen ich meine Aufmerksamkeit im Moment viel lieber schenken wollte – vor allem dem, der in dieser maßgeschneiderten Hose steckte. Als er mich noch leidenschaftlicher küsste, ließ ich meine Hand über seine Brust zu seinem Hosenschlitz wandern, nur um klarzustellen, dass ich mehr im Sinn hatte als nur ein wenig rumzumachen.

Meine Finger streiften die harte Erektion, die gegen den glatten Stoff drückte, und Ruse stöhnte auf. Bei dem Laut des Verlangens – seinem Verlangen nach *mir* – spürte ich ein Kribbeln in meiner Brust. Sein Griff um mein Haar wurde fester und meine Kopfhaut prickelte.

Er rollte uns herum, sodass er fast auf mir lag, und in diesem Moment hätte ich es gerne direkt auf diesem Hügel oder wo auch immer er wollte, mit ihm getrieben. Meine Befürchtungen, dass er seine Fähigkeiten gegen mich einsetzen könnte, dass er in meinen Verstand eindringen könnte, erschienen mir auf einmal absurd.

Nachdem er mir gestanden hatte, dass ihm das Herz gebrochen worden war, als er das letzte Mal geglaubt hatte, eine Frau könnte mehr wollen als seine sexuellen Talente, konnte ich nachvollziehen, warum er sein Versprechen gebrochen und einen Blick in meinen Kopf geworfen hatte.

Ruse schob seine Zunge zwischen meine Lippen und drückte seinen Oberschenkel an meinem Schritt, um sich für die Reibung zu revanchieren, die ich ihm bereitet hatte. Keuchend wölbte ich mich ihm entgegen.

Meine Hand wanderte nach oben und ertastete eines der gebogenen Hörner, die knapp über seinen Ohren aus dem Haar ragten. Es schien ihm Lust zu bereiten, wenn ich sie berührte. Als ich das Horn umfasste, verschlang sich seine Zunge mit meiner, und für ein paar Sekunden hörte die Welt um uns herum auf zu existieren.

Allerdings nur für ein paar Sekunden. Ohne Vorwarnung spannten sich Ruse' Schultern an und er wich zurück. Sein Atem ging stoßweise, während er sich sammelte.

„Das ist kein guter Ort dafür", sagte er. Seine Augen blitzten auf. „Außerdem sollte ich dich *wirklich* nicht länger vom Schlafen abhalten. Omen wird uns morgen in aller Frühe losschicken."

Ich setzte mich auf und mein Schwindelgefühl verflog. Als wir von dem künstlichen Hügel herunterkletterten und uns auf den Weg zurück zum Wohnmobil machten, konnte ich den Eindruck nicht abschütteln, dass diese Ausreden nicht die ganze Wahrheit gewesen waren. Oder vielleicht nicht einmal der Großteil davon.

Ruse hatte mir heute Abend mehr erzählt, als er den anderen Schattenwesen anvertraut hatte, doch den Inkubus beschäftigte noch etwas anderes – etwas, das er niemandem sagen wollte.

SECHZEHN

Sorsha

Ab und zu waren meine Träume verdammt köstlich. Ein meterhoher Stapel Waffeln mit einer Schicht Vanillepudding und Blaubeeren und so viel Sirup, dass Snap einen spontanen Orgasmus bekam? Wen kümmerte es, dass das offensichtlich nicht real war?

Ich suchte auf dem Tisch nach einer Gabel, und plötzlich waren es nicht mehr die Waffeln, sondern mein ganzes Trio, das sich vor mir räkelte. Nackt und sexy. Sie warfen mir verführerische Blicke zu, während der Sirup über ihre Körper lief.

Lecker, ja bitte, ich wollte *alles* probieren. Ich beugte mich vor, um ein süßes Rinnsal von Thorns breiter, muskulöser Brust zu lecken – und verdammt, es wäre einfach köstlich gewesen, wenn mich nicht irgendein Arschloch wachgerüttelt hätte, bevor ich auch nur einen Bissen nehmen konnte.

Eine raue Stimme drang an mein Ohr. „Sorsha!" Mein Herz machte einen Satz, und ich schob die Decke beiseite, unter der ich mich auf einer der gepolsterten Bänke des Wohnmobils zusammengerollt hatte.

Omen beugte sich in dem schwachen Licht der Morgendämmerung über mich und sein scharfer Schwefelgeruch stieg mir in die Nase. Wieder zerrte er an meinem Arm. „Steh auf, sie kommen. Wir müssen sofort von hier verschwinden, wenn du nicht gegrillt werden willst."

Außerhalb des Wohnmobils ertönten ein Krachen und ein metallisches Knirschen. Mein schlaftrunkener und sirupgeschwängerter Verstand konnte nicht so recht verarbeiten, was vor sich ging, außer dass es etwas sehr Schlimmes sein musste, was offenbar noch schlimmer werden würde, wenn ich noch länger hier verweilte. Ich sprang auf und stürmte mit dem Anführer der Schattenwesen durch die hintere Wagentür nach draußen.

Er rannte die Treppe des Gruselkabinetts hinauf, zog mich mit sich und schob mich durch den Eingang in die Dunkelheit. „Los, los, los!"

Wohin denn? Angespornt durch sein Drängen, sprintete ich durch die dunklen Gänge, obwohl ich keine Ahnung hatte, warum wir uns überhaupt hier versteckten. Ob das hier auch ein Traum war? Wenn ja, musste ich mich unbedingt mit meinem Unterbewusstsein über geeignete Übergänge unterhalten.

Eine Gestalt sprang aus der Dunkelheit und raste direkt auf mich zu. Ich wich zur Seite aus und prallte gegen das kalte Glas eines Spiegels. Die Gestalt sprang ebenfalls zur Seite und zuckte zusammen.

Oh, es war mein Spiegelbild, das nach nur drei Stunden Schlaf alles andere als ausgeruht aussah.

Ich drehte mich in dem Spiegelkabinett um meine eigene Achse und konnte kaum mehr als verschwommene Bewegungen in der Dunkelheit ausmachen. Waren diese Gestalten alle ich?

Nein, eine davon stürzte mit einer glänzenden Klinge auf

mich zu. Ich wich aus und hielt mich an einem der Spiegel in meiner Nähe fest, als ich um eine Ecke bog, wobei ich beinahe gegen einen weiteren Spiegel geprallt wäre.

Der Knall einer Explosion ließ die Wände erzittern und das Glas klirren. Mein Herz pochte schneller.

Mein Atem stach in meiner Lunge, doch ich rannte weiter. Etwas stieß gegen meine Schulter und zischte über mir durch die Luft.

Ich bog um eine weitere Ecke und preschte mit voller Geschwindigkeit in einen Raum voller Boxsäcke, die mit grinsenden Clowns bedruckt waren. Willkommen im Land der Herzinfarkte! Ich bahnte mir einen Weg durch die baumelnden Hindernisse, wobei die Säcke gegen mich schlugen, als sie zurückschwangen.

Ein metallisches Quietschen hinter mir ließ meine Nerven flattern. Nachdem ich mich an dem letzten der verrückten Clowns vorbeigezwängt hatte, stürmte ich in den nächsten Raum, nur um festzustellen, dass ich hin und her schwankte, als wäre ich auf einem Floß mit in einem stürmischen Gewässer gelandet.

Der Fußboden hatte eine seltsame Wellenform und wölbte sich unter meinen Füßen. Ich schwankte nach links und fiel fast auf die Knie.

Omens Stimme ertönte aus der Ferne. „Sorsha, schnell! Geh auf das Dach!"

Dann hörte ich fast direkt über mir ein lautes Quietschen. Eisige Panik durchzuckte mich.

Pickel! Was machten diese Mistkerle mit meinem kleinen Drachen?

Ich krabbelte weiter über den wackeligen Boden. Als ich den Raum durchquert hatte, war ich nicht nur erschöpft, sondern auch so benommen, als hätte ich ein paar Kurze zu viel getrunken.

Da war ein Treppenhaus. Ich lief die Wendeltreppe zum zweiten Stock hinauf, wobei ich den Rest der Hürden bis zur

Tür, die zum Dach führen musste, ignorierte, und gegen den Knauf trat. Erleichterung durchströmte mich, als die Tür sofort aufsprang.

Dann drang ein weiteres Quietschen an meine Ohren, das mich noch mehr erschreckte als das zuvor. Ich stürmte die Stufen hinauf und auf eine offene Tür zu, durch die das schwache Sonnenlicht der Morgendämmerung auf die Treppe schien. Noch bevor ich oben angekommen war, stieg mir der beißende Geruch von Feuer in die Nase.

Ich stürzte durch die Tür in die flimmernde Hitze des betonierten Flachdaches. Pickle hockte einige Meter entfernt auf einem umgestürzten Plastikeimer, der von einem Ring aus Flammen umgeben war. Ängstlich flatterte er mit seinen gestutzten Flügeln.

Hätte ich in diesem Moment klar denken können, wäre mir wahrscheinlich aufgefallen, dass es überhaupt keinen Sinn machte, dass mein Schattenwesen hier war oder dass um ihn herum ein Feuer brannte. Doch zu diesem Zeitpunkt befand ich mich in einem Adrenalinrausch, und mein einziger Gedanke war, dass ich ihn retten musste.

Ich stürmte auf das Feuer zu und fuchtelte mit meiner Hand durch die Luft, um es von ihm fernzuhalten.

Und einfach so teilten sich die Flammen. Sie neigten sich nach links und rechts, und Pickle sprang durch die Lücke in meine Arme.

Als ich schlitternd zum Stehen kam, tauchten vier Gestalten aus den Schatten an den Seiten des Daches auf. Omens eiskalte blaue Augen blitzten, als er mit einem Taschenmesser die Haut meines Unterarms aufritzte, den ich um den Drachen geschlungen hatte.

Ich schrie auf, vor Überraschung und Schmerz gleichermaßen. Als ich nach hinten springen wollte, packte Omen mein Handgelenk, riss es nach vorne und hielt den Schnitt ins Licht. Ich betrachtete die rote Linie – und mir fiel die Kinnlade herunter.

Die Linie war rot und Blut sickerte aus der Wunde, doch neben dem Blut floss noch etwas anderes aus meiner Haut. Ein dünnes, aber unverkennbares Rinnsal aus schwarzem Rauch schlängelte sich von meinem Arm in die Luft.

Rauch, wie das Blut der Schattenwesen.

Mein Herz setzte für ein paar Schläge aus, bevor es wieder zittrig zu pochen begann. Doch kaum war der Adrenalinschub abgeklungen, holte mich die Müdigkeit wieder ein. Der Rauch verschwand und nur noch eine Spur echten menschlichen Blutes blieb auf meiner blassen Haut zurück.

„Ach du Scheiße", murmelte Ruse, der mit Snap und Thorn an meiner anderen Seite stand. Selbst der Inkubus schien ausnahmsweise einmal sprachlos zu sein.

„Wir haben es alle gesehen", sagte Omen mit angespannter Stimme. „Sowohl das mit dem Feuer als auch den Rauch."

„Das ist doch nicht … Das kann *nicht* sein", keuchte ich. Meine Stimme klang hohl. Als Pickle auf meine Schulter kletterte, führte ich meinen Arm an meine Brust, um die Wunde zu untersuchen. Mein ganzer Rumpf fühlte sich ausgehöhlt an. „*Keiner* von euch würde richtig bluten, wenn man euch schneiden würde. Schattenwesen haben kein Blut."

„Und kein Mensch würde Rauch bluten", gab Thorn zu bedenken. Sein strenges Gesicht war zu einem ungewöhnlich fassungslosen Ausdruck erstarrt.

Ich nahm an, dass er das von all den epischen Schlachten wusste, die er vor langer Zeit geschlagen hatte. Ich schluckte schwer. „Ich verstehe das nicht."

Omen klappte das Taschenmesser zu und steckte es in seine Tasche. „Ich auch nicht, aber du kannst es nicht länger leugnen. Du hast *etwas* an dir, das über die normale Natur der Sterblichen hinausgeht. Und ich glaube nicht, dass es nur ein Zauber ist. Es scheint tief mit deinem Wesen verwoben zu sein und nur dann zum Vorschein zu kommen, wenn du besonders aufgebracht bist. Zumindest im Moment. Mal sehen, ob wir das ändern können."

Meine Vorstellung davon, wer – und was – ich war, war soeben unweigerlich auf den Kopf gestellt worden, und er schmiedete bereits Pläne, wie ich mich nützlich machen könnte? „Ich ... ich muss erst einmal meine Gedanken sortieren."

„Was gibt es da zu sortieren?", fragte er. „Du hast Macht. Wir brauchen so viel Macht wie möglich, wenn wir diese Leute zur Strecke bringen wollen, die hinter den Schattenwesen her sind. Du hast schon genug Zeit verschwendet, indem du dich geweigert hast, es dir einzugestehen."

„Nun, vielleicht wäre ich ein wenig mehr daran interessiert, mich mit den Möglichkeiten zu befassen, wenn ihr eine Ahnung hättet, was das überhaupt bedeutet. Doch das habt ihr nicht, oder?" Ich blickte von ihm zu meinem Trio. „Keiner von euch weiß, wie das passieren konnte."

Die drei verunsicherten Augenpaare, die mich anblickten, gaben mir auch nicht mehr Antworten als Omen.

Ich stieß einen Atemzug aus. „Gehe ich also richtig in der Annahme, dass wir gar nicht angegriffen werden und du mich nur in Angst und Schrecken versetzen wolltest, um mich zu testen?"

„Aktuell ja", antwortete Omen. „Doch die Lichtarmee *könnte* jederzeit angreifen ..."

„Ich *weiß*. Die wird allerdings auch warten müssen. Ich brauche wenigstens ein paar Minuten, um diese Identitätskrise zu verarbeiten. Lasst mich in Ruhe."

Ich drehte mich auf dem Absatz um und ging zum Treppenhaus. Als ich durch das Gruselkabinett zurückeilte, nahm ich die Boxsäcke, die gegen meine Schultern stießen, oder die verzerrten Spiegelungen, die mir nur mein eigenes blasses Gesicht zeigten, kaum wahr. Mit zitternden Beinen trat ich aus dem Gebäude. Sobald ich wieder im Wohnmobil war, zog ich die Tür zu, kroch unter meine Decke und drückte Pickle an mich.

Der kleine Drache zappelte kurz, bevor er seinen schuppigen Kopf an mein Kinn schmiegte. Ich kraulte beruhigend seinen Nacken. „Das mit dem Feuer war furchtbar gemein von Omen, oder?" Ich hielt inne, als sich plötzlich ein Kloß in meinem Hals bildete. „Hast du mich deshalb so gerne, Pickle? Weil ich nicht nur Blut, sondern auch Rauch in mir habe?"

Hatte Luna das gewusst und mir einfach nichts gesagt? Hatte sie sich deswegen bereit erklärt, sich um mich zu kümmern? Was bedeutete das für meine Eltern? *Waren* sie überhaupt meine Eltern? Hatte ich überhaupt Eltern? Schattenwesen wurden für gewöhnlich nicht geboren, sondern tauchten einfach aus dem Äther ihres Heimatreiches auf. Und ich hatte auch noch nie davon gehört, dass ein Mensch und ein Schattenwesen ein Kind gezeugt hatten, trotz der vielen Liebschaften zwischen männlichen und weiblichen Kubi und ihren Opfern – Schrägstrich Mahlzeiten.

Natürlich war ich kein Schattenwesen, zumindest kein richtiges. Es war nur ein Fragment meiner Natur, das in angespannten Situationen zum Vorschein kam.

Doch auch davon hatte ich noch nie gehört.

Selbst unter der Decke spürte ich sofort, als eine weitere Präsenz aus den Schatten auftauchte.

„Sorsha?", fragte Snap mit zaghafter Stimme.

Ich lugte unter der Decke hervor. Der Verschlinger saß mir gegenüber auf der Bank, seine goldenen Locken schimmerten in der aufgehenden Sonne, doch seine moosgrünen Augen waren dunkel vor Sorge.

Wahrscheinlich verstand er nicht einmal, warum mich das alles so beunruhigte. Übernatürlicher Voodoo und Rauch, der aus Wunden austrat, waren für Schattenwesen das Normalste der Welt.

„Kann ich etwas für dich tun?", fragte er mit sanfter

Stimme. Und irgendwie war das genau das, was ich hören musste. Auch wenn er nicht *wirklich* etwas tun konnte, wollte ich im Moment nicht allein sein, zumindest nicht ganz.

„Komm her", antwortete ich und rückte so nah wie möglich an die Wand, um ihm Platz zu machen.

Snap lächelte und setzte sich zu mir. Pickle machte sich mit einem leisen Schnauben aus dem Staub, vermutlich weil er kein Interesse daran hatte, die Füllung unseres Kuschelsandwiches zu sein.

Auf der Bank war noch weniger Platz als in dem Stockbett in der Hütte, doch Snap schaffte es, sich zu mir zu kuscheln, ohne über die Kante zu kippen. Er legte einen Arm um meine Taille und drückte sein Kinn an meine Stirn. Ich spürte, wie ich von seiner hellen Wärme eingehüllt wurde.

„Omen wollte, dass wir alle so tun, als würden wir angegriffen werden, um dir Angst zu machen", erklärte er. „Ich habe ihm gesagt, dass ich nicht mitmachen würde, doch er hat es trotzdem durchgezogen. Er kann sehr … entschlossen sein."

Ich kuschelte mich in seine Arme. „Vermutlich hätte er sich nicht so viel Mühe gegeben, wenn ich nicht so stur darauf bestanden hätte, dass ich keine magischen Fähigkeiten habe."

Der Verschlinger schwieg einen Moment lang. „Erschreckt es dich, dass du Feuer auf magische Weise beeinflussen kannst?"

Okay, er verstand mich also besser, als ich es ihm zugetraut hätte. Ja, man konnte wohl sagen, dass es mich erschreckte. Sehr sogar, auch wenn ich das nicht laut zugeben wollte.

„Ja, das und die Tatsache, dass ich womöglich noch andere Kräfte habe, von denen ich nichts weiß. Dass ich nicht weiß, wozu ich fähig bin, *was* ich überhaupt bin und inwiefern meine Vergangenheit eine Lüge oder ein Rätsel ist."

„Ich finde es großartig, dass du diese Kräfte hast. Du bist

noch viel außergewöhnlicher, als mir bisher klar war." Er drückte mir einen sanften und besitzergreifenden Kuss auf den Scheitel. „Nicht zu wissen, ob du eine Kraft kontrollieren kannst, die Menschen verletzen könnte … Das fühlt sich schrecklich an, oder? Ich glaube, Omen will dir nur helfen, zu lernen, wie du sie kontrollieren kannst. Oder ich könnte dir helfen, wenn dir das lieber ist. Ich weiß zwar nicht, wie, doch ich könnte es versuchen."

Der Kloß in meinem Hals kehrte mit einem Anflug von Zuneigung zurück. Ich umarmte ihn noch fester. „Danke. Vor *dir* hatte ich nie Angst, weißt du. Was es auch für Kräfte sein mögen, die du nicht einsetzen willst, du hast sie offensichtlich unter Kontrolle. Ich habe mir nie Sorgen gemacht, dass du mir wehtun könntest."

„Darüber bin ich sehr froh", antwortete Snap, „allerdings habe ich in der Vergangenheit Menschen verletzt, und das kann ich nicht vergessen. Deswegen sorge ich dafür, dass es nie wieder passiert. Ich glaube allerdings nicht, dass dir das passieren würde."

Sein Vertrauen in mich ließ mein Herz schmerzen, auch wenn ich ihm nicht beipflichten konnte. Es gab viele Menschen, denen ich im Laufe der Jahre wehtun *wollte*. Im Eifer des Gefechts, wenn ich wusste, dass ich es ohne große Anstrengung tun könnte … Ein Grund mehr, von Wesen zu lernen, die Erfahrung mit übernatürlichen Künsten hatten, oder?

Vielleicht wäre es mit Snap an meiner Seite gar nicht so schlimm, dieses Rätsel zu lösen. Und Ruse … und Thorn …

Meine Gedanken wanderten zurück zu dem köstlichen Traum, aus dem Omen mich geweckt hatte, und dann zu letzter Nacht, als ich bereit gewesen war, mich Ruse wieder einmal hinzugeben. War meine Begierde fair gegenüber dem Kerl, der mich gerade so hingebungsvoll festhielt?

„Snap", sagte ich. „Stört es dich, dass ich auch mit Ruse intim bin, oder vielleicht sogar mit Thorn? Es ist nicht so, dass ich dich nicht will, denn das tue ich. Sehr sogar. Ich möchte nur …"

Ich war mir nicht sicher, wie ich es erklären sollte. Doch Snap schien es auch so zu verstehen. Er zog mich noch fester an sich.

„Ich habe dich mit ihnen gesehen", sagte er. „Und ich kann spüren, dass die Energie zwischen dir und ihnen ein wenig anders ist als zwischen uns. Etwas, was du von ihnen *bekommst*, ist anders." Er hielt inne und seine Umarmung wurde fester. „Ich wünschte mir, ich könnte dir das auch geben, doch ich weiß nicht, ob ich dazu in der Lage bin. Und falls ich das nicht bin, möchte ich dir nichts wegnehmen. Das wäre schließlich egoistisch, oder?"

„Für viele Menschen ist es ganz normal, einen Partner für sich allein haben zu wollen."

Ein Brummen drang aus seiner schlanken Brust. „Ich bin kein Mensch, und ich will nicht wie diese Art von Menschen sein. Ich will, dass du glücklich bist, und wenn sie dich auf eine Weise glücklich machen, wie ich es nicht kann, dann ist das etwas Gutes." Er neigte den Kopf und seine Lippen streiften meine Stirn. „Solange du auch mir gehörst."

Ich hätte nicht gedacht, dass ich jemals einer solchen Forderung zustimmen würde, doch wem wollte ich etwas vormachen? Sein besitzergreifender Tonfall brachte mein Herz noch stärker zum Glühen. Der Verschlinger hatte dort eine Spur hinterlassen, wo sie, wie ich vermutete, kein übernatürlicher Voodoo jemals wieder auslöschen konnte.

„Ich gehöre dir", antwortete ich.

Ich spürte sein Lächeln an meiner Haut. „Wenigstens kenne ich die beiden – ich weiß, dass sie es verdienen, dich auch zu haben."

Eine bessere Frage wäre, ob ich sie verdiente. Während ich mich an Snap kuschelte, wünschte ich mir, dass es so war. Ich wollte eine Frau sein, die nicht nur Schattenwesen aus Gefängniszellen befreien und Feuer mit ihrer Willenskraft lenken konnte, sondern auch die Herzen derer, denen sie wichtig war, mit der Fürsorge behandelte, die sie verdienten.

Diese Art von Zuwendung könnte schwierig sein, wie Ruse gestern Abend angedeutet hatte. Möglicherweise sogar unmöglich. Vor einer Stunde hatte ich es jedoch auch noch für unmöglich gehalten, dass ein Mensch wie ich Feuer durch die Kraft seiner Gedanken beeinflussen könnte, also sollte ich vielleicht keine voreiligen Schlüsse ziehen.

Wenn ich diese Frau sein wollte, wusste ich, wo ich anfangen musste. Mich unter einer Decke zu verstecken, würde mich nicht weiterbringen. Ich konnte meinen Liebhabern nicht beistehen, wenn ich meine wahre Identität verleugnete.

„Hoffentlich hast du recht", sagte ich und zog Snap mit mir hoch. „Mal sehen, was Omen mir beibringen will."

SIEBZEHN

Sorsha

Zu behaupten, mein erstes offizielles Training sei nicht gut gelaufen, wäre so, als würde man sagen, der Pazifik sei ein klein wenig feucht.

Omen führte mich auf den leeren Platz neben dem Gruselkabinett, wo ein verirrter Riesenradwagen lag, der fast bis zur Unkenntlichkeit zertrümmert worden war. Ich vermutete, dass Thorn auf diese Weise die krachenden Geräusche erzeugt hatte, die ich heute Morgen für einen Angriff der Lichtarmee gehalten hatte. Durch die Staubflecken auf der Windschutzscheibe sah der rostige alte Pick-up, der in der Nähe stand, so aus, als wäre er erleichtert darüber, dass er verschont geblieben war.

Omen klatschte in die Hände. „Also gut. Wir *wissen* jetzt, dass du über diese Kräfte verfügst. Mal sehen, ob wir dich dazu bringen können, sie bewusst einzusetzen."

Ich dachte an das misslungene Experiment mit der

Popcorntüte von gestern Abend. „Ich bin mir nicht sicher, ob ich das kann, zumindest nicht einfach so und ohne wirklichen Grund. Hast du nicht gesagt, dass sie aktiviert werden, wenn ich mich ‚aufrege'? Ich kann nicht einfach so aus dem Nichts in Panik geraten."

Obwohl der Gesichtsausdruck des Höllenhund-Wandlers verriet, dass er dachte, ich hätte mich schon des Öfteren sinnlos aufgeregt, gelang es ihm, nicht ganz so verächtlich zu klingen. „Du musst dich mit dem besonderen Gefühl vertraut machen, Feuer zu manipulieren oder zu erzeugen, bis du deine Kräfte ohne Panik heraufbeschwören kannst. Zunächst konzentrieren wir uns darauf, sie überhaupt auszulösen."

Er schenkte mir ein Lächeln, bevor er anfing, mich mit Bohnensäcken zu bewerfen, die er wohl in einer der verlassenen Buden gefunden hatte.

Als die Säcke gegen meine Brust, meine Beine – oh, und gegen meinen Kopf – knallten, stieg definitiv Wut in mir auf. Ich schnappte mir einen der Säcke aus der Luft und schleuderte ihn auf Omen. Er traf ihn an der Nase.

„Das ist nicht das, was wir mit dieser Übung bezwecken wollen", schnauzte er prompt. „Konzentrier dich auf die Geschosse, nicht auf mich. Sie sind es, die dich treffen. Sobald du einen in Brand setzt, höre ich auf."

„Immer diese Versprechen", murmelte ich, ohne ihm wirklich zu glauben. Doch das spielte ohnehin keine Rolle. Ich blinzelte die Bohnensäcke an, die auf mich zuflogen, bis ich das Gefühl hatte, ich würde schielen. Trotzdem löste mein Ärger nicht den Energieschub aus, der mich in der Vergangenheit ein paar Mal durchströmt hatte. Falls das überhaupt das Gefühl war, das ich hervorrufen wollte. Ich hatte nicht wirklich auf meinen inneren Zustand geachtet, während ich versucht hatte, Pickles Leben zu retten.

Nach einer Weile gab Omen seine Taktik auf und bedeutete mir, ihm auf das Dach des Gruselkabinetts zu folgen. Er drückte mir einen Zettel in die Hand und wies mich an, auf das niedrige Geländer zu steigen, das den Rand des Daches umgab. „Versuch, das Papier anzuzünden, während du auf dem Geländer balancierst."

Ich warf einen kurzen Blick auf den Boden ein paar Meter unter mir. Keine große Sache. Mit flinken Schritten schaffte ich es in weniger als einer Minute von einem Ende des Gebäudes zum anderen. Ich drehte mich zu Omen um, mein Herzschlag war kaum erhöht. „Wie soll das funktionieren?"

Er starrte mich an, ein paar Büschel seines hellbraunen Haars standen von seinem Kopf ab. In dem vergeblichen Versuch, sie zu bändigen, strich er mit der Hand darüber, bevor er auf mich zukam. „Die meisten Leute würden in Panik geraten, wenn sie da oben herumbalancieren würden."

Ich verdrehte die Augen. „Du warst doch dabei, als ich den Blumentopf für dich geklaut habe, und da denkst du ernsthaft, ich hätte Höhenangst?"

„Komm schon, Chaos-Queen", knurrte er. Offenbar war das mein neuer Spitzname – wie nett!

Nach mehreren weiteren Übungen, bei denen es entweder darum ging, mich zu schlagen oder mir ein Bein zu stellen, stieg Omen in das Wohnmobil und raste mit voller Geschwindigkeit auf mich zu. Mein Herzschlag beschleunigte sich etwas, doch selbst als sich mein Körper anspannte, erwachte nichts Übernatürliches in mir.

Er trat gerade noch rechtzeitig auf die Bremse, sodass er einen halben Meter vor mir zum Stehen kam. Ich wedelte mit dem Zettel in meiner Hand, der nun grau und zerknittert war, allerdings noch genauso unversehrt wie vorhin, als er ihn mir gegeben hatte.

Der Gestaltwandler riss die Wagentür auf und stürzte auf mich zu. „Was zum *Teufel* ist los mit dir?"

Ich starrte ihn mit verkrampftem Kiefer an. Es war ja nicht so, dass ich mich über das, was er mir in den letzten Stunden zugemutet hatte, amüsiert hätte. „Ich dachte, wir hätten bereits festgestellt, dass das keiner von uns weiß."

„Das meine ich nicht, verdammt noch mal! Kannst du nicht wenigstens ein bisschen nervös werden, wenn dieses Ding auf dich zurast?" Er machte eine Geste in Richtung des Wohnmobils.

Ich zuckte mit den Schultern. „Ich wusste, dass du mich nicht wirklich überfahren würdest. Schließlich wäre ich euch dann im Kampf gegen die Lichtarmee nicht mehr von Nutzen."

Ein unverständlicher Laut der Empörung drang aus seinem Mund. „Wieso bist du nur so verdammt nervtötend?"

Die Antwort schoss automatisch aus meinem Mund. „Weil du verdammt lästig bist und das ansteckend ist?"

Doch er war nicht nur irgendein nerviger Idiot in einem Büro, sondern ein hochrangiges Schattenwesen, das seine Macht über Jahrhunderte perfektioniert hatte. Er knurrte und ein dunkler, grollender Ton drang aus seinem Mund, den ich eigentlich eher von seiner Hundegestalt erwartet hätte. Seine Augenfarbe wechselte von Blau zu einem glühenden Orange und er fletschte Zähne, die einen Augenblick zuvor definitiv noch nicht da gewesen waren.

Ich hatte fast vergessen, wie viel geballte Kraft in diesem kompakten menschlichen Körper steckte, bevor es plötzlich passierte. Ein Schwall jenseitiger Hitze flammte in mir auf, und zum ersten Mal, seit ich losgestürmt war, um Pickle zu retten, begann mein Herz zu rasen.

Also tat ich natürlich das, was jeder vernünftige Mensch getan hätte: Ich setzte Omens Hemd in Brand.

Es war nur ein kleines Feuer – eine winzige Flamme, die aus dem Saum emporschoss und sofort verschwand, als er mit seiner Handfläche darauf schlug. Sie hinterließ einen kaum sichtbaren Brandfleck auf dem kastanienbraunen Stoff. Wie immer ging es so schnell, dass ich nicht sagen konnte, was genau ich dabei fühlte, außer dass ich unglaublich aufgebracht und mir plötzlich sicher war, dass der Kerl gleich all seine Pläne über den Haufen werfen und mir den Kopf abreißen würde.

Als Omen von seinem Hemd aufblickte, sanken seine Schultern nach unten, obwohl sie immer noch steif waren, und seine Augen hatten wieder ihr übliches durchdringendes Blau angenommen. Seine Stimme klang angespannt und kontrolliert. „Ich nehme an, du hast keine Ahnung, wie du das noch einmal machen kannst, am besten mit etwas anderem als mir."

Hilflos hob ich die Hände. „Es ist einfach … passiert."

Er fuhr sich mit den Fingern durch sein Haar, das nun völlig zerzaust war, bevor er ein unwirsches Schnaufen ausstieß und sich abwandte. „Mach eine Pause. Ich nehme an, du musst langsam sowieso etwas essen."

Ich hatte zwischen seinen verschiedenen Foltersitzungen hier und da ein paar Snacks hinuntergeschlungen, doch ich wollte mir die Chance auf eine richtige Mahlzeit nicht entgehen lassen, auch wenn ich seine Entscheidung, sich zurückzuziehen, nicht ganz verstehen konnte. Vielleicht war er zu dem Schluss gekommen, dass ich doch ein hoffnungsloser Fall war.

Ich stieg in den hinteren Teil des Wohnmobils und murmelte Pickle, der mit seinen Flügeln flatterte ein paar beruhigende Worte zu. Was war noch von dem Vorrat übrig, den ich bei unserem letzten Tankstellenstopp ergattert hatte?

Während ich in den Tüten kramte, erschien Ruse in der offenen Tür. Auf seiner rechten Handfläche balancierte er eine Schachtel. Einen Pizzakarton, um genau zu sein. Sobald mir der Geruch von geschmolzenem Käse, Tomatensoße und würziger Peperoni in die Nase stieg, lief mir das Wasser im Mund zusammen. Ich hätte mich vor lauter Dankbarkeit auf ihn stürzen können, doch ich war so hungrig, dass ich mich stattdessen auf die Pizza stürzte.

Ich sprang aus dem Wagen, gefolgt von Pickle. Niemand war überrascht, als Snap eine Sekunde später aus dem Schatten auftauchte und den Pizzakarton interessiert musterte. „Was ist *das*?", fragte er.

Ruse gluckste. „Genau aus diesem Grund habe ich eine große mitgebracht. Im Reich der Sterblichen gibt es neben Früchten und Süßigkeiten noch viele andere fantastische Köstlichkeiten." Er fing meinen Blick auf. „Ich hätte dir etwas vom Thailänder besorgt, aber das wäre noch viel unhandlicher gewesen."

„Ich beschwere mich nicht! Pizza ist mein zweites Lieblingsessen." Und definitiv viel einfacher zu essen, wenn man keine Möbel ... oder Besteck ... oder sonst irgendetwas hatte.

Ruse stapelte ein paar Kisten zu einem behelfsmäßigen Tisch und öffnete den Pizzakarton. Was gab es Besseres, als sich von den letzten Strahlen der späten Nachmittagssonne wärmen zu lassen und dabei ein knuspriges Stück Peperoni-Pizza zu genießen? So schnell, wie Snap sein erstes Stück hinunterschlang, und so begeistert, er dreinblickte, als er nach seinem zweiten griff, war er derselben Meinung.

„Während du und der Boss beschäftigt wart, hat sich die Hackerin bei uns gemeldet", sagte Ruse. „Sie hat die Adresse, die wir von deiner Freundin bekommen haben, zu einer Briefkastenfirma zurückverfolgt. Die Gebäude auf einigen dieser Fotos gehören der Lichtarmee oder einer damit in Verbindung stehenden Briefkastenfirma. Wir sollten sie uns ansehen."

„Großartig, ich werde die Informationen auch an den Bund weitergeben, damit sie ebenfalls Nachforschungen anstellen können." Ich schluckte einen weiteren köstlichen Bissen hinunter und blickte mich um, da ich das dritte

Mitglied meines Trios nicht von der Mahlzeit ausschließen wollte. „Wo ist Thorn?"

Der Inkubus winkte abweisend mit der Hand. „Er hatte wieder mal so ein ‚Gefühl' und ist auf Patrouille gegangen, als ob er nicht ohnehin alle zwei Stunden patrouillieren gehen würde. Sie haben uns noch nie bei Tageslicht angegriffen, aber versuch dem Kerl das mal klarzumachen."

Ich warf einen Blick auf das Gruselkabinett, wo das letzte Mitglied unseres Quartetts etwas auf dem Handy betrachtete, das er auf einem unserer jüngsten Ausflüge mitgehen hatte lassen. Ich hatte keine Lust, Omen zu unserem improvisierten Abendessen einzuladen, und wenn er etwas von der Pizza gewollt hätte, wäre er herübergekommen und hätte sich ein Stück geholt. Doch als ich seine düstere Miene bemerkte, ließ mein Ärger etwas nach.

Er war ein harter Kerl und eine Bestie – im wahrsten Sinne des Wortes –, doch er tat alles, um die Schattenwesen zu retten, während die meisten anderen seiner Art nicht bereit waren, auch nur die geringste Anstrengung auf sich zu nehmen. Und ... auch wenn mich mein Trio sehr lieb gewonnen hatte, hatte keiner von ihnen die Kräfte wahrgenommen, die ich mir selbst nicht hatte eingestehen wollen. Vermutlich, weil sie sich nicht vorstellen konnten, dass eine Sterbliche diese Art von Macht haben *könnte*.

Omen hingegen hatte es schon bemerkt, bevor er überhaupt gewusst hatte, wer ich war. Und obwohl er die Menschen verachtete, war er aufgeschlossen genug, um mich als Teil der Gruppe zu akzeptieren und mich dazu zu drängen – wenn auch äußerst widerwillig – diese Kräfte weiter zu erforschen. Den ganzen Tag hatte er alles Mögliche unternommen, um mir zu helfen, sie zu kontrollieren. Und auch wenn es nicht angenehm für mich gewesen war, bezweifelte ich, dass es ihm sonderlich viel Spaß gemacht hatte.

Wäre er nicht so großzügig gewesen, hätte er mich als

hoffnungsloses, überwiegend menschliches Wesen abtun können. Schließlich verfügten die vier Schattenwesen auch ohne mich über ausreichend übernatürliche Kräfte.

Omen hob den Kopf, als hätte er gespürt, dass ich ihn beobachtete, und ich wandte meinen Blick ab – gerade noch rechtzeitig, um Thorn aus dem länglichen Schatten, den das Wohnmobil warf, springen zu sehen.

Der Krieger schritt auf uns zu und seine dröhnende Stimme ließ meine Nervenenden zittern. „Wir müssen sofort von hier verschwinden! Ein Trupp ist auf dem Weg hierher und es sah so aus, als würden sie ...“

Bevor er den Gedanken zu Ende führen konnte, schoss etwas hinter ihm durch die Luft und krachte in ein Seitenfenster des Wohnmobils.

Ka-boom!

Eine Explosion zertrümmerte die anderen Fenster, Feuer loderte auf und die Reifen erzitterten. Süße brennende Salamander, diese Leute machten jetzt *wirklich* ernst.

Eine Sekunde lang stand ich wie erstarrt da, unsicher, wohin ich rennen sollte, da unsere geplante Fluchtmöglichkeit gerade in Flammen aufgegangen war. Ein verzweifelter Gedanke schoss mir durch den Kopf – *Pickle!* Doch einen Augenblick später drückte sich der kleine Drache, der mir zum Essen hinausgefolgt war, mit einem zittrigen Quietschen an meinen Knöchel. Schreie und das Rattern von Schüssen aus der Richtung, aus der das Geschoss gekommen war, spornten mich zum Handeln an.

Ich stopfte Pickle in meine Handtasche – die ich Gott sei Dank aus Gewohnheit mitgenommen hatte – und drehte mich zu dem einzigen anderen Fahrzeug um, das mir in der Nähe aufgefallen war: dem rostigen alten Pick-up neben dem Gruselkabinett. Der Rucksack mit meiner Einbrecherausrüstung war noch im Wohnmobil, doch in ein paar Augenblicken würde er zu Asche werden, falls er es nicht schon war. Der Verlust des Brandmessers, für das meine

Beute aus drei Raubüberfällen draufgegangen war, tat zwar weh, jedoch nicht so sehr, wie bei dem Versuch, es zu holen, von einer dieser Raketen getroffen zu werden.

Meine Schritte polterten über das Pflaster. Snap verschwand in den Schatten und Omen scheinbar auch. Nur Ruse rannte in seiner körperlichen Gestalt neben mir her. „Ich habe den Wagen bereits überprüft. Da ist kein Schlüssel. Es sei denn, du bist im Kurzschließen genauso gut wie im Einbrechen …"

„Nein." Doch ich hatte eine Idee. Meine Gedanken schweiften zurück zu dem Winter vor einigen Jahren, als Malachis Autobatterie ständig den Geist aufgegeben hatte und wir den Kerl am Ende des Flurs vier oder fünf Mal um Starthilfe gebeten hatten. Da ich beim Anschließen zugesehen hatte, wusste ich ungefähr, wo der Strom fließen musste. Ein kleiner Anstoß wurde genügen.

Ein kleiner Anstoß wie zum Beispiel ein Feuerblitz.

Ich hatte keine Ahnung, ob es funktionieren würde, doch mich auf ein Karussellpferd zu setzen, würde mich nicht weiterbringen. Also beschleunigte ich mein Tempo und hoffte, dass Snap und Omen im Schatten dasselbe Ziel ansteuerten.

Gerade als ich den Pick-up erreichte, erschien Omen auf dem Fahrersitz. Auf der Suche nach einem Schlüssel, tastete er das Armaturenbrett ab. Offensichtlich war auch er nicht in der Lage, das Ding kurzzuschließen. Ich drehte mich um, während ich die Beifahrertür aufriss – und mein Magen verkrampfte sich vor Entsetzen.

Thorn stürmte über den Platz auf uns zu. Auch er hatte seine körperliche Gestalt beibehalten, zweifellos, um sämtliche Angriffe abzuwehren und den Rest von uns zu beschützen. Doch die Söldner, die gerade neben dem brennenden Wohnmobil in Sicht gekommen waren, schienen es diesmal nicht darauf abgesehen zu haben, Schattenwesen zu fangen. Nein, der Größe ihrer Maschinengewehre nach zu urteilen, hatten wir genug Ärger gemacht, dass sie uns jetzt vernichten wollten, selbst wenn ihnen dadurch Versuchsobjekte durch die Lappen gingen.

Thorn hatte sie nicht gesehen. Wenn die Kugeln dieser Maschinengewehre auch aus Silber waren, so wie die Kugeln, die die Wachen im Spielzeugladen abgefeuert hatten, würden sie ihn in Stücke reißen.

Mit klopfendem Herzen sprang ich vor, um seine Aufmerksamkeit zu erregen. „Thorn, geh in den Schatten!" Verzweifelt fuchtelte ich mit der Hand durch die Luft.

Die Bewaffneten drückten den Abzug und ratterndes Maschinengewehrfeuer ertönte, bevor es abrupt verstummte, als die Flammen von dem Wohnmobil auf sie überschlugen. Das Feuer fegte in einer riesigen Woge über den Platz. Die Angreifer stoben schreiend davon, wobei weit mehr als nur die Säume ihrer Hemden brannten.

Thorn war verschwunden. Ich nahm an, dass er auf dem Weg zu uns war und dass die ersten Schüsse ihn nicht tödlich verwundet hatten. Ich sprang in den Pick-up und schlug, ohne wirklich nachzudenken, mit den Handflächen gegen das Armaturenbrett, während ich mir vorstellte, wie eine weitere Stichflamme einen Funken tief unter der Motorhaube entzündete.

Der Motor sprang stotternd an. Mein Herz machte einen Sprung. „Wir sind alle drin", verkündete Ruse von der engen Rückbank aus, und ich konnte gerade noch genug Kraft aufbringen, um meine Tür zuzuziehen, als Omen aufs Gaspedal trat.

Der Pick-up setzte sich ruckelnd in Bewegung und ratterte auf den Eingang des Jahrmarktgeländes zu. Snap materialisierte sich auf dem Sitz hinter mir. „Thorn ist verletzt", sagte er mit besorgter Stimme, und mein Herz begann erneut zu rasen.

„Mir geht's *gut*", erwiderte der Krieger unwirsch und tauchte so abrupt auf der Rückbank auf, dass seine massige

Gestalt Snap und Ruse an die Fenster quetschte. Auch wenn er behauptete, dass ihm nichts fehlte, quoll aus seinem Rücken so viel Rauch, als wäre er angezündet worden. Als der klapprige Lieferwagen ruckelte, zuckte er zusammen.

Oh, verdammt, nein. Ich schnappte mir meine Handtasche, in der sich ein paar nützliche Dinge befanden, setzte Pickle auf dem Boden ab und bedeutete Thorn durch die Tür zur Ladefläche des Lieferwagens zu gehen. „Ich werde nicht zulassen, dass du verblutest – oder ausrauchst, oder was auch immer. Geh nach hinten, da ist mehr Platz.“

Der Laderaum schwankte so heftig, dass ich fast über meine Füße stolperte. Thorn ließ sich gegen eine kahle Wand sinken, und ich nahm, so anmutig ich konnte neben ihm Platz. Hinter uns ertönten weitere Schüsse, doch sie klangen jetzt weiter weg. Zumindest hoffte ich, dass meine Einschätzung richtig war.

„Lass mal sehen“, sagte ich energisch, um das panische Pochen meines Herzens zu überspielen. Durch das kleine Fenster an der hinteren Tür drang ein wenig Licht. Der Raum um uns herum war leer, bis auf ein paar zerknitterte Pappkartons und einige Planen, die ich notfalls zu Verbänden zuschneiden konnte.

„Mir geht es *gut*“, betonte Thorn, während er mir seinen Rücken zudrehte. „Ihr habt mich rechtzeitig gewarnt. Es war nur ein Streifschuss und ich heile schnell.“

Das war nicht gelogen. Und obwohl ich wusste, dass Schattenwesen sehr widerstandsfähig waren, war es dennoch ein wenig erschreckend, es mit eigenen Augen zu sehen. Ich kniete mich neben ihn und inspizierte die Fetzen seiner Tunika – und die Wunden, die neben zahlreichen Narben in allen möglichen Formen und Größen seine Schultern und seinen Rücken bedeckten und bereits dabei waren, sich zu schließen.

Die Rauchschwaden waren mittlerweile dünner geworden. Bis ich es schaffte, einen Verband anzulegen, hätten sich die Wunden, die die Kugeln in sein Fleisch gerissen hatten, wahrscheinlich vollständig geschlossen.

Es ging ihm gut. Er lag nicht im Sterben und war nicht einmal schwer verletzt. Zischend wich der Atem aus meinen Lungen. Thorn drehte sich so, dass er sich mit dem Rücken an die Wand lehnen konnte, und ich ließ meinen Kopf auf die breite Schulter des Kriegers sinken.

Seine Muskeln waren angespannt und fühlten sich noch härter an als sonst. Als Thorn sprach, war seine Stimme ein tiefes, schroffes Grollen. „Eure Warnung hätte nicht nötig sein sollen. Ich hätte die Bewegungen unserer Feinde besser beobachten müssen."

„Du kannst nicht alles im Blick haben. Außerdem hatte keiner von uns eine Ahnung, dass sie den Einsatz so erhöhen würden."

„Ich hätte damit rechnen müssen – das war zu erwarten, nachdem wir uns als so starke Gegner erwiesen haben."

Ich legte meine Hand auf seinen starken Bizeps. „Das spielt keine Rolle. Wir haben es überstanden. Ich bin nur froh, dass ich dich warnen *konnte*."

Der Ärger in Thorns Stimme verschwand jedoch nicht. „Es spielt schon eine Rolle, da Ihr Eure Energie darauf verwenden musstet, *mich* zu retten, obwohl es meine Aufgabe ist, Euch – und die anderen – zu beschützen. Und wieder einmal habe ich ..."

Er brach ab und starrte auf die gegenüberliegende Wand, doch ich konnte mir vorstellen, was er hatte sagen wollen. Er hatte mir ein wenig von dem Krieg erzählt, der inzwischen lange zurücklag, und mir gestanden, dass er sich schämte, dass er nicht da gewesen war, um zusammen mit den anderen Geflügelten bis zum Tod zu kämpfen, obwohl er vielleicht etwas bewirken hätte können.

Dachte er wirklich, er hätte gerade *versagt*, obwohl wir alle noch lebten und kein Rauch mehr in die Luft stieg? Ich war mir nicht sicher, ob ich deswegen traurig oder beleidigt sein sollte.

„Hey", sagte ich und wartete, bis er seinen Blick auf mich richtete. „Du musst etwas nachsichtiger mit dir sein. Du hast genug getan. Wenn du nicht auf Patrouille gegangen wärst, hätten sie uns völlig überrumpelt. Und es sollte nicht nur deine Aufgabe sein, mich – oder irgendjemand anderen – zu beschützen. Abgesehen von der Tatsache, dass ich die meiste Zeit gut auf mich selbst aufpassen kann, sind wir ein Team. Das bedeutet, dass wir alle gegenseitig auf uns aufpassen. So haben wir eine viel bessere Chance, *diesen* Krieg zu überstehen. Du passt auf mich auf, genauso wie ich auf dich, zumindest so gut ich kann."

Thorn blinzelte mich an, bevor er den Blick wieder abwandte. Sein Gesichtsausdruck war immer noch so ernst, dass ich mich auf ein weiteres Gegenargument gefasst machte. Doch nach einer Weile des Schweigens sagte er: „Ich glaube nicht, dass du dir Sorgen wegen deiner Fähigkeiten machen musst. Du hast den Sterblichen, die auf mich geschossen haben, einen ganz schönen Schlag verpasst. Ich fühle mich geehrt, eine so tapfere Kriegerin an meiner Seite zu haben."

Ich konnte mir ein Kichern nicht verkneifen, sowohl weil er mich als tapfer bezeichnete, als auch wegen der Vorstellung, eine Kriegerin zu sein. „Erwarte lieber nicht, dass ich noch mal etwas in diesem Ausmaß zustande bringe, zumindest nicht, wenn wir es wirklich brauchen." Meine Kräfte schienen nur dann zum Vorschein zu kommen, wenn ich nicht darüber nachdachte, sie zu nutzen, sondern es einfach tat. Keine besonders zuverlässige Strategie.

Der Lieferwagen ruckelte, und Thorn legte seinen Arm um meine Taille, um mich festzuhalten. Anstatt seinen Arm wegzuziehen, strich er mit seinem Daumen über meine Seite. „Ihr habt mir das Leben gerettet, Mylady. Dieses Mal im wahrsten Sinne des Wortes."

„Bitte sag mir nicht, dass du jetzt wieder in meiner Schuld stehst."

Eine unerwartete Leichtigkeit schwang in seiner Stimme mit. „Oh, das tue ich. Doch ich verspreche, dass ich es nicht erwähnen werde, außer unter äußerst dringenden Umständen." Er hielt inne, und seine übliche ernste Miene kehrte zurück. „Danke. Das hatte ich nicht erwartet, dabei sollte ich inzwischen wissen, dass Ihr nicht zu unterschätzen seid."

„Allerdings, das solltest du", stimmte ich zu und lehnte mich zurück, um ihm in die Augen zu schauen. „Nur damit das klar ist: Ich *werde* auf dich aufpassen, aber ich glaube nicht, dass ich deinen Ansprüchen als Kriegerin jemals gerecht werden kann. Unbemerkt in Häuser einzubrechen ist mehr mein Ding als körperliche Auseinandersetzungen."

Seine Mundwinkel zuckten nach oben. „Das mag sein. Es ändert jedoch nichts an der Tatsache, dass ich nur deswegen noch hier bin, weil Ihr so schnell reagiert habt. Auch wenn an Eurem Argument über die gegenseitige Unterstützung in der Truppe etwas dran sein mag, gibt es keinen Grund, warum Ihr eine Kriegerin sein solltet, wenn das nicht Eurer Natur entspricht. Es liegt auch nicht in der Natur des Inkubus oder des Verschlingers, doch sie haben ihre eigenen Stärken, mit denen ich nicht mithalten kann."

„Deine Stärke besteht darin, stark zu sein." Ich stupste ihn gegen die Brust. „Ich wünschte, die Tatsache, dass ich ein Mensch bin – in welchem Ausmaß auch immer – wäre keine solche Belastung. Doch ich schätze, dagegen kann ich nichts tun." Meine Finger verweilten auf seinem muskulösen Arm, knapp unter dem Ärmel seiner Tunika und fuhren über die blassen Narben, die seine gebräunte Haut auch an dieser Stelle überzogen. „Wie lang hast du die schon?"

„Seit meiner allerersten Schlacht. Jedes Mal, wenn ich so schwer verwundet werde, dass Rauch austritt, bleibt eine

Spur in meiner körperlichen Gestalt zurück. Allerdings sind in den letzten Jahrhunderten nicht viele dazugekommen."

„Nicht seit den Kriegen vor langer Zeit. Bis jetzt." Ich schnitt eine Grimasse und fuhr mit den Fingern an seinem Hals und seinem Kinn entlang, wo noch mehr weiße Kerben und Einschnitte von seiner Tapferkeit zeugten. Trotz seiner harten Züge war seine Haut warm und glatt, und die Narben waren nur minimal zu spüren. Ich ließ meine Hand weiter wandern und fuhr mit den Fingern durch sein volles Haar.

Ein Grollen drang aus Thorns Brust und seine Stimme klang noch tiefer als sonst. „Wenn Ihr mich so berührt, bin ich froh, dass Euer Körper so weich ist."

Mein Puls beschleunigte sich, doch nun empfand ich das Pochen nicht mehr als unangenehm. Meine Haut erwärmte sich an der Stelle, wo sein Arm mich umfasste. Als ich in seine fast schwarzen Augen blickte, fiel mir nichts Klügeres ein, als zu sagen: „Das solltest du auch." Dann zog er mich an sich und presste seine Lippen auf meinen Mund, bevor ich noch etwas Unsinniges von mir geben konnte.

In diesem Moment vergaß ich die wackelnden Wände des Lieferwagens und die Angreifer, vor denen wir geflohen waren. Ich gab mich der Wärme seines Kusses hin und den Berührungen seiner Hand, die meinen Bauch streichelte. Sie wanderte nach oben, bis sein Daumen meine Brust streifte. Eine intensive Lust loderte zwischen meinen Beinen auf, auch wenn dies nicht der ideale Ort war, um diesem Verlangen nachzugeben.

„Fürs Protokoll", sagte ich und fuhr mit meinen Lippen über die seinen, „ich glaube, du bist nicht nur im Kämpfen, sondern auch in ein paar anderen Dingen gut. Und darüber bin *ich* sehr froh."

„Ist das so?", erwiderte Thorn und zog mich erneut an sich, um mich so leidenschaftlich zu küssen, dass ‚froh' vielleicht etwas untertrieben war.

Als der Lieferwagen mit quietschenden Reifen und einem

kräftigen Ruck zum Stehen kam, lösten wir uns voneinander. Thorn warf einen bedauernden Blick auf die Tür, die zum vorderen Teil des Lieferwagens führte. „Ich schätze, wir sollten sehen, wo wir hier gelandet sind – und wie es von hier aus weitergeht."

„Ja." Ich rappelte mich auf, doch als er sich neben mir erhob, konnte ich nicht widerstehen, seine Wange ein letztes Mal zu streicheln. „Fortsetzung folgt. Also versuch bitte, dir keine Kugel einzufangen, bevor ich dieses Versprechen einlösen kann."

ACHTZEHN

Ruse

Auch wenn ich Omens Verachtung für alles, was mit der Welt der Sterblichen zu tun hatte, nicht teilte, war das Gemeindezentrum, in dem sich Sorshas Bund zu seiner heutigen Sitzung versammelt hatte, definitiv nicht das Highlight dieser Welt. Selbst im Schatten konnte ich den Geruch von abgestandenem Schweiß wahrnehmen, und das Basketballspiel, das in der Turnhalle nebenan im Gange war, war so laut, dass ich einige Teile der Unterhaltung nicht verstehen konnte.

Immerhin war es besser als der Geruch von brennenden Wohnmobilpolstern und das Dröhnen von Maschinengewehrfeuer, vor dem wir gestern geflohen waren.

Eines war auch klar, ohne dass ich jedes Wort hörte: Die meisten der Mitglieder waren nicht glücklich. Die Anführerin mit den schwarzen Haaren und den scharfen Augen stemmte die Hände in die Hüften, als sie mit Sorsha sprach. „Das war deine Wohnung, nicht wahr – das Gebäude, das Feuer gefangen hat, und in dem die Leichen gefunden wurden? Und die Opfer auf diesem Minigolfplatz – sie wurden auf dieselbe Weise zugerichtet ..."

Ihre Frau, mit der sie den Bund gemeinsam leitete, zog eine Grimasse. „Ich habe die Fotos gesehen. Diese Verletzungen sehen aus, als wären sie von einem Schattenwesen verursacht worden. Mit was für Wesen hast du dich da eingelassen?"

Sorsha stand auf der anderen Seite des langen Tisches im Raum. Ihre Freundin Vivi stand neben ihr, während sie sich nicht nur mit den Leiterinnen der Gruppe anlegte, sondern auch mit den anderen Mitgliedern, die ebenfalls beunruhigt wirkten. Diese Leute hatten definitiv kein Verständnis für Thorns Schlagkraft, so viel war klar. Was hätte er denn tun sollen, unsere Angreifer mit einem Seidenband fesseln und die Polizei bitten, sie doch bitte in den Knast zu stecken?

Unsere Sterbliche – oder was auch immer sie war, wenn man ihre unerwarteten Kräfte in Betracht zog – sah so hartnäckig und atemberaubend aus wie immer. Und das, obwohl sie ohne Vorwarnung hierhergeeilt war. Ihre Hände lagen zu Fäusten geballt auf dem Tisch.

„Wir sind angegriffen worden", erklärte sie, ohne auf die Frage einzugehen. „Wiederholt und gewaltsam. Die Leute, die die Lichtarmee auf uns gehetzt hat, haben mittlerweile schon mindestens ein halbes Dutzend Mal versucht, *mich* umzubringen. Alles, was ihr in diesen Berichten gesehen habt, war Notwehr."

Die Leichen, die nicht unbedingt notwendig gewesen waren, wie der Kerl, den Thorn nach unserem Verhör beseitigt hatte, hatten wir sorgfältiger entsorgt, da wir da nicht gerade um unser Leben hatten laufen müssen. An Sorshas angespanntem Kiefer konnte ich erkennen, dass sie diese Todesfälle nicht vergessen hatte, auch wenn sie sie ihren Kollegen vom Bund gegenüber nicht erwähnte.

Die Arschlöcher von der Lichtarmee hätten alle

ssah, als sie sich an Leland wandte.
täten rund um das Gebäude im
halten, nur für den Fall. Ich glaube
bsichtlich in Schwierigkeiten bringen
ch eine Organisation in diesem
attenwesen macht …"
Alles, was ich gefunden habe, ist eine
ge Lieferwagen, die vor zehn Tagen
hnung, was sie transportiert haben –
onderlich ungewöhnlich, Lieferwagen
ehen."
as war kurz nachdem wir die Anlage
Omen zu befreien. Genau zu diesem
mee ihre anderen Gefangenen verlegen
r Tarnorganisationen der Lichtarmee
Wharf Street, wie unsere Hackerin in
hatte. Vielen Dank für den Tipp,

s Bundes unterhielten sich noch eine
nichts, was für uns von Interesse wäre.
verließen, folgte ich ihnen durch die
in verschiedene Richtungen, Leland
e und schlug dann die Richtung ein, wo
und den anderen treffen wollte. Ich war
ersen und wartete auf einen günstigen
Straucheln zu bringen.
Ecke und blieb stehen. Meine Sicht war
en, als ich ihn aus dem Schattenreich
erkennen, weswegen er angehalten hatte.
s Haar war in der Gasse, in der wir uns
nen, ebenso wie Snaps goldene Locken. Der
ch gerade vorgebeugt, um sie zu küssen.
ballten sich zu Fäusten. Er konnte nicht
ein Schattenwesen war, doch vielleicht

Schattenwesen geteert, gefedert, in Öl gekocht und aufgehängt, wenn sie die Möglichkeit dazu gehabt hätten. Also warum sollten uns Schuldgefühle plagen, weil sie ihr Leben verloren hatten? Diese gefühlsduseligen Sterblichen.

Nicht, dass mich das bei Sorsha störte. Sie hatte auch eine Menge Stahl in sich … und wenn sie nicht wenigstens ein bisschen nachsichtig wäre, hätte sie mir nie verziehen, dass ich mein Versprechen ihr gegenüber gebrochen hatte.

„Diesbezüglich haben wir nur dein Wort", gab eines der anderen Mitglieder zu bedenken. „Bisher haben wir keinen Beweis dafür gesehen, dass diese ‚Lichtarmee' es überhaupt auf die Schattenwesen abgesehen hat."

„*Ich* habe gesehen, was sie mit einem ihrer eigenen Leute gemacht haben", meldete sich Vivi zu Wort. Auch wenn sie uns anfangs mit ihrer Neugier auf die Palme gebracht hatte, brachte ihr das Aufblitzen in ihren dunklen Augen viele Pluspunkte ein, als sie Sorsha verteidigte. „Sie haben ihn umgebracht und seine Leiche verstümmelt – das sind keine Leute, mit denen man sich anfreunden möchte."

„Woher willst du wissen, dass dieser Kerl von Sterblichen ermordet wurde?", fragte der stämmige junge Mann mit dem weichen, mürrischen Gesicht. „Oder hat dir das auch Sorsha gesagt?"

Er war derjenige, mit dem Sorsha einmal eine kurze Liebschaft gehabt hatte. Nicht das Riesenarschloch, das sich mit einem kurzen Hinweis auf ihre Unzulänglichkeiten aus dem Staub gemacht hatte und das ich am liebsten selbst geteert und gefedert hätte, sondern das fast ebenso große Arschloch, das vor Groll und Empörung nur so strotzte. Komischerweise zeigte dieser Leland, oder wie er hieß, keine Spur von Reue wegen seines *eigenen* Verhaltens.

Es hatte mir großen Spaß gemacht, ihm im Kino ein Bein zu stellen, wo sich die Gruppe vor ein paar Wochen getroffen hatte. Ich schlich mich näher heran, für den Fall, dass ich noch einmal die Chance bekäme, einen Fuß aus dem Schatten

Einzige, die betroffen aus[…]

„Wir sollten die Aktiv[…] Hafengebiet im Auge be[…] nicht, dass Sorsha sich a[…] würde. Wenn tatsächl[…] Ausmaß Jagd auf die Sch[…]

Leland schnaubte. „[…] Aufzeichnung über ein[…] dort ankamen. Keine A[…] außerdem ist es nicht s[…] in der Wharf Street zu s[…]

Vor zehn Tagen – d[…] gestürmt hatten, um […] Zeitpunkt hatte die Ar[…] müssen. Und eine de[…] befand sich in der W[…] Erfahrung gebracht […] mürrischer Freund.

Die Mitglieder de[…] Weile, allerdings über[…] Als sie den Raum […] Schatten. Sie gingen[…] überquerte die Straß[…] ich mich mit Sorsha […] ihm dicht auf den […] Moment, um ihn ins[…]

Er bog um die […] leicht verschwomm[…] beobachtete, um zu […]

Oh. Sorshas rote[…]

ahnte er es, wenn er wusste, mit welcher Art von Wesen Sorsha in letzter Zeit geknutscht hatte.

Er stand immer noch wie angewurzelt da, während die beiden Gestalten tiefer in die Gasse hineingingen, wo ich zu ihnen stoßen sollte. Leland blickte finster drein. Eine düstere Aura umgab ihn wie eine Gewitterwolke und die Wut, die von ihm ausging, war so stark, dass ich nicht einmal meine Kräfte einsetzen musste, um sie zu schmecken.

Als ob sie ihm immer noch etwas schuldig wäre. Wenn überhaupt, hätte *ich* viel mehr Grund, bei diesem Anblick zusammenzuzucken. Wobei eigentlich auch nicht, denn schließlich hatte ich ihr gesagt, sie sollte sich vergnügen, wann immer sie die Gelegenheit dazu hatte.

Ich zuckte zusammen, als ich in die Gasse huschte. Allerdings nicht, weil sie Snap geküsst hatte. Nicht, weil ich gespürt hatte, dass sich zwischen ihr und Thorn ebenfalls etwas anbahnte. Verdammt, ich vermutete, dass ihre Anwesenheit nicht einmal Omen ganz kalt ließ.

Das wäre alles in Ordnung gewesen. Sie hätte Tausende von Schattenwesen küssen können, und ich hätte gesagt: „Je mehr, desto besser" …, wenn ich mir erlaubt hätte, sie auch zu küssen.

Okay, möglicherweise hatte ich, was das betraf, nicht die größte Selbstbeherrschung an den Tag gelegt. Meine Lippen waren trotz meiner besten Absichten ein- oder zweimal auf ihre getroffen. Doch bei jedem Mal wurde diese tiefe Sehnsucht in mir stärker.

Wenn ich mich nicht mit ihr vergnügen konnte, ohne diesen Schmerz zu spüren, war ein kalter Entzug die einzige Lösung. Die Sehnsucht sollte in solchen Momenten nur kurz aufflackern und nicht in einen echten Herzschmerz ausarten. Wer zum Teufel hatte schon jemals von einem Inkubus mit Herzschmerz gehört? Es fehlte nicht viel und ich wäre eine Schande für meine Art.

Wenn es doch nur einen Weg gäbe, sie zu genießen, ohne dass sich diese anderen Begierden einschlichen …

Ich brachte die leise Stimme in meinem Hinterkopf zum Schweigen, und huschte durch die Schatten in der Gasse zu unserem Treffpunkt. Die anderen vier waren bereits dort angekommen. Als ich neben Thorn aus dem Schatten trat, lächelte ich triumphierend, als ich daran dachte, welche Neuigkeiten ich gleich verkünden würde. Alle anderen Gefühle schob ich vorerst beiseite. Sorsha blickte von ihrem Handy auf.

„Die Schattenwesen, die sich laut Jade möglicherweise unserer Sache anschließen würden, haben sich gerade bei mir gemeldet. Sie wollen sich mit uns treffen. Hoffentlich sind sie eine größere Hilfe als unsere sterblichen Verbündeten."

NEUNZEHN

Sorsha

Die ersten Worte, die Omen murmelte, als unsere potenziellen neuen Verbündeten neben dem Wolkenkratzer aus Holz und Metall in Sicht kamen, waren: „Scheiß Touristen. Das war ja klar."

Wir blieben auf der gegenüberliegenden Straßenseite des Hofs stehen und warteten darauf, dass Thorn uns ein letztes Mal signalisierte, dass die Luft rein war. Nachdem die Lichtarmee uns auf dem Jahrmarktgelände aufgespürt hatte, wollten wir kein Risiko eingehen, schon gar nicht, wenn andere Schattenwesen involviert waren.

Ich warf dem Höllenhund-Wandler einen Blick zu. „Touristen?"

Die beiden Schattenwesen, die neben dem Brunnen standen, entsprachen nicht dem stereotypischen Bild, das ich von Touristen hatte: keine Hemden mit Hawaii-Print und keine Kameras um den Hals. Eigentlich hätten sie gut in Jades Bar gepasst. Der Mann war ein stämmiger Teddybär-Typ mit glänzendem kastanienbraunem Haar, das zu einem wilden Irokesen geschnitten war. Das Mädchen war schlank, rehäugig und die Strähnen ihres kurzen Bobs waren in so vielen Farbtönen gefärbt, dass ich nicht sagen konnte, welches die Grundfarbe war. Die lässigen, aber gut geschnittenen Klamotten der beiden waren ebenfalls quietschbunt, und die des Mädchens glitzerten obendrein.

Bestimmt hätten Luna und sie sich gut verstanden. Hätte Thorn die beiden nicht schon als „Pferdewandler" identifiziert, als er Omen Bericht erstattet hatte, hätte ich sie für Feen gehalten, wie meine ehemalige Wächterin.

„Offensichtlich", sagte Omen mit einem Anflug von Spott. „Die Art von Schattenwesen, die auf die Seite der Sterblichen kommen, als wäre es ein netter Zeitvertreib: eine kleine Reise, um ein oder zwei Wochen lang dem sterblichen Lebensstil zu frönen, und sich dann wieder ins Schattenreich verziehen, bevor die Logistik zu anstrengend wird. Denen geht es nur darum, sich zu amüsieren."

Ich konnte mir schlimmere Gründe vorstellen, um in die Welt der Sterblichen zu kommen, doch angesichts Omens allgemeiner Einstellung war ich nicht überrascht, dass er sich über dieses Kavaliersdelikt beschwerte. „Nun, diese beiden scheinen nicht nur auf Vergnügen aus zu sein, denn Jade meinte, sie wollten etwas unternehmen. Das ist mehr, als deine Kumpel angeboten haben."

„Ich habe dir doch schon gesagt, dass sie nicht meine Kump…", begann Omen.

Er verstummte, als Thorn von der anderen Seite des Hofes ein Signal ab. Der Krieger und unsere beiden anderen Gefährten würden im Schatten warten, bereit, bei Bedarf herauszukommen, während Omen und ich mit den Neuen sprachen. Wir hatten diesen zentralen Ort für unser Treffen gewählt, weil wir hofften, dass die Armee an einem so öffentlichen Ort, an dem sich auch viele menschliche Touristen aufhielten, nicht angreifen würde.

Omen machte sich auf den Weg. „Kommt schon. Mal sehen, was du da für Schwachköpfe aufgetrieben hast."

Die beiden Schattenwesen, die an dem hölzernen Sockel der Statue lehnten, schienen die Passanten nicht zu bemerken, die stehen geblieben waren, um die Gedenktafel zu lesen, die sie verdeckten. Als wir uns näherten, richteten sie sich auf. Vermutlich erkannten sie sofort, dass Omen ebenfalls aus dem Schattenreich kam.

„Hallo", grüßte ich und winkte unbeholfen. „Ich bin Sorsha. Das ist Omen. Er ist sozusagen …"

„Ich habe hier das Sagen", unterbrach mich Omen, der die beiden abwechselnd musterte. „Ich weiß nicht, was ihr gehört habt, aber das hier ist kein Spaß. Es wird kein Geplänkel oder Sightseeing geben oder was auch immer ihr sonst in dieser Welt so treibt."

„Offensichtlich", antwortete das Mädchen und ihre Rehaugen wurden noch runder. „Ihr seid hinter den Idioten her, die Cori entführt haben, nicht wahr? Wir werden keine halben Sachen machen, wenn es darum geht, ihn zu retten."

„Cori?", fragte ich.

„Coriander", sagte der Typ und senkte den Kopf mit dem üppigen Irokesen. „Unser bester Kumpel. Wir haben mit ihm überall in der Welt der Sterblichen gefeiert, bis er vor ein paar Wochen von diesen Kerlen in der Silber- und Eisenkluft entführt wurde." Seine Miene wurde verlegen. „Wir waren an diesem Abend alle auf LSD, deswegen waren unsere Reflexe nicht so gut."

Ah, Hardcore-Partys also. Omen verzog den Mund, doch seine Stimme blieb ruhig. „Wer und was seid *ihr*?"

„Bow", antwortete der Kerl, wobei er darauf achtete das W am Ende extra zu betonen. Sein Blick huschte zu den Sterblichen, die in der Nähe standen, bevor er etwas leiser hinzufügte: „Ich bin ein Zentaur, Sir."

„Glisten, Einhornwandlerin", stellte sich das Mädchen weniger zögerlich vor. „Ich werde lieber Gisele genannt."

Sie hielt mir ihre Hand hin. Als ich sie schüttelte, bemerkte ich etwas Schimmerndes an ihrem Handgelenk, das wie Haar aussah – Haar, das an der Unterseite ihres Handgelenks wuchs? Ein Merkmal ihres Schattenwesens. Und ich vermutete, dass Bows Irokesenschnitt ein Teil seiner Mähne war.

Fantastisch. Natürlich kannte ich Zentauren und Einhörner, allerdings nur aus Märchenbüchern. Ich hatte sie noch nie in echt gesehen. Wie groß war wohl die Chance, dass ich sie in ihrer Schattengestalt zu Gesicht bekommen würde?

Vermutlich ziemlich gering, wenn es nach Omen ging, der aussah, als wüsste er nicht, ob er sich über das „Sir" freuen oder über die Tatsache beleidigt sein sollte, dass Gisele eine Anrede der Sterblichen verwendet hatte. „Und inwiefern glaubt ihr, dass ihr uns helfen könnt?"

„Auf jede erdenkliche Weise, Sir", antwortete Bow eifrig. „Ich bin ziemlich stark, und Gisele ist furchtbar schnell und wild, wenn sie sich verwandelt, und, na ja, wir würden so ziemlich alles tun, wenn wir dadurch Cori vor diesen Jägern oder wem auch immer retten können."

Gisele nickte. „Und falls wir ein Fluchtfahrzeug brauchen, ist im Supermobil genug Platz."

Omen hob die Augenbrauen. „Im Supermobil?"

„Ja, kommt mit, wir zeigen es euch!"

Als Gisele über das Kopfsteinpflaster hüpfte, warf mir Omen einen spitzen Blick zu. Ich hob die Hände. „Mal sehen, was sie zu bieten haben. Je mehr, desto besser, oder?"

„Kommt drauf an", brummte er.

Das Fahrzeug, vor dem Gisele stehenblieb und das einen halben Block vom Hof entfernt geparkt war, sah wie ein typischer Stadtbus aus. Er war leer und auf dem Display über der Windschutzscheibe blinkte der Schriftzug *Außer Betrieb*. Gisele strich mit der Handfläche über eine Stelle neben der Tür, die sich daraufhin zischend öffnete. „Alle einsteigen!", rief sie mit einem Blick auf die Schatten um uns herum. „Und damit meine ich alle, es sei denn, ihr wollt lieber in den dunklen Ecken hier draußen warten."

Das Trio verstand ihren Wink. Nachdem wir eingestiegen waren, nahmen sie im Inneren des Busses Gestalt an, der um einiges exklusiver war als alle öffentlichen Verkehrsmittel, mit denen ich je gefahren war.

Hinter dem Vordersitz mit dem violetten Samtbezug öffnete sich der Bus zu einem riesigen Wohnmobil. Wir standen vor einer Wohnküche. Die glatten Theken um die Spüle herum glitzerten genauso wie Giseles Bluse. Außerdem gab es mehrere Schränke aus Hartholz und einen Halbkreis aus gepolsterten perlgrauen Sofas, die Platz für acht Personen boten und in deren Mitte sich ein runder Tisch befand. Von dort aus führte ein schmaler Flur zu ein paar weiteren Türen. Eine davon stand offen und gab den Blick auf ein Himmelbett frei.

„Heilige Mutter des Mantikor", staunte ich. „Ihr habt euch eine Villa auf Rädern zugelegt. Ist das Ding mit einem Tarnzauber belegt?"

Gisele strich mit der Hand über das Armaturenbrett. „Es gibt sogar mehrere Versionen!"

Die mehrfarbigen Knöpfe waren sorgfältig beschriftet. Neben *Stadtbus* gab es noch die Optionen *Reisebus*, *Lastwagen*, *Schulbus* und einige ausgefallenere, wie *Lokomotive* und –

„Militärisches U-Boot?", las ich laut vor.

„Dafür hat sich bisher noch nie die Gelegenheit geboten", sagte Bow, der die Tür hinter uns geschlossen hatte. „Sehr schade. Es sieht wirklich toll aus."

„Sehr raffiniert", meinte Ruse beeindruckt und streckte sich prompt auf dem Ledersofa aus. „Außerdem brauchen wir wirklich eine neue Bude."

„Vorausgesetzt, unsere Chaos-Queen hier schafft es, dieses neueste Gefährt nicht auch noch in die Luft zu jagen", murmelte Omen, doch selbst er konnte einen Anflug von

Ehrfurcht nicht verbergen, als er die Einrichtung betrachtete. „Wie seid ihr an dieses Gefährt gekommen?"

Gisele zuckte mit den Schultern. „Das Wohnmobil hatten wir bereits. Sterbliche haben die Angewohnheit, mich glücklich machen zu wollen. Cori hat es mit seiner Magie vergrößert. In den Städten, in denen wir uns normalerweise aufhielten, hatten wir jedoch, Probleme Parkplätze zu finden. Eines Tages haben wir einer Feen-Dame geholfen, die einen schlechten Trip hatte, und sie revanchierte sich mit den Tarnzaubern."

Ich schätze, sich mit psychoaktiven Substanzen auszukennen, brachte durchaus Vorteile mit sich.

Bow warf einen Blick in einen der Schränke. „Möchtet ihr etwas essen?" Neben mir wurde Snap sofort hellhörig. Der Zentaur leckte sich über die Lippen. „Wir haben Gras und Heu und etwas Klee, an dem sogar noch Blüten dran sind …"

Ein enttäuschter Ausdruck trat in das Gesicht des Verschlingers. Bow schien seinen Blick und unser Desinteresse an dem Essen bemerkt zu haben, das vermutlich ein echter Leckerbissen für Pferde war. Ein verschmitztes Lächeln umspielte seine Lippen. „Wir haben auch *anderes* Gras, das kein richtiges Gras ist. Gutes Zeug."

„Außer der Lady braucht niemand von uns Nahrung", warf Thorn ein.

„Oh, der Sinn am Grasrauchen ist auch nicht, satt zu werden. Obwohl ich daraus auch schon gute Brownies gemacht habe."

Ich nahm an, dass Omen zu dem Schluss gekommen war, dass das Fahrzeug zu nützlich war, um es sich entgehen zu lassen, auch wenn die Besitzer nicht sein Fall waren. Er räusperte sich. „Wir sind froh, dass ihr uns helft, doch ich denke, wir sollten uns lieber zurückhalten, bis wir uns entschieden haben, wie wir weiter vorgehen wollen. Ruse, du hast auf dem Weg hierher eine Spur erwähnt."

„Ja!" Ruse klatschte in die Hände und richtete sich auf. Ich ließ mich zu ihm auf das Sofa fallen, und Snap quetschte sich neben mich. Unsere Gastgeber ließen sich gegenüber von uns nieder.

„Dein Ex hat sich verplappert, nachdem du gegangen bist", sagte der Inkubus mit einer Kopfbewegung in meine Richtung. „An einem Fabrikgebäude in der Wharf Street kamen an dem Tag nachdem wir Omen aus der Einrichtung befreit haben, mehrere Lieferwagen an."

Thorns Aufmerksamkeit richtete sich auf uns, während er die Straße draußen durch das Fenster beobachtete. „Eine der Adressen, die uns die Computerexpertin gegeben hat, war doch in der Wharf Street, oder?"

„Allerdings, mein Freund."

Zum ersten Mal, seit wir vom Jahrmarktgelände geflohen waren, verzog sich Omens Mund zu einem Lächeln. „Wir müssen den Ort natürlich auskundschaften, um das zu bestätigen", sagte er. „Das können wir heute Abend machen, wenn hoffentlich einige der Angestellten nach Hause gegangen sind. Außerdem haben wir jetzt die perfekte Tarnung, um uns ein wenig die Gegend anzusehen."

Er tätschelte den glitzernden Tresen des Supermobils und schenkte den Touristen, über die er noch vor einer Stunde geschimpft hatte, ein Lächeln. „Ich wette, die Lichtarmee hält euren Freund dort fest. Höchste Zeit, die Party zu sprengen."

ZWANZIG

Sorsha

„**W**ährend wir die Gefangenen da rausholen, kann sich der Virus, den euere Hackerin programmiert hat, in ihren Computersystemen verbreiten und ihre Daten löschen!" Mit leuchtenden Augen hüpfte Gisele auf dem Wohnmobilsofa auf und ab. „Das ist der perfekte Plan."

Ich fand ihre Zuversicht ein wenig übertrieben, und Thorn schien mir zuzustimmen. „Wir haben noch einige Details zu klären", sagte der Krieger, der an der Rückenlehne des Fahrersitzes lehnte.

„Wir werden es schaffen", versicherte Omen mit dem verhaltenen Lächeln, das mir in den letzten Tagen schon öfter bei ihm aufgefallen war. „Alles fügt sich."

Hoffentlich. Nachdem wir das Hafengebäude erkundet hatten, soweit es die Schutz- und Überwachungsmaßnahmen der Armee zuließen, hatten wir die letzten Tage damit verbracht, uns zu überlegen, wie wir am besten einbrechen und die Schattenwesen, die sie gefangen hielten, befreien könnten. Mit der Unterstützung von Ruse' Hacker-Freundin würden wir versuchen, auch alle gefährlichen Informationen zu zerstören, die ihre Experimente bisher aufgedeckt hatten. Da wir dieses Mal fast doppelt so viele Leute auf unserer Seite und mehr Erfahrung im Umgang mit den Wachen der Armee hatten, fühlte sich die Mission weniger beängstigend an.

„Ich wünschte nur, ich hätte mein Brandmesser noch", sagte ich und verzog das Gesicht bei dem Gedanken an das verbrannte Wohnmobil.

Omen, der heute beinahe gute Laune hatte, klopfte mir auf die Schulter. „Vielleicht können wir dir ein neues besorgen, Chaos-Queen."

„Dann ist jetzt Zeit zu feiern!" Bow, der gerade einen Salat aus Klee und Erdbeeren verzehrt hatte, sprang von seinem Platz auf und winkte Gisele zu. „Da wir die Tore nicht vor morgen Abend stürmen, wenn die nächste Lieferung kommt, sollte es sicher sein. Wo ist das gute Zeug, das wir gerade geholt haben?"

Während sie den Inhalt ihrer Schränke durchstöberten, musterte ich Omen, der trotz seiner guten Laune noch nicht entspannt genug war, um sich zu setzen. Ich konnte es mir nicht verkneifen, ihn ein wenig zu ärgern. „Bist du immer noch sauer, weil ich Jade gebeten habe, Hilfe zu organisieren?"

Er warf mir einen finsteren Blick zu, bevor sich seine Miene aufhellte und er sich im Wohnmobil umsah. „Es hat uns nicht gerade einen Haufen erfahrener Krieger beschert … doch ich muss zugeben, dass ich die beiden lieber dabeihabe, als die Sache alleine durchzuziehen. Vor allem, weil ich bezweifle, dass Rex noch mehr Wohnmobile hat, die du in die Luft jagen kannst."

Ich stieß ihm mit dem Ellbogen in die Hüfte, die ich vom

Sofa aus bequem erreichen konnte. „*Damit* hatte ich noch weniger zu tun als mit Betsy."

Er brummte vor sich hin, als wäre er da anderer Meinung, doch das Funkeln in seinen Augen wirkte aufrichtig belustigt. Wenn ich das Biest nicht gezähmt hatte, so hatte ich es zumindest dazu gebracht, mit dem Schwanz zu wedeln.

Bevor mich der Gedanke dazu bringen konnte, wieder auf seinen Hintern zu starren – natürlich nur, um zu prüfen, ob er tatsächlich einen Schwanz hatte – richtete ich meinen Blick wieder auf unsere Gastgeber. Gisele hatte eine Karamellbonbondose hervorgeholt, die sie aufklappte und einen dicken Stapel Joints zum Vorschein brachte.

Ah. Die andere Art von Gras in der Tat. Kein Wunder, dass die beiden auf diese Weise feierten.

„Wer will mitrauchen?", fragte Bow und schnappte sich einen. „Wir teilen gerne."

Als er den Joint anzündete und einen Hauch des stechenden, moschusartigen Rauchs in die Luft blies, schüttelte ich den Kopf. „Ich verzichte. Nicht wirklich mein Ding." Und obwohl wir auf einem Stadtbus-Parkplatz geparkt und den entsprechenden Tarnmodus aktiviert hatten, vertraute ich nicht darauf, dass das Chaos, mit dem Omen mich ständig aufzog, nicht doch über uns hereinbrechen würde.

Offensichtlich war unser hedonistischer Inkubus auch kein Freund von Gras. Ruse winkte das Angebot mit einem schiefen Grinsen ab. „Mir wird sogar von dem guten Zeug übel. Glaubt mir, niemand ist deswegen trauriger als ich."

Snap betrachtete die Joints mit verhaltener Neugierde. „Ich habe es noch nie probiert."

„Nur zu", sagte ich und tippte mit meinem Fuß unter dem Tisch gegen seine Wade. „Mach aber langsam."

Als er den Joint von Bow entgegennahm, kam Thorn näher. „Welchem Zweck dient das?"

Gisele lächelte ihn an. „Nur zum Spaß. Es hilft einem, sich

zu entspannen und regt den Geist zu kreativem Denken an. Vielleicht kommen uns neue Ideen, wenn wir high sind."

Vielleicht würde ihnen die Idee kommen, Cheetos und Pommes holen zu gehen, doch ich war bereit, mich überraschen zu lassen.

Thorn hielt inne, sein Blick wanderte kurz zu mir. Dachte er über meinen Vorschlag nach, lockerer zu werden? Auf sein offensichtliches Zögern hin fügte Bow hinzu: „Man kann die Wirkung leicht abschütteln, wenn es sein muss. Wenn du in die Schatten gehst und wieder zurückkommst, werden die Chemikalien aus deinem System entfernt." Er kicherte, und ich vermutete, dass die Wirkung bereits eingesetzt hatte. „Solange du dich daran erinnern kannst, dass du in die Schatten springen *kannst*. Oh, das Zeug ist *wirklich* gut."

„Ich kann mir nicht vorstellen, dass ich das vergessen könnte", sagte Thorn mit plötzlicher Entschlossenheit und streckte seine Hand aus. Sohn eines verrückten Jaguars, damit hätte ich nicht gerechnet, doch ich war gespannt, zu erfahren, wo das hinführen würde. Was konnte schon schiefgehen?

Snap nahm einen Zug von dem Joint, bevor er ihn Bow hustend zurückgab. „Das ist ... Das ist genug", hüstelte er, als Ruse ihm auf die Schulter klopfte. „Ich nehme an, du hast keine Erdbeeren mehr?"

Zum Glück hatten unsere Pferdewandler noch welche. Während Snap kurzen Prozess mit ihnen machte, zog Thorn an dem Joint, wobei eine leichte Röte über seine gebräunte Haut kroch.

„Ich kann keinen Unterschied feststellen", verkündete er, doch ein paar Minuten später kicherte er vor sich hin, während er die glitzernde Arbeitsplatte betrachtete. „Das ist mir noch nie aufgefallen. Es ist, als könnte man die einzelnen Glitzerpartikel miteinander verbinden, um die Quelle zu finden", teilte er uns mit, was auch immer das bedeuten sollte.

Pickle huschte über den Tisch, wobei sein Kopf wackelte,

als wäre auch er etwas high von dem Rauch in der Luft. Omen verdrehte die Augen und machte sich daran, die Karten auf dem GPS des Supermobils zu studieren.

Als Thorn auf dem Boden neben den Schränken lag und mit unseren Gastgebern über Pferdefutter, ihre Lieblingsstellen im Wald und das Abendlicht an der Decke diskutierte, wurde mir der Gestank des Rauchs zu viel. Snap rührte sich unruhig und beäugte Thorn mit offensichtlicher Verwirrung, und Ruse ... Der Inkubus schmunzelte über die ungewohnte Heiterkeit seines Gefährten. Dennoch war seine Freude über die Situation etwas gedämpft. Womöglich machte der Rauch ihm ebenfalls zu schaffen, oder es war wieder diese seltsame Verschlossenheit, die ich in letzter Zeit bei ihm bemerkt hatte.

Ein Anflug von Zuversicht durchströmte mich, möglicherweise verstärkt durch die Rauschschwaden in der Luft. Wir wussten, wo unsere Feinde waren. Wir hatten einen Plan, um sie morgen Nacht zu vernichten. Selbst mit den neuen Verbündeten an unserer Seite war es ein gefährliches Unterfangen. Wir hatten es verdient, uns bis dahin zu amüsieren.

Ich stand auf. „Ruse, Snap, kommt schon. Ich denke, wir sollten unsere eigene Nichtraucher-Party veranstalten."

Snap sprang auf, ein eifriges Strahlen erhellte sein Gesicht. Ruse grinste verschmitzt und erhob sich langsam, vielleicht sogar zögerlich?

Mal sehen, was wir dagegen tun konnten. Er hatte bisher immer nur gezögert, weil er dachte, *ich* wäre nicht entschlossen. Wie konnte ich das nur vergessen?

Ich gab ihnen ein Zeichen, mir zu folgen, und ging über den Flur zum zweiten Schlafzimmer des Wohnmobils, wo ich die letzten beiden Nächte verbracht hatte.

Es war deutlich zu sehen, dass die jetzigen Besitzer dieses Zimmer eingerichtet hatten. Die Bettdecke hatte einen verträumten lila Wolkenaufdruck, der Einbauschrank war mit silbernem Glitzer überzogen. Der durchsichtige mit Pailletten besetzte Vorhang vor dem kleinen Fenster schimmerte im Nachmittagslicht. Die einzige andere Beleuchtung kam von kreisförmig angeordneten Lichterketten, die an der Decke befestigt waren.

Eigentlich nicht mein Geschmack, doch da unsere Gastgeber mir ein Doppelbett in einem verrückten Wohnmobil zur Verfügung stellten, würde ich mich nicht beschweren.

Vor allem jetzt, wo ich dieses Bett nicht nur mit einem, sondern gleich mit zwei meiner Liebhaber teilen konnte. Als sie nach mir hereinkamen, setzte ich mich auf die Bettkante, und mein Herz klopfte schneller.

Ich hatte so etwas noch nie gemacht – aber war das nicht ein Grund mehr, es zu versuchen? Wenn Thorn high werden konnte, konnte ich mich auch auf einen Dreier einlassen.

Vorausgesetzt die beteiligten Männer hätten kein Problem damit. Snap strahlte mich an, bevor er einen unsicheren Blick auf Ruse warf. „Wie möchtest du feiern, Sorsha?"

Ich griff nach seiner Hand und blickte dann zu Ruse, der für jemanden, dessen natürlicher Lebensraum Schlafzimmer waren, ebenfalls unsicher aussah. „Ich glaube, deine Fähigkeit, Geräusche zu dämpfen, wäre jetzt sehr nützlich." Eine seiner übernatürlichen Fähigkeiten bestand darin, dafür zu sorgen, dass die Geräusche des Liebesspiels nicht aus einem bestimmten Raum entweichen konnten.

„Und dann spiele ich den Voyeur?", fragte er.

Ich trat ihm leicht gegen das Schienbein. „So habe ich mir das nicht vorgestellt. Hast du nicht schon ein halbes Dutzend Mal angeboten, Snap ein paar Techniken beizubringen? Was du heute kannst besorgen, das verschiebe nicht auf morgen."

Der Inkubus und der Verschlinger sahen sich an. Ich konnte nicht sagen, wer von beiden verunsicherter war – oder warum Ruse überhaupt verunsichert war, wo es doch von Anfang an seine Idee gewesen war. Nun gut. Wenn er ging, war das seine Sache. Snap und ich konnten uns auch ohne ihn amüsieren.

„Falls dir das die Entscheidung erleichtert …", sagte ich und zog meine Bluse und mein Unterhemd aus. So war der Schutzanstecker nicht im Weg und ich konnte gleichzeitig meine Vorzüge zur Schau stellen. Dann lehnte ich mich zurück, sodass sich meine Brüste über meinem Halbschalen-BH noch mehr abzeichneten.

Snap gab einen begierigen Laut von sich und machte, ohne zu zögern, einen Schritt auf mich zu. Er fuhr mit den Fingern über meinen Rücken, küsste meine Schulter und blickte wieder zu Ruse auf. „Ich würde *tatsächlich* gerne wissen, was du mir zeigen kannst. Für Sorsha."

„Du willst wohl, dass ich arbeitslos werde, was?", scherzte der Inkubus, doch sein schelmisches Gesicht war weicher geworden. Er sah mir wieder in die Augen und das Funkeln darin brachte meine Brust zum Flattern. „Ich habe es angeboten, oder? Ich nehme an, etwas Nachhilfe kann nicht schaden."

Glaubte er, dass eine andere Art von Intimität schaden *würde*? Ich wusste nicht, wie ich diese Frage stellen sollte, schon gar nicht vor Snap. Dann beugte sich Ruse vor, um mich zu küssen, und seine genaue Formulierung war das Letzte, woran ich dachte.

Der Kuss war so leidenschaftlich, dass mir der Atem stockte und alle meine Nerven erwartungsvoll zitterten. Er drückte mich auf das Bett, sodass wir uns alle drei nebeneinanderlegen konnten. Dann schaute er zu Snap hinüber.

„Die erste und wichtigste Lektion: Erkunden. Es gibt keine perfekten Stellen oder Bewegungen, die jede Frau zum Höhepunkt bringen. Man streichelt hier und küsst dort, um zu sehen, wie sie reagiert. Achte auf die Laute, die sie von sich gibt. Die Geschwindigkeit ihres Herzschlags. Die Wärme ihrer Haut." Sein Grinsen kehrte wieder in sein Gesicht zurück. „Deine erste Aufgabe besteht darin, diesen Ratschlag in die Tat umsetzen, während ich diese herrlichen Lippen noch ein wenig genieße."

Er küsste mich erneut und der berauschende Druck seiner Lippen wurde noch stärker, als Snaps Hand über meine Seite zu meiner Brust wanderte.

Der Verschlinger hatte schon bei unseren bisherigen Begegnungen bewiesen, dass er ein unerschrockener Entdecker war. Er öffnete meinen BH und ließ seine Finger nicht nur über meine empfindlichen Nippel, sondern auch über den Rest meiner Brüste, über meine Rippen und meine Wirbelsäule gleiten, als wollte er jeden Zentimeter meiner nackten Haut erforschen.

Seine schlanken Finger lösten überall, wo er mich berührte, ein Kribbeln aus, und immer, wenn mich eine bestimmte Stelle besonders erregte, verweilte er etwas länger dort. Bald fühlte es sich an, als würde mein ganzer Körper vor erwachender Lust vibrieren. Als Snap schließlich zu meiner Brust zurückkehrte und mit seinem Daumen über einen Nippel strich, keuchte ich an Ruse' Mund.

„Der Schüler lernt schnell", murmelte der Inkubus und senkte den Kopf, um sich meiner anderen Brust zu widmen.

Snap rutschte höher, und ich drehte meinen Kopf, um seinen sanfteren, jedoch nicht weniger leidenschaftlichen Kuss zu erwidern. Seine gespaltene Zunge glitt zwischen meine Lippen und zeichnete Linien der Glückseligkeit in meinen Mund.

Ich fuhr mit meinen Fingern durch seine weichen Locken, bevor ich sie in Ruse' Schulter grub, während der Inkubus über meinen Nippel leckte, um ihn noch steifer zu machen. Ich fragte mich, welche Wunder ich in irgendeiner vergangenen Inkarnation vollbracht hatte, um dieses Moments würdig zu sein.

Snap küsste mich noch fester und kniff erneut in meine Brustwarze. Als er von meinem Mund abließ, um an meinem

Kiefer zu knabbern, ließ Ruse seine Hand tiefer gleiten. Sobald er den Bund meiner Jeans erreicht hatte, flammte Hitze zwischen meinen Beinen auf. Meine Hüften wölbten sich wie von selbst nach oben.

„Geduld, Flamme", neckte Ruse mich und öffnete meinen Reißverschluss. „Wir werden dich überall anzünden."

Snap hielt inne und beobachtete, wie Ruse mir half, mich aus meiner Hose zu winden. Seine Augen blitzten neonfarben.

„Du hast sie hier schon mal gekostet", murmelte er und strich mit seinen Fingern über meinen Bauch bis zum Saum meines Höschens. „Ich will das auch tun. Ich will ihr ebensolche Glücksgefühle bereiten, wie du es getan hast."

„Hmm." Ruse brandmarkte meine Brust mit einem weiteren heißen Kuss. „Das lässt sich arrangieren. Vorausgesetzt unsere Sterbliche hat nichts dagegen."

Ich stieß ein Lachen aus, das sich in ein Keuchen verwandelte, als Snap mit seinen Fingerspitzen durch den dünnen Stoff über meinen Kitzler strich. Schon bei dieser leichten Berührung begann meine Mitte vor Lust zu pulsieren. „Keine Einwände", stieß ich hervor. „Zeig es ihm."

Als er mir den Slip herunterzog, fuhr Ruse mit seinen Lippen über meinen Bauch und meine Hüfte. Jeder Berührungspunkt entfachte ein schwindelerregendes Glühen unter meiner Haut, genau wie er es versprochen hatte.

Snap beugte sich über meine Oberschenkel und platzierte einen zaghaften Kuss knapp unter meinem Bauchnabel. Dann atmete er tief ein, und meine Nerven kribbelten, als ich sah, dass er meinen Duft zu genießen schien.

„Das Wort des Tages lautet immer noch ‚erkunden'", sagte Ruse mit seiner schokoladigen Stimme. „Erkunde jeden Millimeter, um zu sehen, was sie anmacht. Sanft oder heftig; Lippen, Zunge, Zähne und Finger – benutze jedes Werkzeug, das dir zur Verfügung steht, auf jede Art und Weise. Aber sei vorsichtig, bis du dir sicher bist, dass ihr etwas gefällt. Selbst die stärksten Frauen sind da unten etwas empfindlich." Er sah mich an und wackelte mit den Augenbrauen.

Snaps Kopf tauchte tiefer. Er umkreiste meinen Kitzler mit seiner gespaltenen Zunge, woraufhin mich eine schwindelerregende Hitze durchzuckte. Mir entwich ein Wimmern.

Als er fester an mir saugte, legte ich meine Hand wieder auf seinen Kopf, fuhr mit den Fingern durch sein Haar und brachte meine Lust sowohl mit meinem Keuchen als auch mit dem Ziehen an seinen Locken zum Ausdruck. In diesem Moment richtete sich Ruse neben mir auf und forderte meinen Mund zurück.

Innerhalb weniger Augenblicke brannte ich tatsächlich überall. Zwischen meinen Beinen steigerte Snap meine Lust mit jedem zielsicheren Zungenschlag und jedem Knabbern seiner Zähne. Er tauchte einen Finger in mich ein, während seine andere Hand über meine Hüfte und bis hinunter zu meinen empfindlichen Kniekehlen glitt. Während sich die Lust von meiner Mitte aus nach oben schraubte, wurden Ruse' Küsse und seine geschickten Streicheleinheiten an meinen Brüsten noch intensiver. Mein Körper vibrierte förmlich unter den berauschenden Wellen.

Ich zupfte an Ruse' Hemd, um an die definierten Muskeln darunter zu gelangen. Er knabberte an meinem Ohrläppchen, bevor er es abstreifte. Als er sich wieder über mich beugte, traf Snaps langer Finger genau die richtige Stelle in mir, im perfekten Einklang mit seinen Lippen an meinem Kitzler.

„Ja", stöhnte ich und meine Hüften wölbten sich nach oben. „Genau da. Oh …"

Und dann konnte ich vor lauter Glückseligkeit gar nicht mehr sprechen, weil die rasant anschwellende Lust mir den Atem raubte. Nach einem weiteren Schlag seiner Zunge schwappte ein Schwall der Ekstase über mich hinweg, der alle Gedanken aus meinem Kopf fegte. Meine Hand krallte sich in Snaps Haar.

Als ich wie gelähmt dalag, schaute er zu mir auf. Ein hoffnungsvolles Lächeln umspielte seine glänzenden Lippen. „War es gut?"

Ein Lachen brach aus mir heraus. „Orgasmen sind immer gut, aber der kommt auf jeden Fall unter die ersten fünf." Dann stieg plötzlich eine andere Art von Begierde in mir auf. Dankbarkeit und Verlangen vermischten sich. „Komm hoch. *Du* solltest auch erfahren, wie gut es sich anfühlt, ‚gekostet' zu werden."

Snap rutschte auf dem Bett nach oben, und ich setzte mich auf und zerrte an seinem Henley-Hemd. Er ließ es sich von mir über den Kopf ziehen, doch als ich nach seiner Hose griff, blinzelte er und der Rest seiner Kleidung verschwand mit dem gleichen Trick, den er in der Hütte angewandt hatte. Auch wenn es hier keinen Sirup gab, lief mir das Wasser im Munde zusammen, als mein Blick über seinen langen, schlanken Körper und seinen Schwanz glitt, der begierig hervorragte.

Ruse gluckste. „Ich schätze, ich sollte mich jetzt verabschieden."

Ich ergriff sein Handgelenk, bevor er vom Bett aufstehen konnte, und sah ihm tief in die Augen. „Ich will dich auch. Wenn du dazu bereit bist, meine ich."

In seinen haselnussbraunen Augen blitzte ein Hauch des unheimlichen Schimmerns seines Schattenwesens auf. „Immer", raunte er leise. „Wie willst du mich?"

Ein begieriger Schauer durchfuhr mich bei dem Gedanken an die Möglichkeiten. „In mir. Den Rest überlasse ich dir. Ich weiß, dass ich in guten Händen bin." Ich grinste ihn an und drehte mich wieder zu Snap um.

Ich küsste den Verschlinger zuerst auf den Mund und ließ mir Zeit, um die leidenschaftliche Intensität zu genießen, mit der er die Geste erwiderte. Während ich mir meinen Weg über seine wohlgeformte Brust bahnte und seine glatte Haut mit weiteren Küssen bedeckte, kniete Ruse sich hinter mich.

Der Inkubus ließ seine Hände über meinen Rücken, meine Seiten und meinen Oberkörper gleiten, um meine Brüste zu umfassen. Er kniff in meine Nippel und ich lechzte nach mehr.

Als ich mit meiner Zunge die Spitze von Snaps Erektion umkreiste, spannten sich die Brustmuskeln des Verschlingers an. „Oh, das ist … das ist *sehr* gut.“

„Es wird noch besser“, versicherte ich ihm und nahm seinen Schwanz in den Mund.

Die zarte Haut dort schmeckte ebenso frisch und süß und leicht nach Moos wie der Rest von ihm. Köstlich. Ich drückte meine Zunge auf die Adern an der Unterseite und bewegte sie hin und her. Snap stöhnte auf. Auch mir entwich ein Stöhnen, als Ruse meinen Schlitz mit seinen Fingern testete und mit einem geübten Stoß in mich eindrang.

Wir bewegten uns gemeinsam in einem unregelmäßigen Rhythmus, der sich langsam steigerte: Snaps Hüften zuckten nach oben, seine Hand drückte meine Schulter, mein Kopf bewegte sich an seinem Schwanz auf und ab, während ich an ihm saugte und mein Körper wippte, als Ruse tiefer in mich eindrang. Jeder verzweifelte Laut, der dem Verschlinger entwich, jeder ekstatisch stotternde Atemzug des Inkubus, der uns beide der Erlösung entgegentrieb, steigerte meine Lust, die intensiver war, als es die köstliche Reibung in mir allein je erzeugen könnte. Der ganze Raum schien zu leuchten. Nun, vielleicht lag das auch an dem vielen Glitzer im Zimmer.

Als Ruse' Stöße schneller wurden und er um meine Hüfte herumgriff, um meinen Kitzler zu streicheln, sah ich nicht mehr nur Glitzer, sondern funkelnde Sterne hinter meinen Augen. Ich stöhnte um Snaps Schwanz herum und saugte fester.

Dann kamen wir alle gleichzeitig. Snaps Kopf sank in die Kissen und sein salziges Sperma überflutete meinen Mund. Ich schluckte und keuchte, als ein zweiter Orgasmus durch mich hindurchschoss. Dann beugte sich Ruse mit einem zufriedenen Seufzer über mich und stieß ein paar letzte Male in mich hinein, um den Höhepunkt ein wenig zu verlängern.

Ich sackte neben Snap zusammen, und Ruse ließ sich auf meiner anderen Seite nieder. Der Verschlinger legte einen Arm um meine Taille, die Hand des Inkubus verweilte auf meinem Oberschenkel, und während wir einige Minuten lang im Nachglühen schwelgten, fühlte ich die Verbindung zwischen uns. Wir waren wie ein einziges Wesen, ohne von Konkurrenz getriebenes Drängen oder Ziehen. Ich glaubte nicht, dass es von Dauer sein würde, doch ich würde es genießen, solange es anhielt.

Snap rückte näher an mich heran, um meine Schläfe zu küssen, als mein Klingelton aus meiner Handtasche ertönte. Ich verzog das Gesicht und bedeutete Ruse, sie vom Boden aufzuheben. Da mich normalerweise niemand anrief, könnte es wichtig sein.

Ich sah Huyens Nummer auf dem Display. Vielleicht hatten die Leiterinnen des Bundes ihre Meinung geändert? Doch als ich mich auf den Rücken drehte und das Handy an mein Ohr hielt, ertönte die Stimme eines der anderen Mitglieder.

„Sorsha? Ich weiß nicht, wo zum Teufel du da reingeraten bist, aber ich dachte, du solltest es wissen – Ellen wurde heute Abend angegriffen."

EINUNDZWANZIG

Thorn

Sobald das hohe, weiße Krankenhausgebäude in Sicht kam, durchzuckte mich mein Kampfinstinkt. Ich materialisierte mich auf dem Sofa des Fahrzeugs neben dem Fahrersitz und klopfte auf die Rückenlehne des Sitzes. „Fahr weiter. Wir werden beobachtet. Sie dürfen nicht merken, dass mit diesem Fahrzeug etwas nicht stimmt."

Bow nickte, das Lenkrad fest umklammert. Es war erst ein paar Minuten her, dass wir gekichert und gejubelt hatten über … Ich konnte mich nicht mehr erinnern, worüber, nur noch an das Hochgefühl, in dem wir geschwelgt hatten. In die Schatten einzutauchen und wieder herauszukommen, hatte sich wie der Sprung durch einen eiskalten Wasserfall angefühlt, der meine Sinne reinigte.

Dieses „Gras", das die Pferdewandler mir gegeben hatten, hatte eine starke Wirkung gehabt. In meinem Geist hatte sich definitiv *etwas* gelöst, als ich den Rauch eingeatmet hatte, doch die Ungewissheit darüber, was ich in diesem gelösten

Zustand tatsächlich gedacht hatte, ließ meine Nerven blank liegen. Ich würde die Substanz wahrscheinlich nicht noch einmal zu mir nehmen.

Sorsha saß aufrecht am anderen Ende des Sofas, ihre Finger umklammerten die Kante des Ledersitzes. „Hast du da draußen Leute von der Lichtarmee gesehen?", fragte sie.

„Ich bin mir nicht sicher, worin genau die Gefahr besteht, doch jemand, der uns feindlich gesinnt ist, hat diesen Ort im Visier. Mehrere Personen. Und ich kann mir nicht vorstellen, auf wen diese Beschreibung sonst passen würde."

Sie verlagerte ihr Gewicht. „Ich muss da rein. Ich muss nach ihr sehen und mich vergewissern, dass es ihr gut geht."

„Wozu soll das gut sein?", fragte Omen, der gegenüber von uns am Küchentisch saß und seine Haltung versteifte sich. „Du bist keine Ärztin, und mit deinen übernatürlichen Kräften kannst du niemanden heilen. Du kannst ihr nicht helfen. Die Leute von der Armee haben dich schon mal gesehen – sie werden dich erkennen, wenn du reingehst. Und da sie so gründlich sind, können wir davon ausgehen, dass sie alle Eingänge beobachten."

„Es ist meine Schuld, dass sie angegriffen wurde", meinte Sorsha. Ich verstand nicht ganz, warum sie die Frau deswegen besuchen musste. Wäre es nicht vernünftiger gewesen, sich fernzuhalten, um keine weitere Gefahr heraufzubeschwören?

Omen schien sich nicht für Sorshas Beweggründe zu interessieren. Mit einer unwirschen Handbewegung schnauzte er sie an: „Besorg dir am Telefon alle Details, die wir für unsere Pläne wissen müssen, und dann lass es gut sein. Sie hat uns im Stich gelassen. Du bist ihr nichts schuldig."

Sorsha starrte ihn an. „Vielleicht nicht aus der Sicht eines Schattenwesens, wir Menschen funktionieren nicht so. Ich kenne Ellen seit über zehn Jahren. Huyen und sie haben mir nach Lunas Tod geholfen, wieder auf die Beine zu kommen.

Ich schulde ihr verdammt viel mehr, als die letzten Wochen entscheiden können. Ich wäre ein echtes Monster, wenn ich ihr jetzt nicht zeigen würde, dass sie auf mich zählen kann."

„Nun, es sieht so aus, als müsstest du *das* übers Telefon machen. Denn du wirst auf keinen Fall durch diese Tür gehen."

Ich warf einen Blick zurück auf das Krankenhaus und betrachtete die Fensterreihen, die sich über ein Dutzend Stockwerke erstreckten … und das benachbarte Bürogebäude, das zu dieser Stunde vollkommen dunkel war. Die Erinnerung daran, wie Sorsha den Blumentopf vom Balkon der Wohnung geschnappt hatte, schoss mir durch den Kopf.

„Vielleicht muss sie keine Tür benutzen", sagte ich, bevor sie weiter diskutieren konnten. „Ich könnte mich durch die Schatten hineinschleichen, ein Zimmer suchen, dessen Fenster auf das Gebäude nebenan blickt, und sie könnte hinüberspringen." Ich sah Omen an. „Ich werde dafür sorgen, dass unsere Mission nicht gefährdet wird." Da ich mir nicht sicher war, ob ich dazu tatsächlich in der Lage sein würde, gab ich kein direktes Versprechen ab.

Omen verzog das Gesicht, doch Sorsha war ein wenig aus ihrer Niedergeschlagenheit erwacht. „Das ist perfekt", meinte sie. „Ich husche nur kurz rein, schaue, ob ich etwas tun kann oder ob sie etwas wissen, das uns helfen könnte, diese Bastarde zu vernichten, und komme wieder raus. Du weißt doch, dass Thorn mich nie etwas Unüberlegtes tun lassen würde." Sie schenkte mir ein Lächeln, das sowohl süß als auch ein wenig hinterhältig war.

„Ich könnte zur anderen Seite des Blocks fahren und dort warten", bot Bow an. „Die Tarnung als Reisebus ist unglaublich praktisch – wir können so ziemlich überall anhalten, ohne Aufmerksamkeit zu erregen."

Omen warf die Hände in die Luft. „Gut. Eine kurze Stippvisite. Aber wenn du in einer halben Stunde nicht wieder da bist, fahren wir ohne dich los und du kannst selbst zusehen, wie du zurückkommst."

Weniger als eine Minute später brachte Bow den Bus überraschend sanft zum Stehen. Sorsha sprang sofort auf. „Sei vorsichtig", bat Snap sie mit einem besorgten Stirnrunzeln.

Ruse richtete sich auf. „Vielleicht ist es besser, wenn noch einer von uns …"

„Alle anderen bleiben, wo sie sind", befahl Omen mit schneidender Stimme. Er nickte

in Richtung Tür und richtete seinen Blick auf Sorsha. „Deine halbe Stunde läuft. Beeil dich."

Auf dem Weg nach draußen formte Sorsha ein kurzes Dankeschön mit den Lippen und öffnete bereits die Packung mit dem Werkzeug zum Aufbrechen von Schlössern, die Ruse ihr heute Morgen als Ersatz für ihre alten besorgt hatte. Unsere Lady war so selbstsicher und so stur. Hoffentlich war es kein Fehler gewesen, ihr anzubieten, diesen illegalen Zugang für sie zu schaffen.

Ob es nun ein Fehler gewesen war oder nicht, wir mussten die Sache schnell durchziehen. Ich trat in die Schatten und folgte ihr durch den Dunst der Abenddämmerung auf die andere Straßenseite. Sie bog in eine Gasse ein und lief dann auf das Bürogebäude zu, während ich direkt auf die hellen Wände des Krankenhauses zueilte.

Als ich mich durch den Schatten einer Tür gezwängt hatte, wurde mir klar, dass dies nicht die ideale Umgebung für ein Schattenwesen war. Grelles Licht strahlte von der Decke und wurde von den hellen Wänden reflektiert. Ich sprang von einem kleinen Fleckchen Dunkelheit zum nächsten, bis ich mich von einem Wagen mit OP-Ausstattung den Rest des Weges zu einem Treppenhaus schieben ließ. Zum Glück spielte meine Größe in den Schatten keine Rolle.

Von der Anruferin hatte Sorsha erfahren, dass ihre verletzte Freundin im fünften Stock sei. Ich lief die Treppen hinauf und huschte dann durch die Patientenzimmer an der Seite des Gebäudes, die den Büros zugewandt war. Schließlich fand ich ein dunkles Zimmer mit einem leeren Bett. Ich trat aus dem Schatten neben dem Fenster hervor und schob die untere Scheibe hoch.

Sorsha blickte durch das Fenster eines Büros im fünften Stock, das etwas weiter hinten lag. Sie winkte mir kurz zu, bevor sie verschwand und wenige Sekunden später direkt gegenüber von mir wieder auftauchte.

Zwischen den Gebäuden war nur ein Abstand von etwa anderthalb Metern. Ich trat zur Seite, und sie sprang über die Kluft, wobei sie nur ein leises *Uff* ausstieß, als sie sich mit beiden Armen am Fenstersims festhielt. Sie kletterte hinein und stellte sich auf die Zehenspitzen, um mir einen Kuss auf die Wange zu drücken, bevor sie in den Flur hinauseilte.

Mich beschlich der Verdacht, dass ich mit meinem breiten menschlichen Körper in der Kleidung, die ich vor mehreren Jahrhunderten aus Bequemlichkeit ausgewählt hatte, kaum unbemerkt bleiben würde, doch ich wollte sie nicht völlig ungeschützt losziehen lassen. Mit einem weiteren Sprung in die Schatten folgte ich ihr in das Zimmer ihrer Freundin.

Ein paar Leute von diesen Treffen standen vor der Tür. Sie erstarrten, als sie Sorsha sahen.

„Was machst *du* denn hier?", fragte ein junger Mann, dessen weiche Gesichtszüge nichts von der Stärke seines muskulösen Körpers widerspiegelten. Zu meiner Zeit auf dem Schlachtfeld wäre er eine leichte Beute gewesen, die kaum die Zeit wert gewesen wäre, die ich gebraucht hätte, um ihn niederzuschlagen. Wobei, so spöttisch wie er die Lady ansah, wäre er die Mühe vielleicht doch wert gewesen.

„Ich musste kommen", erklärte Sorsha und ihr Rücken versteifte sich. Sie blickte an ihm vorbei zu den anderen. „Wie geht es ihr? Ist sie wach?"

„Huyen ist gerade bei ihr", erwiderte eine der Frauen knapp. „Wie es scheint, ist Ellen immer noch ziemlich weggetreten. Sie haben sie schwer getroffen. Sie hat eine Gehirnerschütterung und ein paar gebrochene Rippen."

In diesem Moment kam eine Frau mit sorgenvoller Miene aus dem Krankenhauszimmer. Sie presste die Lippen aufeinander, als sie Sorsha sah. Dann packte sie unsere Sterbliche am Arm und zerrte sie weiter den Flur hinunter. Der Mann mit dem weichen Gesicht schlich sich näher heran, vermutlich um zu lauschen, was mein Bedürfnis, ihm die Zähne auszuschlagen, nur noch verstärkte.

„Du musst sofort verschwinden", fuhr die Frau sie an. „Ohne dich und deinen verrückten Kreuzzug wäre das gar nicht passiert."

Ein Anflug von Schuld huschte über Sorshas Gesicht. „Ich wollte nicht. Ich war vorsichtig."

„Offensichtlich nicht vorsichtig genug."

„Es tut mir so leid, Huyen. Ich weiß, das macht den Angriff nicht wieder gut, aber du kannst ihr sagen, dass wir die Arschlöcher, die das getan haben, morgen Nacht zur Strecke bringen werden."

Die Frau holte scharf Luft. „Willst du mich verarschen? Willst du uns noch mehr in die Scheiße hineinreiten? Die Leute, die sie angegriffen haben, haben ihr aufgetragen, eine Nachricht zu überbringen: Sie sollte dir und deinen Freunden sagen, dass ihr euch aus ihren Angelegenheiten heraushalten sollt. Sie hätten sie fast *umgebracht*. Ich wollte nicht einmal, dass du hierherkommst – Lila hätte dich nicht anrufen sollen."

Sorsha schluckte hörbar und ihre Schultern sackten nach unten. „Ich gehe ja. Ich wollte nur sehen … Als ich gehört habe …" Sie schüttelte den Kopf, bevor sie wieder aufblickte. Sorge flackerte in ihren Augen auf. Sie erhob ihre Stimme, damit die Gruppe an der Tür sie auch hören konnte. „Hat jemand Vivi angerufen?"

Die Frau, die vorhin mit ihr gesprochen hatte, nickte. „Ich

habe es versucht. Es ging direkt die Mailbox ran. Entweder ist ihr Akku leer oder sie war in der U-Bahn oder so."

„Okay." Sorsha sah aus, als würde sie am liebsten in das Zimmer der verletzten Frau stürmen. Ich richtete mich im Schatten auf, falls ich ihr den Weg frei machen musste, doch dann drehte sie sich um und eilte in das andere Zimmer, durch das sie ins Krankenhaus gelangt war.

Sobald sie die Tür geschlossen hatte, zückte sie ihr Telefon. Ich nahm neben ihr Gestalt an.

Sie beantwortete meine Frage, bevor ich sie stellen konnte. „Sie haben Ellen angegriffen, warum sollten sie also nicht auch auf meine beste Freundin losgehen? Wenn sie die Mitglieder des Bundes identifiziert haben, werden sie Vivi die Geschichte von dem gestohlenen Auto ihrer Oma nicht abkaufen. Verdammter Mist!" Sie warf dem Handy einen bösen Blick zu und verstaute es wieder in ihrer Tasche. „Ich muss sofort zu ihrer Wohnung fahren. Ellen wurde direkt vor ihrer Wohnung überfallen. Vivi hat heute normalerweise Spätschicht. Vielleicht schaffe ich es rechtzeitig ..."

„Wohin?", unterbrach ich sie, als sie durch das Fenster kletterte.

Sorsha warf mir einen Blick zu. „Du musst nicht mitkommen. Omen hat sehr deutlich gemacht, dass er nicht einmal diesen Krankenhausbesuch gutheißt. Du kannst den anderen sagen, dass wir uns alle auf dem Busparkplatz an der Lincoln Road treffen."

Falls sie es überhaupt zum Parkplatz zurückschaffte. Glaubte sie wirklich, sie könnte es allein mit einer Gruppe von Angreifern aufnehmen? Oder dass ich sie das versuchen lassen würde?

„Nein", sagte ich mit fester Stimme und ging zu ihr. „Wir passen aufeinander auf – so habt Ihr es doch ausgedrückt? Wir werden das gemeinsam tun. Omen kann warten."

„Bist du ... Ach, scheiß drauf, wir haben keine Zeit.

Danke." Sie schenkte mir ein Lächeln und sprang zu dem Bürogebäude hinüber.

Ich stürzte hinter ihr her, wobei ich mich ausdehnte, um die Kluft zwischen den Gebäuden zu überqueren, als wäre ich nicht mehr als ein verschwommener Fleck in der dunstigen Abenddämmerung. Sorsha rannte bereits auf die Tür zu, die sie wohl aufgebrochen hatte.

„Gott sei Dank wollte Vivi unbedingt mitten in der Stadt wohnen", keuchte sie, während sie auf die Treppe zurannte. „Bis zu ihrer Wohnung sind es nur sechs Blocks." Ein wildes Lachen entwich ihrer Brust. „Vielleicht schaffen wir es sogar zurück, bevor Omens dreißigminütige Frist abläuft."

Wir sprinteten durch die Gassen und eine belebte Straße entlang, die von Restaurants und Geschäften gesäumt war. Während Sorsha über den Bürgersteig rannte, schwebte ich durch die Schatten, wo ich mich schneller und ungehindert bewegen konnte. Erst nach dem fünften Häuserblock wurde sie langsamer und warf erneut einen Blick auf das Display ihres Telefons. Ich war ein paar Meter vor ihr und hielt inne, als ich ihre erleichterte Stimme hörte.

„Vivi! Bitte sag mir, dass du noch nicht zu Hause bist. Oh, Gott sei Dank! Wenn du die Augen zusammenkneifst, siehst du mich wahrscheinlich schon auf der Straße." Sie lief weiter. „Rühr dich nicht vom Fleck. Wir müssen ..."

Ein paar Meter weiter, vor einem Geschäft am anderen Ende des nächsten Blocks, kam eine vertraute Gestalt mit einer schwarzen Lockenpracht und schlichter weißer Kleidung in Sicht. Einen Augenblick später stürmten zwei Gestalten in gepanzerten Westen um die Ecke des Nebengebäudes.

Sorshas Stimme wurde durch den Schrei ihrer Freundin unterbrochen. Sie rannte so schnell, wie ihre sterblichen Füße sie tragen konnten.

Ich erreichte die Angreifer als Erster. In letzter Sekunde

sprang ich aus dem Schatten und rammte einem der Übeltäter meine Faust in die Kehle.

Während der Mann blutüberströmt zu Boden sank, zerrte der andere Angreifer Sorshas Freundin durch die Tür neben ihm. Sorsha und ich stürmten hinterher – gefolgt von zwei weiteren Kämpfern der Lichtarmee. Der eine hob eine Waffe, der andere schwang eine dieser Lichtpeitschen durch die Luft, die mich bis ins Mark erschaudern ließen.

Ein penetranter Fleischgeruch stieg mir in die Nase. Wir waren in einer Metzgerei gelandet. Es gelang mir, dem einen Mann die Pistole aus der Hand zu schlagen, wobei die Knochen in seinem Handgelenk knackten. Dann verfolgte ich den Mann, der Vivi gepackt hatte und sie nun durch eine andere Tür im hinteren Bereich zerrte.

Sorsha und ich stürmten in einen Raum, in dem mehrere Kadaver von der Decke hingen, leuchtend rot und von hellen Fettlinien durchzogen. Der Gestank schlug uns ins Gesicht, doch Sorsha zögerte nicht einmal, als sie heftig husten musste. Sie stürzte sich direkt auf den Angreifer ihrer Freundin.

Mein erster Instinkt war, es ihr gleichzutun und den Kerl niederzuschlagen, doch ich unterdrückte den Impuls und konzentrierte mich darauf, ihr stattdessen buchstäblich den Rücken freizuhalten. Ich riss einen Schenkel von einem der Kuhkadaver und schlug damit auf den Mann ein, der hinter uns aufgetaucht war, bevor er einem von uns einen Schlag mit seiner Peitsche versetzen konnte.

Die Strategie ging auf, denn Sorsha hatte ihren Teil des Kampfes eindeutig unter Kontrolle. Sie wich in letzter Sekunde zur Seite aus und warf einen ganzen Kadaver auf Vivis Angreifer.

Der Mann stöhnte und taumelte; Vivi riss sich mit einem Aufschrei los. Als der Mann sich erneut auf sie stürzen wollte und seine Hand mit der Pistole nach oben schnellte, setzte Sorsha ihn außer Gefecht.

Funken sprühten. Der Hitzeschwall, den sie heraufbeschworen hatte, röstete die Kadaver über ihnen. Statt des Gestanks nach rohem Fleisch erfüllte nun ein Grillgeruch die Luft.

Unser Angreifer mit der Peitsche hatte sich noch nicht abschrecken lassen. Als er damit nach mir ausholte, tauchte ich darunter hindurch und prallte gegen seine Beine. Er ging zu Boden und ich sprang über die Waffe und seine giftige Rüstung. Anschließend rammte ich ihm die Rinderkeule mit voller Wucht in den Mund, sodass sie seine Kehle durchbohrte.

„Friss das, Schurke", knurrte ich und drehte mich um. Sorsha hatte es geschafft, ihren Gegner unter drei der schweren Kadaver zu begraben. Die Seile, an denen sie gehangen hatten, waren an den Enden schwarz, wo sie durchgeschmort waren.

Sie fing meinen Blick auf, und ich ertappte mich dabei, wie ich sie anlächelte und ein seltsames Glücksgefühl in meiner Brust verspürte. Ich hatte seit Äonen keinen Kampf mehr *genossen*. Doch das hier … das war gut gewesen. Genau so sollte ein Kampf sein: Kameraden, die Seite an Seite das Böse bekämpften. Es ging nicht nur darum, sich gegenseitig zu beschützen. Ich musste meinen Mitstreitern Raum geben, die Krieger zu sein, die sie sein konnten.

Vielleicht konnte ich dafür sorgen, dass zumindest *dieser* Krieg auf die richtige Art und Weise gewonnen wurde.

Vivi lehnte sich schwer atmend an die gegenüberliegende Wand, ihre weißen Klamotten waren blutverschmiert. „Sorsha?", fragte sie zögernd, ihre Augen waren weit aufgerissen.

Die Lady hielt ihr die Hand hin. „Komm schon, Vivi. Lass uns von hier verschwinden."

ZWEIUNDZWANZIG

Sorsha

„Nun, das ist … ja mal ungewöhnlich", meinte Vivi, als sie die Wände des niedrigen Wohnraums betrachtete, die aussahen – und rochen – als wären sie mit getrockneten Algen beklebt. Ihrem Gesichtsausdruck nach zu urteilen, vermutete ich, dass sie gegen den Drang ankämpfte, die Nase zu rümpfen.

Gisele tänzelte durch den Raum, der mit einer seltsamen Ansammlung von Rattanmöbeln mit Baumwollkissen eingerichtet war, die zumindest gemütlich aussahen. Der munteren Stimme der Einhornwandlerin nach zu urteilen, hatte sie Vivis Zögern nicht bemerkt. „Kaiso meinte, wir könnten jederzeit vorbeikommen, um eine Weile abzutauchen. Da er Hausboote auf der ganzen Welt hat, ist er nicht oft hier."

„Er lebt also gerne auf dem Wasser, was?" Ich verlagerte mein Gewicht, als der Boden unter uns durch die wechselnden Strömungen des Flusses schwankte.

„Das macht Sinn. Schließlich ist er ein Kappa."

Vivis Augenbrauen schossen nach oben. „Ähm, bist du dir ganz sicher, dass er nicht zurückkommt, während ich hier bin?" Selbst bei Schattenwesen der gleichen Art konnten die Gemüter sehr unterschiedlich sein, doch die Kappas waren im besten Fall Trickbetrüger und im schlimmsten Mörder, die ihre Opfer ertränkten.

„Ach selbst wenn, wäre es kein Problem", versicherte Gisele ihr. „Sag ihm einfach, dass du eine Freundin von uns bist."

Vivi schien ebenso wenig überzeugt zu sein wie ich. Wer wusste schon, ob dieser Wassergeist Wert darauf legte, sie kennenzulernen, bevor er sie ertränkte. In diesem Moment betrat Omen das Innere des Bootes. *Er* gab sich keine Mühe, die Nase nicht zu rümpfen, als er sich umsah.

„Du solltest jetzt vor jedem Schattenwesen sicher sein, das sich in diese Gegend verirrt", verkündete er. „Ich habe das Boot zur Warnung mit meiner Macht markiert. Es gibt nicht viele, die absichtlich den Zorn eines Höllenhundes riskieren würden."

Das Boot markiert? Hatte er etwa in seiner Hundegestalt auf das Deck gepinkelt, um seinen Geruch zu hinterlassen? Bei der Vorstellung zuckten meine Mundwinkel, doch ich kam zu dem Schluss, dass es besser war, seinen Zorn *im Moment* nicht zu riskieren und das zu erwähnen. Dafür war ich ihm zu dankbar, dass er sich für den Schutz meiner besten Freundin einsetzte.

Ich hatte nicht erwartet, dass Omen sich überhaupt an der Suche nach einem sicheren Unterschlupf für Vivi beteiligen würde, geschweige denn, dass er dafür seine Kräfte nutzen würde.

„Danke", sagte ich aufrichtig.

Er zuckte mit den Schultern und schlenderte ohne ein weiteres Wort wieder hinaus. „Ich schätze, der andere Typ hat die ganze Freundlichkeit abbekommen, als sie entstanden sind, was?", meinte Vivi grinsend. Ruse war ein paar Minuten zuvor vorbeigekommen, um ihr etwas zu essen und Kleidung zum Wechseln zu bringen, die er ihr auf seine gewohnt charmante Art präsentiert hatte.

„So ungefähr." Ich wandte mich an Gisele. „Das ist großartig. Vielen Dank! Würde es dir etwas ausmachen, uns kurz allein zu lassen?"

„Natürlich!" Die Einhornwandlerin nickte meiner besten Freundin mit ihrem regenbogenfarbenen Kopf zu. „Hat mich gefreut, dich kennenzulernen." Dann verließ auch sie das Zimmer.

Vivi ließ sich auf einen der Rattanstühle fallen. „Mein Gott, was für ein Abend. Ich denke, ich gehöre jetzt offiziell zu eurem Team. Heute war meine Feuertaufe sozusagen."

Bei der Bemerkung zog sich mein Magen zusammen. Ich nahm an, dass sie es nur so dahingesagt hatte. Dennoch war ich mir nicht sicher, ob sie die Funken und Flammen bemerkt hatte, die ich erzeugt hatte, um ihren Angreifer in der Metzgerei zur Strecke zu bringen. Sie hatte es nicht angesprochen, und ich hielt es für besser, ihr nicht noch mehr Verrücktheiten aufzubürden, als sie ohnehin schon ertragen musste. Außerdem war ich nicht erpicht darauf, zu sehen, wie sich unsere Freundschaft verändern würde, wenn ich ihr offenbarte, dass ich vielleicht doch nicht ganz menschlich war.

„Ruse wird dir Vorräte bringen, wenn du etwas brauchst", sagte ich. „Und ich werde mein Handy immer griffbereit haben. Hoffentlich kommen wir unserem Ziel, die Lichtarmee auszuschalten, heute Abend einen großen Schritt näher. Dann müssen wir uns keine Sorgen mehr wegen Angriffen machen."

„Meinst du? Sie sind viel organisierter und bösartiger als alle Jäger, mit denen wir bisher zu tun hatten."

„Na ja, wenn es uns gelingt, einen Haufen höherer Schattenwesen zu befreien, die sie gefoltert haben, dann haben wir eine Menge neuer Verbündeter. Außerdem werden wir so viele Informationen wie möglich aus den Leuten, die dort arbeiten, herausholen, und hoffentlich alles von ihren Servern löschen und ihre Forschungsdaten vernichten. Wir sind so gut vorbereitet, wie noch nie zuvor."

„Immerhin habt ihr es geschafft, mich zu retten, bevor die Idioten mich aufgehängt haben oder was auch immer sie vorhatten. Ich habe vollstes Vertrauen in eure Pläne." Vivi streckte die Hand aus, um meinen Arm zu tätscheln, als ich mich neben sie setzte, doch sie war immer noch etwas geschwächt.

Mein Magen verkrampfte sich erneut. Wenn ich die Armee nicht verfolgt und Omen und den anderen nicht geholfen hätte, herauszufinden, wie man sie zu Fall bringen könnte – wenn ich den Bund nicht um Hilfe gebeten hätte –, dann wäre Ellen jetzt im Kino und würde alles für das nächste Treffen vorbereiten. Vivi könnte in ihre Wohnung zurückkehren, die sie mit so viel Liebe eingerichtet hatte. Weder sie noch die anderen Mitglieder des Bundes müssten Angst haben, von mörderischen Psychopathen in Rüstungen aus Silber und Eisen angegriffen zu werden.

„Es tut mir leid", sagte ich. „Ich dachte, bei all den Vorsichtsmaßnahmen, die wir getroffen haben, wäre es sicher, zum Bund zu gehen. Das Letzte, was ich wollte ..."

Vivi hob ihre Hand. „Ich werde dich genau hier unterbrechen. Ich habe dich *angefleht*, mich einzuweihen, Sorsha. Und Ellen und Huyen haben ihre eigenen Entscheidungen getroffen. Der Schutzbund für Schattenwesen wurde mit dem Ziel gegründet, Arschlöcher aufzuhalten, die Schattenwesen schlimmer als Ungeziefer behandeln, und diese Leute von der Lichtarmee sind eindeutig die schlimmsten von allen. Glaubst du wirklich, es wäre besser, wenn wir uns zurückziehen und sie ihre

Experimente durchführen und jeden ermorden lassen, der auf ihre Machenschaften aufmerksam wird? Ich glaube das nämlich nicht. Ich bin immer noch zu hundert Prozent dafür, diese Arschlöcher plattzumachen."

Ihre Entschlossenheit brachte mich zum Lächeln, doch meine Finger verkrampften sich in meiner Hosentasche, wo ich mein stummes, flaches Telefon spürte. „Soweit ich das beurteilen kann, bist du die Einzige im Bund, die so denkt. Die Einzigen, die mir heute Morgen überhaupt geantwortet haben, als ich versucht habe, zu ihnen durchzudringen, hatten nicht viel zu sagen, außer dass ich verschwinden sollte."

„Ach, die werden schon noch zur Vernunft kommen, wenn du aufdeckst, was die Armee so treibt. Und diejenigen, die das nicht tun, sind sowieso dumm."

Ihre Vehemenz milderte mein schlechtes Gewissen ein wenig. Mit dem Schaukeln des Bootes sank ich zurück in meinen Stuhl. Zum Glück lag es weit flussabwärts von dem Ort, an dem wir heute Abend angreifen würden.

„Also ..." Vivi stupste mich mit ihrem Zeigefinger an. „Wie viele Schattenwesen-Groupies hast du inzwischen?"

Ich verdrehte die Augen und ignorierte die leichte Röte, die sich in meine Wangen schlich. „Immer noch die gleichen drei. Meinst du nicht, das reicht?"

„Wieso? Dieser Omen ist doch auch ziemlich heiß. Er strahlt eine gewisse Gefahr aus."

Omen strahlte nicht nur Gefahr aus, sondern war tatsächlich verdammt gefährlich. Womöglich war Vivi das sogar bewusst. „Wir können kaum ein Gespräch führen, ohne uns gegenseitig an die Gurgel gehen zu wollen. Ich denke, ich werde mich an die anderen drei halten." Ich rieb mir das Gesicht. „Es ist schon seltsam genug, dass ich überhaupt eine Beziehung mit einem Haufen Monster führe, oder?"

Vivi zuckte mit den Schultern. „Es ist nicht schlimm, einen ungewöhnlichen Männergeschmack zu haben. Mehr heiße

Normalos für den Rest von uns. Und jetzt, wo ich sie kennengelernt habe, kann ich nachvollziehen, was du an ihnen findest." Sie schenkte mir ein breites Lächeln.

„Glaub mir, sie machen mehr Ärger, als man ihnen ansieht", murmelte ich, doch meine Beschwerde war halbherzig. Tatsächlich bedauerte ich es kein bisschen, dass das Trio vor einigen Wochen in meine Wohnung und mein Leben eingedrungen war – obwohl ich meine Wohnung und fast meine gesamten Besitztümer verloren hatte.

Heute Abend hatten wir jedoch größere Probleme zu bewältigen. Am liebsten hätte ich es mir auf den weichen Polstern gemütlich gemacht, den Algengeruch ignoriert und mit Vivi geplaudert, als wäre dies ein spontaner Ausflug ans Meer und nicht der Versuch, ihr Leben zu retten, doch ich sollte mich wirklich wieder an die Vorbereitungen machen.

Ich erhob mich aus dem Stuhl. Vivi stand ebenfalls auf, damit ich sie in eine Umarmung ziehen konnte, die sie ebenso fest erwiderte.

„Rühr dich nicht vom Fleck", befahl ich und wackelte mit dem Finger vor ihrer Nase. „Verlass dieses Boot unter keinen Umständen, es sei denn, die bösen Jungs entern es."

„Aye, aye, Captain", sagte sie mit einem frechen Salut. Dann verfinsterte sich ihre Miene, ein Hinweis auf die Angst, die sie unterdrückte. „Dito."

„Dito."

Als ich das Deck des Hausbootes überquerte, stieg auch in meiner Brust Angst auf. Diesmal hatte ich es nur gerade so geschafft, Vivi zu beschützen. Wenn die Armee sie hier aufspürte …

Wir mussten einfach sicherstellen, dass sie keine Chance bekamen, es auch nur zu versuchen.

Sobald ich wieder festen Boden unter den Füßen hatte, überlegte ich, mit welchem Song ich mir etwas Mut machen könnte. „Stand up and burn 'em down, never let them see us frown. Ne-eh-ver. Ne…"

Ich verstummte abrupt, als ich Omen auf der Straße stehen sah. Er schien auf mich zu warten. Das Supermobil war verschwunden. Da waren nur er und – ein Motorrad, das er sich offenbar besorgt hatte, als ich nicht hingesehen hatte. Einen Fuß auf dem Boden, den anderen auf die Fußstütze gestützt, saß er auf der Harley, die zwar alt, aber frisch poliert war. Ihm fehlte nur noch eine abgewetzte Lederjacke, und er hätte direkt aus einem Biker-Film der 70er Jahre stammen können.

Auch wenn dieses Jahrzehnt nicht mein Spezialgebiet war, konnte ich die Aufmachung zuordnen.

Ich ging auf ihn zu und verschränkte meine Arme. „Du hast also beschlossen, dass es an der Zeit ist, in die Rolle des bösen Jungen zu schlüpfen, was? Das sieht schon eher nach deinem Stil aus als die gute alte Betsy."

Er schnitt eine Grimasse. „Sag ja nichts gegen meine Betsy. Sie hat uns gute Dienste geleistet. Das ist Charlotte."

Ich schluckte ein Lachen hinunter. „Gibst du allen deinen Fahrzeugen Namen?"

„Den beiden, die ich jemals hatte, ja. Meinst du, du schaffst es, diesen fahrbaren Untersatz nicht in die Luft zu jagen, Chaos-Queen?"

„Das mit den anderen war nicht meine Schuld", protestierte ich. „Warum lässt du mich überhaupt in die Nähe der lieben Charlotte, wenn du dir deswegen Sorgen machst?"

Sein Blick wurde schärfer. „Thorn hat erwähnt, dass du wieder deine Kräfte eingesetzt hast, um die Angreifer deiner Freundin abzuwehren. Du scheinst immer besser darin zu werden – nur an der Kontrolle musst du noch arbeiten. Da kam mir die Idee, dass das Motorrad eine gute Möglichkeit wäre, um zu üben."

„Inwiefern?"

„Da du keinen Führerschein hast, gehe ich davon aus, dass du dich *auf* einem fahrenden Fahrzeug nicht so sicher fühlst, wie wenn du davorstehst. Und ich habe eine Menge

Tricks auf Lager, um dein Herz zum Rasen zu bringen. Steig auf." Er klopfte auf den Sitz hinter sich und deutete dann auf einen Papierstreifen, den er am rechten Lenker befestigt hatte. „Wenn du deine Kräfte spürst, versuch, *das* hier anzuzünden – nicht mich. Ich habe noch mehr davon, wenn das erst mal durchgeschmort ist."

Das klang eigentlich nach einem vernünftigen Plan … wären da nicht meine Bedenken, auf einem Motorrad mitzufahren, und mich dabei auch noch an diesem Mann festklammern zu müssen. Auf so einer Maschine konnte ich mich nicht einfach hinter ihn setzen – nein, das würde vollen Körperkontakt erfordern.

Da ich nicht wollte, dass der Kommandant mein Zögern bemerkte, beeilte ich mich mit meiner Antwort. „Gut", stimmte ich zu und sprang auf.

Als ich meine Knie gegen seine Hüften drückte und meine Arme um seine Taille schlang, drehte sich Omen zu mir um. Sein gesamter Körper bestand aus kräftigen Muskeln. Ich hatte nicht vorgehabt – oder den Wunsch verspürt –, diesen Mann zu umarmen, doch ich konnte nicht sagen, dass es eine völlig unangenehme Erfahrung war. Ich hoffte nur, dass ich ihn in der Sommerhitze nicht vollschwitzte.

„Keine Helme?", fragte ich.

Er gluckste. „Und ich dachte, du stehst auf Gefahr. Wir werden unser Schicksal heute ein wenig herausfordern."

Ohne ein weiteres Wort oder eine Vorwarnung ließ er das Motorrad losdonnern.

Ich umklammerte Omen noch fester, als der Überlebensinstinkt in mir erwachte. Ich presste mich dicht an ihn – natürlich nur der Sicherheit wegen. Nun, jetzt konnte ich zumindest sagen, dass ich auch das vierte Mitglied meines Schattenwesen-Quartetts zwischen meinen Schenkeln gehabt hatte, wenn auch nicht auf die Art und Weise, wie Vivi angedeutet hatte.

Als wir die Straße entlangbrausten und um eine Ecke

bogen, stieg mir der Höllengeruch des Gestaltwandlers in die Nase, der an sich schon Gefahr verhieß. Seine Muskeln spannten sich unter meinen Fingern an. Mein Herz pochte, was möglicherweise jedoch daran lag, dass mein Idiotenhirn nicht umhinkonnte, als sich zu fragen, wie Omen reagieren würde, wenn ich meine Hände etwas tiefer gleiten ließ, um herauszufinden, was *ihn* steif werden ließ.

Dann heulte der Motor auf, als der Höllenhund eine weitere Kurve nahm und das Motorrad schlingerte. Mit einem Mal waren alle Gedanken an etwas anderes als Überleben aus meinem Kopf verschwunden. Sekunden später legte er sich so in eine Kurve, dass ich schwören könnte, dass mein Haar den Asphalt gestreift hatte.

Mein Puls stotterte. Durch seine Schattenwesen-Kräfte würde er sich wahrscheinlich relativ schnell von einem Sturz mit hoher Geschwindigkeit erholen. War ihm überhaupt klar, wie leicht *mein* Schädel brechen konnte?

Ja, ja, das war es. Genau das war der Grund, warum er so dicht an der Leitplanke vorbeifuhr, dass ich den Verkehr unter der Brücke ebenso vorbeiziehen sehen konnte wie mein Leben vor meinen Augen. Er tat das alles aus einem ganz bestimmten Grund.

Konzentrier dich, Sorsha. Ich *wollte* diese Kraft in mir beherrschen.

Als bei seinem nächsten riskanten Manöver erneut Panik in mir aufstieg, richtete ich meine Aufmerksamkeit auf den Papierstreifen, der nun wild im Wind flatterte. Hitze flammte in meiner Brust auf und Adrenalin rauschte durch meinen Körper. Ich kniff die Augen zusammen – und das Papier ging in einer Stichflamme auf.

An einer Ampel bremste Omen und fischte einen weiteren Zettel aus seiner Tasche. „Gut. Lass es uns noch einmal versuchen. Nach ein paar Malen werden wir sehen, ob du es schaffst, wenn du etwas weniger Angst hast."

„Ich habe keine *Angst*", protestierte ich, wenn auch

vermutlich nicht sonderlich glaubwürdig, da ich einen erschrockenen Aufschrei ausstieß, als das Motorrad mit quietschenden Reifen losraste.

So sehr ich auch versucht war, Omen für den wilden Ritt eins über den Schädel zu ziehen, es funktionierte. Nachdem ich meinen vierten Zettel verbrannt hatte, wurde mir der Energiestoß, der sich in meinem Bauch bildete, immer vertrauter. Der Höllenhund-Wandler hielt sein Wort und drosselte die Intensität seiner Stunts. Schließlich gelang es mir, selbst in einem nicht ganz so panischen Zustand, genug Funken zu erzeugen, um noch ein paar Streifen zu verbrennen.

Ich hatte gar nicht bemerkt, dass er zum Busparkplatz gefahren war, bis er direkt davor anhielt. Ich löste mich von ihm und stieg vom Motorrad, weil ich dachte, dass langsam etwas Abstand angebracht wäre, doch das Lächeln, das er mir schenkte – das strahlendste und aufrichtigste, das ich bisher von ihm gesehen hatte – brachte die Anziehungskraft sofort wieder zurück.

Das war doch in Ordnung, oder? Ich hatte schließlich nicht vor, ihn zu bespringen oder so. Warum konnte ein Mädchen nicht einfach einen ungewöhnlichen Männergeschmack haben, wie Vivi es ausgedrückt hatte?

„Du bekommst es langsam in den Griff", sagte er.

„Also bin ich vielleicht doch keine Chaos-Queen?"

„Mal sehen, wie es heute Abend läuft." Obwohl sein Tonfall trocken wie immer war, fühlte sich sein Blick nicht ganz so eisig an wie sonst, als er auf meinem Gesicht verweilte. „Bis jetzt hast du dich ganz gut geschlagen."

Aus seinem Mund war dies das höchste Lob. Hatte ich den Hund etwa dazu gebracht, bei Fuß zu gehen?

Ich ertappte mich dabei, wie ich ihn angrinste. „Und du hast nur ein *wenig* Überzeugungsarbeit geleistet."

Er schnaubte, doch dann schien seine gute Laune zu schwinden. Er wies mir den Weg zum Parkplatz. „Ich muss

Charlotte parken. Sieh nach, ob die anderen bei den letzten Details Fortschritte gemacht haben. Wir haben schon genug Zeit damit vergeudet, deine Probleme zu beheben."

Dann fuhr er ohne ein weiteres Wort davon und ließ mich mit einer anderen Art von Schleudertrauma zurück.

DREIUNDZWANZIG

Sorsha

Unsere Gastgeber wirkten nur milde verärgert, als Ruse sich auf den Weg machte, um etwas vom Thailänder zu besorgen, damit wir uns nicht an ihrem Vorrat an echtem Gras und anderweitigem feinen Grünzeug bedienen mussten. „Daraus kann man auch tolle Salate machen", sagte Bow und hielt seinen Teller, der mit grünen Blättern beladen war, hoch. Argwöhnisch betrachtete er die Behälter mit Reisnudeln und cremigen Currys, als wäre er nicht sicher, wieso jemand so etwas zu sich nehmen wollte.

„Mein Gehirn braucht Eiweiß", erklärte ich. „Das ist … so ein Menschending." Es erschien mir höflicher, nicht zu erwähnen, dass es in der Welt der Sterblichen nicht üblich war, sich von Gras und Klee zu ernähren.

Auf einem Tablet, das Ruse unserer Bereitschaftshackerin abgeluchst hatte, blätterte Omen durch die Fotos und Baupläne des Gebäudes in der Wharf Street. „Sie muss dir nicht leidtun", hatte der Inkubus mir versichert. „Sie hat einen Stapel davon, der doppelt so groß ist wie dein Drache." Snap der neben mir auf dem Sofa des Wohnmobils saß, legte seinen Arm um mich.

Ich fütterte den Verschlinger mit einem Bissen grünem Curryhühnchen von meiner Gabel. Er fuhr sich mit der Zunge über die Lippen und seine Pupillen weiteten sich.

„Süß und gleichzeitig leicht scharf." Er grinste mich verschmitzt an. „Ich kann verstehen, warum du das magst, Pfirsich."

„Halt die Klappe", sagte ich und küsste ihn auf die Wange, um ihm zu verstehen zu geben, dass ich es nicht ernst meinte.

Auf meiner anderen Seite saß Ruse, nicht ganz so kuschelig wie Snap, dafür aber wieder wie üblich entspannt. Was auch immer ihn gestresst haben mochte, unser Dreier vorhin schien seine Anspannung gelindert zu haben. Mit funkelnden Augen wischte er mit seinem Daumen etwas Soße von meinem Mundwinkel und saugte sie von seiner Fingerkuppe.

Oh ja, Hitze flammte in mir auf. Ein Schwall davon hatte sich zwischen meinen Schenkeln gesammelt, noch bevor er seine Hand unter dem Tisch auf mein Bein gelegt hatte.

„Die beste Stelle für ein kleines Feuer wäre hier", sagte Omen und zoomte ein Bild heran. „Wie nah denkst du, dass du rangehen musst, Sorsha?"

Falls ich das Gebäude überhaupt zum Brennen bringen *konnte*. Ich kaute auf meiner Unterlippe, während ich überlegte. „Keine Ahnung. Bei dem Wohnmobil habe ich die Flammen aus etwa fünfzehn Meter Entfernung angefacht. Allerdings habe ich damals nur etwas verstärkt, was schon da war. Und ich habe versucht, diese Typen davon abzuhalten, Thorn zu ermorden. Ich glaube nicht, dass ich mit der gleichen Inspiration an die Sache herangehen möchte.

Vielleicht kann ich mich über eine Seitenstraße unbemerkt etwas weiter nähern."

„Während der Rest von uns im Schatten bleibt. Das könnte funktionieren. Und wohin würdest du ausweichen – oh, lass mich raten, das Fenster wäre kein allzu großes Hindernis für dich?" Ein Lächeln umspielte seine Lippen.

„Du kennst mich mittlerweile gut", sagte ich amüsiert. Seit heute Morgen hatte sich etwas an der Dynamik zwischen uns geändert, abgesehen von seiner Schroffheit nach der Motorradtour. Wir hatten den ganzen Nachmittag über Ideen ausgetauscht, und zwar mit einer Vertrautheit, die sich schon fast angenehm anfühlte. Kein Adjektiv, von dem ich jemals gedacht hätte, dass ich es mit dem herrischen Kommandanten in Verbindung bringen würde.

Wie immer war Snap mehr um mein Wohlergehen besorgt als ich. „Wir wissen nicht, ob Wachen im zweiten Stock stationiert sind. Sorsha könnte direkt in ihre Mitte springen."

„Ich nehme denselben Weg wie sie", sagte Thorn und bewegte seiner Schultern, als Pickle von der einen zur anderen kletterte. Er warf dem Drachen einen finsteren Blick zu, kraulte aber trotzdem kurz sein Kinn. „Sie werden nicht mit uns rechnen, und es wäre taktisch nicht klug von der Armee, mehrere Wachen an einer Stelle zu postieren, an der sie nicht mit Eindringlingen rechnen. Zu zweit kommen wir dort auf jeden Fall zurecht."

„Sobald wir unsere Brüder befreit haben, werden wir zahlenmäßig noch stärker sein", sagte Omen.

Ich trommelte mit den Fingern auf den Tisch. „Vergesst nicht, dass wir auf keinen Fall so lange bleiben sollten, dass die Armee Verstärkung holen kann. Außerdem brauchen wir alle Daten, die wir über ihre Operationen bekommen können. Sobald Ruse den Virus auf den ersten Computer hochgeladen hat, den wir finden können, müssen wir uns alle anderen Geräte schnappen, bevor er ihn aktiviert. Im Supermobil können wir die Geräte dann in Ruhe durchforsten."

Omen nickte. „Snap, du bestimmst, welche Ausrüstung wir mitnehmen, wenn wir Prioritäten setzen müssen. Bow und Gisele, ihr beide kümmert euch um die befreiten Schattenwesen und weist ihnen den Weg." Er hielt inne, bevor er seinen Blick hob, um mir in die Augen zu sehen. „Du verstehst doch, dass wir niemanden verschonen werden, oder?"

Seine eiskalte Aussage jagte mir einen Schauer über den Rücken, doch ich war darauf vorbereitet gewesen. Das Abschlachten der sterblichen Bewohner des Gebäudes war der einfachste Weg, um unsere eigene Sicherheit sowohl während des Angriffs als auch danach zu gewährleisten. Je stärker wir die Zahl der Rekruten der Lichtarmee reduzierten, desto schwieriger wäre es für sie, weiter zu operieren, und desto leichter wäre es für uns, weitere Teile der Organisation zu zerstören.

Ein mulmiges Gefühl machte sich meinem Magen breit. Es verschwand jedoch bei der Erinnerung an das Arschloch, das seine Waffe auf Vivi gerichtet hatte, und an die Beschreibungen, die ich von Ellens Verletzungen erhalten hatte.

Jeder, der für diese Organisation arbeitete, wusste, dass sie Wesen folterten, die über das gleiche Bewusstsein wie Menschen verfügten, und dass sie an unzähligen Gräueltaten beteiligt waren, zu deren Opfer auch Menschen gehörten. Der Gedanke, dass sie durch unsere Hand umkommen würden, gefiel mir zwar nicht, doch ich würde auch keine Tränen über ihren Tod vergießen.

„Wenn das nötig ist, dann tun wir es", sagte ich entschieden. „Ich werde sie grillen, falls ich muss." Vorausgesetzt ich war dazu in der Lage.

Der Höllenhund-Wandler neigte zustimmend den Kopf und ging noch ein paar Punkte mit Thorn durch, der sich zum Bildschirm hinüberbeugte. Ich zwang mich, einen weiteren Bissen Pad Thai hinunterzuschlucken, der mir jedoch schwer im Magen lag.

Als wir das letzte Mal ein Gebäude der Armee gestürmt hatten, waren weniger Leute da gewesen und wir wussten nicht genau, was uns erwarten würde – doch ich hatte auch weniger Zeit gehabt, um das Ausmaß dessen, was wir auf uns nahmen, zu begreifen.

Ich zwängte mich zwischen Snap und dem Tisch hindurch, und drückte ihm im Vorbeigehen einen Kuss auf die Lippen. „Toilettenpause. Geht nicht ohne mich.“

Während Gisele über diese unnötige Bitte kicherte, huschte ich in das kleine Badezimmer des Wohnmobils und zog die Tür hinter mir zu. Der kompakte Raum war der einzige Teil des Fahrzeugs, den die Schattenwesen nicht ausgebaut oder aufgemotzt hatten, wahrscheinlich, weil sie wenig Verwendung für ihn hatten. Ich setzte mich auf den geschlossenen Toilettensitz, wobei mein Knie gegen die Schiebetür zur Duschkabine stieß, und holte tief Luft.

Ich würde das schaffen. Ich würde es schaffen, Feuer aus dem Nichts zu erzeugen – ich hatte es schon öfter getan, und heute Abend würde ich es wieder tun, so oft wie nötig.

Ich riss ein Stück Toilettenpapier von der Rolle und hielt es vor mein Gesicht. Alles, was ich tun musste, war, mich an die Empfindungen von dieser Motorradfahrt zu erinnern. Mich auf das Gefühl konzentrieren, das die Hitze in meiner Brust aufflammen ließ. Ich musste an Vivi denken, wie sie von diesen Arschlöchern gepackt worden war – an den Flur mit den Käfigen in der Versuchsanlage – an Snaps Gesichtsausdruck, als er die Qualen wahrgenommen hatte, die die Experimente der Lichtarmee verursacht hatten. An das Maschinengewehrfeuer, das auf Thorn gerichtet war.

Meine Lunge zog sich zusammen und mein Puls raste. Diese Mistkerle hatten es verdient, knusprig gebraten zu werden.

Ich richtete meinen Blick auf das labbrige Toilettenpapier, und eine Flamme züngelte am Rand empor.

Wunderbar. Ich würde mehr Feuer brauchen, um das Gebäude in der Wharf Street dem Erdboden gleichzumachen, doch ich würde auch mehr Motivation haben, wenn der Kampf erst einmal im Gange war. Und falls meine neu entdeckten Kräfte nachließen, sobald ich im Gebäude war, hatte ich ein neues Feuerzeug und eine Flasche Kerosin, um die Sache zu beschleunigen.

Ich löschte das brennende Toilettenpapier im Waschbecken und trat durch die Tür. Snap wartete im Flur auf mich. Er musterte mich eindringlich.

„Geht es dir gut?", fragte er.

Mein hingebungsvollster Liebhaber war wie immer aufmerksam. Ich legte meine Hand auf seine Brust und lächelte zu ihm auf. „Auf jeden Fall. Wir kriegen das hin."

Er strich mit den Fingern über mein Haar und sah mich so liebevoll an, dass mein Herz aus viel angenehmeren Gründen einen Schlag aussetzte. „Ich werde da draußen auch ein Auge auf dich haben. Nicht nur Thorn. Ich werde nicht zulassen, dass dir noch einmal jemand wehtut."

„Hey, wenn ich noch mehr Kugeln abbekomme oder mir noch mehr Knochen breche, kann mich dieser Dryade doch wieder zusammenflicken, oder?"

Als er mich trotz meiner Witzeleien weiterhin eindringlich anstarrte, beugte ich mich noch näher zu ihm und legte meine Hand auf seine Schulter. „Mach dir keine Sorgen. Ich komme schon klar."

Er brummte vor sich hin. „Es kann dir nicht immer gut gehen. Doch, wenn es dir nicht gut geht, werde ich für dich da sein."

Diese einfache, aber entschlossene Aussage löste einen Schwall von Zuneigung in mir aus. Ich zog ihn an mich, um ihn zu küssen, doch selbst das schien nicht genug zu sein.

Ich musste sicherstellen, dass ich im Gegenzug auch

meinem Verschlinger den Rücken freihielt, wie in der Abmachung, die ich mit Thorn getroffen hatte. Zum Teufel, jeder aus meinem Quartett und unsere neuen Gefährten könnten irgendwann einmal Schutz brauchen, übernatürliche Kräfte hin oder her. Ich wollte bereit sein, wenn das passierte.

Nachdem wir die die letzten Details ausgearbeitet hatten, fuhren wir das Wohnmobil vom Parkplatz. Ich tat mein Bestes, um nicht auf dem Sofa herumzuzappeln. Pickle rollte sich auf meinem Schoß zusammen und schmiegte seinen Kopf an meinen Bauch, als ob er die Anspannung spürte und mich beruhigen wollte. Omen schritt von einem Ende des Wohnzimmers zum anderen und schwankte nur leicht, als das Wohnmobil wendete.

Ich hatte mich so hingesetzt, dass ich durch die Windschutzscheibe schauen konnte. Vor mir kam der Finger in Sicht, ein Stinkefinger in der einsetzenden Dämmerung. Der Lichterkranz am Rande des Innenhofs berührte die riesige Statue kaum. Die Hälfte des Weges war geschafft.

Mein Telefon klingelte. Vivi? Ich holte es heraus, so schnell ich konnte.

Doch es war nicht die Nummer meiner besten Freundin, sondern eine, die ich nicht kannte. Als ich den Anruf annahm, machte sich erneut ein Gefühl des Unbehagens in meiner Magengegend breit. „Hallo?"

„Sorsha? Oh, wie gut, dass ich dich erreiche."

Ich brauchte eine Sekunde, um die schwache Stimme, die seltsam weit weg klang, einzuordnen. Sie musste noch benommen sein von den Medikamenten, die ihr im Krankenhaus verabreicht worden waren. „Ellen! Wie geht es dir? Es tut mir so …"

„Mach dir deswegen keine Sorgen. Das ist nicht …" Sie hustete. „Du hast recht. Diese Leute – wir können nicht zulassen, dass das so weitergeht. Ich habe zufällig mitbekommen, wie Leland sich von meiner Tür mit jemandem unterhalten hat. Er sagte etwas davon, dass man dafür sorgen müsse, dass nicht noch mehr Leute durch deine Machenschaften verletzt werden. Es klang so, als ob … er etwas tun wollte … etwas, das er wahrscheinlich nicht tun sollte."

Etwas, das die Leiterin des Bundes so beunruhigt hatte, dass sie sich trotz ihrer Verletzungen an mich gewandt hatte. Meine Kehle schnürte sich zusammen. „Danke. Ich werde es mir merken. Ruh dich noch etwas aus, okay? Gute Besserung."

Ich ließ mein Handy sinken und vor den Fenstern des Wohnmobils zog der Finger vorbei. Ich hatte gerade den Mund geöffnet, um zu sagen, dass wir anhalten und angesichts dieser neuen Warnung eine Zwischenbilanz ziehen sollten, als das Aufheulen eines weiteren Motors die Luft erfüllte.

Das Wohnmobil ruckelte und kippte mit dem Knirschen von Stahl, der auf Stahl traf, um.

VIERUNDZWANZIG

Sorsha

Durch den Aufprall wurde ich zurück auf das Sofa geschleudert, und mein Handy flog mir aus der Hand. Ich hob meine Arme gerade noch rechtzeitig schützend über meinen Kopf, als das ganze Wohnmobil umkippte.

Ich prallte gegen das Dach, und das Fenster neben mir zerbrach. Metall quietschte, als das Fahrzeug seitwärts über den Asphalt schlitterte.

„Das waren sie!" Ich keuchte, als meine kürzlich geheilte Schulter gegen einen Grat in der Wand prallte und schmerzhaft zu pochen begann. „Die Lichtarmee. Sie wussten, dass wir kommen würden."

Meine Schattenwesen-Gefährten wirbelten um mich herum und tauchten in den dunklen Flecken auf und ab. Draußen polterten Schritte. „Kannst du aufstehen, Sorsha?", rief Thorn, und ich rappelte mich auf, wobei ich den zitternden Pickle auffing. Da die Lichtarmee unsere letzten beiden Fahrzeuge gesprengt hatte, hatte ich keinen Grund zur Annahme, dass ich hier drinnen sicherer war als draußen auf der Straße.

Omen hatte bereits die Tür herausgerissen, die nun die Decke des umgestürzten Wohnmobils bildete. Ich rannte auf das Loch zu, und Thorn hob mich auf die Stahlwand, die wie durch ein Wunder immer noch wie ein Stadtbus aussah.

Die anderen waren durch die Schatten nach draußen geflüchtet. Vielleicht wäre es besser, wenn sie im Schatten bleiben würden. Gestalten in der typischen Lichtarmee-Rüstung liefen um das Wohnmobil herum und sprangen aus dem gepanzerten Lieferwagen, der uns wohl gerammt hatte. „Zurückbleiben, zurückbleiben!", riefen Stimmen von weiter weg den Fußgängern zu.

Als ich das Chaos sah, war mein erster Gedanke, dass die Schattenwesen sich zurückziehen sollten. Sie sollten so schnell wie möglich von hier verschwinden, damit sich die Wut der Lichtarmee auf das einzige Wesen konzentrierte, das nicht durch die Schatten entkommen konnte. Es waren zu viele Söldner – und sie hatten uns völlig überrumpelt.

Doch Thorn sprang in seiner körperlichen Gestalt aus dem Wohnmobil und schien nicht einmal im Entferntesten daran zu denken, mich zurückzulassen. Er holte mit der Faust nach einem Soldaten aus, der sich auf mich gestürzt hatte, und zertrümmerte ihm das Gesicht. Als ein weiterer auf das umgestürzte Fahrzeug kletterte, trat er ihm gegen den Hinterkopf.

Am Boden ritt jemand … auf einem Pferd vorbei? Heilige Mongo-Mutter, nein, das war *Bow*, der mit einem Kampfschrei und Pfeil und Bogen auf unsere Angreifer zustürmte. Sein menschenähnlicher Torso entsprang den Schultern eines fuchsfarbenen Hengstes.

Mit einem silbrig-hellen Schrei stürmte ein weiteres Pferd in die Mitte der Soldaten – ein anmutiges, elfenbeinfarbenes Tier, an dessen schlanken Hufen Haarbüschel wuchsen, und aus dessen Stirn ein schimmerndes Horn ragte. Zumindest schimmerte es in dem Moment, in dem ich es sah, bevor Gisele es einem Mann in den Bauch rammte. Die Pferdewandler hatten offenbar nicht vor, ihr Supermobil kampflos aufzugeben.

Das Einhorn zuckte mit einem Schmerzensschrei zurück, als es gegen die Rüstung des Mannes prallte. Die Metalle hinterließen einen schwarzen Fleck direkt unter der Blutspur, die aus ihrem Horn sickerte.

„Komm." Thorn hievte mich auf seinen Rücken, vermutlich, um zu fliehen, doch kaum war er auf den Boden gesprungen, stürmte eine Flut von Angreifern auf ihn zu. Als er herumwirbelte, um sie abzuwehren, löste sich mein Griff durch die abrupte Bewegung und ich stürzte auf das Kopfsteinpflaster des Innenhofs.

Ich rappelte mich auf und sah mich nach einem Unterschlupf oder, besser noch, nach einer klaren Fluchtrichtung um. Solange ich hier war, würden meine Kameraden sich verwundbar machen, um mich zu beschützen. Mein Blick fiel auf Snap, der gerade lange genug aus der Dunkelheit auftauchte, um einem Soldaten die Waffe aus der Hand zu schlagen – eine Waffe, die auf mich gerichtet war.

Ein weiterer Angreifer kam auf mich zu und schwang eine dieser schrecklichen laserartigen Peitschen. Ich schaffte es, mich darunter hindurchzuducken und stürzte mich auf die Beine des Kerls. Wir fielen beide zu Boden, wobei sein Helm scheppernd auf dem Asphalt aufschlug. Omen sauste in seiner Höllenhund-Gestalt an uns vorbei und schlitzte dem Kerl mit einem Hieb seiner Klauen die Kehle auf.

Doch da waren noch mehr – viel zu viele von diesen Scheißkerlen. Ich schnappte mir den Dolch von der Hüfte meines letzten Angreifers, und stieß mich gerade noch rechtzeitig von ihm ab, um zu sehen, wie einer der

Lichtarmee-Soldaten eines dieser glänzenden Netze auf Bow warf.

Die massiven Hufe des Zentauren kamen trappelnd zum Stillstand. Seine Angreifer kreisten ihn ein, und ein Schauer des Entsetzens durchfuhr mich. Ohne zu zögern, sprintete ich auf sie zu.

Der Zentaur zitterte unter dem giftigen Metallnetz, und eine unbändige Hitze durchströmte meinen Körper. Ich warf mich zwischen zwei der Männer, die das Netz festhielten, ergriff einen der silbernen und eisernen Stränge und schleuderte das brennende Gefühl mit aller Kraft, die ich in mir hatte, durch meine Hände hinaus.

Die Soldaten um das Netz herum, schrien vor Schmerz. Erschrocken ließen sie das Netz los, und der Geruch von verbranntem Fleisch stieg mir in die Nase. Ich zerrte an dem Netz und schaffte es, Bow daraus zu befreien, bevor sie sich erholen konnten.

Der Zentaur taumelte davon, schüttelte sich und drehte sich dann mit neuer Entschlossenheit um. Als sich ein paar der Männer, deren Hände ich gegrillt hatte, auf mich stürzten, stürmte Bow zwischen sie. Mit einem Tritt seiner kräftigen Hinterbeine zertrümmerte er die Hüfte eines Mannes, während er mit den Fäusten auf einen anderen einschlug. Der Mann taumelte nach hinten, wo er auf Thorns kristalline Knöchel traf.

War das das Heulen einer Sirene irgendwo in der Ferne? Nicht einmal die Lichtarmee konnte verhindern, dass Schaulustige den Autounfall und den Kampf meldeten. Sobald die Rettungskräfte eintrafen, mussten unsere Angreifer abhauen oder Erklärungen abgeben, die sie vermutlich nicht abgeben wollten. Wenn sie uns keine Möglichkeit ließen, uns aus dem Staub zu machen, mussten wir nur so lange durchhalten.

Ich wich nach links und rechts aus, riss hier einen Helm ab

und stellte dort einem Arschloch ein Bein. Ich konzentrierte mich auf das Kampfgetümmel um mich herum und auf das Pochen meines Herzens, das hart, aber gleichmäßig war. Der verdrehte Text eines Songs, der zum Rhythmus meines Herzschlags passte, rieselte durch meinen Kopf und von meiner Zunge. „Once I ran you through, now to stun some crew …"

Die Worte beflügelten meine Stimmung. Ich trällerte noch ein paar Zeilen, während ich weiterkämpfte. Ein Ellbogen auf die Nase hier, mit einem befriedigenden Knacken. Ein Knie in die Eier dort mit einem noch befriedigenderen Stöhnen. „… And that's not nearly a-a-all!"

Eine Bewegung auf der anderen Seite der riesigen Holz- und Metallskulptur im Innenhof erregte meine Aufmerksamkeit. Eine neue Welle von Angreifern tauchte hinter dem Finger auf und stürmte auf uns zu. Ihre Rüstungen glänzten im Licht der Straßenlaternen – mehr Netze, mehr Messer, mehr Waffen. Verdammt.

Mein Herz raste. Hitze flammte in mir auf. Ich streckte meine Arme aus und wollte ihnen einen Tsunami aus Flammen entgegenschleudern, um sie zu stoppen.

Was herauskam, war keine Flutwelle, sondern eher ein Rinnsal. Und dieses Rinnsal aus Flammen traf vor allem auf die Holzstreben der drohenden Statue und nicht auf die Angreifer, die sich um sie herum tummelten. Flammen leckten über die Bretter. Ich hatte eines der beliebtesten Wahrzeichen der Stadt in Brand gesetzt.

Ups.

Bevor ich versuchen konnte, noch mehr von meiner feurigen Kraft heraufzubeschwören, hatte uns der zweite Trupp der Lichtarmee-Soldaten erreicht. Thorn, Omen und Gisele durchbrachen die Frontlinien, doch sie kamen von allen Seiten unaufhörlich auf uns zu.

Warum zum Teufel wurden die Sirenen nicht lauter? Sahen sie denn nicht, dass der ganze verdammte Finger brannte und die Flammen höher loderten als die umliegenden Gebäude des Platzes?

Was, ja, meine Schuld war, doch so genau musste man es auch wieder nicht nehmen.

Die Schattenwesen konnten die Front nicht auf allen Seiten halten. Eine Frau in einer Rüstung lief um das umgestürzte Wohnmobil herum und direkt auf mich zu. Der Schuss aus ihrer Pistole verfehlte mich, doch im nächsten Moment schlug sie mir die Waffe seitlich gegen den Kopf.

Ich stolperte, schaffte es aber, sie so hart zu schlagen, dass Blut aus ihrer Nase spritzte. Ruse tauchte lange genug aus dem Schatten auf, um ihr die Beine unter den Füßen wegzutreten.

Zwei weitere Angreifer rannten bereits auf mich zu. Einem verpasste ich einen Aufwärtshaken, doch ich war nicht schnell genug, um beide zu erledigen. Der zweite packte mein Handgelenk und hielt mir ein Messer an die Kehle. Die Klinge bestand aus Silber und Eisen, doch auch die würde meine sterbliche Seele von meinem Körper trennen, wenn er mich damit filetierte.

Ich riss mich von ihm los, wobei die Klinge quer über meine Brust fuhr, mein Oberteil aufschlitzte und eine Blutspur auf meinem Brustbein und meinen Rippen hinterließ. Schmerz flammte an den Rändern der Wunde auf.

Keuchend schlug ich um mich, doch der Mann hielt mich fest. Mit meinem ersten Hieb schlug ich ihm den Helm vom Kopf, meinem zweiten wich er jedoch aus und drehte das Messer in seiner Hand, um es direkt in mein Herz zu stoßen.

Snap trat aus den Schatten hervor, seine Augen waren weit aufgerissen und sein Gesicht blass vor Panik. „Nein!" Er schnappte nach der Klinge und zischte, als sie sich in seine Finger bohrte. Mein Angreifer versetzte dem Verschlinger einen Tritt in den Bauch, der ihn gegen die Unterseite des Supermobils schleuderte.

Der Söldner drehte sich wieder zu mir um und ich schlug

mit meiner freien Hand zu, die Finger gekrümmt, um ihm die Augen auszukratzen, doch er riss mich schwungvoll gegen sein Knie. Es traf mich so hart in den Bauch, dass ich Sterne sah. Dann holte er mit seiner Klinge aus und …

Genau in diesem Moment ertönte ein schauriger Schrei und eine sehnige Gestalt tauchte über dem Mann auf.

Es war Snap. Selbst in meiner momentanen Benommenheit waren die goldenen Locken und das himmlische Gesicht unverkennbar. Sein Körper hatte sich jedoch schlangenförmig nach oben hin verlängert. Als ich ihn beobachtete, dehnte sich auch sein Gesicht und sein Kinn lief spitz zu. Seine Augen funkelten neongrün um die schlitzartigen Schattenwesen-Pupillen. Lange, zweigartige Finger umklammerten die Schultern meines Angreifers.

Dann klappte sein Kiefer auf, wie zu einem breiten Gähnen und mehrere Reihen von spitzen glänzenden Reißzähnen blitzten auf. Mit einem hörbaren Knirschen, das mir einen Schauer über den Rücken jagte, gruben sich seine Reißzähne in den Schädel des Mannes.

Die Augen meines Angreifers weiteten sich und auch er riss den Mund auf. Statt eines Schreis kam jedoch nur ein schwacher, angestrengter Ton heraus. Der Ton hielt an, während sich sein Gesicht verfärbte. Schließlich wurde der Schrei dünner und höher, verstummte jedoch nicht, als hätte sich der Schmerz sogar durch seine Stimme gebohrt. Gänsehaut breitete sich an meinem ganzen Körper aus.

Nun bekam ich aus erster Reihe mit, warum mein liebenswürdiger, unschuldiger Liebhaber in der Schattenwelt als Verschlinger bezeichnet wurde.

FÜNFUNDZWANZIG

Snap

Nach dem Tritt in den Bauch und dem Aufprall auf meinem Rücken am Wohnmobil war der Schock größer als die Schmerzen. Bisher war ich bei den meisten unserer Auseinandersetzungen im Schatten geblieben – ich wusste nicht, wie es war, mich ins Getümmel zu stürzen.

Deswegen war es mein erster Instinkt, mich in die Dunkelheit zurückzuziehen, wo unsere Feinde uns nicht erreichen konnten. Dann fiel mein Blick auf Sorsha, die sich unter einem weiteren Schlag ihres Angreifers wegduckte. Sein Messer blitzte auf, als er Anstalten machte, es ihr in den Körper zu rammen …

Nein. Der Protest hallte durch jede Faser meines Seins. Ich hatte versprochen, sie zu beschützen. Ich konnte nicht zulassen, dass sie wegen ihrer Loyalität uns gegenüber ums Leben kam.

Sie gehörte mir – mein Pfirsich, meine Sorsha – und ich würde sie nicht verlieren.

In einem Anfall von Angst und Trotz stürzte ich nach vorne. Meine Hände umklammerten die Schultern des Mannes, und ein ganz anderer Instinkt setzte ein.

Die Verwandlung in meine Schattenwesen-Gestalt raste wie ein rauer Wind durch mich hindurch. Ich wurde größer, länger, meine Zähne wurden schärfer … Dann riss ich den Mann rückwärts an mich und versenkte meine Reißzähne in seinen Kopf.

Sobald meine Zähne seine Kopfhaut durchbohrten, übertönte ein Schwall von Gefühlen den Rest des Kampfes. Ich schluckte Erinnerungsfetzen voller Farben und Geräusche und hier und da einen Geruch oder Geschmack: Gras, das im Park von der Sonne beschienen wurde, eine Rutschpartie auf der heißen Oberfläche einer Rutsche, eine Party mit mehreren anderen Kindern, flackernde Kerzen auf einem Kuchen, ein Anflug von Scham, als jemand – *Mommy* – schimpfte.

Jedes Bruchstück floss mit einem unterschwelligen Beben des Widerstands und der Qualen in mich hinein, als meine Kiefer die Seele des Sterblichen Stück für Stück verschlangen. Der stumme Schmerzensschrei war die Würze des Festmahls und machte jeden Moment, den ich verschlang, noch ergreifender. Ich trank ihn mit einem befriedigenden Kribbeln in meinen Gliedern aus.

Es war viel zu lange her. Mehrere Jahre, seit ich mich dieses eine Mal so gehen hatte lassen. Wie hatte ich danach nur jemals aufhören können?

Immer mehr Eindrücke durchzuckten mich, während der Körper des Mannes sich qualvoll verkrampfte. Ich sog immer mehr aus ihm heraus, riss Teilchen für Teilchen aus seinem Wesen und schluckte alles hinunter. Töne aus einem langen, dünnen Instrument unter einem Scheinwerfer auf einer Bühne. Ein Kuss und heißes Fummeln auf einem dunklen Parkplatz. Das Schnüren von schweren Stiefeln, während eine knappe Stimme Befehle bellte. Alles gehörte jetzt mir – *mir, mir, mir.*

Ich erfuhr, wie er zur Lichtarmee mit ihren silbernen und eisernen Rüstungen gekommen war. Er war auf ein Schattenwesen getroffen – ein Mann hatte ihm von einer ernsten Bedrohung berichtet. Sein Tonfall hatte ihn zugleich beruhigt und erschreckt. Die Vorstellung, Wesen zu vernichten, die er für Monster hielt, durchströmte ihn mit Freude, bis ich sie ihm entriss.

Ich entriss ihm immer mehr, als ob ich ihm die Haut in Fetzen abziehen würde. Seine Schmerzen wurden stärker. Auch sie gehörten mir. Nichts gehörte mehr ihm, nicht mehr, denn ich hatte ihn in meiner Gewalt. Ich würde ihn vernichten, bis nichts weiter übrigblieb als ein schwarzes Loch der Leere und der große Brunnen in mir überlief.

Seine Seele schrumpfte. Die Eindrücke wirkten jetzt etwas aktueller, klarer und lebendiger. Er stand in einem Raum mit mehreren Menschen, die ihn ehrfurchtsvoll ansahen – er verspürte ein Gefühl des Glücks, als jemand sagte: *Wir werden sie aushöhlen. Wir werden diese Bestien unschädlich machen und sie in unsere Gewalt bringen* – die perfekte Süße einer Sommerpflaume, deren Saft seine Kehle hinunterrann – *Es wird sich verbreiten und sie alle einholen. Wenn wir es erst einmal geschafft haben, wird es nicht mehr aufzuhalten sein* – ein imposantes Anwesen aus grauem Backstein mit einem Türmchen auf der rechten Seite, ein Ort, dessen Schutz er als Ehre empfand – der Wind peitschte an ihm vorbei, während er in die Pedale eines Fahrrads trat – und er wurde immer schwächer und schwächer und geriet in eine Spirale von Qualen.

Qualen, die *ich* verursachte. Als der Strom der Empfindungen abebbte, wurde mein Bewusstsein langsam wieder breiter. Mein physischer Magen, dessen Existenz ich fast vergessen hatte, drehte sich mit einem Anflug von Übelkeit um.

All die Qualen und das Grauen, die in den letzten Momenten der Existenz dieses Mannes widerhallten – das hatte ich ihm angetan. Ich hatte ihn durch seine *gesamte* Existenz gewrungen, und mich bis zu seinen allerersten Erinnerungen hindurchgewühlt.

Trotzdem konnte ich meine Kiefer nicht dazu bringen, sich zu öffnen. Ich konnte diesen köstlichen Faden nicht loslassen, bis er ganz versiegte und meine Beute nicht mehr, als eine leere Hülle war.

Mein Kiefer öffnete sich. Der Mann brach zusammen, als hätte er keine Knochen mehr. Ich nahm wieder meine menschliche Gestalt an, die besser in diese Welt passte, und starrte Sorsha an … die meinen Blick erwiderte.

Sie war zu Boden gestürzt, als ich ihren Angreifer von ihr heruntergezogen hatte. Ihre Hände waren so verkrampft, dass ihre Fingerknöchel weiß hervortraten. Auch das Weiße in ihren Augen schimmerte. Ihr Hals bewegte sich, als sie schwer schluckte.

Jegliches Vergnügen, das mir das Verschlingen bereitet hatte, zerfiel in tausend eisige Splitter. Oh, nein. Das war nicht – ich hatte mir doch *geschworen*, nie wieder …

Und doch fragte sich ein winziger Teil von mir, wie es wohl wäre, auch sie zu verschlingen, jeden Happen, der sie zu der faszinierenden Frau machte, an deren Oberfläche ich bisher nur gekratzt hatte. Der sehnsüchtige Hunger durchzuckte mich. Ich spürte, wie meine Zunge gegen meine scharfen Zähne schnalzte, bevor ich sie stoppen konnte. *Ja.*

Mein Magen verkrampfte sich, und der Impuls verschwand unter einer neuen Welle des Entsetzens. Ein Schrei und das Heulen von Sirenen drangen an meine Ohren, und auf der anderen Seite des Hofes blinkten Lichter.

Die Männer in den giftigen Rüstungen rannten zurück zu ihrem Lieferwagen und verschwanden dorthin, wo auch immer sie hergekommen waren. Thorn stürmte an mir vorbei und brüllte Omen zu. „Hilf mir schieben!" Dann richtete sich sein Blick auf uns. „Snap, Sorsha, aus dem Weg!"

Ohne wirklich zu wissen, was er meinte, taumelte ich in die andere Richtung. Sorsha rappelte sich auf und folgte mir, ohne mich anzusehen. Doch ich konnte ihren Gesichtsausdruck immer noch vor meinem geistigen Auge sehen: das Schimmern in ihren Augen, ihre erstarrten Züge.

Sie hatte mich angesehen, als wäre ich ein Monster.

Mit einem Ächzen und einem dumpfen Schlag richtete sich das Wohnmobil auf. Oder besser gesagt, Thorn musste es mit Omens Hilfe aufgerichtet haben. Ruse erschien am Fenster neben dem Fahrersitz. Der Motor brummte, und er grinste. Als er nach draußen blickte, verschwand das Grinsen jedoch aus seinem Gesicht.

Thorn und Omen hatten das Wohnmobil umkreist. Während sie über das Kopfsteinpflaster eilten und die Rufe der Uniformierten ignorierten, die aus den blinkenden Fahrzeugen hinter der brennenden Statue sprangen, sprintete Sorsha zu ihnen hinüber.

Bow schwankte auf uns zu, Rauch quoll aus seinen Verletzungen, allerdings nicht so viel wie aus denen der schlaffen Gestalt in seinen kräftigen Armen. Gisele war in sich zusammengesunken und ihre Schattenwesen-Essenz entwich in dichten Schwaden in die Nachtluft.

Ich machte einen Satz nach vorne, bevor ich zögerte, hin- und hergerissen, in welche Richtung ich gehen sollte. Omen nahm mir die Entscheidung einen Augenblick später ab, indem er mich zum Wohnmobil winkte. „Steig ein. Wir müssen *sofort* los."

Ich huschte durch die Schatten in den Wohnbereich, der mit Glassplittern, zertrümmerten Möbelstücken und Imbisskartons übersät war. Pickle kauerte zitternd in einer Ecke. Als Sorsha hereinstürmte und ihn entdeckte, nahm sie ihn sofort auf den Arm. Während sie ihn an sich drückte, materialisierten sich die anderen an Bord.

„Los!", schrie Omen Ruse zu.

In der Nähe heulten weitere Sirenen. Das Dröhnen des Wohnmobilmotors konnte sie nicht übertönen, doch es konnte uns von ihnen wegbringen. Das Fahrzeug machte einen Ruck vorwärts und raste dann die Straße hinunter.

Sorshas Blick folgte Thorn und Bow, die Giseles schlaffe Gestalt ins Hauptschlafzimmer trugen. „Kann ich irgendetwas ..."

„Wir werden tun, was wir können, auch wenn das möglicherweise nicht viel ist", schnauzte Omen, der an uns vorbeistürmte. „Zu viele Hände sorgen nur für noch mehr Verwirrung."

Ich nahm an, dass das auch für mich galt. Ich sah zu, wie die Tür hinter ihnen zuschlug, und blickte auf Sorsha hinunter. Mit versteinerter Miene ließ sie sich mit dem Drachen auf dem Arm auf das Sofa sinken. Sie blutete auf ihre menschliche Art aus einem Schnitt, der teilweise durch ihr aufgeschlitztes Oberteil zu sehen war. Ihre Nerven hatten sich offenbar so weit beruhigt, dass ihre Wunde nicht mehr rauchte, falls sie es überhaupt getan hatte. In der Dämmerung hatte ich keine Einzelheiten erkennen können. Außerdem war ich so darauf konzentriert gewesen, zu ...

Ich schwankte, wollte die Hand nach ihr ausstrecken, doch ich hatte Angst, dass sie sich von mir abwenden würde.

Bevor ich mich entscheiden konnte, was ich tun sollte, streckte Sorsha ihre Hand aus und nahm meine. Sie zog mich auf das Sofa neben sich und lehnte ihren Kopf an meine Schulter. „Danke", sagte sie. „Für ... Dieser Typ hätte mich umgebracht."

Selbst als sie das sagte und mich ein Gefühl der Sehnsucht durchströmte, noch mehr von ihrer Wärme in mich aufzunehmen, konnte ich mich nicht dazu durchringen, meinen Arm um sie zu legen. Ich hatte sie gerettet, ja, so wie ich es beabsichtigt hatte, doch die Art und Weise, wie ich es getan hatte ... Außerdem hatte ein Teil von mir ihr zu meiner eigenen Befriedigung die gleichen Qualen zufügen wollen.

Sie hatte mich angesehen, als wäre ich ein Monster, weil ich eins war.

Dieser Gedanke verdrängte alles andere aus meinem Kopf. Ich hatte mich so bemüht, diese wilde, gierige Seite in mir zu unterdrücken. Dieses eine Mal, als es passiert war, hatte ich nicht gewusst, wohin der Instinkt führen würde. Damals hätte ich es als Fehler rechtfertigen können. Diesmal konnte ich das nicht behaupten.

Ich war ein Verschlinger. Daran konnte ich nichts ändern, egal wie lange oder wie sehr ich den Hunger verleugnete. Sorsha war in Gefahr, solange sie bei uns war. Und zwar nicht nur wegen unserer Feinde. Sondern auch wegen uns.

Wegen *mir*.

Ich könnte jeden um mich herum verletzen, wenn ich zur falschen Zeit in die falsche Richtung gedrängt wurde. Nicht nur sie, sondern auch ihre Freunde, ihre Kollegen … Womöglich sogar meine Gefährten. Ich hatte keine Ahnung, wie sich meine Kraft auf Schattenwesen auswirken würde, doch das hieß nicht, dass sie es nicht tun würde.

Vor dem Fenster wurde es dunkel, als wir die beleuchteten Straßen der Innenstadt hinter uns ließen. Omen und Thorn traten aus dem Schlafzimmer, und Sorsha richtete sich auf.

„Es geht ihr nicht gut, doch sie scheint etwas stabiler zu sein", sagte Omen, bevor sie nach Gisele fragen musste. „Wir haben die Blutung gestoppt. Sie ist noch nicht wieder bei Bewusstsein. Und ich habe keine Ahnung, ob sie überhaupt wieder aufwachen wird."

Während Sorsha einige ausfallende Schimpfwörter murmelte, richtete unser Anführer seinen Blick auf mich. Noch bevor er etwas sagte, verriet mir das kühle Funkeln in seinen Augen, dass er mitbekommen hatte, dass ich meine vollen Kräfte eingesetzt hatte.

„Dank Snap war das vielleicht keine *totale* Katastrophe.

Hast du etwas Nützliches erfahren aus den Eindrücken, die du verschlungen hast?"

Ich hatte so viel aufgesogen. Mein Mund öffnete und schloss sich wieder, als der Ansturm der Erinnerungen und der ekelerregenden Mischung aus Genuss und Schuldgefühlen auf mich einprasselte. Ich wollte mir die Lippen lecken und mich gleichzeitig übergeben.

„Ich glaube, er hat wichtigen Mitgliedern der Lichtarmee ziemlich nahegestanden", meinte ich zögerlich. „Es schien, als wäre er bei Besprechungen dabei gewesen und hätte über ihre Pläne Bescheid gewusst ... irgendetwas, was sie vorhaben, um uns unsere Kräfte zu nehmen, vielleicht?"

Sorshas Kopf ruckte herum. „Vielleicht ist das der Grund für diese Experimente. Sie wollen herausfinden, wie sie euch eurer Fähigkeiten berauben können."

„Da war noch etwas, das sie gesagt haben ..." Selbst als ich mich an das Fragment erinnerte, war alles verschwommen und ergab keinen Sinn. „Etwas, das sie verbreiten wollen, damit es alle ‚einholt'. Vielleicht ging es dabei auch gar nicht um uns. Keine Ahnung." Ich hielt inne. „Ich habe ein paar Mal ein Gebäude gesehen. Er fühlte sich geehrt, es bewachen zu dürfen. Es war groß, mit grauen Ziegeln und einem Turm auf der rechten Seite, mit viel Gras drum herum. Und einem hohen Zaun, glaube ich?"

„Wir haben nichts dergleichen gesehen, als wir uns die Orte angesehen haben, die mit der Briefkastenfirma in Verbindung stehen", meinte Ruse, der unser Gespräch vom Fahrersitz aus verfolgte.

„Ich weiß nicht, wie das zusammenpasst", sagte ich. „Vielleicht gelingt es mir, noch mehr zusammenzusetzen. Es ging alles so schnell."

Omen drückte meine Schulter. „Sag mir Bescheid, wenn dir noch etwas einfällt. Womöglich verstehen wir die Bedeutung dahinter auch erst, wenn wir auf anderen Wegen weitere Entdeckungen machen." Er verschränkte die Arme vor der Brust. „Sie wussten, dass wir kommen würden. Sie wussten, nach welchem Bus sie Ausschau halten mussten."

Sorsha ließ ihren Kopf mit einem Stöhnen auf das Sofa sinken. „Es war Leland – mein Ex, vom Bund. Ellen hat versucht, mich zu warnen, doch es war schon zu spät."

Thorns Miene wurde noch finsterer. „Er hat der Armee von unseren Plänen erzählt? Er muss im Krankenhaus gehört haben, wie du der anderen Frau gesagt hast, dass wir heute Abend etwas unternehmen. Und danach haben wir uns in dem anderen Zimmer unterhalten. Wenn er vor der Tür gelauscht hat, hat er möglicherweise auch das mitbekommen."

„Ich glaube, ich habe erwähnt, wo der Bus stand. Verdammt." Sorshas Mund verzog sich. „Nach dem, was Leland beim letzten Treffen gesagt hat, hält er *uns* für die wahren Schurken, die sich an unschuldigen Menschen vergreifen. Bestimmt will er die Armee vor uns beschützen."

„Doch wahrscheinlich nicht aus der Güte seines Herzens, sondern weil er es dir übel nahm, dass dir das Wohlergehen anderer wichtiger war als seines", fügte Ruse verächtlich hinzu.

Ein feuriger Glanz war in Omens Augen getreten. „Sterbliche", spuckte er und hob sein Kinn, seine Haltung war steif. „Wir werden also nicht zu demselben Platz zurückkehren. Was hast du sonst …"

„Sorsha ist auch verwundet", warf ich ein. „Bevor du ihr noch mehr Fragen stellst, sollte sich jemand darum kümmern."

Und zwar nicht ich, sondern jemand, der keine Bedrohung für sie darstellte.

Als Thorn aufsprang, um sie zu untersuchen und Verbandsmaterial zu holen, Omen auf und ab ging und Ruse weitere Vorschläge machte, verzog ich mich in die Schatten. Das Stimmengewirr des Verschlingens dröhnte noch immer in meinem Kopf, doch ein Fragment war deutlicher als der Rest.

Diese Bestien unschädlich machen.

Ich konzentrierte mich auf die Worte, als wären sie ein Rettungsanker. Konnte die Armee das tun? Könnten sie die Anteile meines Wesens entfernen, die mich zu einem Monster machten?

Wenn dem so war, wäre es dann nicht die Folter wert, die damit verbunden war? Schließlich war es nicht so, als hätte ich es nicht verdient, die gleichen Qualen zu erleiden, die ich meinen Opfern zugefügt hatte.

Ich zog mich tiefer in die Dunkelheit zurück, und während die Eindrücke, die ich verschlungen hatte, weiterhin meine Gedanken vernebelten, überlegte ich, wie ich es schaffen könnte, für niemanden mehr eine Bedrohung darzustellen.

SECHSUNDZWANZIG

Sorsha

Als ich aufwachte, spürte ich etwas Splitt unter meiner Wange. Ich wischte ihn weg und blinzelte in die Morgensonne, die durch das zerbrochene Fenster über mir hereinschien.

Ich war auf dem Sofa des Wohnmobils eingeschlafen, einen Arm unter meinem Kopf, den anderen an meinen bandagierten Bauch gepresst. Ich konnte mich nicht daran erinnern, dass ich mich bewusst entschieden hatte, nicht im Bett zu schlafen. Alles, was passiert war, nachdem das Supermobil umgekippt war, war verschwommen.

Draußen zwitscherten die Vögel, und der nächste Windstoß brachte eine angenehme Wärme und noch mehr Sand mit sich. Ich setzte mich auf und blinzelte auf die Szene draußen.

Richtig. Irgendwann während unserer überstürzten Flucht gestern Abend hatte Ruse das Wohnmobil auf die Schulbustarnung umgestellt. Wir hatten auf dem Parkplatz einer weitläufigen ländlichen Grundschule weit außerhalb der Stadtgrenzen geparkt. Eine Reihe von Bäumen hinter dem Parkplatz versperrte die Sicht auf die nächstgelegenen Gebäude. An einem Sonntag würde uns hier niemand stören.

Zumindest in der Theorie. Selbst wenn Leland unser Gespräch über den Busparkplatz mitgehört hatte, wüsste ich nicht, wie er herausgefunden haben sollte, dass das Wohnmobil mit einem Tarnzauber belegt war. Es sei denn, er hatte ebenfalls unerwartete übernatürliche Kräfte entwickelt. Wir vermuteten, dass er der Armee den Tipp gegeben hatte, den Parkplatz an der Lincoln Road gestern Abend im Auge zu behalten. Sie hatten dann den vermeintlichen Stadtbus verfolgt, bis sie in einer günstigen Position gewesen waren, um uns zu überfallen.

Was hatten die Leute auf dem Platz danach wohl über dieses Chaos gedacht?

Pickle sprang zu mir aufs Sofa und schmiegte sich dicht an mich, wobei er sein Kinn auf meinen Oberschenkel legte. Während ich ihm zwischen den Ohren kraulte, materialisierten sich drei meiner höheren Schattenwesen-Gefährten in dem Wohnbereich um mich herum. Ruse warf einen Blick in die Küchenschränke und schien von dem Inhalt enttäuscht zu sein. Thorn inspizierte unterdessen das Innere des Wohnmobils so gründlich, wie er vermutlich gerade auch das Gelände draußen überprüft hatte. Sein Gesichtsausdruck war wie gewohnt grimmig.

Omen rieb sich die Hände. „Wir scheinen weiteren Angriffen vorerst entgangen zu sein, doch ich denke nicht, dass wir uns darauf verlassen sollten, dass dieses Glück anhält."

Wenn man das, was wir bisher erlebt hatten, überhaupt „Glück" nennen konnte. Mein Blick wanderte zur Tür des Hauptschlafzimmers. „Wie geht es Gisele?"

Thorn verzog das Gesicht. „Sie ist immer noch bewusstlos. Ich habe Schattenwesen schon ein paar Mal in einem ähnlichen Koma gesehen, wenn sie schwer verwundet waren ... Manchmal schaffen sie es, sich zu regenerieren, und manchmal lösen sie sich nach ein paar Tagen in Rauch auf.“

„Wenigstens hatten wir das Wohnmobil, um wegzufahren, bevor die Sterblichen ihr den Garaus gemacht haben.“ Omen tätschelte die Wand. „Und du hast es geschafft, keines unserer Fahrzeuge zu zerstören, Chaos-Queen. Zumindest bis jetzt.“

Ich war nicht in der Stimmung, auf seinen Spott mit noch mehr Spott zu reagieren. Bow war vermutlich noch im Schlafzimmer und wachte über seine Freundin? Ehefrau? Sie hatten uns nie wirklich über ihre Beziehung aufgeklärt.

Schattenwesen gingen in ihrem Reich eigentlich keine romantischen Beziehungen ein, doch wer wusste schon, welche menschlichen Bräuche sie abgesehen von dem Pferdefutter und dem anderen Gras übernommen hatten, wenn sie auf der Seite der Sterblichen waren. Wie dem auch sei, der Zentaur und die Einhornwandlerin hatten einander offensichtlich sehr gern.

Bei dem Gedanken, dass bei der nächsten Konfrontation mit der Armee einer aus meinem Trio den Kürzeren ziehen könnte, verkrampfte sich mein Magen. Und apropos mein Trio ...

Ich blickte mich um. „Wo ist Snap?“

„Er macht ein Nickerchen in den Schatten, um sein Festmahl zu verdauen“, erwiderte Ruse amüsiert. „Hey, Verschlinger, Zeit, wieder ins Reich der Sterblichen zurückzukehren!“

Doch die schlanke Gestalt des Verschlingers tauchte nicht auf. Ruse legte den Kopf schief und tauchte selbst in die Schatten ab. Als er einige Sekunden später zurückkehrte, immer noch allein, machte sich ein flaues Gefühl in meinem Magen breit.

„Er kann nicht weit gekommen sein“, sagte der Inkubus. „Er ist immer in der Nähe geblieben. Und wir haben alle gesehen, dass er besonders an dir hängt." Er schenkte mir ein Lächeln, wenngleich ein etwas angespanntes.

Thorn runzelte die Stirn. „Ich habe ihn nicht gesehen, als ich die Gegend um die Schule herum abgesucht habe. Wo könnte er hingegangen sein?"

„Vielleicht hat er gehört, dass es in der Nähe einen Obststand gibt", murmelte Omen, doch ein besorgter Ausdruck war in seine kühlen Augen getreten.

Ich stand auf, um einen Blick durch die Windschutzscheibe zu werfen, als könnten die anderen ihn beim Basketballspielen auf dem Schulhof übersehen haben. „Wann hat ihn das letzte Mal jemand gesehen? Ich weiß, dass er mit uns im Wohnmobil saß, als wir losgefahren sind."

Damals hatte ich ihn kurz festgehalten, um mich zu vergewissern, dass er immer noch derselbe leidenschaftlich sanfte Mann war, den ich in mein Bett und in mein Herz gelassen hatte. Und ich hatte versucht, *ihm* zu versichern, dass ich das wusste. Auch wenn es mich erschreckt hatte, das volle Ausmaß seiner Kräfte zu sehen, und das, was er diesem Kerl angetan hatte, nicht schön anzusehen war, hatte er sie nicht leichtfertig eingesetzt. Das Bedauern war ihm danach deutlich in seinem schönen Gesicht anzusehen gewesen.

Ruse' Stirn legte sich in Falten, als er an die letzte Nacht zurückdachte. „Wir haben darüber gesprochen, was er während seines Verschlingens gesehen hat. Dann habt ihr beide angefangen, Sorshas Wunde zu flicken, und ich glaube, danach habe ich nichts mehr von ihm gehört. Nachdem wir hier geparkt hatten, nahm ich an, er hätte sich in die Schatten zurückgezogen, um sich auszuruhen."

„Wir waren darauf konzentriert, Sorsha zu helfen und einen sicheren Ort für die Nacht zu finden." Thorn fuhr mit der Hand über seinen markanten Kiefer und runzelte ebenfalls die Stirn. „Ich kann mich auch nicht erinnern, ihn nach diesem Gespräch noch mal gesehen zu haben. Es kam mir nie in den Sinn, dass er gehen könnte."

Verdammte Scheiße. Der Kloß in meinem Hals war so groß, dass ich fast daran erstickte. „Er hat sich so für seine Macht geschämt. Ihr habt doch alle gesehen, wie er jedes Mal reagiert hat, wenn das Thema zur Sprache kam. Er war fest entschlossen, sie nie wieder zu benutzen, und dann als er es schließlich doch getan hat …" Meinetwegen.

In diesem Moment wurde mir klar, dass alles meine Schuld war. Leland hatte der Armee einen Tipp gegeben, weil er einen Groll gegen mich hegte. Die Schattenwesen waren beim Wohnmobil geblieben, anstatt in die Schatten zu flüchten, um mich zu beschützen. Ich hätte Snap danach mehr Aufmerksamkeit schenken sollen – ich hätte merken müssen, dass er sich weggeschlichen hatte.

Ich ließ den Kopf in meine Hände sinken. Pickle knabberte an meinem Arm, als würde er meine Verzweiflung spüren, doch die Geste tröstete mich nicht wirklich. „Wo könnte er hingegangen sein?", fragte ich in die Runde.

„Keine Ahnung", meinte Ruse. „Ich glaube nicht, dass er lange genug auf der Seite der Sterblichen war, um feste Zufluchtsorte zu haben."

Omens Stimme war noch nüchterner als sonst. „Wenn er nicht klar genug im Kopf ist, um bei uns zu bleiben, ist er eine leichte Beute für die Lichtarmee. Hoffen wir, dass wir ihn finden – oder dass er den Weg zu uns zurückfindet –, bevor sie ihn finden." Seine Schuhe schrammten über den Boden, als er sich umdrehte. „Ihr zwei nehmt mein Motorrad und fahrt zurück in die Stadt. Versucht, die gleiche Strecke wie wir zu nehmen, und haltet nach ihm Ausschau. Wir müssen auch das Gebäude in der Wharf Street überprüfen, um zu klären, ob es weiterhin ein Ziel ist."

Ich blickte zu ihm auf. „Was wirst *du* tun, wenn du Ruse ‚Charlotte' fahren lässt?"

Als Ruse und Thorn ausstiegen, um das Motorrad von der Rückseite des Wohnmobils zu lösen, wo Omen es gestern unter dem Tarnzauber versteckt hatte, sah mich der

Höllenhund-Wandler mit zusammengekniffenen Augen an. „Ich muss herausfinden, wie viel Kraft wir noch aus dir herausholen können, Sterbliche. Da wir das Überraschungsmoment *und* Snap verloren haben, brauchen wir dich, um die Armee auszuschalten und ihn zurückzuholen."

Das Letzte, worauf ich in diesem Moment Lust hatte, war nach Omens Pfeife zu tanzen, doch der Blick, den er mir zuwarf, warnte mich davor, zu widersprechen. Außerdem könnte er recht haben. Ich würde Snap nicht helfen, wenn ich herumsaß und Trübsal blies.

Ich folgte ihm auf den Parkplatz. Er wies mir den Weg zum Schulhof. Kreidespuren von den Pausen der vergangenen Woche färbten den Gehweg in Pastellfarben: cremefarbene Kästchen, zackige rosa und lila Blumen, ein mintgrünes missgestaltetes Kätzchen. Ich hoffte, dieses Kind träumte nicht von einer Karriere als Künstlerin.

Der Schulhof bot uns viel Platz. Das Pflaster erstreckte sich rund um das Backsteingebäude und bis zu einer größeren Rasenfläche, wo zwei Fußballtore in den blauen Himmel ragten. Ich ließ die Schultern kreisen und schüttelte die Arme aus, um die Schuldgefühle loszuwerden, die in mir herumschwirrten.

„Okay, da wären wir. Was für einen Mist willst du mir diesmal zumuten?"

Omen hatte sich zu mir umgedreht. Seine Augen blitzten. „Ich glaube kaum, dass man es als ‚Mist' bezeichnen kann, wenn es dich so weit gebracht hat. Davor konntest du kaum einen Funken entzünden, um dich zu retten, und gestern Abend hast du ein Lagerfeuer entfacht. Da wäre es ideal, wenn du das nächste Mal unsere Feinde anzünden könntest, anstelle von irgendwelchen Skulpturen."

Er deutete auf ein Stück blauen Tonkarton, das vom Wind über den Boden geweht wurde und mit schlaksigen Strichmännchen bekritzelt war. „Mal sehen, ob du mittlerweile ein Feuer entzünden kannst, ohne dass wir in einer unmittelbaren Krise stecken."

Hielt er Snaps Verschwinden etwa nicht für eine Krise? Vielleicht sollte ich noch einmal versuchen, sein Hemd in Brand zu stecken. Doch so sehr meine Gefühle auch in mir brodelten, mein Herz schlug in seinem normalen Rhythmus weiter. Ich starrte auf den Wandler und dann auf den Karton, doch trotz meiner düsteren Stimmung regte sich nichts.

„Was spielt das überhaupt für eine Rolle?", fragte ich. „Wir sollten auch nach Snap suchen."

„Wie es aussieht, war er die ganze Nacht weg. Er hat einen zu großen Vorsprung, wenn wir uns zu Fuß auf die Suche machen. Außerdem haben wir nur ein Fahrzeug, das ich unbesorgt in die Stadt schicken kann, dank deines Freundes und seines losen Mundwerks."

Diese Aussage ließ Wut in mir auflodern, allerdings war das eher mein Temperament als irgendwelche übernatürlichen Kräfte. „Er ist nicht mein Freund. Er ist ein verdammtes *Nichts* für mich." Und genau das hatte Leland so wütend gemacht. Wie hatte ich mich nur jemals zu ihm hingezogen fühlen können?

Er hatte so normal gewirkt. Zumindest solange ich keine Anforderungen an ihn gestellt hatte. Wie sehr ich mich doch in ihm getäuscht hatte.

„Wie dem auch sei, ich bleibe dabei." Omen wies mit dem Kopf in Richtung Sportplatz. „Dann lass uns zumindest deinen Puls in Schwung bringen. Vielleicht wird dein inneres Feuer ja dadurch entfacht. Renn ein paar Mal zwischen den Torpfosten hin und her."

Ärgerlicherweise setzten sich meine Füße automatisch in Bewegung. Ich versuchte, mich dagegen zu wehren, und stemmte sie in den Boden. „Nein."

Omens Blick wurde noch eisiger. „Nein?"

„Du hast mich gehört, Luzi. N.E.I.N. Als du mich auf dem Rummelplatz in die Mangel genommen hast, hat uns das kein bisschen weitergebracht. Das Einzige, was funktioniert hat, war die Fahrt auf deinem Motorrad. Allerdings hast du das schon mit jemand anderem weggeschickt. Wenn du mir weiter auf die Nerven gehst, setze ich *dich* vielleicht wieder in Brand."

Er grinste höhnisch. „Ich würde gerne sehen, wie du es versuchst. Ist es das, was du brauchst? Dass ich dir auf die Nerven gehe? Soll ich etwas Höllenfeuer auf dich regnen lassen und sehen, was passiert?"

Er pirschte sich an mich heran. Alles, von seiner Haltung bis zu seinem raubtierhaften Gesichtsausdruck, ließ in meinem Kopf die Alarmglocken schrillen. Vielleicht hätte ich rennen sollen, als ich die Chance dazu gehabt hatte.

Scheiß drauf. Ich würde nicht zulassen, dass er mich terrorisierte, egal, was für eine tödliche Bestie er war.

Langsam wich ich zurück und meine Hände ballten sich zu Fäusten. „Und was genau willst du mit mir anstellen, hm? Mir ein paar Hiebe mit deinen Hundepranken verpassen? Mit deinen großen Reißzähnen knirschen? Da geht mir der Hintern nicht gerade auf Grundeis."

„Das sollte er aber", schnauzte er mit einem unterschwelligen Knurren, das mir das Blut in den Adern gefrieren ließ. Dann verpasste er mir einen Schlag gegen die Schulter.

Seine Faust war nicht kühl. Ein Schwall jenseitiger Hitze durchströmte meinen Körper, als sie mich traf. Im Gegensatz zu mir verfügte *er* scheinbar auch in seiner menschlichen Gestalt über jede Menge Höllenfeuer.

Ich stolperte und unterdrückte ein Keuchen, als der Schmerz durch den noch nicht verheilten Schnitt in meinem Unterleib schoss. Dann stürzte ich mich auf ihn.

Ich war mir nicht ganz sicher, was ich zu erreichen hoffte. Ich wollte einfach irgendetwas oder irgendjemanden verprügeln, und Omen benahm sich wie ein Arschloch, weswegen es schwer war, ihn nicht als ideales Ziel zu sehen.

Ich verpasste ihm einen Hieb und streifte seinen Kiefer, als er zur Seite auswich. Daraufhin versetzte er mir einen Stoß – nicht zu hart, gerade so kräftig, dass ich nach hinten taumelte.

„Komm schon, kleine Sterbliche", spottete er. „Wo ist dein Feuer jetzt? Muss ich es aus dir herausprügeln?"

Wohl kaum. Als ich ihn umkreiste, pochte mein Herz wie das rhythmische Pumpen eines Blasebalgs, der Flammen aus der Glut eines Ofens aufsteigen ließ. Mein inneres Feuer brannte durch meine Eingeweide und sickerte durch meine Adern.

„Was für ein fantastischer Lehrer du doch bist", fauchte ich. „Schon nach fünf Minuten verprügelst du deine einzige Schülerin."

„Wenn das die einzige Lektion ist, die funktioniert ..." Er machte eine Finte und holte aus. Seine Finger gruben sich in meinen Arm, als er mich an sich riss und mich herumwirbelte. Ich konnte gerade noch seinem Tritt ausweichen, der auf meinen Hintern abzielte. „Anscheinend musst du sowieso ein wenig härter rangenommen werden."

Ich holte zu einem Tritt aus, doch er hielt meinen Knöchel fest. Kichernd schubste er mich zur Seite. „Netter Versuch. Ist das alles, was du draufhast?"

„Das war nur ein kleiner Vorgeschmack. Darf ich dich daran erinnern, dass ich in den letzten Jahren mehr für *deine* Leute getan habe, als du es bisher geschafft hast?"

Dieser Schlag saß, auch wenn mir die physischen Schläge nicht gelungen waren. Ein orangefarbenes Funkeln blitzte in seinen Augen auf, doch seine Stimme blieb fest. „Wenn du das denkst, warum hast du dann so viel Angst, in diesem Kampf alles zu geben? Lass das Feuer raus, Chaos-Queen. Zeig mir, was du draufhast."

Dann stürzte er sich auf mich und machte keine Anstalten, aufzuhören, bis ich ihn dazu zwang. Sein erster Schlag gegen meine Wange schleuderte meinen Kopf zur Seite. Beim nächsten durchzuckte ein stechender Schmerz mein Schlüsselbein.

Ich tat mein Bestes, um ihn abzublocken, ihm auszuweichen, doch ich hatte noch nie gegen jemanden wie ihn gekämpft. In meinen Selbstverteidigungskursen war es eher darum gegangen, ein paar schnelle Bewegungen auszuführen, um den Angreifer außer Gefecht zu setzen, damit man sich aus dem Staub machen konnte. Gegen den Ansturm dieses Schattenwesens half mir jedoch keine dieser Techniken weiter.

Er musste meine Überforderung bemerkt haben, doch er ließ nicht locker. Ein Faustschlag gegen meinen Kiefer. Ein Tritt auf meine Zehen. Mit jedem Atemzug, den er ausstieß, spürte ich neue Schmerzen in meinem Körper.

Die Kombination aus Verzweiflung und Panik ließ die Flammen in mir noch stärker auflodern. Als ich das nächste Mal mit der Hand nach ihm schlug, fing sein Ärmel Feuer. Er löschte es rasch und schubste mich in Richtung Schulgebäude. „Das reicht nicht. Lass mich mehr davon sehen. Ich will *alles* sehen.“

Das aufkeimende Gefühl der Macht begann mich von innen heraus zu durchbohren. Warum konnte er nicht mal eine verdammte Sekunde von mir ablassen?

Warum musste Leland so ein rachsüchtiges Arschloch sein? Warum hatte ich mich nicht von Anfang an von ihm ferngehalten?

Wie konnte ich nicht gemerkt haben, dass Snap gestern Abend mehr von mir gebraucht hätte?

Was für ein verdammtes Chaos. Brenn es nieder. Brenn alles nieder.

Die Welle des Verlangens, die mich überrollte, war so intensiv, dass ich vor mir selbst erschrak. Plötzlich spürte ich die Gewissheit, dass ich, wenn ich Omen gab, was er verlangte, wenn ich alles herausließ, was in mir tobte, selbst diesen Mann mit all seinen Kräften zu einem Aschehäufchen verbrennen konnte.

Eine Flamme schoss aus einem Büschel seines Haares, das sich aus den zurückgekämmten Strähnen gelöst hatte. Er schüttelte sie ab und schlug mir gegen die andere Schulter. „Ich verstehe immer noch nicht, was an dir so toll sein soll."

„Ich glaube nicht, dass du das wissen willst. Ich glaube nicht, dass du es überleben würdest."

„Oh, ho, große Worte von einer Sterblichen." Er versetzte mir einen Schlag gegen die Schläfe und traf mich so hart, dass mir der Kopf schwirrte. „Versuch's doch mal."

Die Hitze versengte meine Kehle. Ich konnte sie nicht hinunterschlucken. Meine Angst wurde immer stärker, je höher die Flammen loderten. „Nein, Omen, ich glaube wirklich nicht …"

„*Komm schon*, Chaos-Queen! Warum kannst du es nicht einfach tun? Oder hast du all die großartigen Rettungsaktionen nur aus Spaß durchgezogen? Und wegen der Wertgegenstände der Sammler natürlich. Ist es dir egal, ob du noch mehr Schattenwesen helfen kannst? Oder ob wir Snap jemals wiedersehen?"

„Ist es *dir* egal?", platzte ich heraus. „Alles, was ich sehe, ist ein verdammter Tyrann, der keine Ahnung hat, was er tut, wenn er nicht alle um sich herum dazu bringen kann, sich zu fügen. Soweit ich das beurteilen kann, bist du hier das Problem, nicht die Lösung."

Knurrend schleuderte er mich mit voller Wucht gegen die Wand. Ein intensiver Schmerz breitete sich in meinem Rücken aus. Er hielt meine Handgelenke so fest, dass ich befürchtete, meine Knochen könnten brechen. Seine Augen glühten und seine Zähne waren gefletscht, während sein heißer Atem über mein Gesicht strömte.

Da war die Bestie, von der ich gewusst hatte, dass sie in ihm steckte. Meine Wut flaute ab, als ich sah, wie seine kalte Fassade bröckelte.

Einen Moment später wich er einen Schritt zurück und fluchte leise. Sein Haar war gesträubt und seine Brust hob und senkte sich. Er blinzelte, doch der orangefarbene Glanz wollte nicht ganz aus seinen Augen verschwinden.

Ich ließ meine Arme sinken. Er beugte sich wieder zu mir, seine Handfläche nur wenige Zentimeter von meinem Kopf entfernt, und sein widersprüchlicher Blick hielt den meinen fest.

„Was ist nur los mit dir, dass du immer das Schlimmste in mir hervorbringen musst?", fragte er mit rauer Stimme.

„Ich glaube nicht, dass es das Schlimmste ist", erwiderte ich ehrlich. „Ich habe eher den Eindruck, dass du ausnahmsweise mal authentisch bist. Ich *mag* dich wütend – viel lieber als das eiskalte Arschloch, das die Leute von seinem hohen Ross aus herumkommandiert."

Er schmunzelte. „Du magst mich also lieber, wenn ich kurz davor bin, dir buchstäblich den Kopf abzureißen."

Meine Schultern schrammten an der Wand entlang, als ich die Achseln zuckte. Ich mochte ihn vielleicht lieber, trotzdem war mir mein Leben zu wichtig, als dass ich jetzt versuchen würde, an ihm vorbeizukommen. Meine Wut war abgeflaut, doch die Angst pulsierte noch immer durch meinen Körper. „Mir wird immer klarer, dass ich einen ungewöhnlichen Geschmack habe. Aber ja, so ist es. Obwohl es mir natürlich lieber wäre, wenn du mir nicht den Kopf abreißen würdest, wenn es dir nichts ausmacht."

Omen senkte den Kopf und kam näher, bis seine Stirn fast die meine berührte. Ich spürte die Wärme seines Körpers. Und zugegebenermaßen war es kein unangenehmes Gefühl.

Ja, ich war wohl wirklich das Aushängeschild für ungewöhnliche Geschmäcker.

„Wenn du wüsstest, wie hart ich gearbeitet habe, um das zu schaffen …", murmelte er.

„Was zu schaffen?", fragte ich. „Ein Arschloch zu werden?"

„Siehst du … Du …" Er gab ein weiteres Knurren von sich, diesmal jedoch ein etwas leiseres. Dann wich er ein wenig zurück. In seinem Gesicht flackerte etwas auf, das ich bisher noch nie bei ihm gesehen hatte. War das etwa … Besorgnis?

Er fingerte an der Seite meines Hemdes herum und seine Fingerspitzen streiften für einen Sekundenbruchteil meine Seite. „Ich habe deine Wunde wieder geöffnet."

Ich blickte an mir herunter und war überraschter, als ich es hätte sein sollen, als ich den roten Fleck sah, der sich in der Mitte des Verbandes ausbreitete. Der Anblick machte mir das Brennen der Wunde noch deutlicher bewusst. Ich verzog den Mund. „Nun, was macht es schon, wenn eine Sterbliche blutet, oder?"

Omens Ton war schroff, aber bestimmt. „Du weißt, dass du mehr bist als das."

Ich nahm an, dass ich das wusste. Und das war eindeutig der einzige Grund, warum er sich überhaupt für mich interessierte – wegen meiner Superkräfte und weil sie ihm womöglich nützlich sein könnten. „Ich bin mir sicher, dass ich überleben werde, ob deswegen oder trotz alledem."

„Daran besteht kein Zweifel." Er stand immer noch an der Wand und zögerte, als könne er sich nicht ganz losreißen, wüsste aber auch nicht, was er da tat. „Ich habe meinen Frust an dir ausgelassen. Das hätte ich nicht tun sollen, zumindest nicht so. Ich wünschte … ich wäre Snap gegenüber in letzter Zeit kein so ‚eiskaltes Arschloch' gewesen. Vielleicht dachte er, er hätte eine Grenze überschritten, und ich habe ihm das Gefühl gegeben, dass er nicht mit mir darüber sprechen kann."

Ich hätte gelacht, wenn ich nicht so schockiert gewesen wäre, dass Omen sich tatsächlich dazu herabließ, Reue zu zeigen. „Wenn ich vorsichtiger gewesen wäre, was ich vor meinem Ex gesagt habe – wenn ich mehr darauf geachtet hätte, in welchem Zustand Snap letzte Nacht war …"

Omen unterbrach mich mit einem heiseren Glucksen.

„Man kann also sagen, dass es eine Menge Schuldzuweisungen gibt. Auch wenn du mich nicht in Flammen aufgehen hast lassen, hast du dich ziemlich gut gewehrt."

Ich schätze, das war ein großes Kompliment von ihm. Trotzdem fühlte ich mich nicht ganz wohl mit den Flammen, die noch vor wenigen Minuten durch mich hindurchgezischt waren. Wenn ich mich mit voller Wucht auf ihn gestürzt hätte, wie schlimm wäre es dann gewesen?

Dann hob er seine Hand zu meinem Haar, und die Gedanken verschwanden. Mein Bewusstsein fokussierte sich auf die Wärme seiner Fingerknöchel, die meine Wange streiften, als er mit dem Finger ein paar verirrte Strähnen berührte – in etwa so wie Snap am ersten Morgen, als wir uns kennengelernt hatten.

Omens Blick glitt von seiner Hand an meinem Gesicht zu meinen Augen. Das feurige Blitzen war verschwunden, dennoch wirkte das helle Blau jetzt nicht mehr ganz so eisig. Meine Hand wanderte zu seiner Brust und ich nahm den langsamen Rhythmus seiner Atemzüge unter den angespannten Muskeln wahr.

Was zum Teufel tat ich da? Ich wusste keine Antwort auf diese Frage. Was auch immer es war, es schien eine anziehende Wirkung auf Omen zu haben. Er beugte sich vor, seine Finger strichen über mein Kinn und ein neuer Hitzeimpuls flammte in meinen Lippen auf. Ich befeuchtete sie und mein Puls beschleunigte sich. Ich war nicht ganz sicher, was ich wollte, doch ich wollte es *sehr*.

Sein Atem kitzelte mein Gesicht. Dann stieß er sich mit der Hand, mit der er sich an der Wand abgestützt hatte, ganz von mir weg, und sein Blick wanderte zum Wohnmobil.

„Wir sollten dich wieder zusammenflicken lassen, bevor die Wunde noch weiter aufreißt, Chaos-Queen", sagte er und ging wieder zur Tagesordnung über.

Mit einem Anflug von Enttäuschung löste ich mich von

der Wand. Welche Grenze *wir* auch immer gerade überschritten hatten, ich konnte mich des Verdachts nicht erwehren, dass es besser wäre, auf dieser Seite zu bleiben.

„Machen wir danach mit dem Training weiter?“, fragte ich.

Omen schüttelte den Kopf. „Nein. Ich denke, wir haben beide genug davon, dich herumzuschubsen. Ich weiß, dass du so gut kämpfen wirst, wie du kannst, wenn es nötig ist.“

Ich war mir nicht sicher, ob ich erleichtert oder beleidigt sein sollte, weil er das Handtuch warf. Ich stapfte hinter ihm her in Richtung Supermobil und überlegte gerade, wie selbstmörderisch es wäre, einen Streit vom Zaun zu brechen, als die Tür aufflog und Bow zu uns hinausstarrte.

„Ihr müsst sofort kommen! Gisele – ich glaube, es geht ihr schlechter.“

SIEBENUNDZWANZIG

Sorsha

Außer einem flüchtigen Blick, den ich auf sie erhascht hatte, als die Schattenwesen sie in das Wohnmobil getragen hatten, hatte ich Gisele seit Beginn der Schlacht nicht mehr gesehen. Als ich sie jetzt im Hauptschlafzimmer liegen sah, überwältigte das Entsetzen jedes Unbehagen, das mich zuvor geplagt hatte.

Ihr schlanker, anmutiger Körper war kraftlos zusammengesunken, ihre Glieder waren schlaff und die Wangen eingefallen. Der Perlmuttglanz ihrer Haut war einem fahlen Grauton gewichen, so als hätte sich ihr ganzes Wesen getrübt. Der Großteil ihres Körpers war mit einem rauen Stoff umwickelt, der mit gelbgrünen Flecken übersät war.

Laut den Schattenwesen dienten diese Wickel zur Stabilisierung. Jetzt quollen dünne Rauchfahnen durch den Stoff. Omen stieß bei ihrem Anblick einen konsternierten Laut aus.

Er nahm ein Glas vom Nachttisch, während Bow unruhig

in der Nähe von einem Fuß auf den anderen trat. „Ich war mir nicht sicher, ob es eine gute Idee war, noch mehr Salbe ..."

„Alles, was wir tun können, ist mehr davon aufzutragen und ihr die Chance geben, sich zu erholen, oder sie löst sich auf", entgegnete Omen. „Eine andere Möglichkeit haben wir nicht."

Ich konnte der Diskussion nicht ganz folgen, bis er anfing, die blassgrüne Paste aus dem Glas auf die Verbände zu schmieren. Giseles Gesicht blieb ausdruckslos, doch ihre Arme zuckten und ihr Atem wurde flach und unregelmäßig. Bow wandte sich zitternd ab. Vermutlich konnte er es nicht ertragen, zuzusehen.

„Tut es ihr weh?", fragte ich leise.

„Die Kräuter in der Salbe sind giftig für Schattenwesen", erklärte der Höllenhund-Wandler, ohne aufzublicken. „Normalerweise würden wir sie nicht verwenden, da sie uns schwächt. Doch, wenn jemand ohnehin bereits stark geschwächt ist und zu verkümmern droht, kann die Salbe in kleinen Mengen unsere Essenz in den Körper zurücktreiben. Wir hoffen, dass sich ihr Körper so weit heilen kann, dass die Blutung von alleine aufhört."

Die Salbe war also Gift und Heilmittel in einem. Mir drehte sich der Magen um. Doch Omens Bemühungen schienen zu funktionieren, denn die Rauchschwaden verzogen sich. Ein Zittern durchzuckte Giseles Körper, bevor sie noch schlaffer auf die Matratze sank.

Bow wischte sich über die Augen. Er setzte sich neben sie aufs Bett, und der hagere Ausdruck in seinem sonst so fröhlichen Gesicht war fast ebenso schmerzhaft anzusehen wie der seiner Gefährtin. Omen stellte das Glas mit einem lauten Schlag ab. Dann schritt er aus dem Zimmer, um sich die Hände zu waschen, und kehrte einen Moment später zurück, wobei er seine geröteten Fingerspitzen an seiner Hose abwischte. Die Salbe hatte auch seine Haut verbrannt.

„Nächstes Mal trägst du die Salbe sofort auf, wenn du Rauch bemerkst. Sie darf auf keinen Fall den letzten Rest der Essenz verlieren, den sie noch hat."

Der Zentaur senkte den Kopf und nickte. „Tut mir leid. Ich bin in Panik geraten. Wir haben hier noch nie mehr als einen Kratzer abbekommen. Ich war überfordert."

„Es herrscht Krieg", sagte Omen. „Glaube nicht, dass es nicht noch schlimmer werden kann." Dann wurde seine Stimme etwas weicher. „Wir werden weiterhin alles für sie tun, was wir können. Ich habe einen Dryaden mit Heilkräften gebeten herzukommen. Hoffentlich ist er bereit, dieses Risiko einzugehen, nachdem wir zu einer solchen Zielscheibe geworden sind. Ich bin mir nicht sicher, ob er ihr noch helfen kann. Doch sie schien stark zu sein. Vielleicht schafft sie es ja."

Er drehte sich um, und ich folgte ihm zurück in den Wohnbereich.

„Wenn sie wieder zu bluten anfängt, könnte ich die Salbe auftragen", sagte ich. „Mir würde sie keinen Schaden zufügen."

Omen blickte auf seine Finger. Die Rötung war bereits verblasst. „Es ist nicht so schlimm. Es ist besser, wenn ich mich darum kümmere, oder Thorn. Wir können die Menge besser einschätzen, da wir wissen, wie sich das Zeug auf uns auswirkt."

„Ich nehme an, nach den Kriegen in der Vergangenheit habt ihr Erfahrung mit solchen Dingen."

Er warf mir einen scharfen Blick zu. „Thorn würde nicht wollen, dass du mit jemand anderem darüber sprichst."

Ich schnitt eine Grimasse. „Nachdem er mir erzählt hat, dass du dabei warst, gehe ich davon aus, dass er kein Problem damit hat, wenn ich mit dir darüber spreche. Du weißt, was er ist."

„Das ist wohl kaum ..."

Draußen ertönte ein Motor, und anstatt einer weiteren

Kritikäußerung sog er scharf die Luft ein. „Das reicht. Charlotte ist zurück – hoffentlich mit unserem Geflügelten, unserem Inkubus *und* unserem Verschlinger."

Ob die anderen Snap gefunden hatten? Als ich zur Tür eilte, pochte mein Herz hoffnungsvoller, als angemessen war.

Als ich auf den Bürgersteig trat, fuhr Ruse das Motorrad gerade auf den Parkplatz. Nachdem er geparkt hatte, tauchte Thorn aus dem Schatten um das Fahrgestell herum auf, wo er wohl mitgefahren war.

„Keine Spur von Snap", teilte der Krieger Omen mit. „Auch in dem Fabrikgebäude in der Wharf Street gibt es keine Anzeichen auf Aktivität. Ich habe einen Blick hineingeworfen, und es sieht so aus, als sei es kürzlich geräumt worden."

Omen fluchte. „Sie haben Verdacht geschöpft."

„Möglicherweise hat dieser Leland-Trottel ihnen alles verraten, was der Bund in Sorshas Auftrag untersucht hat", meinte Ruse. „Alles, was ihre Freundin bei der Spendengala herausgefunden hat."

„Dann können wir davon ausgehen, dass auch an den anderen Standorten dieser Briefkastenfirma alles Wichtige bereits beseitigt wurde oder in Kürze verschwinden wird." Der Gestaltwandler begann, auf und abzulaufen. „In gewisser Hinsicht könnte das gut sein. Sie sind jetzt auf der Flucht und haben keinen Rückzugsort mehr, wo sie ihre Operationen durchführen und ihre Gefangenen verstecken können. Möglicherweise müssen sie bei bestimmten Sicherheitsmaßnahmen Abstriche machen, um Orte zu meiden, die uns bekannt sein könnten."

„Nur, dass sie jetzt Orte aufsuchen werden, die uns *nicht* bekannt sind." Ich konnte mir den Kommentar nicht verkneifen.

„Ja, das ist das Hauptproblem."

War das auch meine Schuld? Wir hätten nicht gewusst, dass diese Fabrik ein Ziel war, wenn ich nicht Vivi und den

Bund eingeschaltet hätte, also ... vielleicht schaffte das einen kleinen Ausgleich auf der Skala von Schrecklichkeit und persönlicher Verantwortung?

Trotzdem munterte mich der Gedanke nicht wirklich auf.

Thorn trat mit sorgenvoller Miene vor. „Sorsha, du blutest wieder."

Ach ja, richtig. Über Giseles viel schlimmeren Zustand hatten Omen und ich unser Vorhaben, mich zusammenzuflicken, ganz vergessen. Ich legte meine Hand auf den Verband. „Ich brauche nur einen neuen Verband. Das wird schon wieder. Es brennt nur ein bisschen." Und vielleicht pochte es auch ein wenig nach der ganzen Anstrengung, doch das brauchte er nicht zu wissen.

Trotz meiner Beteuerungen schob mich der Krieger zurück ins Wohnmobil, wie eine übereifrige Oberschwester. Als er den Verband entfernte, murmelte er leise vor sich hin. Vorsichtig machte er ein paar Stiche, wo die von Omen aufgerissen waren, und trug anschließend eine antiseptische Creme auf die Wunde auf. Nachdem er eine Lage Gaze um die neue sterile Kompresse gewickelt hatte, stellte Ruse eine Papiertüte auf den Tisch neben dem Sofa. Ich richtete mich auf, und ein buttriger Cheddar-Duft stieg mir in die Nase.

„Ich habe dir Frühstück besorgt", verkündete der Inkubus. Sein Tonfall war fröhlich, doch seine haselnussbraunen Augen waren dunkler als sonst. „Ich weiß, es ist kein Ersatz für unseren Verschlinger, aber du musst nicht nur auf das Äußere, sondern auch auf das Innere deines Bauches achten."

Dem konnte ich nichts entgegensetzen und an einem besseren Tag wäre mir bei dem köstlichen Duft das Wasser im Mund zusammengelaufen. „Danke", antwortete ich und packte das Frühstückssandwich mit Ei und geschmolzenem Käse aus. Das war auf jeden Fall besser als Heu- und Kleesalat.

Ich nahm einen Bissen, während die beiden verbliebenen

Mitglieder meines ursprünglichen Trios mich von der anderen Seite des Tisches aus beobachteten, wie treue Wächter – oder Aufseher –, um sicherzustellen, dass ich auch wirklich aß. Das knusprige Brötchen knackte und der Käse war die perfekte Ergänzung zu dem cremigen Rührei. Für einen Kerl, der sich von menschlicher sexueller Befriedigung ernährte, kannte Ruse sich mit richtigem Essen wirklich gut aus.

Trotzdem musste ich mich zu jedem Bissen zwingen. Ich hatte erst die Hälfte des Sandwiches geschafft, als der Klumpen in meinem Magen fast unerträglich schwer wurde.

Ich legte das Sandwich ab, um eine Pause zu machen. Thorn runzelte die Stirn. „Du siehst nicht gut aus. Du hast bestimmt nicht gut geschlafen, weil du die ganze Nacht auf dieser Bank gelegen hast. Du solltest dich eine Weile in deinem Bett ausruhen."

„Ich bin nicht …"

„Keine Widerrede, nur dieses eine Mal", unterbrach er mich und zog mich vom Sofa in seine kräftigen Arme, als würde ich nicht mehr wiegen als Pickle.

„Thorn", protestierte ich und versuchte vergeblich, mich aus seinem Griff zu befreien. Der Krieger wandte gerade genug Kraft auf, um mich daran zu hindern, meinen Oberkörper zu beugen, damit meine Wunde nicht erneut aufriss, und trug mich wortlos in das zweite Schlafzimmer.

„Schlaf gut!", rief Ruse uns mit hörbarer Belustigung hinterher.

Thorn legte mich behutsam auf dem Bett ab. Als er Anstalten machte, das Zimmer zu verlassen, verspürte ich einen heftigen Widerstand. Meine Kehle schnürte sich zu, und ich griff nach seinem Hemd, um ihn am Gehen zu hindern.

„Wenn du willst, dass ich mich ausruhe, dann bleib hier und sorg dafür, dass ich das auch tue."

Thorn blickte auf mich herab. „Mylady …"

Ich zerrte an seinem Hemd. „Ich bin nicht müde, nur besorgt und aufgewühlt und ..." Ich musste innehalten, um mich zu sammeln. „Ich möchte im Moment nicht wirklich allein sein."

Die Entschlossenheit verschwand aus dem Gesicht des Kriegers. Stattdessen sah er mich zärtlich an. Er ließ sich neben mir auf die Bettkante sinken und brummte nur leise, als ich mich in eine sitzende Position brachte.

Ich kuschelte mich an Thorns breite, feste Brust. Sein moschusartiger Geruch und ein Hauch von Rauch stiegen mir in die Nase, und als er einen Arm um meine Schultern legte, hüllte mich seine Wärme ein.

Ihm auf diese Weise nahe zu sein, linderte meine Sorge um Snap zwar ebenso wenig wie das Frühstückssandwich, doch in der Kraft, die durch seinen muskulösen Körper strömte, konnte ich die Gewissheit spüren, dass er nicht aufgeben würde, bis der Verschlinger wieder bei uns war.

Thorn hielt einen Moment lang still, bevor er mit seiner Hand von meiner Schulter bis zum Ellbogen strich. Er neigte seinen Kopf, sodass sein Kinn an meiner Schläfe ruhte. „Snap hat sich unglaublich für unsere Sache eingesetzt – und, nach allem, was ich in letzter Zeit gesehen habe, auch für Euch, Mylady. Wenn ihn nichts daran hindert, zu uns zurückzukehren, bezweifle ich, dass er lange wegbleiben wird. Und wenn diese Bastarde ihn gefangen halten, werden wir ihn zurückholen. Sie haben es in all diesen Wochen nicht geschafft, Omen zu brechen."

„Ich weiß", sagte ich. Snap war allerdings nicht Omen. Er hatte so gute Absichten und fühlte alles so intensiv. „Ich war erschrocken ... und auch ein wenig verängstigt, als ich ihn in seiner Schattenwesen-Gestalt gesehen habe. Da er sich beim Verschlingen selbst so schrecklich fühlt, hat er vielleicht gedacht, ich würde ihn auch für schrecklich halten."

Thorn grunzte. „Wenn er auch nur ein wenig aufmerksam war, konnte er das nicht lange denken. Ich bin kein Experte für Zuneigung, doch selbst *ich* habe mitbekommen, wie sehr er Euch am Herzen liegt. Er bedeutet Euch viel."

„Ihr alle bedeutet mir viel." Als die Worte aus mir heraussprudelten, erkannte ich, wie wahr sie waren. So lästig ich das Trio auch empfunden hatte, das aus dem Nichts in meiner Küche aufgetaucht war, inzwischen konnte ich mir kaum mehr vorstellen, ein normales Leben zu führen, wenn diese Sache hier vorbei war und ich sie nie wieder sehen würde.

Thorns Zögern, *meine* Zuneigung anzunehmen, nachdem ich ihn gebeten hatte zu bleiben, verunsicherte mich. Ich hob den Kopf und blickte in sein markantes Gesicht. „Das ist dir doch klar, oder? Wenn dir etwas zustoßen würde – wenn du gehen würdest oder die Armee dir Schaden zufügen würde, dann wäre ich genauso aufgewühlt."

Er öffnete den Mund und schloss ihn wieder, während er seine Gedanken zu sammeln schien. Seine dunklen Augen fixierten mich. „Ich kann Euch weder die Sanftmut und die Freude, die der Verschlinger ausstrahlt, noch die Wortgewandtheit oder die Zärtlichkeit des Inkubus bieten. Wie könnte ich erwarten, die gleiche Zuneigung zu erwecken, wie sie es tun?"

Ich gab einen abschätzigen Laut von mir und hob meine Hand, um über die schwachen Linien der Narben zu fahren, die sein Gesicht umrahmten. „Eigentlich sind *sie* die Ausnahmen. Eigentlich hatte ich noch nie etwas für witzige Charmeure oder aalglatte Schmeichler übrig. Normalerweise stehe ich auf starke, stille Typen."

Er grunzte zweifelnd.

Ich tätschelte ihm die Wange. „Ich habe gesehen, wie viele Emotionen sich hinter dieser stoischen Fassade verbergen. Ich habe noch nie jemanden gekannt, weder Mensch noch Schattenwesen, der nur halb so entschlossen und loyal ist wie du."

„Nur um wiedergutzumachen, was ich in der Vergangenheit getan habe."

„Ich bin nicht davon überzeugt, dass du damals wirklich so viel Mist gebaut hast, aber glaub mir, viele Menschen gehen durch ihr deutlich kürzeres Leben, ohne sich um diejenigen zu kümmern, die sie im Stich gelassen haben." Oder sie gehen sogar auf diese Menschen los, als ob sie die Schuld daran hätten. Thorn – und Ruse und Snap, und vielleicht sogar Omen – war tausend Lelands wert. Wie konnte man in Anbetracht seiner rachsüchtigen Sabotageaktion behaupten, Schattenwesen seien Monster?

Mein Geschmack mochte ungewöhnlich sein, aber was zum Teufel sollte ich mit einem gewöhnlichen Trottel anfangen, wenn ich ein außergewöhnliches Monster haben konnte. Oder drei?

Thorn strich mir eine Haarsträhne hinters Ohr, und die Berührung seiner Finger hinterließ ein Kribbeln auf meiner Haut. Seine heisere Stimme verstärkte dieses Kribbeln noch. „Ihr seid auch sehr hartnäckig, Mylady. Ihr habt einen eisernen Willen und doch so viel Mitgefühl. Ihr wart eine würdige Verbündete, schon bevor wir wussten, dass Ihr überirdische Kräfte besitzt."

„Nur eine Verbündete?"

Er strich über meine Wange und drückte mein Kinn nach oben, um mich zu küssen. Mir war nicht bewusst gewesen, wie sehr ich mich danach gesehnt hatte, bis ich seinen Kuss erwiderte und an seinem muskulösen Körper dahinschmolz.

Seine Lippen brannten auf meinen, so entschlossen, als würde er all seine Zuneigung zu mir in diesen einen Kuss legen. Seine Finger wanderten meinen Rücken hinunter, zogen mich näher an ihn, und mein Knie glitt über seinen Oberschenkel. Ein Hitzeschwall durchflutete mich.

Ja. Ja. Nur für diesen Moment wollte ich in dem schwelgen, was ich noch hatte, anstatt über das nachzugrübeln, was ich verloren hatte. Ich wollte das

Spiegelbild der stählernen, mitfühlenden Frau, für die Thorn mich hielt, in seinen Augen sehen.

Ich rückte noch näher an ihn heran, strich mit der Hand über seine Brust und löste meine Lippen gerade lange genug von seinen, um mit einer Stimme, die so voller Verlangen war, dass ich sie kaum erkannte, zu sagen: „Thorn, können wir …"

Die Begierde, die in meinen Worten mitschwang, war wohl deutlich genug gewesen, bevor ich die Frage überhaupt beendet hatte. Thorn packte mich und zog mich auf seinen Schoß, um alles, was ich noch hätte sagen können, mit einem weiteren Kuss zu ersticken. Ich setzte mich rittlings auf ihn, und er streichelte meinen Oberschenkel, während er mit der anderen Hand durch mein Haar fuhr.

Ich rutschte nach vorne, sodass meine Mitte direkt gegen die beachtenswerte Ausbuchtung seines Unterleibs gedrückt wurde. Selbst durch den Stoff hindurch entlockte mir das Gefühl seiner Härte ein Stöhnen.

Ich wölbte mich gegen ihn, um die Reibung zu verstärken, und auch Thorn stöhnte auf. Seine Küsse waren weiterhin zögerlich, gleichzeitig brachte er mich jedoch durch den Druck seiner Finger an meinen Oberschenkeln dazu, mich auf ihm zu bewegen.

Er löste sich ein paar Zentimeter von mir, allerdings nur so weit, dass ich nach wie vor die Wärme seines Atems an meinem Hals spüren konnte. Seine Stimme klang angestrengt. „Ich will dir nicht wehtun, Sorsha. Dieser Körper ist zum Kämpfen gemacht, nicht zum Liebemachen."

Ich hatte gesehen, wie groß mein Krieger in jeglicher Hinsicht war, als er vor ein paar Wochen nackt aus dem Schatten getreten war. Die Erinnerung steigerte meine Lust nur noch mehr. „Ich denke, er ist wie geschaffen für das, was du mit ihm vorhast", murmelte ich und legte beide Handflächen auf seinen Bauch. „Lass die Sorge, wie viel ich aushalten kann, meine Sache sein. Wenn es mir zu hart oder zu schnell oder zu … groß ist" – meine Handfläche glitt über seine Erektion – „werde ich es dich wissen lassen. Doch bisher habe ich keine Beschwerden."

„Wie Mylady wünscht", hauchte er. Es klang wie ein Gebet und unterschied sich so sehr von dem zurückhalten Tonfall, den er sonst bei dieser höflichen Anrede anschlug. Mein Körper bebte vor Erwartung.

Ich zog ihm die Tunika aus, begierig darauf, seinen wohlgeformten Körper wieder zu sehen, und er schaffte es, mit überraschend geschickten Handgriffen meine Bluse über dem Verband an meinem Bauch zu öffnen. Mit meinem BH hatten seine dicken Finger hingegen etwas zu kämpfen. Ich öffnete ihn und keuchte, als seine Hände meine Brüste umfassten. Seine schwieligen Handflächen glitten über meine Nippel, die sich mit einer Woge der Glückseligkeit verhärteten. Zwischen meinen Beinen kribbelte es, und der anhaltende Schmerz meiner Wunde verblasste.

Ich küsste Thorn erneut, wiegte mich an ihm, und die Hitze zwischen uns wurde immer heißer. Nachdem ich so lange darauf gewartet hatte, mit meinem letzten Liebhaber intim zu werden, hatte ich keine Geduld mehr. Gierig presste ich meinen Mund auf seine Lippen und ein Wimmern entwich meiner Kehle, als er mit seinen Daumen kräftig über meine Brüste strich, während ich nach dem Verschluss seiner Hose tastete.

Süße, schwelende Symphonien, mittelalterliche Kleidung war gar nicht so einfach zu entwirren. Auf meinen leisen Fluch hin schmunzelte Thorn und löste den Knoten, als wäre es ein Kinderspiel. Vermutlich setzte er seine übernatürlichen Kräfte ein. Doch ich dachte nicht weiter darüber nach, denn in der nächsten Sekunde befreite ich bereits seinen gewaltigen Schwanz aus seiner Unterwäsche.

Er war groß, dick, von Adern durchzogen und so verdammt hart, dass ich dachte, er würde explodieren, als ich ihn umfasste. Seine Erektion zuckte bei meiner Berührung, und der Krieger nahm einen röchelnden Atemzug.

„Mylady", flüsterte er, und diesmal klang es wie eine Bitte. Eine, die ich nur allzu gerne erhörte. Wir könnten ein andermal mit mehr Möglichkeiten spielen.

Es würde nicht bei diesem einen Mal bleiben, das schwor ich bei allem, was meiner Seele noch heilig war.

Nachdem ich aus meiner Jeans und meinem Slip geschlüpft war, zog Thorn mich an sich, und die Kraft, die selbst in dieser kontrollierten Geste lag, raubte mir den Atem. Ich fuhr mit meinen Fingern an seinem Schwanz auf und ab, während er mich so heftig küsste, dass seine Zähne über meine Zunge kratzten. Dann ließ ich mich so schnell auf ihn herabsinken, wie es mein Körper zuließ.

Selbst die Spitze seines Schwanzes, die in mich eindrang, dehnte mich so weit, wie ich es noch nie erlebt hatte. Ich hielt inne, um mich an seine Größe anzupassen. Lust pulsierte durch meinen Körper, als sich mein Innerstes entspannte, um ihn weiter aufzunehmen.

Obwohl das Warten eine Qual für ihn sein musste, war der Krieger ein perfekter Gentleman. Er küsste meinen Nacken und massierte meine Brüste, was die glückseligen Empfindungen, die mich durchströmten, noch verstärkte.

Ich ließ mich immer weiter auf ihn hinabsinken, wobei mich jeder Zentimeter mit einem Brennen weiter ausdehnte, das immer ekstatischer wurde. Mein Kopf sank auf Thorns Schulter, Schweiß benetzte meine Stirn. „Du fühlst dich so gut an", keuchte ich und meine Lippen streiften seine Haut. Meine Finger strichen über seinen Bauch, seine Brustmuskeln und seine Brustwarzen, um mich für seine Geduld zu bedanken, indem ich ihm ein ebenso intensives Vergnügen bereitete.

Ihm entwich ein weiteres Stöhnen. „Du auch."

Plötzlich verspürte ich den Drang, ihn ganz in mir zu spüren und mich in seinem kräftigen Körper zu verlieren, doch ich war mir nicht sicher, ob ich dazu schon bereit war. Also begnügte ich mich damit, meine Hüften noch ein wenig weiter nach unten sinken zu lassen, wobei ein lustvoller Laut aus meiner Brust drang.

Ich fühlte mich im wahrsten Sinne des Wortes zum Bersten voll. Jetzt stellte sich nur noch die Frage, wie gut wir uns zusammen bewegen konnten.

Ich bewegte mich auf und ab, jedes Mal ein wenig schneller. Je mehr sich meine Erregung steigerte, desto feuchter wurde ich. Als ich einen Rhythmus gefunden hatte, hob Thorn seine Hüften, um mir entgegenzukommen, zuerst sanft und dann, als er mein Wimmern hörte, mit mehr Kraft.

Ich biss mir auf die Lippe und hatte Mühe, die lauten Lustschreie zu unterdrücken, die aus meiner Lunge dringen wollten. Ohne Ruse' schalldämpfende Magie waren die Wände des Wohnmobils eindeutig zu dünn.

Allerdings musste ich meine Schreie nicht lange zurückhalten. Die Ekstase, die sich in mir aufbaute, wurde immer stärker und trieb mich mit einem unaufhaltbaren Schwung meinem Höhepunkt entgegen. Ich wölbte mich gegen Thorn, umklammerte seine Schulter und seine Seite, und er war sofort zur Stelle. Er presste seine Lippen auf meine und seine Stöße wurden schneller, bis ich so heftig kam, dass meine Sicht im Schleier der Glückseligkeit verschwamm.

Als sich mein Innerstes um ihn herum zusammenzog, gruben sich die Finger des Kriegers in meinen Oberschenkel. Er zog mich auf sich und drang so tief in mich ein, dass sein Schwanz eine zweite Orgasmuswelle auslöste, während er sich gleichzeitig in mir ergoss.

Ich sackte an ihm zusammen und schwelgte im Nachglühen. Thorn strich über meine Wange und küsste mich mit sanfter Entschlossenheit. Als ich mich an seine breite Brust schmiegte, verblassten sämtliche Zweifel und Selbstvorwürfe, die mich zuvor geplagt hatten.

Ich war stark – verdammt, ja. Stark genug, um mir einen legendären Krieger zum Liebhaber zu nehmen. Da würde ich mich ganz bestimmt nicht von einem dämlichen Ex unterkriegen lassen.

Leland hatte den Konflikt mit der Lichtarmee benutzt, um seinen Groll gegen mich auszuleben. Nun war es an der Zeit, den Spieß umzudrehen und zu sehen, wie wir *ihn* benutzen konnten.

ACHTUNDZWANZIG

Sorsha

Mit finsterer Miene sah Omen zu, wie ich hinter Ruse auf das Motorrad stieg. Ich zeigte ihm einen optimistischen Daumen nach oben. „Keine Sorge! Wir passen gut auf Charlotte auf."

„Ich glaube nicht, dass ihr herausfinden wollt, was passiert, wenn ihr es nicht tut", erwiderte er, wandte sich jedoch ab, anstatt uns weiter anzufunkeln. Diesen Teil des Plans konnten Ruse und ich alleine erledigen, und so gerne der Höllenhund-Wandler auch mitgekommen wäre, um uns vom Schatten aus zu überwachen, es machte keinen Sinn, noch jemanden in Gefahr zu bringen. Die Lichtarmee würde uns in der Stadt viel eher bemerken als hier draußen im Nirgendwo.

Um nicht aufzufallen, zog ich den Helm, den mir der Inkubus freundlicherweise besorgt hatte, über die schwarze Strickmütze, unter der mein rotes Haar verborgen war. Auch Ruse trug einen Helm, der sich in dieser Situation als ideale

Möglichkeit erwies, seine Hörner zu verbergen. Er salutierte vor Omen, der uns bereits den Rücken zugekehrt hatte, bevor er mein Knie tätschelte, und den Motor startete.

Es fiel mir deutlich leichter, mich an den Rücken des Inkubus zu schmiegen als gestern bei Omen. Zum einen fuhr Ruse das Motorrad nicht wie ein, nun ja, Dämon. Auch wenn er vielleicht nicht der Geschickteste beim Spurwechsel war, war er so sehr darauf bedacht, nicht aufzufallen, dass er die gleiche Geschwindigkeit wie die Autos einhielt und unpassende Manöver vermied.

Und wenn man bedachte, wie nahe wir uns nun schon mehrmals gekommen waren, hatte ich nicht viel Zurückhaltung übrig, wenn es darum ging, meine Arme um seine Brust zu legen oder meine Schenkel gegen seine Hüften zu drücken.

Ohne Probleme folgte er der Wegbeschreibung, die ich ihm zu Lelands Stadthaus gegeben hatte. Als das schmale, graue Gebäude am Ende der Straße in Sicht kam, zog sich meine Brust zusammen.

Wie oft hatte ich an dieser Tür geklingelt, um kurz mit ihm in die Kiste zu springen? Ein Dutzend Mal? Zwanzig Mal? Es hatte sich nie wie etwas anderes angefühlt als wie das Kratzen eines Juckreizes, und selbst dieses Vergnügen war durch Lelands herbe Enttäuschung über mich getrübt worden.

Meine derzeitigen Gefühle ihm gegenüber gingen weit über „sauer" hinaus und bewegten sich eher in dem Bereich „dem Erdboden gleichmachen", doch ich war nicht hier, um ihn fertigzumachen. Zumindest noch nicht. Wir würden erst einmal sehen, wie dieser Besuch verlief.

Ich kannte den Zeitplan meines Ex-Freundes gut genug, um zu wissen, dass er an einem Sonntagnachmittag im Fitnessstudio sein würde. Wir ließen das Motorrad ein paar Straßen von seiner Wohnung entfernt stehen und schlichen uns in Lelands Hinterhof, wobei Ruse im Schatten blieb.

Während ich darauf wartete, dass er hineinschlüpfte und mir die Tür aufschloss, straffte ich die Schultern und sammelte mich.

Wir hatten einen Plan – einen, der uns zu Snap führen sollte, falls die Armee ihn geschnappt hatte. Unangenehme Erinnerungen würden mich nicht davon abhalten, das durchzuziehen. Leland hatte keine Ahnung, worauf er sich eingelassen hatte.

Ruse öffnete die Tür mit einer kleinen Verbeugung, und ich marschierte hinein.

Hatte es hier schon immer so nach Fett gerochen? Vielleicht war ich noch nie nahe genug an der Küche gewesen, um das zu bemerken. Ich rümpfte die Nase und ging durch den Raum mit den angelaufenen Stahlgeräten ins Wohnzimmer, das an den Flur grenzte. Hier würde ich warten.

Ich hatte eindeutig nicht genug Zeit im Erdgeschoss verbracht, sonst hätte ich an den gerahmten Fotos auf dem Kaminsims merken können, dass dieser Kerl meine Zeit nicht wert war, nicht einmal für ein paar heiße Nächte. Auf jedem dieser Fotos war Leland allein zu sehen: wie er bei einem Amateur-Gewichtheberwettbewerb posierte, wie er sich über die offene Motorhaube eines Autos beugte, wobei ich bezweifelte, dass er auch nur die geringste Ahnung hatte, wie man es reparierte, wie er auf dem Deck eines Schnellbootes ein Siegeszeichen mit den Fingern machte. Er hätte genauso gut einen kleinen Schrein für sein Ego errichten können – ein Zeugnis dafür, wie überzeugt er davon war, dass sich die Welt nur um ihn drehen sollte.

Ruse schlenderte hinüber, um sie aus der Nähe zu betrachten. „Was für ein Fang", stichelte er. „Wie konntest du dieses Prachtexemplar nur gehen lassen? Zumindest hält *er* sich offenbar für ein Prachtexemplar."

„Sehr witzig." Ich klopfte ihm leicht auf die Schulter. „Du musst es mir nicht unter die Nase reiben. Schließlich war ich so vernünftig, mich auf grünere Weiden zu begeben."

Der Inkubus wackelte mit den Augenbrauen. „Und es war mir ein Vergnügen, dich zu pflügen." Als ich mich an einem Lachen verschluckte, zog er eine Augenbraue hoch. „Apropos … ich nehme an, du bist unserem unglaublichen Hulk inzwischen nähergekommen?"

Mein Intermezzo mit Thorn. Eine leichte Röte kroch meinen Hals hinauf. „Wir haben versucht, leise zu sein."

„Zerbrich dir deswegen nicht dein hübsches Köpfchen. Ich habe scharfe Sinne, wenn es um mein Fachgebiet geht. Ich habe meine Kräfte eingesetzt, um euch etwas Privatsphäre zu verschaffen. Ich dachte, das wäre in deinem Interesse."

„Oh. Danke." Ich hielt inne. „Dafür musstest du doch nicht im Zimmer sein, oder?"

Ruse hob seine Hände. „Ich genieße es, an dem Akt teilzunehmen, nicht so sehr, ihn aus der Ferne zu beobachten. Betrachte den Gefallen als meinen Beitrag zum Gemeinwohl. Thorn hatte schon seit mindestens ein paar Jahrhunderten eine gute Nummer nötig, wie ich annehme."

Ich knuffte ihn erneut, doch seine Scherze hatten mich zumindest von meinem Unbehagen abgelenkt. Als Snap und ich uns nähergekommen waren, hatte der Inkubus mir gesagt, dass es ihm recht sei, wenn ich mein Vergnügen suchte, wo immer ich es finden konnte. Das schien auch für den Krieger zu gelten, so sehr sich ihre Einstellungen auch widersprechen mochten.

Die protzige Messinguhr zwischen den Fotos zeigte Viertel nach drei an. „Leland wird bald nach Hause kommen", sagte ich. „Bleib lieber außer Sichtweite, bis ich das Signal gebe, dass er sein Abzeichen abgenommen hat." Ich wusste nicht, ob er es nur trug, wenn er in der Stadt unterwegs war, doch nachdem er uns gestern so übel hintergangen hatte, würde es mich nicht wundern, wenn er besonders vorsichtig war.

Ruse nickte und verschwand. Ich schlich durch das Wohnzimmer, bis ich einen idealen Platz fand, an dem ich neben einem Beistelltisch in Deckung gehen konnte. Von dort aus hatte ich den Flur perfekt im Blick, ohne dass er mich sofort sehen würde. Dann hieß es Warten.

Während die Minuten verstrichen, sang ich leise in die Stille hinein. „Waiting for that final woe sent, you'll say the words that lie and prey." Leland würde wahrscheinlich behaupten, unsere Feinde auf uns zu hetzen, sei eine heldenhafte Tat gewesen. Nun, er hatte es sich schon vor Monaten mit mir verscherzt, und jetzt würde er es sich mit *uns allen* verscherzen.

Ruse tauchte gerade lange genug aus dem Schatten auf, um mir zuzuflüstern: „Er kommt die Straße hinunter", bevor er wieder verschwand. Ich spannte mich an und ballte die Hände so fest zu Fäusten, dass sich meine Nägel in meine Handflächen gruben.

Ein Schlüssel klapperte im Schloss und Leland kam herein, aufgeblasen von einem Endorphinrausch, den ihm das Gewichtestemmen beschert hatte. Er warf seine Sporttasche im Flur auf den Boden und als sein T-Shirt verrutschte, blitzte etwas Silbernes unter dem V-Ausschnitt hervor. Er hatte sein Schutzabzeichen an einem Unterhemd befestigt, genauso wie ich es oft tat. Abgesehen davon, schien er metallfrei zu sein.

Das war alles, was ich wissen musste. Ich sprang auf und überquerte die wenigen Meter zwischen uns.

Leland erstarrte – falscher Reflex, Kumpel. „Sorsha", stammelte er, doch ich schlug seine erhobene Hand mit einem schnellen Hieb weg und zerrte an seinem Hemd. Mit einem schnellen Ruck riss ich den Anstecker von seinem Unterhemd und warf es als Signal für Ruse durch die Luft.

„Was zum Teufel soll das?", schnauzte Leland und stürzte sich auf mich. Schade, dass er seine ganze Zeit im Fitnessstudio damit verbracht hatte, sich aufzuplustern anstatt damit, seinen inneren Jack Be Nimble zu trainieren.

Genau in dem Moment, als ich auswich, tauchte Ruse zwischen uns auf.

„Hallo, mein Freund", sagte der Inkubus mit seiner schmeichelnden Stimme, in der so viel übernatürliche Macht mitschwang, dass die Luft regelrecht vibrierte. „Wie du siehst, werden wir uns hier alle gut verstehen. Wir sind aus Sorge um dein Wohlergehen gekommen – du musst auf uns hören, sonst könntest du in große Gefahr geraten."

Leland schwankte auf seinen Füßen, sein jungenhaftes Gesicht spannte sich an. Der Voodoo zog ihn nicht auf Anhieb in seinen Bann. „Du bist eins der Schattenwesen, mit denen sie zusammenarbeitet. Ich glaube nicht, dass du hier sein solltest. Keiner von euch. Ihr …"

Ruse hob beschwichtigend die Hände. „Wir werden gehen, sobald wir etwas mit dir geklärt haben. Du warst mit sehr bösen Leuten in Kontakt, und wir könnten es nicht ertragen, wenn du deswegen verletzt wirst. Ich weiß, dass Sorsha und du eure Differenzen hattet, aber ist dir denn nicht klar, dass du ihr noch immer etwas bedeutest?"

Ich unterdrückte den Drang, ihn wegen dieser Bemerkung wütend anzufunkeln, und schenkte Leland das freundlichste Lächeln, das ich zustande brachte. Was vermutlich nicht sehr überzeugend war, da ich bei der Vorstellung, er würde mir etwas bedeuten, das intensive Bedürfnis verspürte, auf die glänzenden Turnschuhe des Idioten zu kotzen. Doch die Worte schienen Ruse' Zauber zu verstärken.

„Wusste ich's doch ", antwortete Leland und schenkte mir ein selbstzufriedenes Lächeln.

Zum Glück schritt Ruse ein, bevor sich mein Mageninhalt auf den Weg nach oben machen konnte. Er nickte und ein verschlagener Unterton schlich sich in seine Stimme. „Und du solltest *dir selbst* wichtig genug sein, um dich um deine Sicherheit zu sorgen, oder? Sieh dir doch nur einmal diese großartige Ansammlung deiner bisherigen Leistungen an." Er deutete auf die Fotos auf dem Kaminsims.

Lelands Blick folgte der Geste. „Man muss seine Siege feiern", erwiderte er. „Das ist eine gute Motivation, noch mehr zu erreichen. Oder um einzugreifen, wenn andere zu weit gehen." Er richtete seinen Blick wieder auf mich und straffte mit überheblicher Miene die Schultern. „Du hast das Leben von Menschen ruiniert. Das konnte ich nicht einfach so hinnehmen."

Ich biss mir auf die Zunge, um nicht darauf hinzuweisen, dass *er* möglicherweise Dutzende von Leben ruiniert hatte, indem er den Angriff der Armee ermöglicht und uns daran gehindert hatte, ihre Gefangenen zu befreien. So sehr er auch vorgab, sich für den Schutz der Schattenwesen einzusetzen, es war offensichtlich, dass ihr Leben ihm nicht viel bedeutete. Bestimmt dachte er, dass nur kleine und hilflose Wesen beschützt werden mussten. Vielleicht ging es hier gar nicht um aufrichtige Güte, sondern nur wieder um seine eigene Selbstherrlichkeit.

Ruse grinste. Zuversichtlich, dass er Leland nun völlig unter Kontrolle hatte, wies er ihn erneut auf die Fotos hin. „Ich muss sehen, wie du zu dir selbst stehst, bevor ich weiß, wie wir dir helfen können. Nimm dein Lieblingsbild und gib dir einen Kuss."

„*Ruse*", protestierte ich im Flüsterton. Wir hatten hier Wichtigeres zu tun, als uns auf die Kosten meines Ex-Freundes zu amüsieren.

Der Inkubus ignorierte mich, und es war *tatsächlich* auf eine gewisse Weise befriedigend, Leland dabei zuzusehen, wie er nach dem Foto von ihm auf dem Bootsdeck griff und einen herzhaften Schmatzer darauf drückte. Meine Mundwinkel zuckten.

Ruse applaudierte. „Perfekt. Könntest du uns jetzt einen Kopfstand zeigen? Das ist sehr wichtig, damit wir dir die hilfreichsten Strategien vermitteln können, wie du dich schützen kannst …"

Leland beugte sich bereits vor, um seinen Kopf auf den

Teppich zu legen. Er stützte sich ab und hob seine massigen Beine in die Luft. Ein paar Sekunden lang schlenkerten sie hin und her, bevor er mit einem dumpfen Ächzen auf den Teppich kippte. Sofort sprang er wieder auf, als wäre er bereit für einen neuen Versuch.

Ich stieß Ruse mit dem Ellbogen an. So gern ich meinem Ex dabei zusehen würde, wie er sich stundenlang zum Narren machte, wir waren nicht zum Vergnügen hier.

„Schon gut, schon gut", sagte der Inkubus und winkte Leland heran. „Nur noch eine Sache, die ich gerne überprüfen würde. Wenn du unbedingt Sorshas fester Freund sein wolltest, warum hast du dann nicht um sie geworben, wie es ein Verehrer tun würde? Antworte bitte ehrlich."

Leland blickte etwas verwirrt drein, stand jedoch so sehr unter Ruse' Bann, um zu antworten, ohne sich zu sträuben. „Warum sollte ich mir die Mühe machen, wenn sie nicht zu schätzen wusste, was sie hatte? Sie hat sich nie beschwert. Ich habe einen guten Job, ich trainiere, ich bin ein verdammt guter Fang. Ich laufe niemandem nach, der sich nicht mal die Mühe macht, mir eine Fußmassage zu geben oder mir etwas zu kochen, um sich dafür zu revanchieren, was sie von mir bekommt. Offensichtlich hat sie sich eingebildet, dass sie diese ganzen Schmeicheleien verdient. Ich wette, so haben diese gruseligen Schattenwesen sie in die Falle gelockt."

Ich biss mir so fest auf die Zunge, dass ich vor Schmerz zusammenzuckte. Was ich von ihm bekommen hatte? Soweit ich wusste, hatte er unsere Sextreffen genauso sehr genossen wie ich. Sollte ich mich etwa geehrt fühlen, weil er seinen Schwanz in mich gesteckt hatte und deswegen fröhliche Hausfrau spielen? Und das auch noch ohne einen einzigen Hinweis darauf, dass er das überhaupt wollte, bis er anfing zu schmollen, als es nicht passierte?

Ruse hielt mir auf seine Weise den Rücken frei. „Ich verstehe", sagte er. „Du bist wirklich ein richtiges Arschloch, oder?"

Leland zögerte. „Was? Ich …"

Das Summen kehrte in Ruse' Stimme zurück. „Sag, dass du ein echtes Arschloch bist."

„Ich bin ein echtes Arschloch", sagte Leland ernst.

„Wunderbar! Dann machen wir uns an die Arbeit. Wie hast du diese Leute in der Wharf Street kontaktiert? Diese Information ist sehr wichtig für uns."

Diesmal war keine Spur von der Unsicherheit zu sehen, die bei der letzten Anweisung über Lelands Gesicht gehuscht war. „Ich war mir nicht sicher, ob ich einen Verantwortlichen erreichen würde, wenn ich einfach anrufe. Ich fand, dass die Nachricht an jemand Höheren gehen sollte. Also bin ich persönlich hingegangen."

Er hatte sich das Gebäude angesehen? „Was haben sie getan, als du dort ankamst?", fragte ich.

„Sie waren ziemlich angespannt." Leland runzelte die Stirn. „Ich nehme an, das ist verständlich, schließlich bin ich einfach so aus dem Nichts aufgetaucht. Als ich ihnen sagte, dass ich wichtige Informationen habe, kam ein anderer Kerl heraus, um sich im Hof mit mir zu unterhalten."

Ruse' Augen funkelten neugierig. „Du bist nicht reingegangen?"

„Nein. Ich habe ihm gesagt, dass ich Grund zu der Annahme habe, dass eine Frau, die mit feindlichen Schattenwesen zusammenarbeitet, an diesem Abend einen Angriff verüben wird, und dass sie über den Standort in der Wharf Street sowie einige andere Bescheid wissen – diejenigen, die der Bund überprüft hat. Glaubt ihr, dass sie deswegen jetzt hinter mir her sind? Weil ich an diesen Nachforschungen beteiligt war, obwohl mir klar war, welches die richtige Seite ist?"

„Schon möglich", erwiderte Ruse bedächtig. „Dank deiner Hilfe ist es ihnen jedoch gelungen, den Angriff zu vereiteln. Vielleicht sind sie dir wohlgesonnen und weihen dich in ihre Pläne ein, wenn du zu ihnen zurückkehrst."

Leland zerstörte alle Hoffnungen, dass wir ihn als unfreiwilligen Doppelagenten ins Feld schicken könnten, mit einem Kichern. „Oh, sie sind nicht mehr dort. Sie waren ziemlich verärgert über das, was ich ihnen erzählt habe, und ich habe gehört, wie einer zum anderen sagte, dass sie jetzt nirgendwo mehr hinkönnen, außer in die Gorge Avenue. Wo genau sie hinwollten, weiß ich nicht. Und der Bund hatte diese Adresse auch nicht."

Nein, der Bund hatte diese Adresse nicht. Ich hatte noch nie von der Gorge Avenue gehört, doch wie es aussah, brachte die Lichtarmee ihre Gefangenen nun dorthin.

„Hast du sonst noch etwas mitbekommen? Irgendetwas?", drängte ich.

Leland schüttelte den Kopf. „Sie haben mich ziemlich schnell weggescheucht. Sogar der Kerl, der diese Bemerkung gemacht hat, hat danach schnell die Klappe gehalten. Und jetzt sind sie hinter mir her? Ich habe doch nur versucht, ihnen zu helfen. Ich dachte …" Seine Stirn legte sich in Falten, während er versuchte, seine vorherigen Überzeugungen mit dem zu vereinbaren, was Ruse' Zauber ihm glauben machte. „Haben sie tatsächlich Menschen verletzt? Hat Sorsha sich nicht nur mit der falschen Sorte Schattenwesen eingelassen, die wollte, dass sie das denkt?"

„Leider sind diese Leute die Schlimmsten der Schlimmen, und es hat sich herausgestellt, dass sie deine Hilfe nicht zu schätzen wussten", erklärte Ruse in einem entschuldigenden Tonfall. „Zu deinem Glück habe ich herausgefunden, wie du sicherstellen kannst, dass sie sich nicht in dein Leben einmischen."

Leland atmete erleichtert auf. „Danke vielmals. Ich wollte mir eigentlich Ärger ersparen, indem ich Sorsha von ihrem falschen Kreuzzug abbringe, anstatt mir noch mehr einzuhandeln. Sie hatte den Bund bereits in die Sache mit hineingezogen. Ich hätte nie anfangen sollen, Nachforschungen anzustellen … Nun, ich schätze, wenn diese Lichtarmee *wirklich* Teil einer Verschwörung ist ... Wobei, ich bin ohnehin nicht bereit, mich damit zu befassen."

Richtig, denn natürlich war sein Wohlbefinden viel wichtiger, als das der Schattenwesen, die eingesperrt und gefoltert wurden. Er klang nicht einmal ansatzweise reumütig, dass er uns an Leute ausgeliefert hatte, vor denen ich ihn wiederholt gewarnt hatte, dass sie nichts Gutes im Schilde führten. Ich warf Ruse einen neugierigen Blick zu.

Der Inkubus rieb sich die Hände in einer Weise, die jedem, der nicht unter dem Bann seines Zaubers stand, verraten hätte, dass er nichts Gutes im Schilde führte. „Es ist ganz einfach. Du musst dir eine deiner Unterhosen über den Kopf ziehen und sie mindestens drei Tage lang wie einen Hut tragen. Oh, und du solltest nur schwarzen Kaffee trinken, ohne Milch und Zucker, und ihn vorher zwei Stunden lang abkühlen lassen. Außerdem musst du dich krank melden, während du diese Schritte durchführst, und deinem Chef genau sagen, was du wirklich von ihm hältst."

Ich musste mir die Hand vor den Mund halten, um ein Lachen zu unterdrücken. Die verwirrte Falte auf Lelands Stirn kehrte zurück, doch Ruse' Zauber hatte ihn so fest im Griff, dass er nicht widersprach. „Danke. Diese Leute arbeiten wohl auf eine äußerst ungewöhnliche Weise. Doch ich werde das alles tun."

„Ausgezeichnet. Erzähl niemandem, dass wir hier waren oder dass du in der Wharf Street warst. Hoffentlich findest du eine Partnerin, die du verdienst!"

Die Treppe knarrte, als Leland sich auf den Weg in sein Schlafzimmer machte, um die Boxershorts zu holen, die ihm als Hut dienen sollten. Ruse unterdrückte ein Kichern, bis wir die Hintertür erreicht hatten.

„Ich hätte mir eine öffentlichere Demütigung einfallen lassen", murmelte er zu mir, „doch ich denke, es ist besser, wenn wir keine Aufmerksamkeit auf unser magisches Eingreifen lenken."

„Das wäre sowieso nicht nötig gewesen", antwortete ich. „Eigentlich hätten wir nur die Informationen gebraucht."

Er gab ein skeptisches Brummen von sich. „Sei froh, dass ich deine Ehre verteidigt habe und nicht Thorn. Außerdem hatte auch ich ein Hühnchen mit dem Trottel zu rupfen, weißt du."

„Na gut." Zuneigung flammte in meiner Brust auf. „Danke."

„Nichts zu danken, Flamme. Du bist hunderttausendmal mehr wert als dieser Trottel." Ruse blickte in die Richtung, in der wir Charlotte geparkt hatten. „Was hältst du davon, wenn wir einen Umweg über die Gorge Avenue machen?"

„Klingt wie der perfekte nächste Schritt."

Als wir die Außenbezirke der Vorstadt erreichten, wo sich die Gorge Avenue befand, dauerte es nicht lange, bis wir merkten, dass Snap uns ein letztes Geschenk hinterlassen hatte. Das Motorrad erklomm einen niedrigen Hügel, und beim Anblick eines Anwesens, das sich über den gesamten nächsten Block erstreckte, drückte ich Ruse' Arm.

Es war ein Herrenhaus aus grauem Backstein mit einem Türmchen auf der rechten Seite, das Snaps Opfer einst bewacht haben musste. Und nach dem, was Leland gehört hatte, konnte die Armee nirgendwohin fliehen, wenn wir sie hier angriffen.

NEUNUNDZWANZIG

Omen

„Wir haben sie", sagte ich, klopfte auf die Tischplatte des Wohnmobils und sah meine drei Mitstreiter der Reihe nach an. Ein Gefühl des Triumphs durchströmte mich. „Damit sind wir in einer noch besseren Position, als wenn wir es in der Fabrikhalle am Fluss mit ihnen aufgenommen hätten. Wir haben sie in die Ecke gedrängt, und bestimmt haben sie ihre gesamte Ausrüstung und Ressourcen in diesem einen Gebäude, das reif für die Zerstörung ist."

„Bestimmt haben sie auch alle ihre Sicherheitskräfte dort postiert", gab Thorn zu bedenken, stets ein Mann der Praxis und der halb leeren Gläser. „Vor allem, da das Grundstück angeblich dem Oberhaupt der Lichtarmee gehört, oder?"

Nachdem Ruse und Sorsha von ihrer Mission zurückgekehrt waren, hatten er und ich uns auf den Weg zu unserer Hackerin gemacht, um zu herauszufinden, ob sie noch mehr Informationen ausgraben konnte. Ruse hatte erneut seinen Charme bei ihr spielen lassen und tatsächlich war sie auf einige aussagekräftige Unterlagen gestoßen.

Ich nickte. „Er hat seine Spuren gut verwischt, doch wir haben Informationen über Geldbewegungen gefunden, aus denen hervorgeht, dass dieser Victor Bane hinter den größten Operationen steckt, die die Lichtarmee in dieser Stadt durchgeführt hat. Entweder das, oder jemand, der sehr viel Einfluss auf ihn hat, hat die Fäden gezogen, was im Grunde genommen auf dasselbe hinausläuft."

Unruhe erfasste mich, und ich musste meine Beine anspannen, um nicht auf und abzulaufen. Dies war nur ein Vorgeschmack auf unseren Sieg. Der richtige würde erst kommen, wenn wir zur Tat schritten.

Thorn hatte allerdings recht. Wir konnten nicht wie der wilde Narr, der ich einst gewesen war, mit brennenden Augen und Fäusten auf sie losgehen. Ich holte tief Luft. „Und er wird jede Menge Sicherheitspersonal haben, ja. Die meisten der Wachen werden jedoch nicht daran gewöhnt sein, dort zu arbeiten. Wir können immer noch Teile unseres ursprünglichen Plans nutzen, zum Beispiel die verschiedenen Ablenkungsmanöver. Es könnte schwierig werden, wenn wir weniger sind …"

Mein Blick glitt zur Schlafzimmertür am Ende des Flurs. Die Einhornwandlerin hatte sich als starke Kämpferin erwiesen, das musste ich ihr zugestehen, doch selbst wenn ihr Körper sich wieder erholt hätte, wäre sie mindestens mehrere Tage lang nicht in der Lage, sich wieder in einen Kampf zu stürzen. Außerdem war ich mir nicht sicher, ob der Zentaur sich so weit von ihrem Krankenbett entfernen würde, um sich uns anzuschließen, auch wenn er ihre Verletzungen rächen wollte.

Und Snap … Der Tag ging in den Abend und dann in die Dämmerung über. Schließlich brach die Nacht herein, und von unserem Verschlinger fehlte nach wie vor jede Spur.

Als ich ihn gebeten hatte, sich meinem Team anzuschließen, war mir bewusst gewesen, dass er noch Vorbehalte gegen den stärksten Teil seiner Natur hatte, doch ich dachte, sein Bestreben, unsere Art zu retten, würde überwiegen, falls er seine volle Macht einsetzen müsste. Offensichtlich war er schwächer – oder die Jäger der Armee gerissener – als ich erwartet hatte.

„Wir werden das Beste aus dem machen, was wir haben", fuhr ich fort, bevor ich von einem Klopfen an der Tür des Wohnmobils unterbrochen wurde.

Sowohl Thorn als auch Sorsha sprangen auf, wobei ihre Haltungen nicht gegensätzlicher hätten sein können. Thorns Muskeln spannten sich an, sein Körper war für einen Angriff gewappnet – als würden unsere Feinde *anklopfen*, bevor sie versuchten, uns in die Luft zu jagen.

Offenbar war Sorsha gerade derselbe Gedanke gekommen. Ein hoffnungsvoller, wenngleich zögerlicher Ausdruck hatte ihr Gesicht erhellt. In diesem Moment sah ich nicht die vorlaute Sterbliche, die mich an die Grenzen meiner Beherrschung trieb, oder die eingebildete Diebin, die über tödliche Drohungen lachte, sondern eine Frau, deren Herz bei der Möglichkeit, dass unser vermisster Gefährte unversehrt zu uns zurückgekehrt sein könnte, einen Sprung machte.

Der Anblick erschütterte mich mehr, als mir lieb gewesen wäre. Wann hatte ich jemals eine Sterbliche gesehen, die sich so sehr um ein Schattenwesen gesorgt hatte? Dennoch glaubte ich nicht, dass Snap vor der Tür stand – ich bezweifelte, dass der Verschlinger anklopfen würde. Und vielleicht war da auch ein leichtes, aber nagendes Gefühl bei dem Wissen, dass sie nicht annähernd so begeistert ausgesehen hätte, wenn ich verschwunden wäre.

Man gewinnt keine Kriege, indem man um Zuneigung wirbt. Meine Aufgabe war es, ihr in den Arsch zu treten, damit sie lernte, wie sie ihre Kräfte beherrschen konnte, auch wenn ich das heute vielleicht etwas vernachlässigt hatte.

Ich schritt zur Tür und riss sie auf, die andere Hand zur Faust geballt, bereit, meine Krallen auszufahren. Bei meinem ersten Blick nach draußen entspannte sich meine Haltung, wenn auch nur leicht. „Was machst *du* denn hier?"

Vor der Tür des Wohnmobils stand Rex, die Arme vor der Brust verschränkt und mit einem besonders wölfischen Blick in seinen scharfen Augen. „Du hast uns um Hilfe gebeten, oder? Also, wirst du sie annehmen oder nicht?"

Als er „uns" sagte, machte er einen Schritt auf die Tür zu, sodass seine Gefährten sich um ihn scharen konnten. Schwefel und Höllenfeuer, wie es aussah, hatte er tatsächlich seine gesamte Truppe mitgebracht. Seine engsten Vertrauten standen direkt neben ihm – Birch, der Dryade, Lazuli, der Troll, und Tassel, der Sukkubus. Um sie herum standen mindestens ein halbes Dutzend der niederen Untergebenen der Bande.

„Ich erinnere mich, dass ich Birch gebeten habe, uns mit seinen Heilkräften zu unterstützen", sagte ich. „Ist der Rest von euch mitgekommen, um ihm moralischen Beistand zu leisten?"

Der Werwolf verdrehte die Augen. „Warum besprechen wir das nicht drinnen, bevor irgendein Sterblicher vorbeifährt und sich fragt, was es mit dieser Versammlung vor dem Schulbus auf sich hat?"

Er hatte nicht ganz unrecht, dennoch sträubten sich mir die Nackenhaare bei dem Gedanken, so viele mächtige und eigennützige Schattenwesen in das Fahrzeug zu lassen, das ich langsam als meines betrachtete. Natürlich gehörte es theoretisch den Touristen auf dem Rücksitz, und Macht war relativ. Nach Schattenwesen-Maßstäben war Rex mit seinen etwa hundert Jahren Erfahrung immer noch ein Teenager, und er war der etablierteste von ihnen. Thorn und ich hätten dieses Rudel problemlos dezimieren können.

Aufgrund seiner Erfahrung und allem, was er über mich wusste, war dem Werwolf das vermutlich auch bewusst. Und zumindest einen von ihnen hatte ich tatsächlich gebeten, zu kommen. Ich zügelte meinen inneren Höllenhund und trat einen Schritt zurück, um sie hereinzulassen.

Der innere Kreis behielt seine körperliche Gestalt bei und steuerte auf das Sofa zu. Auf Rex' Geste hin huschten die Untergebenen in die Schatten. Ich konnte ihre Anwesenheit zwar weiterhin spüren, doch wenigstens mussten wir uns so nicht wie Sardinen in einer Dose in dem engen Raum zusammenquetschen.

Sowohl Thorn als auch Sorsha blieben stehen. Eigentlich hätte es mich nicht überraschen sollen, dass unsere Sterbliche selbst in der Gesellschaft mehrerer Schattenwesen, die sie kaum kannte, als Erste das Wort ergriff.

„Du solltest sofort nach Gisele sehen", wies sie Birch an. „Sie ist schwer verletzt. Omen und Thorn haben sie so gut wie möglich zusammengeflickt, aber ..."

Sie verstummte, als sie die Tür zum Hauptschlafzimmer öffnete. Rex blickte mich mit leicht erhobenen Augenbrauen an, als würde er sich darüber amüsieren, dass ich der Menschenfrau das Reden überlassen hatte, sagte jedoch nichts.

„Ihr habt gestern Abend in der Stadt für ziemlichen Aufruhr gesorgt", sagte er stattdessen.

Ich schnitt eine Grimasse. „Nicht ganz freiwillig. Wir wollten die Mistkerle in ihrem eigenen Revier verwüsten, doch sie haben Wind von unseren Plänen bekommen und uns auf dem Weg dorthin in einen Hinterhalt gelockt. Wir haben zwar Schaden angerichtet, konnten aber unsere Befreiungsaktion nicht wie geplant durchziehen."

„Sie haben ihre Gefangenen wieder verlegt", fügte Thorn mit einem frustrierten Knurren hinzu. „Und sie haben möglicherweise einen von uns gefangen genommen."

Rex ließ seinen Blick über uns schweifen. „Stimmt, euer Sonnenschein fehlt, oder? Was für ein Jammer."

Ein zustimmendes Quieken ertönte. Sorshas

Schattenwesen hatte sich bei der Ankunft der Neuankömmlinge in einer Ecke des Sofas zusammengekauert. Offenbar hatte der kleine Drache sie jetzt erkannt und huschte über den Boden, um sich wie eine Katze an Laz' Knöchel zu schmiegen. Der Troll blickte mit einem so gequälten Gesichtsausdruck auf die Kreatur hinab, dass ich ein Lachen unterdrücken musste. So viel zu seiner harten Fassade.

Sorsha kam allein aus dem Schlafzimmer und gesellte sich mit bedrückter Miene wieder zu uns. Mit so viel Autorität, wie ich aufbringen konnte, wandte ich mich an Rex: „Warum seid ihr alle hier, Rex? Braucht dein Dryade so viel Schutz oder wolltest du einfach nur mal so vorbeischauen? Wir müssen nämlich noch ein paar Pläne schmieden und Schlachten im Namen der Schattenwesen schlagen."

Der Werwolf schmunzelte, doch seine arrogante Haltung wurde ein wenig lockerer, als ihm bewusst zu werden schien, wer hier der größere Alpha war. Ich hielt mich zurück, um ihn vor seinen Kollegen nicht in Verlegenheit zu bringen. Womöglich brauchte ich in Zukunft mal einen Gefallen von diesem Mann. Aggression brachte einen auf Dauer nur weiter, wenn man wusste, wann etwas Diplomatie angebracht war.

„Wir sind nicht als Leibwächter hier und wir wollten auch nicht einfach nur so vorbeischauen", erwiderte er. „Bei unserem letzten Gespräch hatte ich den Eindruck, dass du nichts dagegen hättest, wenn wir euch bei den Kämpfen ein wenig unterstützen würden. Nun, hier sind wir. Wir können in unserem eigenen Namen kämpfen. Sag uns einfach, welche Bastarde ausgeweidet werden sollen."

Ich musste mich zusammenreißen, um meine Überraschung zu verbergen. Er war bereit, sich in einen Konflikt einzumischen, in den er noch nicht direkt verwickelt war – und bot nicht nur seine Loyalität, sondern auch die seiner Gefolgsleute an?

„*Ich* hatte den Eindruck, dass es dir scheißegal war, was mit den Schattenwesen passiert, solange du und deine Kameraden nicht betroffen seid", entgegnete ich trocken. „Was hat dich dazu bewogen, deine Meinung zu ändern?"

„Oh, wir sind jetzt betroffen." Ein Knurren schlich sich in die Stimme des Werwolfs. „Das ist unsere Stadt, und diese Arschlöcher denken, sie könnten einfach den verdammten *Finger* abbrennen? Ich werde mich zwar nicht mit euch auf eine epische Reise begeben, um für Gerechtigkeit für alle zu kämpfen, doch ihnen muss eindeutig eine Lektion erteilt werden."

Ich schaffte es, meinen Blick nicht in Sorshas Richtung schweifen zu lassen. Aus dem Augenwinkel konnte ich sehen, dass sie die Lippen fest zusammengepresst hatte. Es erschien mir am klügsten, nicht zu erwähnen, dass es eine von *meinen* Leuten und nicht die Armee gewesen war, die den Großteil dieses monströsen Monuments in Asche verwandelt hatte.

„Allerdings", pflichtete ich ihm ohne zu zögern bei. „Und wer könnte diese Lektion besser erteilen als du und deine Anhänger." Ein Lächeln umspielte meine Lippen. „Ich freue mich schon darauf, zu sehen, wie viel Schaden wir ihnen gemeinsam zufügen können. Wenn es nach mir geht, werden sie hier nie wieder auch nur eine Zigarette anzünden. Also machen wir uns an die Arbeit."

Die nächsten Stunden verbrachten wir damit, die Neuankömmlinge in unser Wissen und unsere bisherigen Pläne einzuweihen. „Ihr Computersystem infizieren. Das gefällt mir", schnurrte Tassel gerade, als Birch aus dem Hauptschlafzimmer trat. Irgendwie sah seine fast durchscheinende Haut noch blasser aus als bei seiner Ankunft. Auch seine Stimme schien schwächer geworden zu sein.

„Die Einhornwandlerin wird leben", murmelte er mit rauer Stimme. „Sie ist aufgewacht und hat ein paar Worte mit ihrem Partner gewechselt. Es könnte allerdings noch ein oder zwei Tage dauern, bis sie aufstehen kann. Ich habe ihr vorgeschlagen, sich ins Schattenreich zurückzuziehen, bis sie sich vollständig erholt hat. Das heißt, sobald sie stark genug ist, um über die Schwelle zu treten."

„Eine *Einhornwandlerin?*" Rex stieß ein ungläubiges Glucksen aus, bevor er sich dem Troll zuwandte und mit den Fingern schnippte. „Dabei fällt mir etwas ein. Laz, klär Birch darüber auf, was er verpasst hat. Omen, ein Wort?"

Wir gingen in das zweite Schlafzimmer – und verdammt, ich konnte immer noch eine Spur der Leidenschaft riechen, die Sorsha in den letzten Tagen mit mindestens einem meiner Gefährten hier erlebt hatte. Ich bemühte mich, diese Vorstellung zu verdrängen, bevor meine Gedanken zu dem Moment im Hof wandern konnten, als ihr Körper und ihre Lippen mich fast magnetisch zu ihr hingezogen hatten, bevor ich den Bann gebrochen hatte. „Was?"

Der Werwolf rieb seine Hände aneinander. „Zum Thema ungewöhnliche und mächtige Verbündete … Ich erinnere mich nicht mehr an viele Details, da es mindestens ein paar Jahrzehnte her ist, allerdings nicht lange genug, um nicht mehr relevant zu sein. Die höchsten Schattenwesen waren damals in diesem Reich auf der Suche nach einem besonders mächtigen und offenbar unberechenbaren Schattenwesen. Ich hatte den Eindruck, dass dieses Wesen Chaos verursacht hatte, das es zu beseitigen galt. Ich kann mich nicht mehr an den Namen erinnern … Ein roter Stein. Jaspis? Granat?"

„Willst du mit dieser Geschichte auf irgendetwas Bestimmtes hinaus?", fragte ich, als ob mein Interesse nicht schon geweckt wäre.

„Darauf komme ich noch. Meine Kontakte haben mir berichtet, dass sie das ganze Land nach diesem Wesen abgesucht hatten. Vielleicht sogar darüber hinaus. Und sie haben uns ausdrücklich gewarnt, uns nicht mit dem Schattenwesen einzulassen, da es zu gefährlich wäre. Sie wollten, dass wir es ihnen überlassen." Er grinste. „Ich habe nie gehört, dass sie es gefunden haben. Wenn *du* diesen Jaspis oder Granat oder wie auch immer aufspüren könntest ... Das wäre bestimmt ein hilfreicher Verbündeter in diesem Kampf gegen die Sterblichen, meinst du nicht? Klingt so, als wäre er ein ebenso großer Rebell wie du."

Ich erinnerte mich vage daran, schon einmal etwas darüber gehört zu haben, doch damals hatte ich mich überwiegend im Schattenreich aufgehalten. Und wie vermutlich auch damals, war der erste Gedanke, der mir durch den Kopf schoss, dass dieses Wesen vermutlich schon längst untergetaucht war. Ich glaube nicht, dass den höchsten Schattenwesen jemals jemand mehr Probleme bereitet hatte als Tempest, meine einstige Partnerin. Und sie hatte ihre Gestalt gewechselt wie Sterbliche ihre Kleider. Doch ich hatte mit eigenen Augen gesehen, wie die Lakaien der Ältesten sie vor Jahrhunderten zu Brei geschlagen hatten. Die Sphinx war schon lange weg, und das war vermutlich auch für alle besser so. Ich bezweifelte, dass sie sich jemals geändert hätte.

Wer auch immer dieser Rebell sein mochte, es hörte sich auf jeden Fall so an, als hätte er Energie und Mumm. Auch wenn ich es für äußerst unwahrscheinlich hielt, dass dieses Wesen ausfindig gemacht werden konnte, wollte ich die Möglichkeit nicht sofort von der Hand weisen.

„Ich werde das im Hinterkopf behalten", sagte ich. „Falls wir die zusätzliche Unterstützung überhaupt brauchen. Ich würde sagen, wir machen diesen Bastarden heute Nacht den Garaus und beenden die Sache ein für alle Mal."

„Klingt gut." Rex stieß mich zögernd mit einer Schulter an, als ob er halb erwartete, dass ich ihn für seine Unverfrorenheit verprügeln würde. Ich begnügte mich damit, ihm einen scharfen Blick zuzuwerfen. Er hätte mir seine Hilfe nicht anbieten müssen. Da konnte ich ruhig ein wenig Freundlichkeit zulassen.

Und vielleicht nicht nur ihm gegenüber. Als wir ins

Wohnzimmer zurückkehrten, fiel mein Blick auf Sorsha – sie saß jetzt eng an Ruse geschmiegt auf dem Sofa, versetzte Thorn einen Stoß gegen seinen massiven Bizeps – sie schien keine Angst vor der Macht des Geflügelten zu haben – und gab eine schnippische Antwort auf etwas, das Tassel gesagt hatte. Als wäre sie eine von uns.

Und war sie das nicht eigentlich? Auch wenn das Feuer ihre Schuld gewesen war, bezweifelte ich, dass *Rex* überhaupt hier wäre, wenn sie ihn nicht wegen seiner Egozentrik zur Rede gestellt hätte.

Unsere Sterbliche und ihre ewig währende Hoffnung.

Ich musste nur mit all den anderen Gefühlen vorsichtig sein, die ihre Anwesenheit in mir auslöste. Ich konnte mir keine Ablenkung leisten. Wir mussten eine Menschen-Verschwörung zerstören – und ich hatte vor, sie zu Fall zu bringen, bevor die Nacht vorüber war.

DREISSIG

Sorsha

Nachdem uns unser Kampf gegen die Lichtarmee bereits zu alten Bürogebäuden und modernen Laboreinrichtungen geführt hatte, steuerten wir nun auf ein Schloss zu, das von einer weitläufigen Rasenfläche umgeben war. Es würde mich nicht wundern, wenn der Mann, dem die alte Villa gehörte, sich wirklich für eine Art König hielt. Victor Bane – allein schon der Name schrie regelrecht nach Superschurke. Falls das überhaupt sein richtiger Name war und nicht wieder eine Tarnung.

Dank Birch, der seine Heilkräfte kurz vor unserem Aufbruch bei mir eingesetzt hatte, hatte ich keine Schmerzen, als mein Bauch in der Hocke meine Oberschenkel berührte. Von meinem Sitzplatz auf dem Ast einer Eiche im Garten von Banes Nachbarn aus überblickte ich den Hof. Auf seiner Erkundungstour durch die Schatten hatte Thorn vorhin etwa zwanzig bewaffnete Wachen auf dem Gelände vor dem Gebäude gezählt. Von meinem Posten aus konnte ich mehrere erkennen, die um das Schloss herumpatrouillierten.

Keine große Sache. Wir waren mehr als bereit für sie. Bane wusste nicht, dass sich unsere Truppe seit dem letzten Angriff der Lichtarmee zahlenmäßig mehr als verdoppelt hatte, sonst hätte er wohl jeden Mann angefordert, den er kriegen konnte.

Möglicherweise hatte er das auch so getan. Thorn, Omen und die anderen hatten letzte Nacht eine ganze Reihe von ihnen ausgeschaltet.

Wir mussten ihre Party sprengen, bevor sie die Gelegenheit hatten, von unseren neuesten Plänen zu erfahren. Die Armee hatte an zu vielen Orten Augen und Ohren, sodass nichts, was wir taten, lange geheim zu bleiben schien. Die einzigen Male, in denen es uns gelungen war, den Spieß umzudrehen, waren die Situationen gewesen, in denen wir sofort gehandelt hatten.

Ich wünschte nur, dieser Plan würde nicht so sehr vom gezielten Einsatz meiner Kräfte abhängen. Beziehungsweise davon, diese Kräfte vor unseren neuen Verbündeten geheim zu halten.

Omen hatte mich zur Seite genommen, nachdem wir unsere Strategie ausgearbeitet hatten und er verkündet hatte, dass er ein paar Dinge in Brand setzen würde, sobald wir auf dem Bane-Gelände waren.

„Du weißt, was du zu tun hast", hatte er mit tiefer Stimme zu mir gesagt. „Halte dich an den Plan, während Thorn und ich uns darauf konzentrieren, so viele Wachen wie möglich auszuschalten. Achte darauf, dass Rex und seine Lakaien dich nicht sehen, wenn du es verhindern kannst. Es ist einfacher für uns, dich als Ass im Ärmel zu behalten, wenn es sich nicht herumspricht, dass du übernatürliche Kräfte hast."

Es gefiel mir ohnehin schon nicht, dass Rex mich bei jeder Gelegenheit anstarrte, als würde er sich vorstellen, mich in Steaks zu zerlegen. Jede zusätzliche Aufmerksamkeit von mir fernzuhalten, klang großartig.

Ich würde mich heute Abend behaupten – ich würde mehr ein Gewinn als eine Belastung sein, selbst wenn ein Teil meiner Unterstützung unter dem Radar bleiben musste. Wenn wir heute Abend noch jemanden wegen meiner menschlichen Einschränkungen verlieren würden …

Mein Kiefer verkrampfte sich. Nein, daran wollte ich gar nicht denken. Das würde nicht passieren. Das würde ich nicht zulassen.

Unser erster Schritt bestand darin, für Ablenkung zu sorgen, damit die Schattenwesen ein oder zwei Wachen auf einmal ausschalten konnten, ohne dass die Lichtarmee merkte, dass sie angegriffen wurde. Niemand sollte mitbekommen, dass ein Angriff im Gange war, bevor wir ihre Zahl reduziert hatten. Wenn wir es unbemerkt dorthin schaffen würden, wo die Armee die Schattenwesen gefangen hielt, wäre das sogar noch besser. Mit so viel Glück wagte ich jedoch nicht zu rechnen.

Die Schattenwesen konnten zwar eine ganze Menge alleine machen, doch sie würden mich brauchen, um die silbernen und eisernen Käfige zu öffnen, und ich konnte mich nicht ungesehen durch die Schatten bewegen. Ohne Snap und seine Fähigkeit, Eindrücke von den Schlössern aufzunehmen, war ich mir nicht einmal sicher, wie lange ich brauchen würde, um die Käfige aufzubrechen. Vielleicht mussten wir uns darauf verlassen, dass Ruse einen Angestellten bezauberte, der die Zugangscodes kannte, oder dass Rex' Techniker die Daten im Computersystem fand.

Je mehr von unseren Gegnern wir im Vorfeld ausschalteten, desto besser für uns alle. Vor allem für mich, um diese Sache lebend zu überstehen und niemanden mit mir in den Tod zu reißen.

Auf der Rückseite des Bane-Anwesens flackerte ein Licht. Ich erstarrte auf meinem Posten. Das war mein Signal. Jetzt musste ich zehn Sekunden warten.

Während ich zählte, sang ich leise vor mich hin, um mir

Mut zu machen. „We'll laugh and flare, woo-ooah, giving them a scare."

Heilige Mutter der Margaritas, ich wünschte, ich hätte Snap an meiner Seite. Er schaffte es immer, mich aufzumuntern. Wenn diese Arschlöcher ihn in ihren Netzen gefangen und verletzt hatten, würde ich mich gerne den Schattenwesen beim blutigeren Teil dieses Angriffs anschließen.

Bei diesem Gedanken verspürte ich einen kleinen Adrenalinschub, gerade genug, um meinen Herzschlag zu beschleunigen und die Flammen in mir zu schüren. Ich kniff die Augen zusammen und schleuderte die Energie in Richtung der elektrischen Leitung, die von einem nahe gelegenen Pfosten aus den Himmel durchschnitt.

Funken sprühten aus dem Kabel. Dann loderte eine Flamme auf und versengte die gummiartige Beschichtung.

Schreie schallten über den Rasen. Einige der Sicherheitskräfte hatten das Feuer bemerkt. Mein Herz klopfte noch schneller und ich richtete meine Aufmerksamkeit auf den Pfosten selbst. Eine weitere Flamme flackerte an der Stelle auf, an der die Kabel angeschlossen waren.

Nur ein geringfügiges elektrisches Problem, das drohte, die Stromversorgung des gesamten Grundstücks lahmzulegen. Ich würde nicht gerne in ihrer Haut stecken und dem großen Mann erklären müssen, wie das passieren konnte.

Jemand sprach aufgeregt in ein Telefon, und ein paar der Wachen näherten sich dem Eingangstor. Gut so, schön weitergehen, als wäre es eine ganz normale Nacht, nur ein wenig Ärger mit den Versorgungsbetrieben.

Die Metallgitter des Tores fielen klappernd hinter ihnen zu, und meine gespitzten Ohren vernahmen nur ein leises Grunzen. Ein paar Schattenwesen mussten sich auf sie gestürzt haben. Ich hatte keine Zeit, mich zu fragen, wie das

Gefecht verlief oder wie grausam meine Verbündeten die Kerle der Armee wohl gerade ausweideten. Mein Blick schweifte über das Gelände zu den Bäumen in der Nähe des Strommasten.

Ein kleiner Schwelbrand hier, etwas Hitze dort. Das war zumindest mein Plan. Doch die Zweige blieben dunkel und es war nicht einmal ein Funke in Sicht.

Komm schon. Ich knirschte mit den Zähnen und dachte wieder an Snap – an Snap, der auf einem dieser Metalltische lag, auf denen die Armee ihre Experimente durchführte, mit silbernen und eisernen Fesseln, sodass er gezwungen war, in seiner körperlichen Gestalt zu bleiben, sein Körper durchbohrt von Skalpellen und Nadeln und was immer diese Leute ihren Gefangenen sonst noch an Grausamkeiten zufügten.

Flammen züngelten über ein paar Zweige in den Baumwipfeln, als wären sie von dem brennenden Kabel übergesprungen. Ich trieb sie weiter nach oben, bis erneut Rufe ertönten.

Ein paar weitere Wachen stürmten durch das Tor in ihr Verderben, während eine Handvoll weiterer auf die Bäume hinter der nördlichen Mauer neben mir zusteuerte, wo Monster in der Dunkelheit lauerten.

Die Ablenkung der Wachen war jedoch nicht allein *meine* Aufgabe. In diesem Moment dröhnte das Brummen eines Motors durch die Luft, und auch im hinteren Teil des Hofs, wo Ruse den Aufsitzrasenmäher aktiviert haben musste, ertönten Schritte. An der Rückseite der Villa standen ein paar Mitglieder unserer Bande hinter der Mauer, und schlugen johlend wie betrunkene Hooligans mit Flaschen auf die Steine ein.

Wie viele der Wachen hatten wir mit unseren Bemühungen weggelockt? Ich kroch an meinem Eichenast entlang und bereitete mich darauf vor, auf die Mauer zu springen und daran hinunterzuklettern, sobald ich das Signal erhielt, dass die Luft rein war.

Es waren kaum noch Wachen in Sicht. Die beiden, die ich sehen konnte, schritten gerade über den Rasen, um nach ihren Kollegen zu sehen und stürzten abrupt, als zwei stämmige Schattenwesen aus den Schatten hervorbrachen. Auch wenn Silber und Eisen diese Leute vor den übernatürlichen Kräften der Schattenwesen schützte, bewahrte es ihre Schädel nicht davor, von Fäusten zertrümmert zu werden.

Etwas Orangefarbenes und Leuchtendes schoss über das Gras auf die Seitentür des Gebäudes zu – Omen, der in seiner Höllenhund-Gestalt gerade lange genug sichtbar war, dass ich einen Blick auf ihn erhaschen konnte. Wir machten uns auf den Weg ins Innere des Gebäudes. Zeit für den schwierigen Teil.

Ich sprang erst auf die Mauer und landete mit einem dumpfen Aufprall auf dem Rasen direkt vor dem Grundstück. Jemand stieß einen warnenden Schrei aus, der sich jedoch sofort in ein Gurgeln verwandelte. Wie es schien, hatte niemand oben im Haus den Laut wahrgenommen, den der Wächter gerade noch herausbekommen hatte.

Das Gras flüsterte unter meinen Schuhen, als ich über den Rasen huschte. Genau in dem Moment, als ich die Seitentür erreichte, wurde das Schloss entriegelt. Ich beruhigte meinen rasselnden Atem und schlich mich in den Flur auf der anderen Seite.

Thorn nahm seine körperliche Gestalt lange genug an, um mir zuzunicken und meinen Arm ermutigend zu drücken. *Wir werden die ganze Zeit bei dir sein*, hatte er mir versichert, als wir diese Phase der Mission besprochen hatten, und auch jetzt stand ihm dieses Versprechen ins Gesicht geschrieben.

Hier war ich, das wichtigste Element des Plans und gleichzeitig das zerbrechlichste.

Die Schattenwesen hatten sich bereits daran gemacht, mir

den Weg freizumachen. Ich hechtete an einer Leiche vorbei, die an der Wand hing und deren Bauch unter der Metallweste aufgeschlitzt war, bevor ich geradeaus durch die Tür stürmte.

Als mich das flackernde bläuliche Licht überflutete, dachte ich zunächst, ich wäre in das Labor eines verrückten Wissenschaftlers gestolpert. Dann gewöhnten sich meine Augen an das schummrige Licht – und an den Gestank von Chlor. Dieser Mistkerl hatte sein eigenes Hallenbad, verdammt noch mal.

Ich begann, um das beleuchtete Becken herumzugehen. Als ich den Pool halb umrundet hatte, trat ein Wachmann durch die hintere Tür. Seinem strengen, allerdings nicht verzweifeltem Gesichtsausdruck und dem Klang seiner Schritte nach zu urteilen, war er zwar besorgt über das, was er hier unten vorfinden könnte, schien jedoch nicht damit zu rechnen, dass es sich um eine totale Invasion handelte.

Zumindest, bis er mich entdeckte. „Stehenbleiben!", rief er und hob ruckartig die Hand, in der er die Waffe hielt.

Er hatte bessere Instinkte als Leland, war aber trotzdem nicht schnell genug. Ich hatte mir bereits einen Rettungsring geschnappt, der neben mir an der Wand gehangen hatte, und schleuderte ihn wie einen riesigen Diskus auf ihn zu, sodass sein Arm nach hinten gerissen wurde.

Die gute Nachricht: Ich blieb kugelfrei. Die schlechte Nachricht: Sein Finger drückte trotzdem den Abzug, sodass eine Kugel mit einem nicht zu überhörenden Knall in die gegenüberliegende Wand einschlug.

Damit war unser Heimlichkeitsvorteil dahin. Unsere Chancen auf einen Sieg schwanden nun zusehends.

Ich stürzte mich auf die Beine des Wachmanns und versuchte, aus der Schusslinie zu bleiben, als ich ihn zu Boden stieß. Leider war in öffentlichen Schwimmbädern das Rennen am Beckenrand aus gutem Grund verboten. An einer glatten Stelle rutschte ich aus und landete auf meinem Hintern.

Ruse tauchte neben mir auf und schien bereit zu sein, mich auf jede erdenkliche Weise zu verteidigen, doch im selben Moment sprang Bow in seiner Zentaurengestalt aus dem Schatten. „Aufgrund deines Helmes kann ich zwar deinen Kopf nicht berühren, doch das Sprungbrett hat dieses Problem nicht", erklärte er und drehte sich so, dass er dem Wächter seine Hinterbeine in den Bauch rammen konnte.

Der Mann stürzte ins Wasser und sein Hinterkopf prallte so hart gegen die Kante des Sprungbretts, dass der Helm seinen Kopf eindellte. Wie ein Sack Kartoffeln sank er auf den Grund des Beckens. Bow wischte sich mit einem ungewöhnlich bösartigen Gesichtsausdruck die Hände ab.

Möglicherweise ein wenig zu bösartig. „Vielleicht das nächste Mal mit etwas weniger Kraft in den Hufen?", meinte Ruse, als wir auf die Tür zurannten, aus der die Wache gekommen war. „Wir brauchen mindestens einen dieser Narren lebend und bei Bewusstsein, damit ich ihn mit meinem Charme dazu bringen kann, uns den Weg zu ihrem Gefängnis zu zeigen."

„Tut mir leid", sagte Bow, der nicht so aussah, als würde er die Entschuldigung ernst meinen. „Ich glaube, das war einer der Kerle, die Gisele angegriffen haben."

„Verstehe. Vergiss nicht, dass die beste Rache darin besteht, unsere Artgenossen zu befreien, *bevor* wir der Lichtarmee die Schädel einschlagen."

Die beiden verschwanden wieder in der Dunkelheit und ich eilte durch einen kleinen Umkleideraum, einen kurzen Flur auf der anderen Seite entlang und stürzte durch die nächste Tür, hinter der sich – eine private *Bowlingbahn* befand?

Victor Bane muss zwischen seinen Bemühungen, die Schattenwesen zu vernichten, viel Zeit für Freizeitbeschäftigungen haben.

In diesem Moment stürmten drei Wachen durch einen Eingang am anderen Ende des Raumes. Ich versteckte mich hinter einem der Bowlingkugel-Spender neben den beiden Bahnen, und der Geruch von Holzpolitur brannte in meiner Lunge.

Ein weiterer Schuss ertönte – dann drangen ein Keuchen und ein fleischiges, reißendes Geräusch an meine Ohren. Vielleicht sollte ich meine Lebensentscheidungen infrage stellen, wenn mir dieses Geräusch inzwischen tatsächlich vertraut war.

Ich wippte zurück und sah, wie Laz dem dritten Wachmann den Hals umdrehte und seinen Kiefer umfasste, um ihm den Kopf abzureißen, ohne die giftigen Metalle an seinem Helm zu berühren. Zwei weitere kopflose Gestalten lagen bereits auf dem Boden und ihr Blut verteilte sich auf den glänzenden Brettern.

Der Troll, dessen Haut nun einen dunkleren Blauton angenommen hatte und der in seiner vollen Schattenwesen-Gestalt mindestens einen halben Meter an Größe und Umfang zugelegt hatte, grinste und zeigte zwei Reihen ungleicher Zähne, während er die Köpfe einen nach dem anderen auf die Bahn warf. Der erste prallte mit dem Helm voran gegen die Kegel und brachte ihm einen Strike ein.

Auch Ruse war wieder aufgetaucht. „Schon wieder", schimpfte er, „könnten wir bitte ein bisschen vorsichtiger mit den Sterblichen sein? Ich brauche einen von ihnen lebendig, damit ich meine Arbeit machen kann."

Laz grunzte. „Wenn ich ihnen nicht sofort an die Kehle oder an die Eingeweide gehe, schlagen sie mit ihren blöden Waffen auf mich ein, bevor ich viel tun kann. Diese verdammte Rüstung macht ein subtiles Vorgehen so gut wie unmöglich. Und bisher habe ich nicht gesehen, dass *du* einen von den Mistkerlen erledigt hast."

„Na gut. Komm, lass uns weitergehen."

Wir erreichten einen breiteren Flur am Fuße einer Treppe. Eine Sekunde später erschien Thorn neben uns. „Wir haben den gesamten Keller durchsucht. Wo auch immer die Käfige sind, hier unten sind sie nicht."

Ich hob mein Kinn und ignorierte das immer schnellere Pochen meines Herzens. „Dann also nach oben und weiter."

Schritte donnerten auf uns zu, bevor wir den ersten Treppenabsatz erreichten, wo sich die Treppe teilte. Thorn übernahm die eine Seite und Laz die andere, und einen Moment später stürzten zwei weitere verstümmelte Körper neben Ruse und mir hinunter.

„Es regnet Leichen." Doch nicht einmal die Melodie von „It's Raining Men" ließ die Worte weniger schaurig erscheinen.

„Solange es nicht unsere sind." Der Inkubus griff nach meinem Arm. „Wir sollten sie besser einholen, bevor sie alle Leute in diesem Gebäude in Stücke reißen."

Wir bogen hinter Thorn um die Ecke und sahen, wie Omen am oberen Ende der Treppe auftauchte. Obwohl er seine menschliche Gestalt beibehalten hatte, waren an seinem ganzen Körper die Spuren seiner höllischen Natur zu sehen, von dem orangefarbenen Glühen in seinen Augen bis hin zu dem lavagrauen Schimmer auf seiner Haut.

„Da lang", befahl er mit einer Handbewegung, wobei die Reißzähne in seinem Mund hervorblitzten. Er sprang zurück in die Schatten, in die Richtung, in die er gezeigt hatte.

Wir rannten ihm hinterher und fanden uns in einem Musikzimmer wieder. An einer Wand stand ein Flügel, an der anderen mehrere Ohrensessel, und an der dritten lehnten Notenhefte und Musikinstrumente. Kaum hatten wir das Zimmer betreten, stürmten ein paar Wachen hinter uns herein.

Während Thorn seine kristallinen Fäuste in die Kehlen von zwei der Männer rammte, griff ich nach einer Geige. Ich wirbelte herum und sah mich einem Wachmann gegenüber, der Anstalten machte, mir einen Schlag mit seiner

Lichtpeitsche zu verpassen. Mein Herz raste und ich holte mit meiner freien Hand zum Schlag aus. Mein Gegner zuckte zurück, als ich ihm ohne nachzudenken, eine Hitzewelle entgegenschleuderte.

Zu diesem Zeitpunkt war es mir egal, ob Laz oder eines seiner Bandenmitglieder aus dem Schatten zusahen und es mitbekommen hatten. Ohne zu zögern, schlug ich die Geige gegen seinen Helm, der zu Boden fiel, sodass ich meinem Angreifer gleichzeitig einen kräftigen Schlag gegen die Schläfe verpasste. Das Ächzen der zerbrechenden Geige ertönte im selben Moment wie das von Thorns aktuellem Gegner, der unter dem Schlag des Kriegers zusammenbrach.

Der Wachmann, dem ich gegenüberstand, schwankte, richtete sich aber gerade noch rechtzeitig auf, dass ich ihm einen Tritt verpassen konnte, woraufhin er die Peitsche fallen ließ. Ich warf mich mit meinem ganzen Gewicht auf ihn, um ihn zu Boden zu stoßen. Während ich an den Schnallen der silbernen und eisernen Weste zerrte, tänzelte Ruse um mich herum, der abwechselnd anderen Wachen auswich und versuchte, unsere Verbündeten daran zu hindern, diesen Wachmann umzubringen.

Der Trottel schaffte es, mich so hart am Kopf zu treffen, dass mir der Kopf schwirrte, doch es gelang mir, ihm das letzte Stück von seiner Rüstung abzunehmen. Ruse ließ sich auf die Knie fallen, drückte die Brust des Mannes fest auf den Boden und blickte tief in seine erschrockenen Augen.

„Hallo, Freundchen", sagte er mit seinem Kubi-Charme. „Du wirst uns helfen, diese armen verwundeten Kreaturen zu befreien, die hier irgendwo eingesperrt sind."

„Und zwar zackig", schnauzte Omen. Er hatte ein Bücherregal am anderen Ende des Raumes beiseitegeschoben und eine versteckte Tür freigelegt. Sein Blick blieb an mir haften. „Komm schon, Chaos-Queen. Es ist Zeit, dass du die Hauptrolle übernimmst."

Ich wünschte, mein Magen würde sich bei dieser Ansage nicht so verkrampfen. Ich wünschte, dies wäre eine meiner üblichen Kapriolen, bei denen ich einem unbedeutenden Arschlochsammler gegenübertrat und nicht um eine Mission, bei der das Schicksal aller Schattenwesen – Snaps, Bows, das von Giseles Freund und das der vielen anderen Wesen, die von der Armee gefangen gehalten wurden – auf dem Spiel stand. Doch hier war ich. Und ich konnte nicht einmal behaupten, dass ich nicht aus freien Stücken hier war.

Entschlossenheit schwoll in mir an, als ich Omen in die Augen sah. „Ich bin bereit, wenn du es bist.“

Auf meinem Weg durch den Raum wich ich Blutlachen aus, und bei dem Gestank von verwesendem Menschenfleisch verkrampfte sich mein Magen noch mehr als er es wegen meiner Nervosität ohnehin schon war.

Konzentriere dich einfach auf die Tür. Konzentriere dich auf die Wesen in Not dahinter.

In ein paar Minuten könnte ich Snap wieder bei mir haben.

Ruse' Stimme hob und senkte sich beschwingt, während er und sein inzwischen bezauberter Begleiter mir folgten. Hinter der Tür, die Omen geöffnet hatte, lag eine schmale Treppe, die in einen zweiten, versteckten Keller hinunterführte.

Als ich die Stufen hinunterstieg, strich die kühle Luft über meine Haut und hinterließ eine Gänsehaut auf meinen Armen. Ein chemischer Geruch kitzelte meine Nase.

Der Raum, den wir betraten, war offensichtlich in aller Eile vorbereitet worden. Auf der einen Seite befanden sich planlos gestapelte Kisten und Kartons. Der Rest des Raumes war mit freistehenden Schränken vollgestellt, die Ähnlichkeit mit denen hatten, die die Armee bei der Übergabe mit dem Sammler dabeigehabt hatte. Die Außenseite war aus glänzendem rostfreiem Stahl, doch ich würde mein Leben und meine Vorliebe für Curry darauf verwetten, dass sie innen mit jeder Menge Silber und reinem Eisen ausgekleidet waren.

Rechts von den Türen befanden sich hellgraue, glänzende Bedienflächen. Die Basis war silbern, die Tasten aus Eisen. Unser verzauberter Wachmann und ich waren die Einzigen, die sie berühren konnten.

Ich schob den Wachmann zu einem der Tastenfelder und meine Augen tränten im grellen Licht der Deckenbeleuchtung. Ruse folgte uns. Sein Gesicht war wegen der giftigen Schwingungen, die von den Metallen um uns herum ausgingen, zu einer Grimasse verzogen.

„Kennst du die Codes?", fragte ich.

„Nein", antwortete der Wachmann. „Keiner von uns. Sie waren sehr streng, was das betrifft. Ich glaube aber, dass sie auf den Computern gespeichert sind. Das Passwort dafür kenne ich allerdings auch nicht …"

Er deutete auf ein hochmodernes Hightech-Gerät, das auf einem Schreibtisch in einer Ecke hinter den Zellen stand. „Rex!", bellte Omen.

Nur einen Augenblick später tauchte der Werwolf mit einem seiner Lakaien an seiner Seite auf. „Schon unterwegs", rief er und gab dem Kerl einen Schubs in Richtung des Computers.

Da er seinen Techniker mitgebracht hatte, sollte es nicht nötig sein, die technischen Geräte mitzunehmen. Stattdessen konnte er uns alle wichtigen Daten besorgen, bevor wir sie zerstörten – hoffentlich auch die Daten von allen anderen Computern in Banes Netzwerk. Der Lakai ließ sich auf den Stuhl fallen und das Klappern der Tastatur ertönte, als er seinen digitalen Angriff startete.

Ich wandte mich wieder an Ruse und den Wachmann. „Sie werden eher früher als später herausfinden, dass wir hier unten sind, auch wenn die Tür wieder geschlossen ist. Wir sollten diesen Kerl dazu bringen, die anderen abzulenken. Er soll ihnen sagen, dass er gesehen hat, wie wir in einen anderen Teil der Villa gegangen sind." Wenn er schon unter Ruse' Bann stand, konnte er sich auch nützlich machen.

Während Ruse den Wachmann überredete, über sein Funkgerät hektische Befehle zu erteilen, hob der Mann am Computer jauchzend die Hände. „Und wir sind drin! Codes für die Käfige, wo seid ihr?" Wieder war das Klappern von Tasten zu hören.

Omen betrachtete stirnrunzelnd die nackten Stahlwände der Zellen. „Woher sollen wir wissen, welcher Code zu welchem Käfig gehört? Sie scheinen nicht nummeriert zu sein." Er schnippte Ruse mit den Fingern zu. „Hol den Mann wieder her."

Ruse schubste den Wachmann zu uns. Der Mann holte zittrig Luft. „Wie kann ich helfen?"

Das Glühen in Omens Augen war schwächer geworden, nachdem wir unser Ziel erreicht hatten. Stattdessen funkelten sie jetzt, was zum Teil auch von der Belustigung über die kooperative Haltung der Wache herrühren könnte. „Diese Metallboxen müssen irgendwie markiert sein. Woher weiß man, welche welche ist?"

Der Wachmann nickte eifrig. „Seitlich an den Tastenfeldern sind Punkte. Zuerst blaue und dann rote."

Mit zusammengekniffenen Augen nahm ich den Rand der Schaltfläche in Augenschein und tatsächlich: Nun, da ich wusste, wonach ich suchen musste, konnte ich kleine farbige Punkte erkennen. „Dann ist das hier 3-5." Es waren an die zwanzig dieser Dinger in dem Raum. Ich warf dem Techniker einen Blick zu. „Hast du die Codes?"

„Ich bin dabei." Er tippte energisch gegen seine Unterlippe, bevor er sie zwischen seine Zähne saugte. Die Stacheln, die im Nacken aus seinem Haar ragten, zitterten.

Thorn und Rex verschwanden im Schatten, vermutlich um Wachen abzuwehren, die trotz unserer Bemühungen in diese

Richtung kamen. Ich schritt auf und ab, meine Brust zog sich zusammen.

Omen warf mir einen hämischen Blick zu. „Zu viel Aufregung für dich, Sterbliche?"

„Nein", sagte ich. „Ich will nur, dass wir – alle – hier rauskommen." Er sollte genauso gut wie ich wissen, dass jede Sekunde, die verging, bedeuten konnte, dass weniger Schattenwesen befreit wurden – dass unser Plan scheitern konnte. Beim letzten Mal hatten wir es nur geschafft, ihn zu befreien, bevor wir um unser Leben rennen mussten.

„Ich hab's!", rief der Techniker sichtlich erleichtert. „Okay, ich fange an, den Virus hochzuladen, während ich die Zahlen vorlese. Der Code für Käfig 3-5 lautet 6-9-0-2."

Jeder Muskel in meinem Körper war angespannt, als ich den Code eintippte. Omen war inzwischen zur nächsten Zelle gegangen und hatte den Wachmann mit sich gezogen. Er beugte sich näher heran, um die Nummer neben dem Tastenfeld abzulesen, und zuckte zusammen, obwohl er die giftigen Metalle nicht einmal berührte. Die Metalle in den Tasten würden ihn oder meine anderen Schattenwesen-Gefährten sofort verbrennen, doch zumindest konnten wir die Gefangenen doppelt so schnell befreien, wenn der Wachmann auch Codes eingab.

Als das Schloss knackte und die Zellentür vor mir aufschwang, trat Ruse vor und warf mit seinem freundlichsten Lächeln einen misstrauischen Blick hinein. Schattenwesen neigten dazu, nicht sonderlich freundlich zu sein, nachdem sie für wer weiß, wie lange, eingesperrt waren.

Der Innenraum war noch greller ausgeleuchtet und in der Mitte befand sich ein zitternder, dunkler Fleck. Das gefangene Wesen hatte seine körperlose Form angenommen, sodass ich nicht einmal klare Umrisse ausmachen konnte. Trotzdem wusste ich sofort, dass es sich nicht um Snap handelte.

„Bitte, mein Freund, komm da raus", sagte Ruse und streckte seine Hand aus. „Wir werden euch alle hier rausholen. Und du kannst dich auf deiner Flucht gerne an deinen Entführern rächen."

Der Schattenfleck zögerte, bevor er mit seinen zitternden, knochigen Hinterbeinen und einem Knacken seiner Schuppen aus seinem Gefängnis sprang. Ich wartete nicht ab, um zu sehen, wie er auf seine neu gewonnene Freiheit reagierte, stattdessen rannte ich zur nächsten Zelle.

Omen, der Techniker und ich riefen uns gegenseitig Zahlen zu und öffneten eine Zellentür nach der anderen. Sobald ich das Klicken des sich öffnenden Schlosses hörte, rannte ich sofort zur nächsten, ohne nachzusehen, wer oder was sich in der Zelle befand, so gerne ich es auch getan hätte.

Ein paar der befreiten Wesen blieben im Raum und beobachteten unser Vorankommen. Ein abgemagerter Feen-Mann kauerte zitternd neben den aufeinandergestapelten Kisten, und eine Gestaltwandlerin mit Katzenaugen wanderte mit gesenktem Blick vor der Treppe auf und ab, als wäre sie nicht überzeugt, dass es dort oben tatsächlich sicherer war als hier unten. Andere verschwanden direkt in den Schatten.

„Haltet euch nicht zu lange hier auf", rief Ruse ihnen zu. „Wenn ihr wollt, könnt ihr auf dem Weg nach draußen ein paar Schläge verteilen. Achtet aber darauf, dass diese Bastarde euch nicht wieder zu fassen kriegen."

Wir waren bei den letzten Zellen angelangt, als die Stimmen aus dem Funkgerät des Wachmanns, der unter Ruse' Bann stand, so laut wurden, dass ich sie hören konnte. „Der östliche Keller! Alle Einheiten sofort dorthin!"

Verdammt. Sie hatten gemerkt, dass wir es bis hierhergeschafft hatten. „Die restlichen Codes, schnell!", rief ich und eilte zur nächsten Zelle.

Während der Techniker die Ziffern herunterrasselte, flogen meine Finger über das Tastenfeld. Es waren nur noch zwei Zellen übrig. Der Wachmann zögerte, als Omen ihn aufforderte, die Zelle zu öffnen, vor der sie standen, und der Höllenhund-Wandler knurrte.

„Gib den verdammten Code ein!“

Panik flackerte im Gesicht der Wache auf. Ruse eilte auf ihn zu, als er begriff, dass sein magischer Einfluss schwächer wurde.

Ich winkte dem Techniker zu. „Ich kann den Rest allein machen. Beeil dich!“

Trotz der kühlen Luft im Raum lief mir der Schweiß den Rücken hinunter, als ich die letzten beiden Codes eintippte und nicht einmal abwartete, um sicherzugehen, dass sie funktionierten. „Das war’s!“, rief mir der Techniker nach dem letzten Code zu und hämmerte noch ein wenig auf der Tastatur herum. „Ich habe alle anderen Daten heruntergeladen, die ich finden konnte, und der Virus ist im Netzwerk. Soll ich ihn aktivieren?“

„Ja, ja, tu das!“, befahl Omen. „Wir werden diesen ganzen Ort niederbrennen … auf jede erdenkliche Art und Weise.“

Er warf mir einen vielsagenden Blick zu. Wenigstens diesen Teil konnte ich mit normalen Mitteln erledigen, ohne mir Gedanken über unsichere Kräfte oder Zeugen zu machen.

„Alle raus, sofort!“, brüllte ich, als die ersten Wachen die Treppe hinunterstürmten.

Thorn, Laz und ein paar weitere Schattenwesen, die ich auf den ersten Blick nicht erkennen konnte, schossen zwischen ihnen hindurch, schlugen hier einen Schädel gegen die Wand und brachen dort eine Wirbelsäule entzwei. Die weniger kampffreudigen Wesen huschten an ihnen vorbei. Ich sah, wie Rauch aus den offenen Wunden auf Thorns Rücken aufstieg und widerstand dem Drang, zu ihm zu laufen. Ich musste mich um eine andere Aufgabe kümmern.

Ich spritzte das Kerosin aus meinem Hüftbeutel über die Kisten und Kartons und zündete sie mit meinem Feuerzeug an.

Ich hatte mich zu sehr daran gewöhnt, meine Kräfte für diesen Zweck einzusetzen. Die Flammen loderten schneller auf, als ich erwartet hatte. Ich sprang nach hinten, schlug auf ein paar Funken ein, die mein Haar versengten, und stürzte dann auf die Treppe zu, die meine Schattenwesen-Verbündeten gerade freikämpften.

Als ich mit einem Fuß in eine Blutlache trat und ausrutschte, riss mich Thorn in seine Arme. Er warf mich über seine Schulter und stürmte die Treppe hinauf, vorbei an einer anderen Wache, die gerade oben aufgetaucht war. Als er durch das Musikzimmer rannte, sprang ein Mann, den er nicht gesehen hatte, hinter dem Klavier hervor und warf ein riesiges Netz auf meinen Krieger.

Auch wenn es Thorns massige Gestalt nicht ganz bedeckte, verkrampften sich seine Muskeln vor Schmerz. Ich zerrte an den silbernen und eisernen Schnüren und versuchte, ihn so schnell ich konnte von dem Netz zu befreien. Aus den frischen Wunden auf seinem Rücken und in seinem Gesicht, die seine Narbensammlung vervollständigen würden, quoll noch mehr Rauch. Er fiel auf die Knie, und auch meine Füße landeten auf dem Boden.

Als ich den Krieger schließlich von dem Netz befreit hatte, sprang Omen aus den Schatten und schlitzte unserem Angreifer mit einer Klaue die Kehle auf. „Vorne raus!", rief er uns zu, bevor er wieder im Schatten verschwand.

Thorn rappelte sich taumelnd auf und wir rannten gemeinsam auf den Flur hinaus. Seine Hand umklammerte die meine so fest wie ich die seine. Bei der Menge an Essenz, die aus ihm herausquoll, war ich mir nicht sicher, ob er mich hätte tragen können.

„Hast du gesehen, ob ...", stieß er mit rauer Stimme hervor. „War Snap ...?"

„Ich weiß es nicht", antwortete ich, doch das Loch in meinem Magen ließ nicht viel Hoffnung zu. Wenn Snap in einer dieser Zellen gewesen war, hätte er sich doch sicher gezeigt, oder?

Wenn wir nicht schleunigst das Weite suchten, würde keiner mehr von uns übrig sein, um *ihn* wiederzusehen, wo auch immer er sein mochte. Wohin ich auch schaute, überall glänzte Silber und Eisen – Rüstungen, Netze, Messer. Die verbliebenen Wachmänner kamen auf uns zu.

Doch ich war noch nicht fertig mit diesem Ort. Wir hatten vor, das ganze Gebäude niederzubrennen. Die dicken Zementwände in dem geheimen Keller würden nicht zulassen, dass das Feuer von unten auf den Rest der Villa übergriff.

Ich griff nach meiner Kerosinflasche – und sie entglitt meinen zitternden Fingern und schlitterte über den Teppich und unter einen Flurtisch hinter uns. Hinter uns, wo gerade ein gutes Dutzend Wachen in unsere Richtung stürmte. Das war's dann wohl.

Wir stürmten in eine prächtige Eingangshalle mit gewebten Wandteppichen. In der Mitte des Marmorbodens lag tatsächlich ein roter Teppich. Die Doppeltür vor uns stand offen und gab den Blick auf die Nacht frei, doch ein weiteres Dutzend Wachen stand zwischen uns und diesem Ausgang.

In wenigen Sekunden würden wir umzingelt sein. Ich wirbelte herum, und eine brennende Hitze mischte sich mit der Panik, die in meiner Brust aufstieg.

Diese Arschlöcher hatten unzählige Wesen zerstört, Omen gequält, Gisele fast getötet, und falls sie Snap in die Finger bekommen hatten …

Mein Kiefer verkrampfte sich, als sich die Hitze in einem Schwall Wut entlud. Sie hatten keine Ahnung, mit wem sie es zu tun hatten. Diesmal konnte *ich* uns den Weg freiräumen, und dazu brauchte ich nicht einmal ein Streichholz.

Ich breitete meine Arme aus und schleuderte die ganze sengende Wut in mir auf unsere Angreifer.

Der Teppich und die Wandteppiche gingen in Flammen auf. Ebenso wie die meisten der Körper zwischen uns und der Tür. Die Wachen stolperten, kippten um oder schlugen mit schmerzerfüllten Schreien um sich, als die Flammen sich durch jeden Teil von ihnen fraßen, der nicht aus Metall bestand.

Ein entsetzter Kloß schnürte mir die Kehle zu, doch das war genau das, was ich gewollt hatte. Es war nicht annähernd so entsetzlich wie der Völkermord, den sie geplant hatten.

Wenn ich klarer gedacht hätte, wäre ich vielleicht etwas vorsichtiger gewesen. Flammen wüteten im ganzen Raum um uns herum und schnitten uns alle potenziellen Fluchtwege ab. Ich drückte Thorns Hand fester. Er drückte meine mit einem knappen Nicken zurück.

„Dance into the fire", murmelte ich und stürzte auf die Türen zu.

Die Flammen leckten über meine Ärmel und die Tasche an meiner Hüfte. Als ich durch die Tür raste, ließ ich Thorn los, um eine Rolle vorwärts zu machen. Die kühlen Grashalme des Rasens löschten die hungrigen Flammen.

Auf dem Rücken liegend starrte ich zur Villa hinauf. Das Feuer, das ich entzündet hatte, war höher, als mir bewusst gewesen war. Gelb-orangefarbene Flammen züngelten durch das zerbrochene Glas der Fenster im zweiten Stock, während das Dach an mehreren Stellen Feuer fing.

Wir hatten es geschafft. Wir hatten uns zurückgeholt, was die Lichtarmee gestohlen hatte, und anschließend ihre Daten und ihr letztes Versteck dem Erdboden gleichgemacht.

Und jetzt sollte ich lieber von hier verschwinden, bevor jemand auf die Idee kam, Rache zu üben.

Ein paar Gestalten stürmten hinter mir aus dem Gebäude. Die Wachmänner starrten mich an, einer von ihnen zeigte auf mich. Dann rannte er davon, während die anderen beiden auf uns zustürmten.

Thorn wirbelte so schnell herum, dass niemand auf den Gedanken kommen würde, dass er fast so viel Rauch produzierte wie die gesamte Villa. Sein Schlag traf eine der Wachen im Gesicht, doch da der Krieger bereits geschwächt war, schrammten seine Knöchel nur an ihrer Wange entlang, anstatt sie zu zerquetschen. Ich griff nach seinem Ellbogen.

„Wir müssen hier raus, sofort!"

Laz und Rex traten aus den Schatten hervor, um sich auf unsere Angreifer zu stürzen. Unter dem Geschrei der Sterblichen und dem Zischen des Feuers liefen wir über den Rasen und ließen die Überreste der Armee in ihrer eigenen Asche versinken.

EINUNDDREISSIG

Sorsha

Auf den ersten Blick würde niemand vermuten, dass es sich bei den Gestalten, die sich um das Supermobil versammelt hatten, um eine Verschwörung von Monstern handelte und nicht um ein Grillfest.

Ruse hatte das Wohnmobil weit aus der Stadt herausgefahren und auf einem brachliegenden Feld auf dem Land geparkt, wo keine Gebäude in Sicht waren. Außer ihm, mir und Rex' Techniker, der während der ganzen Fahrt über einen Laptop gebeugt auf dem Sofa gesessen hatte, waren die anderen Schattenwesen im Schatten mit uns mitgefahren. Als ich nach einem kurzen Schläfchen das zweite Schlafzimmer verließ, stand die gesamte Truppe um das Fahrzeug herum.

Zumindest glaubte ich, dass es die ganze Truppe war. Omen und Thorn standen mit Rex und ein paar seiner Untergebenen in der Nähe eines herabhängenden Baumes und unterhielten sich. Ein paar Meter von ihnen entfernt standen Ruse, Laz, Birch und einige andere Bandenmitglieder sowie die wenigen Gefangenen, die wir befreit hatten und die sich entschlossen hatten, uns bei unserer Flucht zu begleiten. Zu meiner Rechten saß Bow auf dem Boden. Er hatte Gisele auf seinem Schoß. Ihr Gesicht war immer noch gezeichnet, jedoch strahlender, als ich es letztes Mal, als ich sie gesehen hatte, für möglich gehalten hatte. Vermutlich verdankte sie das Strahlen dem schlanken jungen Mann, mit dem sie sich unterhielten – ihrem lange vermissten Freund Cori.

Alle lächelten und lachten, ihre Haltung war entspannt – abgesehen von der des Technikers, der nach wie vor in gebeugter Haltung auf dem Sofa hinter mir saß. Das Licht der Morgendämmerung färbte die Ränder der Landschaft golden, was perfekt zu unserer triumphalen Stimmung passte. Ich atmete tief die kühle Morgenluft ein und ein Lächeln umspielte meine Lippen, auch wenn das mulmige Gefühl in meinem Magen nicht nachgelassen hatte.

Snap war nach wie vor verschwunden. Mein Instinkt hatte recht gehabt – er war in keiner der Zellen in Victor Banes Villa gewesen.

Wenn die Armee ihn nicht gefangen genommen hatte, wo war er dann? War er ins Schattenreich zurückgekehrt? Würde ich ihn jemals wiedersehen?

Ich war darauf vorbereitet gewesen, dass sich unsere Wege trennen würden, wenn Omens Mission hier beendet war, doch der Verlust nagte trotzdem an mir. Ich hatte keine Gelegenheit gehabt, mich zu verabschieden. Wenn wir geredet hätten, wenn ich in der Lage gewesen wäre, dem Verschlinger seine Zweifel auszureden, hätte ich mich vielleicht nicht verabschieden *müssen*, zumindest nicht sofort.

Die Lichtarmee war nicht die einzige Macht, die den Schattenwesen in dieser Welt feindlich gesinnt war, nur die gefährlichste, mit der ich bisher zu tun gehabt hatte. Auch wenn wir sie vielleicht für den Moment dezimiert hatten, würde es mich nicht überraschen, wenn Omen und seine Crew sich nach einer anderweitigen Beschäftigung umsahen, anstatt direkt nach Hause zu gehen.

Und vielleicht hoffte ich irgendwie, dass *ich* ein Teil der Crew sein würde, solange sie in diesem Reich blieben. Was hatte ich eigentlich überhaupt noch? Eine abgebrannte Wohnung, eine Handvoll Freunde und Kollegen, die mir den Rücken zugekehrt hatten …

Na ja, zumindest hatte ich eine sehr engagierte beste Freundin. Ich sollte Vivi anrufen und ihr sagen, dass sie ihr Versteck jetzt verlassen konnte.

Als ich mein Handy herausholte und das hohe Gras betrat, huschte Pickle hinter mir her. Ich bückte mich, um ihn zwischen den Flügeln zu kraulen, bevor er in Laz' Richtung davonhuschte. Bei dem Gedanken an die nervöse Reaktion des Trolls, wurde mein Grinsen noch breiter.

Ich rief meine Kontakte auf dem Bildschirm auf und genau in diesem Moment stürmte der Techniker hinter mir aus dem Wohnmobil, den Laptop wie eine Signalflagge in die Höhe haltend und nach Luft schnappend, als wäre er gerade mehrere Kilometer gelaufen und nicht nur einen Meter.

„Hört mal alle her! Es ist noch nicht vorbei. Das ist nicht … Dieser Ort war nur *ein* …"

Ich ließ die Hand sinken. Während ich ihn anstarrte, rückten die anderen näher zusammen, Omen und Rex standen an der Spitze der Menge.

Die gute Laune des Höllenhund-Wandlers war verflogen. „Was sagst du da? Spuck es aus! Und zwar in zusammenhängenden Sätzen, wenn möglich."

Der Techniker fuhr sich nervös mit einer Hand über den Mund. Die Stacheln in seinem Nacken zitterten. „Es hat eine Weile gedauert, bis ich mich in die Dateien eingearbeitet hatte. Sie waren gut geschützt. Anfangs habe ich nicht ganz verstanden, was ich da sehe, mit all den Codenamen und so weiter. Doch alles deutet darauf hin, dass es noch Einrichtungen in anderen Städten gibt – New York, Chicago, San Francisco, New Orleans …"

„Die besten Orte", murmelte Ruse. Jeder Ort, der eine annehmbare Anzahl von kunstinteressierten oder anderweitig skurrilen Menschen anlockte, war auch für Schattenwesen attraktiv, da es dort einfacher für sie war, sich trotz ihrer Macken anzupassen.

Mein Magen hatte sich zu einem festen Knoten zusammengezogen. „Meinst du damit, die Lichtarmee ist nicht allein? Gibt es noch andere Organisationen wie sie?"

„Nein, es ist die gleiche Organisation." Der Kerl wedelte mit der Hand durch die Luft. „Die Lichtarmee hat … nennen wir sie Filialen in mindestens sieben anderen Städten in den USA. Es sieht nicht so aus, als ob alle von ihnen im Moment höhere Schattenwesen gefangen halten – die Operation hier scheint eine der größten gewesen zu sein –, doch sie alle führen Experimente mit niederen Wesen durch und jagen an den örtlichen Schwellen."

Die heitere Stimmung von vorhin war auf einen Schlag verschwunden. Ich wechselte einen grimmigen Blick mit Thorn und Ruse. Dann war dies wohl doch nicht unsere letzte Schlacht gewesen. Das Anwesen, das wir niedergebrannt hatten, war nur ein Teil eines riesigen Puzzles der Schrecklichkeit gewesen. Scheiße.

Omen räusperte sich und übernahm mit seiner typisch autoritären Ausstrahlung die Führung. „Hast du wenigstens herausgefunden, wozu diese Experimente gut sein sollen? Wie wollen sie gegen die Schattenwesen vorgehen?"

Die Finger des Technikers umklammerten den Laptop. „Sie … sie haben alles Mögliche getestet, um herauszufinden, was uns unsere Essenz entzieht, um eine Krankheit zu erschaffen, die unter den Schattenwesen übertragen werden kann und tödlich genug ist, um jeden umzubringen, der sich in der Welt der Sterblichen ansteckt."

Stille legte sich über die Menge. „Das wird nie funktionieren", sagte einer der Untergebenen der Bande nach einem Moment. „Wir werden nicht krank."

Der Mann zuckte mit den Schultern. „Sie haben Fortschritte gemacht. Nichts, was wir sofort abwehren müssten, und der Virus, mit dem ich ihre Computersysteme infiziert habe, könnte sich über das Internet auf den Rest der Organisation übertragen und ihre gesamte Forschung in Mitleidenschaft gezogen haben. Trotzdem hätte ich kein gutes Gefühl dabei, wenn sie weiterhin aktiv wären. Sie haben bereits Bakterien geschaffen, die stark genug sind, um kleinere Schattenwesen zu schwächen."

Einen Moment lang herrschte entsetztes Schweigen. Offenbar war es den Anwesenden nie in den Sinn gekommen, dass so etwas überhaupt möglich sein könnte. Ein Schauer lief mir über den Rücken.

„Gut", sagte Omen. „Die Arschlöcher sind gefährlich, das wussten wir schon. Wenn wir den Drahtzieher gestern Abend nicht zu Fall gebracht haben, müssen wir das eben als Nächstes tun. Hast du einen Hinweis darauf gefunden, wer die ganze Show leitet?"

„Wie es scheint, war Victor Bane für die Operationen hier verantwortlich. Die Daten sind ziemlich vage, was die letztendliche Autorität angeht. Aufgrund des Umfangs der Operationen vermute ich jedoch, dass sie in San Francisco sind."

„Road Trip!", rief Ruse und stieß mit der Faust in die Luft, doch selbst er schaffte es nicht, seine Stimme enthusiastisch klingen zu lassen.

Ein Raunen ging durch die Menge. Rex ließ seinen Blick über die Truppe schweifen und nickte. „Wir haben die Schlacht geschlagen, wegen der wir hergekommen sind. Wir haben die Bastarde aus unserer Stadt vertrieben. Den Rest werde ich euch überlassen. Wir haben schon genug riskiert."

Der Blick des Werwolfs fiel auf mich. Ebenso wie der Blick

einiger seiner Mitstreiter, wie mir auffiel. Ihre Mienen hatten sich auf eine Weise angespannt, die mein Unbehagen nur noch verstärkte.

„Vor allem, wenn du eine Zauberin auf deiner Seite hast", fügte Rex hinzu, und es machte Klick. Natürlich hatten sie gesehen, wie ich das Feuer in der Eingangshalle heraufbeschworen hatte, und dachten jetzt, ich hätte einem Schattenwesen mittels Zauberei meinen Willen aufgezwungen. Sie hatten viele Beweise dafür gesehen, dass ich sterblich war, und das war die einzige Möglichkeit für Sterbliche, Magie anzuwenden.

Ich richtete mich auf. „Ich bin keine Zauberin. Ich bin mir nicht ganz sicher, was ich bin, doch ich würde nie ein Schattenwesen manipulieren, um Macht zu erlangen."

Rex' Augenbrauen schossen in die Höhe. „Willst du mir erzählen, dass du ein Mensch bist und trotzdem aus eigener Kraft Feuer heraufbeschwören kannst?"

„Na ja, eher Rauch, aber …"

„Ja", sagte Omen schroff. „Glaubst du wirklich, ich würde mit einer Zauberin zusammenarbeiten, Rex? Ich würde sie lieber zum Abendessen verspeisen. Doch, da du nicht hierbleibst, spielt das sowieso keine Rolle."

Das Gemurmel war lauter geworden, weitere Blicke glitten in meine Richtung. Thorn trat einen Schritt näher, als ob er dachte, ich bräuchte einen Leibwächter, doch Rex brachte seine Leute mit einer Handbewegung zum Schweigen.

„Du hast recht. Das ist eure Sache, nicht unsere. Kommt schon, Leute, lassen wir diese Weltverbesserer mit ihrem Kreuzzug allein."

Er wankte in den Schatten. Die meisten der Versammelten folgten ihm. Ich vermutete, dass sie ein Fahrzeug stehlen würden, um schneller zurück in die Stadt zu kommen.

Diese egoistischen Arschlöcher konnten gerne machen,

was sie wollten. Ich erschauderte bis auf die Knochen, doch diesmal hatte es nichts mit den Schattenwesen zu tun.

„Omen", sagte ich. „Mindestens einer der Wachmänner, der gesehen hat, wie ich meine Magie eingesetzt habe, ist letzte Nacht entkommen. Ich habe mir keine Gedanken darüber gemacht, weil Thorn zu verletzt war, um ihn zu verfolgen, und da alles andere zerstört war, dachte ich nicht, dass es eine Rolle spielen würde. Doch wenn er es den anderen der Lichtarmee erzählt hat ... Zumindest werden sie beim nächsten Mal darauf vorbereitet sein."

„Eine Sorge mehr. Wir werden uns darum kümmern, genauso wie um den Rest."

Jemand räusperte sich. Omen drehte sich um und blickte finster drein, als er den Techniker bemerkte, der nervös am Fuß der Treppe des Wohnmobils stand. „Was ist?"

Der Kerl wiegte seinen Kopf. „Ich dachte, es würde euch interessieren ... Ich glaube, das Wesen, das ihr auf dem Bane-Anwesen zu finden gehofft hattet, der Verschlinger? Es sieht so aus, als hätten sie ihn gefangen, oder einen, der ihm sehr ähnlich sieht. Wie auch immer, sie haben das Schattenwesen gestern Nachmittag nach Chicago gebracht. Vielleicht waren sie besorgt, dass ihr ihn hier in der Stadt aufspüren würdet."

Meine Kehle schnürte sich zu. „Snap." Er war also doch in einer dieser Zellen, festgehalten von Silber und Eisen und grellem Licht – und womit auch immer sie ihn sonst noch quälten.

„Danke", erwiderte Omen, und der Techniker rannte seinem Anführer nach. Der Höllenhund-Wandler presste seine Hand an die Stirn. „Wenn ich den Rest dieser Leute in die Finger kriege ..."

Thorn zuckte mit den Schultern. „Es wird mir ein Vergnügen sein, sie in Stücke zu reißen."

„Erst einmal müssen wir sie finden. Sieben Städte." Omen presste die Lippen aufeinander. „Wobei, vielleicht reicht es, ihren Sitz in San Francisco zu zerstören."

Sein Blick glitt an uns vorbei, zu den wenigen geretteten Schattenwesen, die unsicher am Rande der Menge standen, und verweilte schließlich auf Bow, der gerade mit Gisele in seinen Armen auf uns zukam.

Die Stimme der Einhornwandlerin war rau, aber trotzdem silberhell, als sie sprach. „Ich denke, wir könnten euch vielleicht helfen. Als Dankeschön dafür, dass ihr Cori zu uns zurückgebracht habt." Sie warf ihrem Freund über Bows Schulter ein Lächeln zu.

„Du kannst noch nicht wieder kämpfen", protestierte ich, doch sie winkte ab.

„Nicht so. Wir brauchen das Supermobil nur, solange wir hier in der Welt der Sterblichen sind. Der Dryade hatte recht – ich werde im Schattenreich schneller heilen. Wenn ihr uns an der nächsten sicheren Schwelle absetzt, leihen wir es euch gerne, solange ihr es braucht." Sie legte ihre Hand an die Seite des Fahrzeugs. „Vielleicht werde ich sogar schnell genug wieder gesund, um euch in diesem Krieg beistehen zu können."

Omen betrachtete sie einen Moment lang. Dann senkte er den Kopf, nur leicht, doch sichtlich respektvoll. „Danke. Ihr habt bereits mehr beigetragen, als die meisten getan hätten." Er drehte sich zu Thorn, Ruse und mir um.

Die Worte platzten heraus, bevor ich sie durchdacht hatte, doch ich bereute sie nicht. „Wir müssen Snap zurückholen. Wir können ihn nicht bei diesen Arschlöchern lassen, wenn wir keine Ahnung haben, wie lange es dauern könnte, die ganze Armee zu zerstören."

Ich machte mich darauf gefasst, praktische Argumente für meinen Liebhaber vorbringen zu müssen. Darauf hinzuweisen, wie viel er bereits zu Omens Sache beigetragen *hatte* und wie viel mehr er noch tun könnte, wenn er die Chance dazu bekäme. Als wäre das wichtiger als die Tatsache, dass er wegen des Kreuzzugs des Höllenhund-

Wandlers gerade womöglich gefoltert wurde. Doch das brauchte ich nicht.

Ein angespanntes Lächeln umspielte Omens Lippen. „Dem stimme ich zu. Wie es aussieht, steht uns in naher Zukunft ein Road Trip bevor. Der Anführer der Lichtarmee kann sich auf was gefasst machen! Unser erster Halt ist Chicago. Wir werden unseren Verschlinger nicht im Stich lassen.“

ÜBER DEN AUTOR

Eva Chase ist eine Amazon Top 100-Bestsellerautorin für Urban Fantasy und paranormale Liebesromane. Sie ist mit Magie, Chaos und Herzschmerz aufgewachsen und bringt alle drei Elemente in ihre Geschichten ein. Aber keine Angst vor dem gefürchteten Liebesdreieck - Evas Heldinnen müssen sich nie entscheiden. Online findet man sie unter www.evachase.com.